NIA

LLAPAIS

IKOSIA

ZENON

LARNAKA

UMM HARAM

Satya Singh

Der Reif

satya singh

reif

der

roman

||||||||||||||||||||| SILBERSCHNUR |||||||||||||||||||||||

© Verlag »Die Silberschnur« GmbH

ISBN 3-931 652-55-6

1. Auflage 2000

Lektorat: Silva Jelen, Herrenberg
Illustrationen: Silke Bachmann, Hamburg
Coverbild: Joachim Rindler, Hamburg
Covergestaltung: Barbara Hillen, Hamburg
Druck: FINIDR 🖪 , s. r. o., Český Těšín

Verlag »Die Silberschnur« GmbH · Steinstraße 1 · D-56593 Güllesheim

www.silberschnur.de
e-mail: info@silberschnur.de

Inhaltsverzeichnis

„Was ist Wahrheit?", frage ich ungestüm,

als ob mein Leben von der Antwort abhinge.

Ihre Gestalt scheint zu verschwimmen.

„Wahrheit ist eine Geschichte", sagt sie sanft.

Ich kämpfe gegen die Unschärfe meiner Gedanken.

„Wahrheit beruht auf Ehrlichkeit", schreie ich.

Das Rauschen in meinen Ohren wird stärker.

Leise antwortet sie: „Ehrlichkeit beruht auf Wahrnehmung."

Kaum noch hörbar, fügt sie hinzu: „Wahrnehmung ist relativ!"

Es ist, als ob ich mich auf einen tiefen Abgrund zu bewege.

Sintflutartig füllt sich mein Kopf mit Bildern.

In rasendem Tempo zieht die Lüge an mir vorbei.

Eisen

Außenring

Grau, rostig

Mut und Ehrgeiz

Karma des Täters

Ohne Licht zu machen, suche ich tastend einen Weg durch das dunkle Arbeitszimmer. Zufällig berührt meine Hand den alten griechischen Hirtenstab, der auf dem Arbeitstisch liegt, wo ich ihn vor ein paar Tagen sorgfältig zusammengeklebt habe. In einem theatralischen Impuls nehme ich ihn an mich. Kalte Luft schlägt mir entgegen, als ich die Balkontür öffne und langsam in die frühe, noch dunkle Morgenstunde hinaustrete. Der Stab ist hinderlich, als ich steif über das Balkongeländer klettere. Mit verkrampften, fast automatischen Bewegungen setze ich meine Füße auf den schmalen Sims neben dem Balkon. Stück für Stück arbeite ich mich daran entlang.

Am gegenüberliegenden Ufer bilden die Autolampen in dieser frühen Morgenstunde eine sparsam flackernde Lichterkette. In meinem Rücken spüre ich den pockigen Beton des Unigebäudes, der mich vom Sims hinabzuschubsen scheint. Schwer atmend umklammere ich den alten Stab und betrachte die dunkle Fläche des breiten Flusses unter mir. Sobald die Sonne über dem Rand der Betonlandschaft auftaucht, werde ich mich mit einem Sprung tief in den Schlick des blassen Schilfgürtels stürzen.

Ich richte mich auf und versuche, meinen Geist zu beruhigen, damit diese letzten, so ganz besonderen Momente nicht durch profane Ängste verdorben werden. Sehe ich da schon den ersten blassen Streifen über dem Horizont? ...

9

Nach einer Weile beginnen sich die eckigen Konturen der Hochhäuser deutlich gegen eine graue Morgendämmerung abzuzeichnen. Mein Herz schlägt immer schneller.

Zu meiner Überraschung bin ich nicht bereit.

Spring!

Mit weiß hervortretenden Handknöcheln an den ausgebleichten Stab geklammert, drücke ich mich wild von der düsteren Betonwand ab. Endlose Augenblicke lehne ich mich gefährlich weit nach vorn – ich kann bereits die noch dunklen Stockwerke unter mir sehen. Dann trifft mein Körper eine eigene Entscheidung und biegt sich wieder nach hinten. Schwer fällt mein Rücken gegen die unnachgiebige Sicherheit des starren Betons. Knackend bricht der geschwungene Kopf des Hirtenstabs beim Aufprall an der harten Wand ab und taumelt in den Abgrund.

Was willst du?

Willst du etwa zurück?

Erstarrt bleibe ich stehen, reglos die langsam aufleuchtende Stadtlandschaft beobachtend. Die Sonne fängt an, Nebelschwaden aus dem nachtkalten Fluss zu treiben. Feuchte Morgenluft mit einem Hauch von Ruß und Öl berührt mein Gesicht.

In einer wabernden Schliere, die dicht an mir vorbeizieht, meine ich, eine vage Gestalt zu erkennen, die mir beschwörend zuwinkt. Die Vorstellung, dass da jemand steht, fasziniert mich. Möchte jemand mein Leben retten?

Du, Christine?

Die Schemengestalt scheint zu versuchen, mich auf den Balkon zurückzulocken. Ihre allzu betonten weiblichen Rundungen erregen leisen Widerwillen in mir. Ich meine eine tiefe, rauchige Stimme zu hören.

„Agy, du, Liebling, nicht doch! Komm zu mir. Was ist denn los? Lass mich deinen hübschen Bart streicheln. Geh mit mir, Liebling. Lass uns doch zusammen Spaß haben."

Aufreizend schmiegt sie sich an den Balkonrand.

„Spaß? ..." Angewidert schüttle ich in Erinnerung an schale Nächte den Kopf. Enttäuscht verzieht die Frauengestalt ihr Gesicht. Ihre Konturen verzerren sich und lösen sich in neblige Fetzen auf, die milchig an der Betonwand entlanggleiten.

10

Eine andere Nebelschwade taucht auf. Ich erahne die durchsichtig weißen Wangen meiner Kollegin Justine. „Aga", ihre Stimme ist behutsam, „stell dir vor, was ich bei meiner Expedition in Äthiopien gefunden habe! Du würdest es nicht glauben! Goldene Halsketten und jede Menge Spangen. Prompt haben meine Träger sie gestohlen. Wochen später erst konnte die Miliz einen Teil davon zurückholen. Agy, diese Spannung, diese Intensität ist es, die das Leben lebenswert macht."

„Nein", sage ich entschieden, „Intensität ist bloß Ablenkung." Nachdenklich schaue ich zu, wie sie sich auflöst.

Eine rußige Nebelbank zeigt die Umrisse einer grauen, gebeugten Figur.

„Agamemnon, mein großer Junge ... was für eine Chance! Geld und Ruhm sind dir doch so nahe, Kind! Greif zu!"

„Ruhm und Geld?" Ich staune über die Wut, die in mir hochsteigt. Abwehrend strecke ich ihr die Hände entgegen, lasse meine alte Mutter zerfließen und in langsamen, trüben Wolken vom Balkon herabwehen.

Aus der nächsten Schwade scheint eine trockene Frauenstimme zu kommen.

„Professor Schliemann", ich erahne die drahtige Gestalt meiner alten Mentorin, „ich rechne mit Ihnen. Die deutsche Archäologie zählt auf Sie. Sie sind uns wichtig."

„Die deutsche Archäologie!" Mit einem bitteren Lachen schüttle ich meinen Kopf. Ein Windstoß bläst die schattenhafte Gestalt auseinander.

Etwas später führt der abflauende Wind eine bauchige Wolke sanft an dem Sims vorbei. Sie erinnert mich an die wallenden Gewänder meiner fülligen Patentante. Tatsächlich scheint sich die alte Dame behäbig auf dem Balkon niederzulassen. Sie seufzt und ihre leise Stimme bebt, als sie sagt, ich solle mich einfach hingeben, und der große Erlöser würde mir helfen.

Ein verächtliches Schnauben ist alles, was ich dafür aufbringen kann. Schreckartig löst sie sich auf.

Dann tauchen aus den letzten dünnen Fetzen, die in der wärmer werdenden Luft über dem Fluss aufsteigen, noch vage die Umrisse meiner beiden jüngeren Schwestern auf. Undeutlich murmeln sie etwas, es klingt wie ein Lied, vielleicht: „... blowing in the wind. The answer is ... blowing in the wind ..."

„Drogen?" Das macht mich auch nicht an. Ich brauche nicht lange zu warten bis eine Windböe die durchsichtigen Gestalten auflöst.

Eine gähnende Leere macht sich in mir breit. Unbeweglich und fast gedankenlos stehe ich auf dem Sims. Dunkelgraue Regenwolken beginnen, die Sonne zu verdecken. Ich habe jegliches Zeitgefühl verloren. Der Uni-Betrieb hinter meinem Rücken kann schon lange angefangen haben. Ich könnte hier Tage so stehen, ohne gesehen zu werden.

Meine Hand probiert noch einmal, mich von der Wand abzustoßen, aber mein verkrampfter Körper lässt sich nicht überzeugen. Ist Feigheit der einzige Grund zum Leben?

Plötzlich schrillt in meinem Arbeitszimmer durchdringend das Telefon. Ich zucke zusammen. Ohne zu zögern setze ich mich in Bewegung und wanke wie ein Roboter zum Balkonrand. Am braunen Geländer entgleitet der schmucklose Rest des Hirtenstabs meinen gefühllosen Händen. Ich spüre fast körperlich, wie der alte Stock in die Tiefe saust und an meiner Stelle ins nasse Schilf fällt.

Das Telefon klingelt immer noch. Ich steige über das Sims und gehe schwerfällig in mein mit Stapeln von Dissertationen und Zeitschriften überladenes Arbeitszimmer.

Mit steifen Fingern taste ich nach dem Hörer.

„Mmm?"

„Herr Schliemann?"

Unwillkürlich ausweichend halte ich den Hörer ein Stück weit weg, so anders ist die Stimmung der hellen Frauenstimme an meinem Ohr.

„Ja."

Meine Antwort auf ihre Frage kommt genauso automatisch wie meine Reaktion auf das Telefonklingeln.

„Sie wurden mir als Archäologe für ein Projekt empfohlen, an dem ich gerade arbeite."

„Mmm."

„Könnten wir uns treffen?"

„Mmm."

„Ginge es vielleicht jetzt sofort?"

„Mmm."

„Passt es, wenn ich Sie mit einem Taxi abholen lasse?"

„Mmm."

„Bis gleich."

Wie vom Schlag getroffen bleibe ich mit dem Hörer in der Hand sitzen. Ein merkwürdiger Duft, wie ein Hauch von Zimt, scheint auf einmal in der Luft zu liegen. Plötzlich laufen mir Tränen über die Nase und den zuckenden Mund.

Zum Glück ist niemand im Flur. In der Toilette gegenüber meines Zimmers wasche ich mir Gesicht und Hände. Mit meinen vom kalten Wind erstarrten Fingern fahre ich durch meine zerzausten Haare und den struppigen Bart. An meinen geröteten Augen kann ich nichts ändern.

Unten wartet schon das Taxi. Unendlich erschöpft lasse ich mich auf den schwarzledernen Rücksitz fallen. Der türkische Fahrer schaut zwar befremdet, aber er lässt mich in Ruhe. Als wir etwas später an einem indischen Restaurant halten, hat wenigstens die Wärme im Auto meine verkrampften Muskeln wieder etwas aufgetaut.

Ein Kellner mit scharf geschnittenem Gesicht und durchdringenden dunklen Augen holt mich am Wagen ab. Er bezahlt das Taxi und führt mich durch den Hauptraum hindurch in einen kleinen, mit Teppichen ausgelegten Nebenraum, wo er mir bedeutet, die Schuhe auszuziehen. Benommen und steifbeinig folge ich ihm.

Statt mit Stühlen ist der Raum mit Polstern und Kissen ausgestattet, die um die niedrigen Tische herum gruppiert sind. Eine junge Inderin, die ihre dicken schwarzen Haare zu einem langen Zopf geflochten trägt, steht von einem der hinteren Tische auf und begrüßt mich mit einem sanften Neigen des Kopfes. Ihr weißes Leinenkostüm steht in auffälligem Gegensatz zu ihrer dunklen Hautfarbe.

Als sich unsere Blicke begegnen, durchfährt ein jäher Blitz meinen Körper – mein Herz fängt wild an zu klopfen und meine Hände zittern. Ich kann meine Augen nicht von ihr abwenden – atemlos starre ich sie an. Ich kenne sie! Und doch kenne ich sie nicht. Ich habe keine Ahnung, wo ich ihr schon einmal begegnet sein könnte, spüre aber trotzdem eine seltsam große Vertrautheit. Wieder nehme ich den feinen Zimtgeruch wahr.

Wir setzen uns auf die kratzigen Kissen, die mit Stickereien und kleinen runden Spiegelchen verziert sind. Sie lächelt und sagt:

„Mein Name ist Devi Kaur. Bitte nennen Sie mich Devi … Herr Schliemann. Sie sind also Archäologe, wie Ihr berühmter Vorfahre?"

Ich bin so damit beschäftigt, meine Fassung wiederzufinden, dass es mich ausnahmsweise nicht stört, auf diesen alten Gauner angesprochen zu werden.

Die Inderin kommt zur Sache. „Wir brauchen Ihre Hilfe wegen Ihrer Kenntnisse der zypriotischen Archäologie."

Dann zeigt sie einladend auf die orangefarbenen, in Plastik gehüllten Speisekarten, die neben dem kleinen Teelicht auf dem Tisch liegen. „Aber lassen wir uns Zeit. Haben Sie schon gegessen?"

Meine eingefrorene Sprachmotorik erlaubt noch keine echte verbale Verständigung. Mit Kopfbewegungen und „Mmms" und „Ahas" schaffe ich es, mich mit ihr auf irgendwelche Tandoori zu einigen. Der Kellner hatte uns offenbar die ganze Zeit im Auge behalten. Auf ein kleines Zeichen von Devi kommt er und nimmt unsere Bestellung auf.

Devi beginnt ungezwungen, von sich zu erzählen. Sie ist eigentlich Schauspielerin, arbeitet aber seit einiger Zeit als Dolmetscherin am indischen Konsulat in Frankfurt. Studiert hat sie in Vancouver und in Darmstadt. Ihre Eltern leben in Kanada. In Deutschland kann sie sich nur schwer eingewöhnen. Sie findet die Leute hier sehr verschlossen.

Leider wird mein steifes, stilles Verhalten wohl dazu beitragen, diesen Eindruck zu verstärken. Meine Stimmbänder sind immer noch nicht genügend gelockert, um mehr als kurze Laute hervorzubringen. Bald fängt meine Wortkargheit an, die Stimmung zu belasten, und ihr lockerer Redestrom versiegt. Kaum merklich schiebt sie ihr Sitzkissen von mir weg, und eine bleierne Stille, der ich nichts entgegenzusetzen habe, liegt zwischen uns.

Als der Kellner das dampfende Essen bringt, entspannt sich die Stimmung etwas. Obwohl ich eigentlich keinen Appetit habe, wecken die Wärme und die scharfen Gewürze meine Geister wieder so weit, dass ich meine Gesprächspartnerin etwas ruhiger anschauen kann. Sie hat ein hübsches, ovales Gesicht mit großen, dunkelbraunen Augen und einen sanft geschwungenen, sinnlichen Mund. Ihre anmutige, aufrechte Körperhaltung zeugt sowohl von Selbstbewusstsein als auch von tänzerischer Leichtigkeit. Selbst in meinem jetzigen Zustand bin ich angetan von ihrer zarten Schönheit.

Inzwischen ist meine Stimme genügend aufgetaut, um eine kleine Bemerkung zum Essen hervorzubringen, die trotz des belegten, nicht gerade vertrauenweckenden Klangs ein zaghaftes Lächeln auf ihrem Gesicht hervorzaubert. Offensichtlich entscheidet sie sich, einen weiteren Anlauf zu nehmen.

„Meine Großmutter und ich sind Sikhs."

Ich starre sie fassungslos an. Was ist denn das jetzt wieder? Gottes-Krieger mit Bärten und Turbanen? Sofort stelle ich mir meine Gesprächspartnerin und ihre unbekannte Großmutter auf dem Sims über dem Fluss vor. „Wir sind Sikhs", echot es an der kalten Fassade.

Meine Phantasie läuft aber dieses Mal nicht nach demselben Muster ab. Selbst wenn ich einen kräftigen Wind wehen lasse, ihn anschwellen lasse zu einem Sturm, einem Tornado, scheint es diesen Schemen nichts anhaben zu können – unberührt stehen sie da und schauen mich eindringlich an! Betroffen tauche ich aus meiner Nebelwelt auf.

Die Spannung um Devis Mundwinkel zeigt, dass sie meine Abwesenheit durchaus bemerkt hat. Trotzdem spricht sie weiter. „Uns ist ein sehr alter Gegenstand von unschätzbarem Wert gestohlen worden, ein so genanntes Chakra, ein flacher, breiter Reif mit einem Durchmesser von etwa zwanzig Zentimetern und einem scharf geschliffenen Rand. Solche Chakras waren ursprünglich Wurfwaffen, die im Kampf benutzt wurden und von den Sikhs auf dem Turban getragen werden."

Sie macht eine Pause und beobachtet mich.

„In diesem Fall handelt es sich um eine berühmte Reliquie, die aus drei verschiedenen Metallen besteht, in die zwölf verschiedene Edelsteine eingelegt wurden. Der Reif ist ungefähr 300 Jahre alt und gehörte ursprünglich dem Sikh-Meister Har Krishan."

Alles, was ich herausbringe, ist ein weiteres „Mmhm". Devi legt ihr Besteck sorgfältig gekreuzt auf ihren Teller, rückt ihr Sitzkissen ein Stückchen zurück und lehnt sich, weit von mir entfernt, gegen die mit Bambusmatten verkleidete Wand. Dann schaut sie mich kühl an.

„Meine Großmutter hat mich gebeten, Ihnen die Geschichte des Chakras so detailliert wie möglich zu erzählen." Sie lacht etwas unsicher, als ob ihr der Sinn eines solchen Unterfangens nicht ganz einleuchtet.

Dann beginnt sie jedoch mit einem „Also", und richtet sich entschlossen auf.

„Der ursprüngliche Besitzer des Chakras, Guru Har Krishan, war der Achte in einer Dynastie von zehn Meistern, die die Lehre der Sikhs formuliert haben. Har Krishan wurde wegen seiner Jugend auch der Kind-Guru genannt. 1663, als die Geschichte des Chakras anfängt, war er erst sieben Jahre alt."

Sie beugt sich vor, nimmt einen Schluck Wasser und lehnt sich wieder zurück.

„Der Kind-Guru wurde damals von einem seiner Schüler nach Delphi eingeladen. Wegen der tiefen Spannungen zwischen den Sikhs und dem Moghul Kaiser in der Hauptstadt war das nicht ungefährlich für ihn. Trotzdem machte er sich auf den Weg."

Für meine Gesprächspartnerin ist es offenbar ganz selbstverständlich, sich auf Bodenhöhe zu bewegen. Trotz ihres enggeschnittenen Rockes und der taillierten Jacke hat sie keinerlei Mühe, ihre geschmeidige Anmut zu wahren. Bequem gegen ein großes Kissen gelehnt, hat sie ihre Beine leicht zur Seite gestreckt. Sie sitzt inzwischen fast zwei Meter von mir entfernt. Ganz Schauspielerin fängt sie an, mich als Publikum einzustufen, indem sie ihre Worte mit grazilen Handbewegungen untermalt und vorträgt – wie auf einer Bühne.

„In Begleitung von vielen Reitern zog der junge Meister durch die fruchtbaren, grünen Flussebenen des Punjab – auf seinem Turban glänzte das kostbare Chakra. Als die Sonne in den heißen Mittagsstunden erbarmungslos brannte, machte die Truppe bei dem kleinen Weiler Panjokhara unter einigen schattigen Pipalbäumen halt. Auf ein Zeichen des kleinen Gurus saß die mit Schwertern und Speeren bewaffnete Reiterschar ab und richtete sich für die Mittagspause ein. Das Kind selbst begab sich inzwischen mit einigen seiner Begleiter zu Fuß ins Dorf, um die dort lebenden Sikhs zu besuchen.

Auf dem schäbigen, nach Unrat und Rauch riechenden Dorfplatz, zwischen staubigen Lehmhäusern und trocknenden Kuhfladen, wurde der junge Guru Har Krishan aufgehalten. Eine hagere Gestalt in einer orangefarbenen Robe, dem roten Punkt auf seiner Stirn nach zu urteilen ein Hindu-Priester, ein Brahmane, verstellte ihm den Weg.

‚Du nennst dich Har Krishan?', herrschte er den in blaue Seide gekleideten Jungen an. ‚Du Knirps! Du denkst wohl, dass du besser bist
als unser Gott?'

Es war damals nicht ungewöhnlich, dass Priester, Gurus und Yogis
einander zum Streitgespräch herausforderten. Der Ton dieses Krishna-
Anhängers war allerdings unnötig beleidigend und aggressiv. Klirrend
griffen die Soldaten und Jünger des Gurus nach ihren Waffen."

Unser Kellner bringt zwei Gläschen Jasmintee, in dem kleine zart-
gelbe Blüten schwimmen. Nur mit Mühe löse ich mich für einen Augenblick von diesem merkwürdig faszinierenden Schauplatz, wohin die
Bilder aus Devis Geschichte mich geführt haben. Sie fährt fort.

„Der kleine Guru blieb vollkommen gelassen. Als der magere Brahmane ihn mit groben Worten zu einer Debatte über die Bhagavad Gita
aufforderte, erwiderte er höflich, mit einem schelmischen Lächeln auf
den Lippen: ‚Bitte sprechen Sie doch mit einem meiner Schüler.'

Aus dem Kreis der Dorfbewohner, der sich inzwischen gebildet hatte, winkte der Guru den Wasserträger Chajju herbei. Mit unsicheren
Schritten trat der einfältig dreinschauende Mann, die Hände verlegen
zum Gruß zusammengelegt, vor den Kind-Guru.

Har Krishan nahm mit beiden Händen das funkelnde Chakra von seinem Turban und bedeutete Chajju, seinen Kopf zu neigen. Seine Jünger, die um die besondere Macht dieses Reifes wussten, hielten sprachlos den Atem an, als er, auf Zehenspitzen stehend, dem Wasserträger das
kostbare Chakra auf den lumpenumwickelten Kopf setzte.

Darauf sagte er: ‚Lieber Chajju, was könnte die Bhagavad Gita unserem Brahmanen wohl über Kinder erzählen?'

Einen Moment lang schien sich Chajjus Körper zu verkrampfen. Dann
richtete er sich hoch auf. Seine Haltung war jetzt so würdevoll, dass jeder seine zerrissene Kurta und schmutzigen Füße vergaß. Er räusperte
sich ein paar Mal und begann dann mit klarer, kräftiger Stimme zu sprechen: ‚Brahmana', hob er an, ‚denken Sie doch an Kapitel 6, Strophe
41 bis 46, worin es um den Yogi geht, der stirbt, während er noch den
Pfad der Erleuchtung geht. Er hat die Erleuchtung zwar noch nicht erreicht, aber er ist bereits weit fortgeschritten.

Nach seinem Tod wird so ein Yogi viele Jahre in der Astral-Ebene verweilen. Dann wird er wegen seines Bewusstseinsstandes in einer Familie wiedergeboren, die sehr große Weisheit besitzt.

Während seiner Kindheit wird er dann, selbst ohne es zu beabsichtigen, aufgrund seiner hohen Bestimmung wieder zum Weg des Yoga hingezogen. Dadurch knüpft er an das göttliche Bewusstsein seiner früheren Leben an und schreitet weiter fort bis er vollkommene Erleuchtung findet.'

Ein Raunen ging durch die noch immer anwachsende Menge der Dorfbewohner. Wer war das, der da sprach? Doch nicht der sonst nur stammelnde Wasserträger, den sie so gut kannten?! War es Vishnu? Mahesh? War es der kleine Guru selber, der durch Chajjus Mund sprach? Neugierig betrachteten sie den Jungen, der entspannt zuhörte.

Chajju räusperte sich noch einmal. Dann richtete er sich nachdrücklich an den wie versteinert dastehenden Brahmanen, der sich nie hätte träumen lassen, dass er je von einem Pariah eine Lektion über die Bhagavad Gita zu hören bekäme.

,Entscheidend ist aber Strophe 47, worin Vishnu über den Kind-Yogi sagt: Von allen Yogis ist er, der Mich in *Bhaja,* dem mystischen Liebesdienst, verehrt, am innigsten eins mit Mir im Yoga, und der Höchste von allen.

Brahmana, wie gut können Sie lieben? Und, wie gut kann ein Kind lieben? Kann ein Kind nicht besser lieben als alle Erwachsenen? Sollten wir nicht alle danach streben, *Bhaja* üben zu können, wie ein Kind? ...'

Wortlos starrte der Brahmane zu Boden. Die anderen schauten Chajju mit großen Augen an, der jetzt schüchtern, fast flüsternd ergänzte: ,... oder wie ein kindlicher Dorftrottel?'

Behutsam nahmen seine schmuddeligen, schwieligen Hände das funkelnde Chakra ab, um es Har Krishan liebevoll zurückzugeben. Der wehrte aber lächelnd ab und bedeutete dem verwirrten Wasserträger, den kostbaren Reif zu behalten.

Daraufhin begaben sich Guru Har Krishan und seine Sikhs wieder zu ihren Pferden. In einer großen Staubwolke trabten die stolzen Reiter mit ihrem jungen Meister in der Mitte den Hohlweg vor dem Dorf hinunter und in die trockene Ebene von Delhi hinein. Nachdenklich schaute der dürre Brahmane ihnen nach.

18

Inzwischen drängten die Dorfbewohner sich um Chajju, berührten das kostbare Chakra, lachten auf und kreischten, als ob sie sich die Finger verbrannt hätten, wenn sie einen der Edelsteine berührten."

Mir hat die Geschichte inzwischen dermaßen den Atem verschlagen, dass ich für einen tiefen Atemzug meine Augen schließen muss.

Devis kühler Blick holt mich wieder in die Gegenwart zurück.

„Bereits im nächsten Jahr, im Alter von acht Jahren, verließ Guru Har Krishan seinen Körper. Chajju aber wurde sehr alt. Viele Sikhs sammelten sich um diesen Mann, der durch die Berührung des Chakras dauerhaft verändert worden war. Sie fingen an, sich entsprechend dem inzwischen berühmten Zitat aus der Bhagavad Gita *Bhajas*, Verehrer, zu nennen.

Der frühere Wasserträger ließ seine neuen Schüler im Tempel Panjokharas mit Hilfe des Shabd Guru meditieren, dem heiligen Buch mit den Liedern der Gurus. Auf dem samtenen Tuch, das vom niedrigen Altar mit dem Shabd Guru bis auf den Boden herunterhing, lagen zwei blank gezogene Schwerter. Dazwischen lag das berühmte Chakra mit seinen zwölf glänzenden Steinen.

Im Laufe der Jahre sammelten die Bhajas über den Reif einen großen Fundus an einzigartigem Wissen an. Im Jahre 1709, also einige Jahrzehnte später, zog er die Aufmerksamkeit des reisenden Magiers Priamos Pericleous auf sich, eines schlitzohrigen Griechen, der auf der Suche nach dem Stein der Weisen nach Indien gepilgert kam. Monatelang schmeichelte er sich bei den für ihre großzügige Gastfreundschaft weithin bekannten Bhajas ein. Das Chakra faszinierte ihn zunehmend. Dauernd schlich er um den heiligen Gegenstand herum.

Nach einer hellen Mondnacht im Frühling, als der Schnee auf den Pässen des Himalaya gerade weggeschmolzen war, war der zwielichtige Grieche plötzlich verschwunden. Entsetzt entdeckten seine Gastgeber, dass er das Chakra mitgenommen hatte. Eine große Gruppe Bhajas nahm die Verfolgung auf. Ein halbes Jahr lang folgten sie ihm durch die wilden Berge Afghanistans, durch Kurdistan und Persien bis zur alten Hafenstadt Beirut, wo sich seine Spur endgültig in den Wellen des Mittelmeeres verlor."

Devi macht eine Pause und schaut mich forschend an. Ich beginne zu ahnen, wo mein Platz in dieser Geschichte sein soll.

„Der Verlust des Chakras hatte eine lähmende Wirkung auf die Bhajas. Allmählich verringerte sich ihre Zahl. Immer mehr traditionsreiche Familien verstreuten sich in alle Winde und verloren ihre Identität nicht nur als Bhajas, sondern oft auch als Sikhs. Heute gibt es nur noch wenige.

Meine Großmutter, eine wichtige Seherin und Führerin für ihr Volk, ist eine der letzten großen Persönlichkeiten der Bhajas. Sie war es auch, die mich gebeten hat, nach Ihnen zu suchen. Vor ein paar Wochen erhielt sie einen Anruf aus Zypern von einem dort lebenden Sikh-Kaufmann, Karamjit Singh, der auch aus einer alten Bhaja-Familie stammt. Aufgeregt berichtete er ihr, dass er vor kurzem aus einer Antiquitätensammlung einen unansehnlichen, alten Reif aus drei Metallen mit zwölf leeren Vertiefungen erstanden hat. Es könnte sich dabei um das verlorene Chakra handeln.

Seitdem ist Großmutter nicht mehr zu halten. Es wäre für die Bhajas und auch für die anderen Sikhs, die im Moment in Indien politisch sehr unter Druck stehen, ein wunderbares Zeichen der Hoffnung, wenn das historische Chakra wieder in seinem alten Glanz erstrahlen würde. Dazu müssen wir aber die zwölf verlorengegangenen Steine finden, ohne die das Chakra nicht vollständig ist. Da das Chakra mit seinen zwölf Steinen immerhin seit fast drei Jahrhunderten spurlos verschollen war, hat Großmutter entschieden, dass wir für die Suche nach den Steinen einen Experten brauchen, und mir aufgetragen, einen Nachkommen des alten Schliemann zu suchen – Archäologie ist für sie wohl untrennbar mit dem Namen Schliemann verbunden.“

Devi schaut mich aufmerksam an und beugt sich etwas vor, während sie mit einer beiläufigen Bewegung ihr Kostüm glattstreicht.

„Also. Erschrecken Sie nicht. Meine Großmutter ist ein sehr direkter, entscheidungsfreudiger Mensch, der keine Zeit verschwendet. Im Moment ist sie im Anflug auf Frankfurt. In zweieinhalb Stunden wird sie nach Zypern weiterfliegen. Sie hat mir aufgetragen, ein zweites Flugticket nach Zypern zu buchen – für Sie.“

Devi holt einen weißblauen Briefumschlag aus ihrer Tasche und schaut mich forschend an. Ein Funken unerwarteter Abenteuerlust glimmt in mir auf. Vielleicht bin ich hier tatsächlich auf eine Fährte gestoßen, die mein Schicksal von Grund auf verändern könnte. Langsam nicke ich. Obwohl Devi das Glitzern in meinen Augen bemerkt haben muss, beantwortet sie mein Nicken äußerst reserviert mit einer fast unmerklichen Neigung ihres Kopfes.

Fünf Minuten später, es ist jetzt ungefähr zwei Uhr nachmittags, steigen Devi und ich ins nächste Taxi, wo ich, nach der langen Zeit auf dem Sitzkissen, meine Beine so weit wie möglich ausstrecke. In meinem Inneren tost ein Chaos an Gefühlen – ich möchte lachen und weinen zugleich. Die junge Inderin guckt scheinbar unbeteiligt aus dem Fenster. Als wir in die einsame Straße zum Universitätswohnheim einbiegen, wo ich seit meiner Trennung von Christine untergekommen bin, fängt es gerade zu regnen an.

Wohl wegen der Eile, die uns die Abflugzeit des Flugzeugs auferlegt, begleitet Devi mich ganz selbstverständlich. Ihre elegante und so gar nicht zu dem mit Graffiti bekritzelten Fahrstuhl passende Aufmachung hebt meine Stimmung – ein unfreiwilliger Schutzengel ist in mein Leben getreten.

In meinem Appartement angekommen, packt sie, ohne mich zu fragen, mit rascher Effizienz Kleidung und einen Schlafsack in meinen grünen Rucksack. Meine Gedanken flattern in alle möglichen Richtungen, während ich versuche, mir darüber klar zu werden, welches meiner Werkzeuge ich mitnehmen soll. Schließlich beschränke ich mich auf eine kleine Schaufel und ein paar Bürsten – Souvenirs einer früheren Identität. Weil dreihundert Jahre normalerweise nicht ausreichen, um etwas unter tiefen Erdschichten zu begraben, müsste das eigentlich reichen.

Auf dem Weg zum Flughafen versucht Devi mich auf die Begegnung mit ihrer Großmutter vorzubereiten:

„Nennen Sie meine Großmutter einfach Nani, so wie die meisten Leute. In ihrem Dorf heißt sie ‚Nani Nirinjana', was ‚Großmutter Makellos' bedeutet. Ihre Makellosigkeit hat allerdings nichts mit romantischen Vorstellungen von Heiligkeit zu tun." Sie hebt ihre Stimme zu einem leisen Singsang und bewegt dazu ihre Hände in einem erklärenden Tanz.

„Jetzt tanzt sie auf viele verschiedene Arten,
Jetzt schläft sie ganze Tage und Nächte,
Jetzt ist sie erfüllt von einer schrecklichen Wut,
Jetzt wird sie der Fußabtreter für alle,
Jetzt ist sie die Königin der Könige,
Jetzt trägt sie das Kleid des niedrigsten Bettlers,
Jetzt wird von allen über sie gelästert,
Jetzt wird sie von allen gelobt,
Diese Frau wird geführt durch den Willen Gottes!“

Kupfer

Mittelring

Rötlich-grüne Patina,

Belebt die Gefühle

Karma des Opfers

Wir betreten das riesige, neondurchflutete Flughafengebäude und sehen sie sofort. Ihr einfacher Sari leuchtet weiß zwischen den orangefarbenen Jacken der beiden Männer, die mit Walkie-talkies in den Händen bei ihr stehen. Bilden sie die Begleitung für einen VIP-Passagier oder bewachen sie einen schwierigen Fluggast? Als Devi die stämmige, dunkelhäutige, alte Frau begrüßt, ziehen sich die Sicherheitsbeamten zurück.

Herzlich fasst Devi ihre „Nani Nirinjana" an beiden Händen. Doch die alte Dame löst sofort eine runzlige Hand. Sie dreht sich halb zu mir herum, ergreift meine linke Hand mit festem Griff und zieht mich zu sich heran. Verwirrend dicht stehe ich jetzt bei Devi und ihrer Großmutter, die eindringlich und für mich unverständlich auf sie einredet. Ein wiederholtes und nachdrückliches: „Chajju, Chajju hai!" sind die einzigen Worte, die ich aus dem Gespräch auffangen kann. Wieder nehme ich den geheimnisvollen Duft von Zimt wahr.

Die Wirkung von Nanis Rede ist verblüffend. Devis Lippen werden blass, und Tränen strömen über ihre Wangen. Sie wendet sich zu mir und schaut mich mit großen, verwunderten Augen an. Mit einer unsicheren Bewegung streckt sie ihre schlanke Hand aus und ergreift meine freie Hand, während ich verwirrt zu verstehen versuche, was hier vor sich geht. Plötzlich überwältigt die Empfindung des Déjà-vu mich fast. Nicht nur Devi, sondern auch diese forsche alte Frau, deren durchdringende Augen mich irgendwie an Bilder von Mutter Teresa erinnern, kommen mir beide unendlich vertraut vor.

Devis Haltung mir gegenüber ist mit einem Schlag dermaßen verändert, dass sie wohl auch ein Wiedererkennen empfunden haben muss. Ihre nonchalante Reserviertheit ist auf einmal spurlos verschwunden. Der Blick ihrer schönen Augen ist plötzlich zart und schmelzend geworden, und ein schüchternes Lächeln spielt um ihre Lippen. Während in meinem Inneren ein wahrer Wirbelsturm von Gefühlen ausbricht, verlieren sich unsere Augen einen Moment lang ineinander, atemlos wie bei Liebenden, die sich nach langer Trennung endlich wiederfinden.

Weiß blitzen Nanis Zähne in ihrem dunklen Gesicht auf, als sie über unsere Verwirrung lacht. Dann lässt sie abrupt Devis Hand los, spitzt ihre Lippen und sagt auf Englisch, mit einem starken indischen Akzent: „Aaaah, but we ought to hurry."

Stammelnd, ohne mich richtig von ihr verabschieden zu können, muss ich Devi in der Abflughalle zurücklassen. Meine Hand noch immer in Nanis kräftigem, unnachgiebigem Griff, eilen wir dem Abflugbereich zu. Für einen normalen Check-in bleibt keine Zeit mehr. Das Bodenpersonal, das Nanis entschlossenem Charme sowieso nicht gewachsen ist, erlaubt uns ohne Widerstand, meinen großen Rucksack als Handgepäck mitzunehmen. Kaum haben wir uns hingesetzt und angeschnallt, als die Motoren angelassen werden.

Während das Flugzeug sich rückwärts vom Terminal wegbewegt und wendet, um langsam auf die Startbahn zu rollen, lehnt Nani sich zurück und schließt ihre Augen. Als die Maschine sich nach einem donnernden Anlauf mit einem kleinen Ruck in die Luft erhebt, scheint die alte Frau bereits fest zu schlafen.

Ich bin frustriert, dass ich das, was ich gerade in der Abflughalle erlebt habe, nicht mit ihr besprechen kann. Am liebsten würde ich die friedlich schlafende Inderin kräftig schütteln. Sie strahlt aber auch in schlafendem Zustand noch soviel Kraft und Würde aus, dass ich doch lieber davon absehe. So bleibt mir nichts anderes übrig, als mich ebenfalls in den bequemen Sitz zurückzulehnen. Die Wärme im Flugzeug und meine extreme Müdigkeit sorgen dafür, dass ich trotz der Aufregung bald einschlafe.

Sofort finde ich mich in einem Alptraum wieder – zurück im zermürbenden Panorama von heute morgen. Ich stehe schwankend auf einem schmalen Absatz hoch über einem dunklen Fluss, so unendlich erschöpft, dass ich jeden Moment drohe, hinunterzustürzen.

Es gibt aber einen merkwürdigen Unterschied zu der Situation am Morgen. Durch einen Schleier von Mattigkeit hindurch erkenne ich neben mir auf dem Sims eine lange Reihe von Schuhen – die krokodilledernen Pumps meiner Mutter, die eleganten hochhackigen von Christine, Devis weiße Halbschuhe, ein Paar orangefarbener Plastikflipflops, einige merkwürdige alte Holzsandalen und verschiedene andere.

Wieder läutet das Telefon! Meine seitwärts am Sims entlang tastenden Füße treten einen Schuh nach dem anderen in den Abgrund. Aber, kurz bevor ich den rettenden Balkon erreiche, strauchele ich über eine Holzsandale. Einen endlosen Augenblick lang kratzen meine panisch nach Halt suchenden Hände am Beton. Dann heult ein Sturm in meinen Ohren. Spiegelnde, schwarze Fenster rasen an mir vorbei. Größer und größer wird der dunkle Fluss, dessen sumpfiger Schilfsaum seinen Rachen immer weiter aufsperrt, um mich zu verschlucken. Ein lautes Brüllen erklingt. ... Filmriss!

Starke Hände fassen mich an meinen Oberarmen und schütteln mich. Mühsam kämpfe ich mich aus den Tiefen des Alptraums hoch und erkenne blinzelnd Nani, die sich vor dem hellen Strahl des Leselämpchens über mich beugt.

„Schon gut", sagt die alte Frau mit ihrer brummenden Stimme und lehnt sich wieder zurück. Ich blicke sie erschrocken an und versuche zu ergründen, wo ich bin und was geschehen ist. Schweißperlen stehen auf meiner Stirn. Als ich mich verstohlen umschaue, fange ich ein paar befremdete Blicke auf. Erschöpft lehne ich mich zurück und schließe wieder die Augen. Mir ist hundeelend, ich fühle mich matt, verzweifelt und merkwürdig beschämt.

Eine nervöse Flugbegleiterin hält ihren schmalen Getränkewagen neben mir an und stellt uns mit fragendem Blick Plastikgläser mit Wasser auf die ausgeklappten Tischchen.

Nani nimmt einen tiefen Schluck und sagt: „Du darfst hier im Flugzeug nicht so schreien." Ihr indischer Akzent lässt ihr Englisch melodisch weich klingen. Sie hält mir ihr Glas entgegen: „Was denkst du wohl, warum hier dauernd etwas zu Essen und zu Trinken angeboten wird?" Mit zitternden Händen versuche ich, mir mit der kleinen Serviette die Schweißperlen abzuwischen. „Sie tun das nur", fährt sie unbeirrt fort, „um die Leute davon abzulenken, dass sie unglaublich hoch in der Luft sind, mit absolut nichts unter sich. ... Brülle ein bisschen, und du verursachst eine Massenpanik."

Ich stürze das Mineralwasser so gierig herunter, dass ich mich beinahe verschlucke.

„Was war los?", erkundigt sich Nani freundlich.

Endlich mischt sich meine Verzweiflung, die durch den Traum wieder geweckt worden ist, mit der hoffnungsvollen Erinnerung an Devis letzten, innigen Blick und gipfelt im dringenden Bedürfnis, mich dieser alten dunklen Nani Niranjana mitzuteilen und von ihr eine Art Absolution zu erhalten. Wie ein lang gestauter Wasserfall sprudeln die Sätze nur so aus mir heraus. Meine ganze sinnentleerte Einsamkeit und mein Überdruss kehren noch einmal zurück, die Selbstverachtung und die tiefe Todessehnsucht.

Aufmerksam hört sie sich alle Details an. Besonders meine Halluzinationen im Morgennebel interessieren sie. Sie lässt mich jede einzelne Gestalt ausführlich beschreiben. Als ich ihr zum Schluss meinen Alptraum beschreibe, bricht sie in schallendes Gelächter aus.

Sie wischt sich die Tränen aus den Augen und sagt: „Was für ein Geschenk, so ein Traum!"

„Was meinen Sie damit?", frage ich, irritiert über ihr Gelächter.

Sie bleibt eine Weile still.

„Das ist die wichtigste Frage deines Lebens!" Plötzlich ist sie wieder ganz ernst. „Bist du sicher, dass du die Antwort wissen möchtest?"

Mein etwas beleidigt herauskommendes „Ja" genügt ihr offensichtlich nicht. Sie schaut mich freundlich an, ohne jedoch eine Miene zu verziehen. Wieder entsteht diese belehrende Stille. Ihr Schweigen kocht in mir, verkrampft meinen Magen, aber gibt mir gleichzeitig endlich den Raum, um mir meiner neuen Situation wirklich bewusst zu werden: Du stehst nicht mehr am Abgrund. Du sitzt hier in dieser Boeing 737 mit einer merkwürdigen, alten Dame. Reicht das nicht, um weiterzuleben?

Nein, es reicht nicht. Wie ein Brecheisen lässt ihr Schweigen die Wahrheit aus mir herausplatzen. Ja, ich brauche eine Antwort. Ganz dringend. Lass mich die Antwort wissen, Niranjana, oder ich werde doch noch sterben!

„Bitte sagen Sie es mir", würge ich heraus.

„Hör auf, vor deinen Lehrern davonzulaufen", sagt sie.

Jetzt ist es an mir zu schweigen. Ich schüttle hilflos meinen Kopf.

Sie fragt mich: „Was glaubst du eigentlich, was du hier tust?"

Mir fällt nichts Vernünftiges ein. Es reicht nur für eine lahme Begründung: „Ich bin Archäologe, mit Ausgrabungserfahrung auf Zypern. Sie haben mich fragen lassen, ob ich einige Teile eines alten indischen Kultobjekts, das am Anfang des 18ten Jahrhunderts verlorengegangen ist, aufspüren könnte?"

„Das stimmt." Wenn sie ihren Kopf so schief hält, sieht sie aus wie eine große alte Krähe. Sie beugt sich lässig über meinen Klapptisch, um nachzuschauen, ob die Stewardess mit dem Essen kommt. Unter dem feinen weißen Kopftuch, das zu ihrem Sari gehört, verströmen ihre Haare den herben Duft von Holzrauch.

Offensichtlich ist sie bereit, es dabei zu belassen. Ich aber nicht. „Das erklärt aber nicht, was vorhin in der Abflughalle geschehen ist."

Sie öffnet ihren Gurt und kippt ihren Sitz geschickt nach hinten. Mit einem kleinen Seufzer fragt sie: „Was hat Devi dir denn über Chajju erzählt?"

Ich erzähle kurz, woran ich mich erinnere.

Sie ergänzt: „Es gibt noch einen ganz anderen Aspekt. Als dieser besagte Priamos Pericleous im Bhaja-Dorf auftauchte, traf er Chajju, der damals 60 Jahre alt war, nicht mehr an. Einige Monate zuvor war er als spirituelles Oberhaupt der Gemeinde plötzlich verschwunden. Niemand konnte sich erklären, warum er weggegangen war. Seine Söhne waren groß und stark, er hatte prächtige Töchter und eine liebevolle Frau. Er war sehr beliebt. Alle Bhajas hörten auf sein Wort. Sein Dorf war zu einer wunderbaren Gemeinschaft angewachsen. Was war geschehen?

Eines Tages, nach einem spannenden Ringkampf, den seine beiden Söhne zur Unterhaltung aller Bewohner auf dem Dorfplatz aufgeführt hatten, war Chajju das letzte Mal gesehen worden, als er in Richtung des Tempels ging.

Seine Frau war sehr besorgt, als ihr Mann am Abend nicht nach Hause kam. Die Dorfbewohner schwärmten aus, um ihren Lehrer zu suchen. Vergeblich. Erst drei Tage später entdeckten sie ihn, ein paar Stunden von Panjokhara entfernt, mitten in einem dichten Dschungel, wo es von Kobras, Tigern und anderen wilden Tieren nur so wimmelte. Mit geschlossenen Augen saß er in tiefer Meditation unter einem schlanken, duftenden Zimtbaum. Da er sich nicht rührte, wagten seine Schüler nicht, ihn zu stören. Wochenlang harrten sie bei ihm aus und versorgten ihn mit Reis. Und das war das einzige Lebenszeichen, das er von sich gab: Mit geschlossenen Augen und langsamen Bewegungen verzehrte er den Reis.

Daraufhin begab sich eine Abordnung der Bhajas nach Anandpur Sahib, um Guru Gobind Singh, der nach dem Tod Guru Har Krishans und seines Nachfolgers Guru Teg Bahadur die Sikhs anführte, um Rat zu fragen. Der Guru schloss die Augen, blieb einen Moment lang still und erzählte ihnen dann, was geschehen war. Chajju habe sich an dem Abend, als er verschwand, im Tempel noch einmal das Chakra aufgesetzt. Das war wohl zuviel für ihn. ‚Es ist eine gefährliche Situation entstanden', sagte der Guru, ‚Chajju hat sich von seinen Lehrern entfernt.'"

Nani sieht mich mit ihren scharfen Augen, die spiegeln wie ein Obsidian, vorwurfsvoll an: „Es war den Bhajas sofort klar, was der Guru damit meinte. Ein Sikh hat zwei Lehrer, den Guru und die Sangat. Die Sangat ist die Gemeinschaft um dich herum. Wer seine Gemeinschaft verlässt, seine Frau, seine Söhne, seine Töchter, seine Schüler und alle anderen, um in die einsame Meditation zu gehen, verlässt seine Lehrer. Meditation ist notwendig, aber es ist ein Mittel, kein Ziel. Das Ergebnis der Meditation ist nichts anderes als eine zunehmende Liebe zur Sangat."

Diese Fortsetzung von Chajjus Geschichte berührt mich wiederum merkwürdig tief, aber sie macht mich auch ungeduldig. Diese alte Legende ist ohne Zweifel faszinierend, aber was hat sie mit mir und meiner Situation zu tun? Nani erzählt weiter.

„Als wenige Monate später das kostbare Chakra gestohlen wurde und Chajjus jüngste Tochter es ihrem schweigenden Vater unter dem Zimtbaum erzählte, schien ihn auch diese Nachricht nicht zu berühren. Am nächsten Tag jedoch, als sie ihm seinen Reis bringen wollte, war er nicht mehr da. Tagelang streiften die Bhajas durch den Wald, aber sie konnten seine Spur nicht mehr finden. Ein Jahr später, als die Mitglieder des Suchtrupps, der Perikleous hinterhergejagt war, nach ihrer ergebnislosen Suche aus Beirut zurückkehrten, erzählten sie aber etwas Merkwürdiges. In mancher Karawanserei und Herberge, die sie auf ihrer Rückreise besucht hatten, hatte man ihnen über einen alten, hageren Inder erzählt, der überall nach einem goldenen Reif mit zwölf Edelsteinen suchte, den er angeblich verloren hatte. Chajju war dem Griechen offensichtlich ebenfalls gefolgt. ... Kann ich dich etwas fragen?" Nani hat sich auf ihrem Sitz gedreht und legt mir ihre warme, dunkle Hand auf die Schulter. Ich nicke wie in Trance. „Was hast du in Griechenland gesucht?"

Mein leidenschaftliches Interesse an Ausgrabungen in Griechenland war schon in meiner Kindheit unersättlich. Es war der einzige, schon früh unumstößliche Grund für mein Archäologie-Studium gewesen und dafür, dass ich später jedes Projekt in Griechenland angenommen habe. Wie im Fieber habe ich in Athen, auf Kreta, auf der Peleponnes, bei Thessaloniki und auch auf Zypern gegraben und gesucht, immer mit dem merkwürdigen, unbestimmten Gefühl, dort selbst etwas verloren zu haben.

Dabei bin ich, wie spektakulär meine Funde in den Augen meiner Kollegen auch waren und wie berühmt ich in der kleinen Welt der Archäologie allmählich wurde, mit dem Gefundenen nie zufrieden gewesen. Fast zwanghaft habe ich sofort weitergesucht. Ich habe mir das immer als eine merkwürdige Vererbung meines illustren Großvaters erklärt.

Nani schüttelt entschieden ihren Kopf: „Du bist Chajju", sagt sie mit größter Gelassenheit. „Du hast die Suche fortgesetzt."

Verblüfft blicke ich sie an. Die Idee der Reinkarnation ist mir zwar nicht unbekannt, aber bis jetzt habe ich mich nicht damit beschäftigt. Mit Sicherheit habe ich nicht daran gedacht, dass etwas aus einem früheren Leben mit meinem jetzigen Leben hier zu tun haben könnte.

„Und Devi ist noch immer deine Frau", sagt sie, „die Geschichte ist noch nicht zu Ende."

Es verschlägt mir den Atem. Das muss es sein, was sie Devi erzählt hat. Das erklärt diesen unglaublichen Blick, den Devi mir zum Schluss geschenkt hat und der mein Blut auch bei dieser kurzen Erinnerung sofort wieder in Wallung bringt.

Nani ist aber noch nicht fertig.

„Die Schuhe in deinem Traum sind die Schuhe deiner Schüler. Oder die Schuhe deiner Lehrer. Das ist dasselbe. Du wirst nie wirklich von diesem Sims herunterkommen, bevor du sie nicht eingesammelt hast."

Wie eine Hohepriesterin, die genau zum richtigen Zeitpunkt eines Rituals eingreift, bringt die Stewardess zwei in heiße Alufolie verpackte Mahlzeiten. Nani klappt ihren kleinen Tisch herunter und beginnt mit großem Appetit zu essen. In Gedanken versunken ziehe ich das Zellophan von einem Plastikschälchen mit Salat und nehme lustlos ein paar Bissen.

Kaum ist die alte Dame mit ihrer Mahlzeit fertig, schließt sie, ohne meinen stummen Protest zu beachten, wieder ihre Augen und im Nu ist sie friedlich eingeschlafen. Mich hat das warme Essen, trotz meines dringenden Verlangens, mehr von dieser Geschichte zu erfahren, ebenfalls schläfrig gemacht. Bald folge ich ihrem Beispiel.

Sofort befinde ich mich wieder in dem dichten Nebel hoch oben auf dem Sims. Wieder steht die bunte Reihe Schuhe neben mir. Diesmal weiß ich aber, was ich zu tun habe. Mit gespreizten Knien und geradem Rücken gehe ich, dicht an die Betonwand gedrückt, in die Hocke und fasse die Pumps meiner Mutter an. Ihr Parfüm, das noch immer an den Schuhen haftet, macht ihre Präsenz plötzlich so stark, dass ich verwirrt anhalte. Lang vergessene Bilder steigen in mir auf. Auch als ich nach einer Weile Christines hochhackige Schuhe aufnehme, versprühen sie eine Fülle an Erinnerungen. Devis elegante, weiße Halbschuhe duften überwältigend nach Zimt.

Zwölfmal muss ich, vorsichtig balancierend, in die Hocke gehen, und zwölfmal überwältigen mich Erinnerungen und Empfindungen an die jeweiligen Schuhbesitzer. Die Turnschuhe meiner Schwestern hänge ich mir an den Schnürsenkeln um den Hals, Devis Schuhe und die meiner Mutter stecke ich in mein Hemd, und Christines hake ich an meinen Gürtel. Die restlichen Schuhe hänge ich mir kranzförmig an die Finger beider Hände.

Derart beladen schiebe ich mich weiter am Sims entlang. Durch den dichten Nebel ist der Balkon noch immer nicht zu sehen. Nach einer Weile erkenne ich entsetzt, dass der schmale Sims endlos weiter und weiter läuft. Es gibt keinen Balkon!

Mühsam richte ich mich mit dem letzten Rest meiner schwachen Kräfte auf und starre in den wabernden Nebel, der so dick ist, dass ich den Fluss nicht mehr sehen kann. Plötzlich weiß ich, was zu tun ist.

Eine große Ruhe breitet sich in mir aus. Ängste, Wut, Enttäuschung, Verbitterung und alle andere Knoten in mir scheinen sich aufzulösen. Mit wunderbarer, befreiender Gelassenheit hebe ich meinen Fuß und mache den längst fälligen Schritt nach vorn.

Doch ich falle nicht hinunter. Die Schuhe, die jetzt so leicht geworden sind, dass sie mein Hemd aufbauschen, an meinem Hosenbund zerren und meine Arme hochheben, ziehen mich wie Ballons nach oben, wo die Wolken allmählich durchsichtiger werden. Durch sie hindurch dringt ein helles Licht, das allmählich stärker wird. Als es noch strahlender als die Sonne geworden ist, wache ich auf.

Die Reste der Mahlzeit werden von einer Stewardess von dem kleinen Klapptisch weggeräumt. Auch Nani scheint gerade aufgewacht zu sein. Sie dreht mir ihr dunkles Gesicht zu und sagt, wie als Kommentar zu meinem Traum: „Es ist deine Entscheidung. Du gehst entweder den Weg der Angst oder du gehst den Weg der Wunder."

Mir scheint, als ob alles, was heute passiert ist – die Stunden auf dem Sims, die Begegnung mit Devi und Nani, die Geschichte von Chajju und die beiden Träume – einen tiefen Wandlungsprozess in mir ausgelöst hat. Meine starre, einsame Natur, die, so lange ich mich erinnern kann, für mich selbstverständlich war, scheint wie ein alter Mantel von mir abzugleiten. Ich schwebe geradezu in einer fröhlichen, leichten Stimmung – sie ist mir fast beängstigend fremd. Zum ersten Mal kann ich ohne Widerwillen an Verwandte und Bekannte denken. Meine herzlichen Gefühle für die beiden Inderinnen, scheinbar meine jetzige und vielleicht auch meine uralte Familie, sind mir völlig neu.

Chajju's Geschichte hat in mir auch eine beinahe unerträglich starke Sehnsucht geweckt, die verlorenen Steine zu suchen. Deshalb bitte ich Nani, mir mehr darüber zu erzählen.

„Es sind keine Steine im eigentlichen Sinne", sagt sie, „es sind Lehrer. Du nimmst doch nicht etwa an, dass du sie einfach durch normales Graben finden kannst? Du kannst die ganze Insel umgraben, ohne auf eine Spur von ihnen zu stoßen. Wir brauchen ein Wunder, mein Junge."

„Was hat es denn mit den Steinen auf sich?"

Nani schaut mich einen Moment lang an, als wolle sie wieder in ein belehrendes Schweigen verfallen. Dann antwortet sie: „Kennst du das Gleichnis vom Elefant im Dunkeln?" Als ich meinen Kopf schüttle, rezitiert sie in getragenem Ton:

„Ein Elefant wird dahin geführt,
Wo noch keiner einen Elefant gesehen hat.
Er wird in der Nacht in einen dunklen Raum gebracht.
Die Leute gehen einer nach dem anderen hinein
und kommen wieder hervor.
Jeder sagt, wie er das Tier erlebt hat.
Einer hat den Rüssel zu fassen gekriegt:
‚Ein Wesen wie ein Wasserschlauch', sagt er.
Jemand ein Ohr: ‚Ein starkes, bewegliches Fächer-Tier.'
Jemand ein Bein: ‚Ich finde es stabil,
wie die Säule eines Tempels.'
Jemand hat den runden Rücken berührt: ‚Ein lederner Thron.'
Jemand, der Klügste unter ihnen, hat einen Stoßzahn berührt:
‚Ein rundes Schwert aus Porzellan.'
Er ist stolz auf seine Beschreibung.
Jeder hat eine andere Stelle berührt
und glaubt, das Ganze zu verstehen.
Wenn einer von ihnen eine Kerze halten würde
und sie würden zusammen hineingehen,
dann könnten sie es sehen."

Sie kramt aus ihrem großen Beutel einen Füller und einen Notizblock hervor, nimmt ein Blatt Papier und malt darauf langsam und sorgfältig einen dreifachen Kreis, auf dem zwölf kleinere Kreise und Vierecke angeordnet sind. Dabei sagt sie:

„Das Chakra ist wie eine solche Kerze. Es wirft sein Licht auf alle Fragmente, die uns von den verschiedenen Religionen und esoterischen

Schulen zuteil werden, sodass wir ein vollständiges Bild von uns selbst rekonstruieren können."

Nachdem sie das letzte Viereck gezeichnet hat, setzt sie hinzu: „Jeder der zwölf Steine stellt ein Stadium in unserer Entwicklung dar."

In altmodischer, schöner Schrift schreibt sie über einen kleinen Kreis in der Zeichnung „Diamant" und „Urgrund allen Seins".

„Der Diamant steht für Brahma, den Anfang und das Ende des Kreislaufs. Ursprünglich kommt dieses Wort aus der Bauernsprache und bedeutet ‚Wachstum'. Auf dem Chakra steht es für den Urgrund allen Seins, aus dem alles hervorgeht und in den alles wieder zurückkehrt."

Mit knappen eckigen Bewegungen strichelt sie mehrere kleine Sterne um den Diamanten herum und schreibt neben ihn „Seelen".

„Diese kleinen Diamantsplitter stehen für die großen Gruppenseelen, die sich in Wellen aus Brahma herauslösen, um am Brahma Lila, dem göttlichen Spiel des Lebens, teilzunehmen."

Links unter den Diamanten schreibt sie über ein abgerundetes Viereck „Turmalin" und „Mineralien". Die Darstellung der 12 Stadien scheint linksläufig gegen den Uhrzeigersinn zu erfolgen. Sie fährt fort:

„Der erste Stein des schier unendlichen Kreislaufs, in den sich die Seelen hineinbegeben, ist ein roter Turmalin. Er steht für die Ebene der Mineralien, wo die großen Gruppenseelen zum ersten Mal Gestalt annehmen. Hier erhalten sie im weitesten Sinne einen materiellen Körper: zuerst als Sonnen, Milchstraßen oder Planeten, später als Gebirge, Meere, Vulkane, Wüsten und Flüsse. Endlos viele verschiedene Formen und Zustände probieren die Seelen aus und lernen dadurch über Masse, Energie, Proportionen, Harmonie und Geschwindigkeit."

Unter den Turmalin malt Nani ein kleines Oval und schreibt dazu „Lapis" und „Pflanzen".

„Der zweite Stein im Chakra, ein blauer Lapislazuli, repräsentiert die Ebene der Pflanzen. Das ist der zweite Inkarnationszyklus. Hier verkörpern die Seelen sich nach und nach in allen verschiedenen Variationen der Vegetation: in wild wuchernden, dampfenden Regenwäldern, gepflegten Gärten, zitternden Espen, giftigem Efeu, Getreidefeldern ... So lernen sie alles über Wachstum, Entfaltung, Abhängigkeit, Verletzlichkeit, Konkurrenz,

Fruchtbarkeit und viele andere Zustände. Das macht die Seelen mit vielen Gefühlen vertraut."

Darunter schreibt sie wiederum neben einen etwas unregelmäßigen Kreis „Achat" und „Tiere".

„Der hellgrüne Moosachat im Chakra steht für den dritten Inkarnationszyklus. Die Seelen inkarnieren jetzt als Tiere, zuerst als Insektenvölker, Vogelschwärme oder Fische, später als Wale, Adler, Katzen und andere Einzelgänger. Da sich Tiere im Gegensatz zu Pflanzen bewegen können, müssen sie sich dauernd entscheiden: flüchten oder kämpfen, weitergehen oder zurückkehren, jagen oder sich ausruhen. Auf dieser Ebene können die Seelen deshalb viel über den Willen lernen."

Nani malt eine dicke, dunkelblaue Schlinge, die die ersten drei Steine umfasst.

„Wir alle tragen diese drei Phasen in uns. Unser Körper besteht aus einer Ansammlung von Mineralien, unsere Gefühle werden durch die Ströme der Säfte und Flüssigkeiten in uns gesteuert, und unser Wille durch den tierähnlichen Teil unseres Hirns. Diese drei Lehrer erteilen uns Lektionen durch die Krankheiten und Probleme, mit denen sie uns konfrontieren."

Ihre Stimme wird so langsam und tief, dass sie kaum noch zu verstehen ist.

„D u b i s t d i e s e n L e h r e r n a u s g e w i c h e n."

Erschrocken sehe ich sie an. Ein großer Bär starrt mich mit seinen misstrauischen, rötlich schimmernden Augen an, den massigen, dunklen Leib gegen den Vordersitz gequetscht. Gähnend zeigt er die spitzen weißen Zahnreihen seiner Schnauze. Ich versuche zurückzuweichen, vergeblich, denn mein Sicherheitsgurt hält mich unerbittlich auf meinem Sitz fest. Entsetzt schlage ich die Arme um meinen Kopf.

Es dauert ein paar Sekunden, bis die irrationale Panik, die diese unwahrscheinliche Tier-Vision in mir ausgelöst hat, abebbt. Mit klopfendem Herzen lasse ich meine Arme sinken und öffne die Augen. Da sitzt natürlich, ganz unschuldig, Nani Niranjana, die unbeirrt mit ihrer Erklärung des Chakras fortfährt.

„Die Steine des Chakras haben die Macht, uns die Probleme, die wir aus unseren verschiedenen Inkarnationen noch mit uns tragen, zu

34

verdeutlichen. Und dann hilft uns die ‚Bhaja', die Liebesenergie Guru Har Krishans, die an dem Chakra haftet, diese Probleme zu lösen.

Daher konnte der junge Chajju, als er den Reif zum ersten Mal aufsetzte, einen riesigen Entwicklungssprung vollziehen. Als er später im Alter den Reif zum zweiten Mal aufsetzte, hatte er jedoch bereits alles bekommen, was er brauchte. Was wollte er noch mehr? Wollte er kein Mensch mehr sein?"

Nani beginnt ausgiebig zu gähnen. Ihre weißen Zähne erinnern mich wieder an den Bären und verursachen mir eine Gänsehaut.

Sie blickt mich streng an: „An dieser falschen Entscheidung von damals leidest du noch immer. Sie hat jegliche Entwicklung in deinem Leben verhindert. Es hat dich von deinen Mitmenschen getrennt und dein Selbst auf eine unbewusste, zwanghafte Suche nach dem Chakra reduziert."

Um ihren Worten Nachdruck zu verleihen, legt sie mir ihre kräftige Hand auf die Schulter.

„Hast du die Schuhe eingesammelt?"

Ich nicke stumm.

„Gut. Dann lass uns anfangen, die Steine zu suchen."

Ich schaue hilflos um mich herum. Hier im Flugzeug?

Sie zwinkert mir schelmisch zu: „Wir brauchen ein Wunder, erinnerst du dich nicht?"

Wiederum lehnt sie sich in ihrem Sitz zurück. Inzwischen ahne ich, was diese Haltung bedeutet. Bevor sie ihre Augen schließen kann, sage ich schnell: „Was meinen Sie damit?"

Diese einfache Frage hat eine unerwartete Wirkung. Ruckartig setzt sie sich auf. Ihre Augen scheinen plötzlich Funken zu sprühen.

„Du, kleiner Professor Agamemnon Schliemann, höre mir jetzt endlich zu! Dein Problem ist, dass du deine Nächsten meidest und die Liebe verachtest, die grundsätzliche ‚Bhaja' des Lebens. Als Chajju hast du dich damals unglaublich schnell entwickeln können. Du warst wirklich kurz vor dem letzten Schritt. Tief in deinem Herzen weißt du auch jetzt noch alles. Du ziehst es aber vor, ein arroganter Nichtsnutz zu sein. Alle Leute, die dich geliebt haben, hast du abgelehnt, anstatt von ihnen zu lernen und ihnen Lehrer zu sein. Geh doch, wohin Du willst! Früher oder später wirst du wieder auf dem Sims landen. Und dann? Der nächste Schritt? ... Du hast nur eine Chance, eine kleine Chance, eine sehr kleine. Fange jetzt sofort an, dich mit deinen Nächsten zu beschäftigen!"

Sie blickt nachdrücklich umher, wie um mir zu zeigen, dass in diesem Fall die anderen Passagiere meine Nächsten sind. Dann lehnt sie sich zurück, schließt die Augen, und trotz der unverkennbaren Wut, die sie soeben noch ausstrahlte, zeigt ihr tiefer, regelmäßiger Atem bald, dass sie wieder eingeschlafen ist.

Ihre Worte haben mich in Aufregung versetzt. Heftig atmend schaue ich mich im hellbeleuchteten Flugzeug um.

Obwohl mir gar nicht danach ist, Nanis Aufforderung zu folgen, zwingt meine Unruhe mich dazu, aufzustehen. Nach dem vielen Wasser, das ich getrunken habe, ist es sowieso Zeit, auf die Toilette zu gehen.

Auf meinem Weg ins hintere Ende des Flugzeugs steht gerade ein kleiner, drahtiger Mann auf. Er erhebt sich so dicht vor mir, dass mir das Gemisch von Knoblauch und Bratöl, das sein billiger, grauer Anzug ausdünstet, in die Nase steigt.

Kurz bevor wir die Toilette erreichen, bleibt er plötzlich und ohne ersichtlichen Grund stehen. Ich kann nicht so schnell reagieren und pralle, weil er sich halb umgedreht hat, gegen seine Schulter. Er murmelt etwas Unverständliches und wischt ausführlich, aber ohne mich anzuschauen, mein Hemd ab, wo seine Schulter mich getroffen hat. Dann ändert er offensichtlich seine Absicht und zwängt sich an mir vorbei zurück zu seinem Sitz.

In der engen, warmen Toilette riecht es zwar aufdringlich nach Chemikalien, aber ich nehme mir die Zeit, um ungestört und allein nachzudenken. Ehrlich gesagt, gefällt mir der Gedanke, Chajju gewesen zu sein und seine Suche fortzusetzen. Es erklärt tatsächlich Einiges in meinem Leben. Über die Fortsetzung von Beziehungen über mehrere Leben hinweg habe ich zwar noch nie etwas gehört, aber solche Gefühle wie die, die Devi in mir wachgerufen hat, habe ich noch mit keiner Frau erlebt. Das Schönste: Sie scheinen auf Gegenseitigkeit zu beruhen.

Aber was, um Gottes Willen, soll ich denn mit Nanis so nachdrücklich vorgebrachter Aufgabe anfangen? Mich meinen Mitpassagieren aufdrängen? Die Plätze in der Economy Class sind nur ungefähr zur Hälfte besetzt. Soll ich mich etwa neben wildfremde Leute setzen und ein Gespräch anfangen? Der Gedanke ist mir äußerst unbehaglich.

Während ich noch mit mir kämpfe, wird mir die Entscheidung abgenommen. Auf dem Weg zurück zu meinem Platz berührt ein großer Mann mit grünlich getönter Brille und schütterem, blonden Haar mich am Ellenbogen. Fragend schaue ich ihn an. Er winkt, ich solle mich zu ihm setzen. Mit gedämpfter Stimme sagt er: „Ich hätte nie gedacht, so etwas in einem Flugzeug zu sehen!"

Verständnislos schaue ich ihn an. Prüfend schaut er zurück.

„Vermissen Sie nicht etwas?"

Ich unterwerfe mich einer Selbstuntersuchung. Und tatsächlich, ein kleiner Plastikumschlag mit einem Rest zypriotischer Pfundnoten ist aus meiner Brusttasche verschwunden. Verwirrt schaue ich den Mann an.

„Sie sind gerade bestohlen worden", sagt er. „Ich habe zufällig hingeschaut, als Sie mit dem Taschendieb zusammengestoßen sind. Plötzlich anhalten und jemand auflaufen lassen, das ist ein klassischer Trick. Nur ist es nicht sehr professionell, so etwas in einem Flugzeug zu machen. Der Dieb kann nicht entkommen. Ich nehme an, dass er gedacht hat, dass Sie es nicht bemerken."

Er erklärt, dass er Polizeikommissar ist, auf dem Weg zu einem Kongress über organisierte Kriminalität in den Mittelmeerländern. Obwohl er hier natürlich überhaupt keine offiziellen Befugnisse hat, ist er gern bereit, mir zu helfen.

Ich nehme sein Angebot dankbar an. Wir entscheiden uns, erst einmal der Stewardess Bescheid zu sagen. Als wir auf dem Weg zum vorderen Teil des Flugzeugs an dem Dieb vorbeikommen und ein paar Sitze weiter an Nani, scheinen beide zu schlafen.

Wir erwischen unsere Stewardess in einem Moment, als sie sich gerade mit einem dunklen Lippenstift schnell die Konturen ihrer Lippen nachzieht. Mit einem einstudierten Lächeln wendet sie sich uns zu.

Es dauert eine Weile bis unsere Nachricht wirklich zu ihr vordringt. Dann aber ist sie völlig entsetzt. Nach Rücksprache mit dem Flugkapitän schlägt sie vor, zu warten, bis wir im Flughafen sind und den Dieb dann festnehmen zu lassen. Der Kommissar meint jedoch, dass das seiner Erfahrung nach zu viele Möglichkeiten bietet, das Geld verschwinden zu lassen. Wir entscheiden uns schließlich, den Mann höflich und unverbindlich zur Rede zu stellen.

Der große Polizist baut sich im Gang neben der Stewardess auf, die ihren ganzen Mut zusammennimmt. Ich setze mich seitlich auf die Armlehne des Sitzes vor dem Mann. Er schläft oder stellt sich immer noch schlafend, bis der Polizist ihn am Arm rüttelt.

„Sir", beginnt die Stewardess, „dieser Herr hier hat beobachtet, wie Sie diesem Herrn" – sie deutet auf den Polizeikommissar und dann auf mich – „Geld entwendet haben".

Empörtes Gestikulieren des Mannes. Was hat er beobachtet? Unmöglich! Natürlich habe er nichts entwendet. Er hat einen starken ägyptischen Akzent. Seine Augen zucken und er wirkt fluchtbereit, wie ein Tier, das in die Enge getrieben wird. Die Stewardess rümpft angewidert ihre Nase und murmelt: „Diese Ägypter sind alle Diebe!"

Sie wird ganz rot vor Aufregung. Der Polizist legt beruhigend seine Hand auf ihre Schulter. Er wirkt völlig ungerührt und nüchtern – ein Profi, der routiniert seine Arbeit tut. Er bittet den Ägypter, seine Taschen zu leeren.

Jetzt schaltet sich eine Dame mittleren Alters, die auf der anderen Seite des Ganges sitzt, ein. Sie wirkt sehr distinguiert, mit silbernem Haar und einem goldenen, aztekischen Amulett zu ihrem dunkelblauen Kleid. Ohne zu wissen, worum es eigentlich geht, fängt sie an, den Mann zu verteidigen. Sie weist darauf hin, dass er das Recht habe, einen Anwalt zu Hilfe zu rufen.

Der Dieb hat inzwischen angefangen, theatralisch seine Taschen nach außen zu kehren, was außer einer zerknüllten Packung Zigaretten und ein paar Pistazienschalen nichts zutage fördert. Schließlich entdecken die scharfen Augen des Polizisten tief in dem Spalt zwischen den beiden Sitzen das kleine Bündel Banknoten.

Der Ägypter gibt sich höchst erstaunt. Er hat natürlich keine Ahnung, wie es dort hingekommen sein könnte und drückt es mir mit übertriebener Höflichkeit in die Hand. Damit ist der Spuk zu Ende. Einstimmig entscheiden wir, nichts zu unternehmen. Ich bedanke mich bei dem Kommissar und der Stewardess, beschwichtige noch kurz die Dame mit dem

Quetzalcoatl-Amulett und setze mich dann wieder neben Nani, die genau in diesem Moment aufwacht.

„Erzähl", sagt sie.

Sie kommentiert die Geschichte, die ich nun kurz schildere, indem sie die nächsten fünf Steine auf dem Chakra einkreist.

„Genau was wir brauchen", sagt sie nach einer Weile zufrieden, „ein Wechselspiel zwischen den fünf wichtigsten menschlichen Lehrern. Jeder der Beteiligten befindet sich in einer der fünf menschlichen Inkarnationsphasen und wird durch einen der Steine auf dem Chakra repräsentiert."

Mit diesem merkwürdigen Vorfall scheine ich offenbar meine „Hausaufgabe" erfüllt zu haben. Ich blicke sie staunend an.

Der blaue Füller schreibt neben das vierte Symbol, einen kleinen Oval links unten auf der Zeichnung, „Granat" und „Baby-Seelen".

„Hier finden wir den Dieb, dem du eben begegnet bist. Dabei gibt es keinen Grund, uns über ihn erhaben zu fühlen, da tief in uns allen die Erfahrung steckt, was es bedeutet, ein Dieb zu sein. Das ist ein letzter Rest aus der ersten menschlichen Inkarnationsphase, der der Baby-Seelen. Sie arbeiten an der Grundlage der menschlichen Existenz, der Fähigkeit zu überleben. Ihre Lernprozesse finden meistens in primitiven, bedrohlichen Umgebungen in der Natur oder in der Stadt statt. Da wird geübt, Gewalt, Mord, Betrug und Diebstahl durch gemeinsame Sicherheit und Sozialstrukturen zu ersetzen. Für diese Phase steht dieser orangefarbene Granat."

Neben ein gestreiftes Viereck schreibt sie langsam und sorgfältig die Begriffe „Tigerauge" und „Kind-Seelen".

„Das ist die Stewardess. Sie steht für die nächste Phase, die der Kind-Seelen, das gold-, gelb- und weißgestreifte Tigerauge. Kind-Seelen haben gelernt, sich sozial zu verhalten, obwohl sie noch sehr verkrampft und ausgrenzend mit Außenseitern und Fremden umgehen, so wie die Stewardess mit dem Dieb gleich alle Ägypter verurteilte. Sie lernen jetzt das Leben zu genießen. Dabei steht meistens der Konsum im Mittelpunkt. Es geht hauptsächlich um die Annehmlichkeiten des Lebens, Essen, Trinken, Sex und Unterhaltung. Normalerweise schafft man es in dieser Phase kaum, langfristige Projekte aufzubauen."

Beim sechsten Stein, direkt dem Diamanten gegenüber, notiert Nani „Junge Seelen" und „Jaspis".

„Der schwere graue Jaspis hier ist der Polizist. Diesen Aspekt haben wir natürlich auch alle in uns. Er ist eine junge Seele. In dieser Phase fangen die Seelen an, sich für Macht zu interessieren: Man will der Schnellste, Größte, Schönste und Stärkste sein. Technokratisch und kühl wird alles nach Leistung und äußerem Verhalten beurteilt. Erst allmählich lernen die Seelen, sich Zeit füreinander und für ihre Gefühle zu nehmen."

Rechts davon neben das siebte kreisförmige Symbol schreibt Nani „reife Seelen" und „Türkis".

„Der hellblaue Türkis wird auch der ‚Stein der Liebhaber' genannt. Er ist der Stein der reifen Seelen. In dieser Lernphase steht die Liebe im Mittelpunkt, und sie wird in allen Variationen geübt – auch als Mitgefühl, so wie die Dame, die sich eingemischt hat, es gegenüber dem Dieb zeigte. Je mehr man in dieser Phase gelernt hat, desto mehr Menschen kann man in seine Liebe einbeziehen."

Als achten Schritt neben eine schmale Ellipse ein Stückchen weiter rechts oben setzt Nani schließlich „Alte Seelen" und „Bernstein".

„Und wer war wohl die alte Seele in dem kleinen Drama?", fragt sie.

Es gibt nur eine Möglichkeit.

„Ich selbst?", frage ich zögerlich.

„Genau," sagt Nani. „Leute wie du sind keine Seltenheit bei den alten Seelen. Sie schleppen, wenn auch meistens unbewusst, viel zu viele alte Geschichten mit sich herum. Zu oft waren sie in der langen Abfolge ihrer früheren Leben reich und arm, berühmt und einsam, gesund und krank, als dass sie sich jetzt leicht zu einem weiteren neuen Leben aufraffen könnten. Selbstmord aus Lebensüberdruss kommt oft vor, ebenso wie Obdachlosigkeit oder Drogenabhängigkeit."

Nani blickt mich ernsthaft an.

„Das eigentliche Ziel dieser Phase ist aber die Suche nach der Wahrheit. Wenn die alten Seelen das Leben einigermaßen in den Griff kriegen, suchen sie sich als Lehrer oder Künstler eine bequeme Nische in der Gesellschaft aus. Von da aus versuchen sie sich dann einer höheren, intuitiven Wirklichkeit zu nähern."

Ein plötzliches Rütteln unter unseren Füßen sagt uns, dass die Räder des Flugzeugs herausgeklappt werden. Durch das doppeltverglaste Fenster neben Nani kann ich bereits die Lichter von Larnaka sehen. Die Stewardess kommt vorbei, um die Gurte zu kontrollieren. Sie lächelt uns gut gelaunt zu und bittet Nani, ihr Tischchen hochzuklappen. Schnell zieht der Füller noch eine Schleife um die letzten drei Steine, bevor er wieder im großen Beutel verschwindet.

„Für die letzten drei Phasen gibt es keine Beispiele, da sie über die menschliche Inkarnation hinausgehen. Sie spielen aber in jedem Leben eine Rolle, und es gibt Leute, die eine starke Beziehung zu diesen Ebenen haben."

Ihr kräftiger, dunkelbrauner Zeigefinger deutet auf das neunte Zeichen, einen fast herzförmigen Stein.

„Der Rosenquarz ist der Stein der Heiler. Er steht für die Astralwelt, in der du nachts in deinen Träumen bist und in den Zeiten zwischen deinem Tod und deiner nächsten Wiedergeburt. Wenn die letzte menschliche Inkarnation abgeschlossen ist, folgt eine lange Phase in diesem Bereich. Hier finden die Seelen, die ursprünglich als große Gruppenseelen aus Brahma hervorkamen und im Laufe der Inkarnationen immer mehr vereinzelt und zersplittert wurden, langsam wieder zueinander. Es ist ein Ort der Heilung, ein sehr kreativer Ort."

Auf den viereckigen Stein darüber zeigend, erklärt Nani: „Der Smaragd ist der Stein der Engel. In diesem Bereich können die großen Seelen-Gruppen nur noch wachsen, indem sie den Seelen der vorherigen Phasen helfen und sie in ihrer Entwicklung unterstützen."

Sie zeigt auf den letzten und elften Stein, gleich rechts oben neben dem Diamanten. „Hier befindet sich ein schwarzer Opal, der Stein der Ekstase. Er repräsentiert die letzte Entwicklungsstufe der Seelen, die Phase der langsamen Verschmelzung, des erneuten Einswerdens mit Brahma. Und damit kommen wir wieder zurück zum Diamanten. Der Tropfen gleitet zurück in den Ozean."

Mit einem harten Hüpfen setzt unser Flugzeug auf und kommt nach einem langen, schnellen Auslaufen zum Stehen.

Wir sind auf Zypern.

Gold

Innenring

Glänzend

Klarheit und Edelmut

Dharma der Entspannung

Nach einem kurzen Blick auf meinen Reisepass und einen erheblich längeren auf Nanis dunkelblaues Dokument entlässt uns der Zollbeamte in die überfüllte Empfangshalle. Am Eingang steht ein großer, olivhäutiger Mann, unter dessen rosa Turban dunkle Augen suchend über die Köpfe der Umstehenden streifen.

„Karamjit Singh", ruft Nani, als sie ihn entdeckt. Der lange Sikh kneift einen Moment lang seine Augen zusammen, als ob er plötzlich in die grelle Sonne schauen würde, dann entspannt sich sein Gesicht. Mit gebieterischen Bewegungen bahnt er sich einen Weg zu uns.

Nach einer Begrüßung mit vor der Brust zusammengelegten Händen begeben wir uns in die warme, etwas stickige Luft des zyprischen Abends. Auf dem Parkplatz vor dem Flughafengebäude bringt der Mann uns zu einer der überlangen Mercedes-Limousinen, die hier auf Zypern so populär sind. Ohne zu zögern verschwindet Nani im Dunkel des Rücksitzes, wo sie ihren schwarzen Beutel auf einem Tischchen ablegt.

Nachdem mein Rucksack im Kofferraum verstaut ist, öffnet Karamjit Singh mir mit einer einladenden Handbewegung die Beifahrertür. Aus einem kleinen Kühlschrank hinter meiner Rückenlehne zaubert er drei Dosen Cola hervor, und dann fahren wir sanft an dem im Frühling bereits halbverkrusteten Salzsee Larnakas entlang. Die laue, salzig riechende Nachtluft weht durch das offene Fenster herein.

„Du kannst ihn General nennen", sagt Nani durch die Kluft zwischen den Vordersitzen zu mir, während sie, den glucksenden Geräuschen nach zu schließen, ihr Getränk in ein Glas gießt.

Das scheint das Stichwort für unseren Fahrer zu sein, ein Gespräch in Gang zu bringen. Nachdem er mich mit durchdringenden Augen gemustert hat, dreht er seinen Kopf wieder nach vorn, sodass ich Gelegenheit habe, das merkwürdige Profil, das ihm die Bartrolle unter seinem Kinn verleiht, zu betrachten. Es fällt mir anfangs nicht leicht, seine abgehackte Sprache zu verstehen.

„Ich war Brigadegeneral in der indischen Armee. Ich war ein guter Offizier. Meine Truppe hat viele Auszeichnungen erhalten. Es war eine Elite-Einheit. Wir waren sehr gut ausgebildet. Einige Kameraden, die damals mit mir auf der Akademie waren, sind jetzt Drei-Sterne-Generäle. Ich bin sicher, dass ich jetzt mindestens ebensoweit sein könnte."

Er macht eine theatralische Pause.

„Dann kam die ‚Operation Blue Star'." Kurz ruht sein feuriger, befehlsgewohnter Blick auf mir. „Haben Sie davon gehört?"

Ich schüttle meinen Kopf. Er erzählt weiter.

„1984 herrschte im Punjab eine Art Bürgerkrieg zwischen Sikhs und Hindus. Der Anlass war ein Konflikt über die Verteilung des Wassers. Durch ein ausgedehntes Bewässerungssystem haben die Sikhs ihre trockene Provinz zu der Kornkammer Indiens gemacht. Das Wasser des Sutlej-Flusses, das sie dafür benötigen, wird aber zunehmend durch die Nachbarprovinz Hariyan beansprucht. Für den Punjab bleibt immer weniger übrig. Zehn Jahre lang haben die Sikhs friedlich, aber vergeblich bei der nationalen Regierung dagegen protestiert. Die Unzufriedenheit wuchs mit jedem Jahr.

Schließlich entstand im Punjab eine Unabhängigkeitsbewegung. Ihr Ziel war die Gründung eines autonomen Staates. ‚Khalistan', das Land der Reinen, sollte nicht nur seine Wasserrechte selbst verwalten, sondern mindestens so sozial, modern und wohlhabend werden wie die großen Vorbilder USA und Deutschland. Die Separatisten, die keineswegs die Gesamtheit der Sikhs repräsentierten, gerieten dabei, wie man sich denken kann, in Konflikt mit der Hindubevölkerung des Punjab und mit der indischen Zentralregierung. Der Ton dieser Auseinandersetzung wurde immer aggressiver. Schließlich kam es im Punjab und den angrenzenden Gebieten zu terroristischen Anschlägen gegen Hindus und zu Pogromen und schweren polizeilichen Repressionen gegen Sikhs.

Leider wurde auch das wichtigste Heiligtum der Sikhs in diesen Kampf verwickelt – der Goldene Tempel in der Stadt Amritsar, der aus Marmor und Gold gebaut ist und mitten in dem großen Becken einer Heilquelle liegt. Auf dem Dach dieses heiligen Ortes verschanzte sich im Laufe des Bürgerkriegs eine kleine Gruppe bewaffneter Fanatiker.

Die indische Zentralregierung reagierte äußerst primitiv auf diese Provokation. Statt diplomatisch vorzugehen, entsandte sie Infanterie- und Panzereinheiten. Dabei wurden wichtige Teile des Tempels zerstört. Mehr als zweitausend Menschen, meist gläubige Pilger, wurden durch die Granaten und Maschinengewehre der Armee getötet ... ein entsetzliches Blutbad."

Karamjit Singh hält kopfschüttelnd einen Augenblick inne.

„Mein Regiment sollte bei dieser ‚Operation Blue Star' eingesetzt werden. Meine Soldaten waren sehr gut, aber sie waren alle Sikhs. Sie desertierten geschlossen wie ein Mann."

Seine kastanienbraunen Augen sind offen auf mich gerichtet, ohne ein Zeichen des Bedauerns.

„Das war das Ende meiner Karriere als Offizier."

Die gelenkigen, braunen Hände drehen bedächtig das mit rötlichem Wurzelholz eingefasste Steuerrad, und der Wagen biegt von der Hauptstraße auf eine kleine Landstraße. Unter der tadellos weißen Manschette seines Maßanzugs blitzt eine kostbare goldene Uhr hervor.

„Jetzt bin ich Kaufmann", fährt der General fort. „Dadurch bin ich in den Besitz des Chakras gekommen."

„Erzähl", brummt Nani vom Hintersitz.

Er braucht nur wenig Ermutigung.

„Ich war gar nicht darauf aus, etwas zu kaufen. In der Nähe von Akaki, unserem Nachbardorf, hatte ich mit meinem Auto eine Motorpanne. Irgendetwas blockierte die Benzinleitung. Allein konnte ich nichts ausrichten. Also, was tun? Das Wetter war gut, und ich entschied mich, Hilfe zu holen.

Akaki ist ein kleiner Weiler. Dort leben nur Weinbauern, Ziegenhirten und einige Leute, die in Nikosia arbeiten. Es gibt ein Kafeneion, eine

Kirche, einen Lebensmittelladen und eine kleine Autowerkstatt. Nach einer halben Stunde Fußmarsch hatte ich diese Werkstatt erreicht. Ein Blick in diese düstere, rußverschmierte Höhle genügte, und mir war klar, dass ich diesen Leuten meinen schönen Mercedes nicht anvertrauen konnte. Mitten im Raum stand ein alter Bedford-Kleinbus in einer Öllache. Überall auf dem dreckigen Boden verstreut lagen schmuddelige Werkzeuge.

Ein ungepflegter Mann tauchte hinter dem Bus auf. Er rieb die schwarzen Hände an seinem ölverschmierten Overall ab. Seine Erscheinung bestätigte meinen Entschluss, dass ich nichts mit dieser Werkstatt zu tun haben wollte. Ich bat darum, telefonieren zu dürfen. Ungeniert starrte der Automechaniker auf meinen Turban. Er schien zu zögern. Gerade als ich gehen wollte, bedeutete er mir, ihm zu folgen.

Hinten gab es einen modrig riechenden Raum, der noch um Einiges dunkler war als die Werkstatt. Der Mann zeigte auf ein uraltes, verstaubtes, schwarzes Telefon mit Drehscheibe und ließ mich allein. Als ich unter viel Rauschen und Knistern die Mercedes-Werkstatt in Nikosia erreicht hatte, versprach man mir, sofort jemanden zu schicken.

Inzwischen hatten meine Augen sich an das Halbdunkel gewöhnt. Ich ließ meinen Blick ohne sonderlich großes Interesse durch den kleinen Raum schweifen. Ich erwartete höchstens ein paar vergilbte Kalender und volle Aschenbecher auf einem Resopaltisch. Da hatte ich mich aber getäuscht. Das Zimmer war von unten bis oben mit Antiquitäten gefüllt. Auf provisorischen Regalen standen reihenweise Amphoren und Vasen, teils, soweit ich erkennen konnte, bemalt, dazu Skulpturen, ein paar Schwerter und eine ganze Sammlung alter Schmuckstücke. Ich war sofort hellwach.

Weil ich ein leidenschaftlicher Waffensammler bin, hatten es mir besonders die beiden Schwerter angetan. Als ich sie vorsichtig aufhob, fühlten sie sich an, als seien sie gerade aus der Erde gegraben worden. Ihre verwitterten Griffe schienen mit etwas wie Löwenköpfen verziert zu sein. Sie machten einen echten und vor allem uralten Eindruck.

Ich gab dem Werkstattinhaber fünfzig Cents für das Telefonat und versuchte, ihn in ein Gespräch über die Gegenstände zu verwickeln. ‚Eine schöne Sammlung Antiquitäten haben Sie.‘ Er tat, als ob er nichts höre, und schien gerade wieder hinter dem Bus verschwinden zu wollen. ‚Ich würde gerne die Schwerter kaufen. Ich kann viel Geld dafür bezahlen‘, sagte ich schnell. Nicht gerade der beste Anfang für einen Handel, doch hier hatte ich das Gefühl, dass Feinheiten nicht besonders helfen würden.

Tatsächlich blieb der Mann jetzt stehen. ‚Sie verkaufen Antiquitäten?‘, fragte ich. Unwillig erzählte er mir, dass er in der Umgebung des Dorfes einige alte Dinge aufkaufe. Ab und zu kämen Händler aus Nikosia und Limassol bei ihm vorbei und kauften sie ihm ab. ‚Ich bin Großhändler‘, sagte er stolz.

Er nahm mich wieder mit in den Raum hinter seiner Werkstatt. Diesmal knipste er eine staubige Glühbirne an. Was da unter Schichten von Dreck ans Tageslicht kam, war äußerst interessant. Alles sah in meinen Augen echt und sehr alt aus. Ich hob eines der Schwerter auf. Die bronzene Klinge war hauchdünn, der Kopf an dem Griff fast bis zur Unkenntlichkeit zerfressen.

Dann fiel mein Blick plötzlich auf einen alten Reif, der bisher unter den beiden Schwertern versteckt gelegen hatte. Er sah aus wie eines der Chakras, die wir in unserem Tempel benutzen. Ich legte das alte bronzene Schwert aus der Hand und hob den Reif vorsichtig auf. Als ich in dem Material, aus dem der Reif gefertigt war, die zwölf Mulden sah, in die früher offensichtlich irgendetwas eingelegt gewesen war, stieg mir das Blut siedend heiß in die Schläfen. Wie alle Bhajas bin ich mit der Geschichte von Chajju, dem Chakra und dem Diebstahl groß geworden, und plötzlich fiel mir wieder ein, dass sich damals die Spur in Beirut, also nicht weit von hier, verloren hatte. Ich wusste sofort, was ich da in der Hand hielt.

Ich konnte meine Aufregung kaum verbergen. Doch nicht umsonst bin ich Kaufmann. Das Handeln ist mir in Fleisch und Blut übergegangen. So schaffte ich es, mein Interesse herunterzuspielen. Ausgiebig feilschte ich mit dem Werkstattbesitzer um die beiden Schwerter. Schließlich akzeptierte ich einen etwas zu hohen Preis und sagte dann beiläufig: ‚Wenn Sie mir diesen alten Reif dazugeben.‘

Ich muss dazu sagen, dass das Chakra überhaupt nicht nach Edelmetall aussah. Es war mit einem zementähnlichen Belag überzogen. Mit einem Schulterzucken hielt mir der Werkstattinhaber den alten Reif hin.

Schmutzig wie er war, verstaute ich ihn mit zitternden Händen eilig in meiner Aktentasche. Dann fiel mir ein, ihn noch nach den dazugehörenden Steinen zu fragen: ‚Haben Sie Turmaline, Achat oder andere Steine?'

Misstrauisch schaute mich der Antiquitäten verkaufende Automechaniker an. ‚Edelsteine bringen nur Unglück', behauptete er ärgerlich. Er verschwand hinter seinem Bus und tauchte nicht wieder auf. Quasi als letzte Bestätigung der Authentizität des Chakras entdeckte ich auf einem abgeblätterten, fast unleserlichen Schild draußen über der Tür einen Hinweis auf seine Abstammung: *Loizos Pericleous, Ölwechsel, Bremsen, Reifen.*

Seitdem führte mich mein Weg noch verschiedene Male bei Akaki vorbei. Manchmal sitzt er vor seiner Werkstatt. Wenn ich anhalte, verschwindet er schnurstracks in seiner Höhle."

„Es ist gut, dass du nichts für das Chakra bezahlt hast", meldet sich Nani aus ihrem Sessel. „Es sollte klar sein, dass es unser Eigentum ist."

Der Mond steht groß und blass über den silbern wogenden Feldern der Mesaoria, der fruchtbaren Tiefebene, die das Herz Zyperns ausmacht. In der Ferne wirft Nikosia seinen Lichtnebel auf den weiten, dunklen Sternenhimmel, gegenüber ragt schroff die schwarze Faust des Fünf-Finger-Gebirges auf.

Nanis Frage an den General fällt wie ein Stein auf eine ruhige Wasserfläche: „Seit wann ist dein Sohn eigentlich in der SSA?"

Karamjit Singhs aufragende Schnurrbartspitzen zittern. „In der SSA?", sagt er laut. „Es müssten mindestens zwei Jahre sein!", antwortet Nani.

Mit quietschenden Reifen lenkt der General den schweren Wagen an den Straßenrand, wo er neben einem dunklen Eukalyptuswäldchen zum Stillstand kommt. Zwischen ihm und Nani entfaltet sich eine lebhafte und aggressiv klingende Auseinandersetzung auf Punjabi. In den staubig riechenden Bäumen singt ein Nachtvogel mit langen, klagenden Schluchzern.

Als Karamjit Singh nach einer Weile den Mercedes wieder in Gang bringt, scheinen die großen Hände das Lenkrad etwas fester zu umgreifen als vorher. Ungefragt klärt er mich auf.

„Mein Sohn, Akali Singh, scheint ein Terrorist geworden zu sein. Er studiert Volkswirtschaft in Delhi und ist anscheinend Mitglied der Sikh Student Association. Ich kann es mir überhaupt nicht vorstellen, aber

Nani wird wohl ihre Gründe haben, das zu behaupten. Dem SSA ist jedes Mittel recht, um die Sikhs zu befreien. Wie konnte er sich auf so etwas einlassen? Er hat nie etwas davon angedeutet. Eigentlich ist er ein großartiger Junge, ein erstklassiger Sportler, mutig und idealistisch."

„Er ist ein prima Junge", lässt Nani von der Hinterbank verlauten. Die Kühlschranktür fällt dumpf ins Schloss, und es klingt, als ob sie eine neue Dose öffnet. „Ein bisschen hitzköpfig vielleicht."

„Hitzköpfig ist in diesem Fall milde ausgedrückt. Die Sikh Student Association ist die militanteste Sikh-Organisation, die es gibt."

Karamjit Singh sucht im Rückspiegel Nani, dann wendet er sich wieder mir zu.

„Nani hat bereits einigen Sikhs von dem Chakra erzählt, und so hat Akali wohl mitgekriegt, dass wir versuchen, das legendäre Chakra wiederzubekommen und es seiner Bestimmung gemäß einzusetzen. Er weiß, welche Bedeutung das für die Sikhs haben würde. Der alten Bewegung der Bhajas würde wieder neues Leben eingehaucht, und dadurch unser Einfluss innerhalb der Sikh-Gemeinschaft enorm verstärkt. Für ihn, so wie er im Moment denkt, wäre das eine politische Katastrophe."

„Wir müssen kämpfen, ja, aber nicht mit Maschinenpistolen", tönt Nani von hinten.

„Nanis Einfluss ist im Punjab nicht unerheblich", fährt Karamjit Singh fort, „deshalb hat Akali angekündigt, dass die SSA mit allen Mitteln verhindern wird, dass religiöse Sentimentalitäten den Freiheitskampf der Sikhs stören."

Er seufzt.

„Wie geht es deiner Tochter?"

Weiße Knöchel schimmern auf dem Lenkrad durch die braune Haut seiner Hände. Nani scheint sich den hageren Riesen wohl ähnlich vorzuknöpfen wie zuvor mich.

„Adi besucht eigentlich ein Internat für besonders begabte Kinder in der Nähe von Nikosia. Jedenfalls dann, wenn wir es schaffen, sie dahin zu bringen."

Fast hilfesuchend dreht er den Kopf wieder in meine Richtung.

„Da Sie es sowieso erfahren werden, kann ich es Ihnen auch selbst erzählen. Meiner Tochter ist, als sie zwei Jahre alt war, etwas Merkwürdiges passiert. Als wir damals in Kashmir am Rande des Dschungels wohnten, war sie für lange Zeit im Wald verschwunden. Adi ist eine Halbwaise, ihre Mutter ist bei der Geburt gestorben. Um sie kümmerten sich viele Bedienstete, und eine zuverlässige Kinderfrau passte auf sie auf. Trotzdem ging das kleine Mädchen eines Tages verloren. Mit ihr verschwand ihr liebster Spielkamerad, ein halbwilder Wolfshund, der uns vor Jahren zugelaufen war. Tagelang kämmten wir den Wald mit Hunderten von Soldaten und Polizisten durch. Vergeblich. Nach zehn Tagen gaben wir die Suche auf. Wir versuchten uns mit der Tatsache abzufinden, dass sie für immer verschwunden war. Zum Glück musste ich in dieser Zeit sehr viel arbeiten. Das half mir, meinen Schmerz einigermaßen zu betäuben.

Drei Jahre später tauchte sie total überraschend wieder auf. Genauso plötzlich wie sie gegangen war und vollkommen unerwartet. Sie sah aus wie ein verfilzter Kobold, fast unerkennbar – der zähnefletschende, alte Wolfshund war noch immer bei ihr.

Jede Zeitung in Indien berichtete damals darüber. Zahllose Wissenschaftler wollten sie untersuchen. Wir mussten ihre Haare abschneiden, weil sie total verfilzt waren. Ihre Haut war dick und rauh wie Elefantenhaut. Sie knurrte und heulte und reagierte nicht auf Wörter. Monate gingen vorüber, Jahre, bis sie langsam Anzeichen einer Veränderung zeigte.

Inzwischen ist sie zwölf Jahre alt. Sie hat sich angewöhnt, in einem Singsang zu sprechen. Lesen und schreiben kann sie nur mühsam. Ihre Begabung ist aber, wie wir eher zufällig entdeckt haben, die Mathematik. Die Antworten sprudeln wie aus einer geheimen Quelle aus ihr heraus. Kopfrechnen kann sie schneller als ein Computer. Sie besucht darum seit einiger Zeit eine Schule für hochbegabte Kinder in der Nähe von Nikosia. Aber es ist eine Kunst, sie in die Schule zu locken. Am liebsten ist sie immer noch draußen im Wald."

Während das Auto weiterhin durch die dunkle Nacht gleitet, ist jeder von uns eine Weile mit seinen eigenen Gedanken beschäftigt. Im Mondschatten der vor uns aufragenden Berge fahren wir durch schläfrige Dörfer mit weißgetünchten Häusern, deren Türen offen stehen, um dem kühlen Abendwind Zugang zu lassen. Gespenstisch flimmern die farbigen Lichter der Fernseher. Ab und zu zerreißen übermütige Teenager mit knatternden Mopeds die Stille.

Plötzlich biegt die Limousine in eine zypressengesäumte Auffahrt ein, wo die dunkle Silhouette einer nach oben spitz zulaufenden Kuppel den Eindruck vermittelt, dass man sich im Orient befindet. Karamjit Singh parkt das Auto in einem Unterstand. Dann öffnet er die Hintertür des stattlichen Hauses zu einem Flur, von dem verschiedene Türen ausgehen, und zeigt mir ein kleines Gästezimmer.

Mit großer Erleichterung stelle ich meinen Rucksack ab und lasse mich erschöpft auf das Bett fallen. Kaum eine Minute scheint vergangen zu sein, als es an der Tür klopft. Der General, der inzwischen seine Jacke ausgezogen hat, bittet mich mitzukommen.

Im blassen Mondlicht lenkt ein sich schlängelnder Kiesweg unsere knirschenden Schritte zu dem viereckigen Nebengebäude mit der Kuppel, einem kleinen Tempel, der nur aus einem großen Raum besteht, dessen makellos weiße Wände sich nach oben bis in die gewölbte Innenseite der Kuppel verjüngen. Der Teppich unter unseren Füßen ist mit weißem Leinen abgedeckt. Offene Türen lassen die laue, nach Geißblatt, frisch gemähtem Gras und Rosen duftende Abendluft ungehindert aus allen vier Himmelsrichtungen einströmen. Mitten im Raum steht ein niedriger Kupferaltar, über den ein schweres Tuch aus blauem, goldbesticktem Samt ausgebreitet ist, das an der uns zugewandten Seite bis weit auf die weißen Laken herabfällt.

Vor dem Altar prangen auf diesem kostbaren Samt zwei blanke, gekreuzte Krummschwerter, die scharfe Seite der Klingen uns zugekehrt. Zwischen den beiden Schwertern liegt ein grauer, schmuddeliger Reif von ungefähr 20 Zentimetern Durchmesser mit einem etwa drei Zentimeter breiten Rand. Das ungepflegte Äußere des Reifs hebt in dieser makellos reinen Umgebung seine besondere Bedeutung wirkungsvoll hervor.

Karamjit Singh verneigt sich kurz vor dem Altar, kreuzt seine langen Beine im Schneidersitz und schließt, ohne mir irgendwelche Erklärungen zu geben, die Augen. Ich fühle mich ein bisschen befangen, setze mich aber schließlich ebenfalls hin und beuge mich vor, um den Reif, der das berühmte Chakra sein muss, aus der Nähe betrachten zu können. Die alte Wurfwaffe scheint noch scharf geschliffen zu sein, obwohl der Rand an einigen Stellen etwas weggerostet ist. Über dem alten Metall liegt ein merkwürdiger Grauschleier, als ob er in feinen Mörtel getaucht wurde. Trockene, graue Reste des Harzes, mit dem die Steine wahrscheinlich befestigt waren, kleben noch in den zwölf Vertiefungen. Es juckt mich in den Fingern, dem Chakra mit Bürsten und Lösungsmitteln zu Leibe zu rücken und zu schauen, was sich unter dem Belag befindet.

So geräuschlos, dass ich sie erst bemerke, als sie sich in Richtung des Altars verneigt, erscheint Nani. Sofort wendet sich die alte Frau Karamjit Singh zu, der seine Augen öffnet, als er ihren Blick spürt. Sie zeigt mit ihrem runzligen, dunklen Zeigefinger auf das Chakra und sagt leise, aber mit Nachdruck: „Setz es auf.“

Der General verzieht keine Miene, macht aber auch keine Anstalten, den Reif aufzunehmen. Er fragt: „Weißt du, was passieren wird – so, ohne die Steine?“

Nani beugt sich vor und nimmt das graue Chakra vorsichtig hoch.

„Es wird Fragen aufwerfen“, sagt sie.

Er sträubt sich: „Ich habe keine Fragen.“

„Dein Sohn ist ein Terrorist, deine Tochter ist ein Wolfskind, und deine Frau ist gestorben“, sagt sie eiskalt.

Der Raum füllt sich so mit Spannung, dass ich den Atem anhalte. Der General rührt sich nicht. Nani gibt erst einmal auf, wendet sich mir zu und zeigt mir das Chakra von allen Seiten.

„Feiner Eisen-, Kupfer- und Golddraht wurde zu komplexen Mustern gewoben und anschließend viele Male erhitzt, geschmolzen, abgehärtet und geschliffen. So sind das äußere Eisen, das Kupfer in der Mitte und das Gold am Innenrand unzertrennlich miteinander verwoben.“

Sie lässt den grauen Reif in ihrem Schoß ruhen und fragt: „Weißt du, was Karma ist?“

Ist Karma nicht die Vorstellung, dass alles, was du tust, Gutes oder Schlechtes, wieder zu dir zurückkommt, selbst nach vielen Leben, bis du die damit verbundene Lektion gelernt hast? Bisher empfand ich das immer als ein eher abstraktes und wenig brauchbares Konzept. Ich nicke zögernd und zucke mit den Schultern.

„Opfer-Karma wird auf dem Chakra durch das Kupfer dargestellt, Täter-Karma durch das Eisen. Diese beiden Karmas bestimmen abwechselnd unsere Leben.

Zum Beispiel deine dicke Tante, die du heute morgen in dem Nebel zu sehen meintest. Ihr plumper Versuch, dich zu bekehren ist Täter-Karma, ein Fehler im Bereich der Wahrheit. Lässt du dich bekehren, dann kommst du in ein Opfer-Karma. Damit fängt eine Schleife an, in der du das nächste Mal Täter bist und der andere das Opfer. Täter-Karma verwandelt sich immer in Opfer-Karma und umgekehrt. Nur diese ständige gegensätzliche Wiederholung bewirkt, dass Mitgefühl und Vergebung wachsen. Damit löst sich dann die Opfer-Täter-Kette auf.“

Karamjit Singh seufzt, mit sich selbst kämpfend. Mit seiner beringten Hand streicht er über sein Kinn, wo er wohl eine Haarspange oder so etwas löst, denn plötzlich fällt ihm ein dichter, mit silbernen Strähnen durchsetzter Vollbart wie ein Wasserfall in den Schoß.

Nani ignoriert ihn.

„Christine, zum Beispiel, hat offensichtlich ein Opfer-Karma dir gegenüber. Wenn du ihr in deinem nächsten Leben und danach nicht immer wieder in wechselnder Abhängigkeit begegnen möchtest, wird es Zeit, dass du lernst, anders mit Beziehungen umzugehen.“

Nanis ernsthafte schwarze Augen haben in dieser weißen Umgebung eine noch stärkere Wirkung auf mich.

„Der erste Schritt ist, dir des zwanghaften, sich immer wiederholenden Charakters deines Verhaltens bewusst zu werden. Zweitens musst du die zugrundeliegenden Bedürfnisse erkennen und versuchen, effektivere Wege zu finden, um sie zu befriedigen. Drittens musst du lernen, dem alten Impuls zur schnellen Befriedigung zu widerstehen, der immer mit einem viel zu hohen Preis verbunden ist. Dann verschwindet der Zwang schließlich ganz. Die Freiheit, die dadurch entsteht, prägt sich so tief in dein Wesen ein, dass sie über alle weiteren Leben hinweg erhalten bleibt. Die Lebenskunst, die auf dieser Freiheit basiert, nennen wir Dharma.“

Nanis starke, dunkle Finger klopfen auf den Rand des Chakras.

„Das Dharma wird in dem Chakra durch das Gold dargestellt. Du siehst, dass es nicht gleichmäßig verteilt ist. Oben, beim Diamanten, besteht der Reif fast ausschließlich aus Gold – nur am Außenrand gibt es einen schmalen Streifen Eisen und Kupfer. Unten, beim Jaspis, gibt es dagegen nur noch einen dünnen Faden Gold am Innenrand. Allerdings reicht selbst dieser kleine Rest Dharma, um die Seelen wieder zurück zu Brahma zu lenken."

Ihre runzlige Hand zieht den feinen, weißen, fast durchsichtigen Seidenschleier, den sie über dem Kopf trägt, bis zu ihrem Haaransatz. Dann wendet sie sich wieder dem unbeweglich dasitzenden Karamjit Singh zu. Einladend streckt sie ihm den grauen Reif entgegen.

„Halte es am Gold, du alter Soldat", sagt sie.

Der General, der mit dem langen Bart archaisch und majestätisch aussieht, bewegt sich aber nicht.

„Warum trägt ein Sikh einen Turban?", fragt sie ihn fordernd.

Mit tonloser Stimme, mechanisch, wie auswendig gelernt, antwortet er: „Nur Könige dürfen den Turban tragen. Guru Gobind Singh sagte: ‚Sei ein König.'"

„Bist du ein König?"

Er schließt die Augen. „Guru Nanak sagte: ‚Gott lebt in dir. Erhalte deinen Körper so, wie er dir gegeben wurde. Schneide Haare und Bart nicht.'"

„Bist du Gott?"

Karamjit Singh wirft ihr einen kurzen Seitenblick zu.

„Die Bhajas sagen: ‚Nicht dein Leben ist wichtig, sondern der Mut, den du zum Leben aufbringst.'"

Nani schaut ihn eindringlich an: „Bist du mutig?"

Offensichtlich hat sie ins Schwarze getroffen. Er streckt beide Hände nach dem Metallreif aus und setzt ihn brüsk auf seinen rosa Turban. Als ob er in eiskaltes Wasser gesprungen wäre, atmet er jäh ein, zieht seine Stirn zusammen und schlägt die Arme um seine Brust. Sein Atem geht schnell. Dann schüttelt er heftig den Kopf und nimmt den Reif sofort wieder ab, um ihn Nani zurückzugeben. Sein langer, muskulöser Körper strafft sich, und er verharrt kerzengerade, wie aus Stein gehauen.

Nani steht auf, legt das Chakra wieder vor dem Altar zwischen die Schwerter und geht nach draußen. Da bemerke ich plötzlich, wie abgrundtief müde ich bin, und ich folge ihrem Beispiel. Im hellen Mondlicht suche

ich meine Schuhe und wanke wie ein Schlafwandler durch den duftenden Garten zurück zu meinem Zimmer. Ich habe kaum noch die Kraft,
mich meiner Kleider zu entledigen. Nur mit einem Laken bedeckt, strecke
ich mich auf dem altmodischen Bett aus, und sofort überrollt mich der
Schlaf wie eine sanfte Flutwelle.

Turmalin

Erster Stein
im Gegenuhrzeigersinn

Tiefrot, durchsichtig

Körperbewusstsein

Ebene der Mineralien

Mit nackten Füßen tanze ich im Sand und schaue dabei meiner Partnerin unablässig in die Augen. Ist es Devi, Christine oder meine Mutter? Es ist mir nicht klar. Wir bewegen uns in einer sorgfältig ausgehobenen Ausgrabungssenke, in der große, farbige Steine zwischen schwarzen Baumwurzeln aus der Wand ragen. Die kreisförmige Senke ist so angelegt, dass sich in der Mitte eine Erhöhung befindet, auf der jetzt noch andere Paare tanzen, deren Füße sich für mich auf Augenhöhe befinden – die Schuhe kenne ich aus einem anderen Traum: krokodillederne Pumps, elegante Hochhackige, weiße Halbschuhe und orangefarbene Plastiksandalen.

Unter einem Baum mit glatter, hellbrauner Rinde, dessen weit ausladende Äste über die Senke hängen, sitzt Nani und spielt mit großer Gelassenheit auf einem grauweißen, mit Fell bespannten Instrument, das wie ein Cello aussieht. Die sägenden, schrillen Töne zischen wie Funken zwischen uns Tanzenden hindurch.

Schon einige Male habe ich mir Knie, Ellbogen oder Knöchel an den Steinen gestoßen, die in der Grabenwand stecken. Schließlich pralle ich mit der Schulter so hart an einen riesigen schwarzen Kristall, dass mich der Schmerz aufwachen lässt.

Mühsam richte ich mich auf und stelle fest, dass mein Körper mir tatsächlich so weh tut, als ob ich mich überall gestoßen hätte. Es wird wohl die gestrige, stundenlange Anspannung auf dem Sims gewesen sein, die mir diesen brennenden Muskelkater beschert hat. Ich befühle meine schmerzende Schulter, als mein Blick zufällig auf meine Uhr fällt. Es ist bereits Mittag!

So schnell wie möglich ziehe ich mich an. Das Haus ist merkwürdig still. Kein Wasser läuft, kein Gerät brummt, kein Radio plärrt – keine Stimmen, keine Schritte, keine klappenden Türen.

Ich klopfe nebenan bei Nani an die Tür und drücke, als sich nichts regt, die Klinke herunter. Der Raum stellt sich als ein exaktes Duplikat meines Zimmers heraus – weiß getünchte Wände und halb geschlossene, hellgraue Fensterläden, die die Mittagssonne abhalten. Das einsame Brummen einer Fliege am Fenster lässt die Stille noch tiefer werden. Das Bett sieht unberührt aus.

Am Ende des Ganges befindet sich ein großer Salon. Ein breites Panorama-Photo des Goldenen Tempels, der wie ein reich verziertes Hausboot in grünem Wasser zu schwimmen scheint, hängt an der Wand. Flimmernde Staubteilchen tanzen in den spärlichen Sonnenstrahlen, die durch die halb geschlossenen Fensterläden in das Zimmer fallen.

Es findet sich keine Nachricht für mich. Sind Nani und Karamjit Singh vielleicht einkaufen gegangen? Oder haben sie mich absichtlich allein gelassen? Ratlos setze ich mich in einen der weißen Ledersessel, um zu warten. Doch lange halte ich es nicht aus. Ich entschließe mich, die beiden zu suchen.

Meinem Raum gegenüber liegt eine mit dem Geruch von staubigem Papier angefüllte Bibliothek. Das Licht der Türöffnung fällt auf lange Reihen dicker Bände: Kriegswissenschaft, Theosophie, Sikh Philosophie, Betriebswirtschaft. Ein bequemes Sofa steht vor einem großen Fernseher, auf dem eine dünne Staubschicht liegt.

Daneben befindet sich in einem großen Raum mit Oberlichtern, die helle Rauten auf den Parkettboden werfen, die Schwertersammlung des Generals: Renaissance-Rapiere, Samurai-Schwerter, chinesische Tiger- und Drachenschwerter, Highlander, Kavallerie-Säbel, Kreuzritterschwerter und indische Krummschwerter mit goldenem Griff und samtener Scheide, alle sorgfältig nach Alter und Herkunft sortiert.

In einer kleinen Vitrine liegen zwei gut erhaltene Bronzeschwerter, auf den ersten Blick altertümliche Objekte, die sich durchaus mit den

Grabfunden von Salamis im Archäologischen Museum in Nikosia messen könnten – das werden wohl die Schwerter sein, die Karamjit Singh von Pericleous gekauft hat.

Weitere Türen führen zu einem geräumigen Schlafzimmer und einem Kinderzimmer voller Pflanzen und schöner Steine. An der anderen Seite des Hauses gibt es ein Esszimmer und eine große Küche, deren Regale und Schränke angefüllt sind mit allerhand Vorräten und Geschirr. Hier finde ich einen Korb mit Obst, frisches Brot, Käse, Milch und eine Thermoskanne mit heißem Kaffee. Aber nirgendwo eine Spur von Karamjit Singh oder Nani oder sonst einem menschlichen Wesen.

Ich schenke mir erst einmal Kaffee ein und esse ein paar Brote, bevor ich meine Streifzüge auf den Garten und die Umgebung des großen Hauses ausdehne. Unter dem Wellblechdach an der Seite des Gebäudes steht ein Fahrrad – keine Spur von der großen, weißen Limousine. Die Türen des Tempels sind abgeschlossen.

Schließlich gehe ich wieder ins Haus und setze mich mit einem englischsprachigen Wälzer über die zehn Sikh-Gurus in den Salon.

Als es Stunden später, nachdem ich mich in der Küche noch einmal ausgiebig versorgt habe, noch immer keine Lebenszeichen von Nani oder dem General gibt, packt mich wieder die Unruhe. Ziellos wandere ich über die kargen, pinienbewachsenen Hügel hinter dem Haus. Wie bin ich nur in diese Geschichte geraten? Was ich seit gestern früh erlebt habe, ist so phantastisch, dass ich es kaum glauben kann. Ich staune über die Gefühle, die sich in mir regen, wenn ich an Devi oder an die Geschichte Chajjus denke.

Das rätselhafte Chakra ist inzwischen zum allesbeherrschenden Thema für mich geworden. Meine alte Archäologiebesessenheit scheint sich vollständig um dieses eine Stück verdichtet zu haben. Es drängt mich immer stärker, das alte Metall zu berühren, in meinen Händen zu halten, und natürlich auch die verlorenen Steine zu finden und sie wieder in den Reif einzusetzen.

Als die Sonne allmählich hinter den Hügeln verschwindet, steht mein Plan fest. Erst suche ich vergeblich die Schlüssel des Tempels – im Flur, in der Küche und in den Schränken des noch immer menschenleeren Salons. Dann gehe ich ungeduldig um das kleine Gebäude mit der goldenen

Kuppel herum und rüttele an allen Türen, suche nach versteckten Nischen für die Schlüssel oder nach Schwachstellen der Schlösser. Schließlich schaffe ich es, mit der Telefonkarte aus meinem Portemonnaie, das Schloss einer Tür zu öffnen.

Aufgeregt taste ich nach dem Lichtschalter und finde die indirekte Beleuchtung des kleinen Tempels. Ein Blick genügt – das Chakra ist nicht mehr da!

Enttäuscht starre ich auf das nackte, stählerne Kreuz der Klingen.

Meine erwartungsvolle Stimmung schlägt radikal um. Fassungslos setze ich mich auf den Boden und stütze den Kopf in die Hände, verzweifelt und wütend. Plötzlich komme ich mir mit meiner Bewunderung für Nani und Karamjit Singh unendlich albern vor. Ich ärgere mich über meine blinde Vertrauensseligkeit in ihre aberwitzige Geschichte, fühle mich im Stich gelassen und irgendwie zum Narren gehalten.

Allmählich beruhigt mich jedoch die harmonische Atmosphäre des Raumes. Ich öffne alle Türen, damit die frische Abendluft den Raum durchströmen kann und setze mich nach einigem Zögern auf das kleine Sitzkissen hinter dem Altar. Behutsam schlage ich den blauen Samt nach hinten. Darunter befindet sich ein riesiges breitformatiges Buch, mit mehr als tausend Seiten – jede einzelne so breit wie meine Schultern. Wie an einer Leine aufgehängt durchlaufen zierliche indische Buchstaben die linke Hälfte der Seiten. Rechts daneben ist die englische Übersetzung. Das Ganze wirkt, abgesehen von einigen etwas herausgehobenen Überschriften, wie ohne Anfang oder Ende.

Nachdem ich die großen Seiten vorsichtig ein bisschen vor- und zurückgeblättert habe, beginne ich die Übersetzung auf der ursprünglich aufgeschlagenen Seite zu lesen:

„Guru Nanak, Sri Rag.
Wie unbelehrbar bist du, Freund:
Lerne, dass Hölle und Himmel in dir sind.
Deine Taten sind der Boden,
Des Meisters Wort der Samen.
Die göttliche Wahrheit ist das Wasser,
Das befruchtend über die Felder rinnt.

Der Bauer, der die Saat bestellt,
Wird seines Glaubens Früchte ernten.
Doch denk daran:
Reden allein bringt nicht Gewinn.
Der Stolz auf äußerliche Vorzüge
Und die Verblendung, die geboren wird
Aus der Verhaftung an geschaffene Dinge,
Vergeudet jedes Menschenleben.
Es wälzt der Geist sich wie ein Frosch
Im trüben Schlamm der Sinnenlust
Und ahnt nicht, dass die Lotusblüte
Im selben Teiche wurzelt.
Ahnt nichts vom Meister, der wie eine Biene
Um die Blume kreist
Und durch sein Wort dich, Frosch,
An lotussüße Seligkeit gemahnt."

Nachdem ich das Tuch wieder zurückgefaltet habe, bleibe ich einen Moment lang mit geschlossenen Augen sitzen. Lerne, dass Himmel und Hölle in dir sind ...

Ich strecke mich lang auf den weißen Laken aus und schaue den ersten braunen Nachtfaltern zu, die sich in der erleuchteten Kuppel versammeln. Plötzlich überfällt mich eine große Müdigkeit und Gleichgültigkeit, und ich setze dem Schlaf, der mich übermannt, keinen Widerstand entgegen.

Als ich wieder aufwache, sind meine Glieder steif und klamm. Ich trete fröstelnd vor eine der immer noch offenstehenden Türen. Das frühe, rosafarbene Licht der Morgendämmerung tastet bereits über das Fünffingergebirge herüber. Ein Schauer überfällt mich bei der Erinnerung an das Morgengrauen vor erst zwei Tagen auf dem Sims. Ich schalte die Beleuchtung aus und warte, bis sich der brummende Kreis der Lichtanbeter in der Kuppel in Richtung der aufgehenden Sonne davonmacht.

Das große, weiße Auto steht noch immer nicht unter dem Wellblechdach. Auch das Haus ist noch genauso leer wie gestern. Es macht mir jedoch nichts mehr aus. Beim Aufwachen ist mir vollkommen klar geworden, was mein nächster Schritt sein wird.

Ich dusche ausgiebig, wasche meine Haare, ziehe saubere Kleidung an und fülle meinen Rucksack in der Küche mit Proviant für den Tag. Zufällig – oder nicht? – ist an dem Mountainbike unter dem Blechdach kein Schloss.

Im Licht der frühen Morgensonne radle ich durch Astromeritis, das seinen Namen einem Brunnen verdankt, der der Legende nach so tief war, dass man die Sterne von der andere Seite der Welt im Wasser sehen konnte. Heute interessiert mich aber nur der Wegweiser an der Ortsausfahrt: AKAKI 6 km.

Auf dem Weg zum Nachbardorf wechseln sich Tabakfelder mit kargen Sandhügeln ab, die mit kümmerlichen Tannen und Pinien bewachsen sind. Mein Plan ist einfach: Ich werde Pericleous fragen, ob ich telefonieren darf.

Als ich mit ziemlicher Geschwindigkeit einen Hügel hinuntersause, dessen scharfe Kurve mich unerwartet schnell ins Dorf hineinführt, rase ich beinahe an der kleinen Werkstatt vorbei. Auf einem taubenblauen alten Autorücksitz, der an der schmuddeligen Hauswand der Werkstatt lehnt, pafft ein schlaksiger Mann im dunklen Overall seine Morgenzigarette.

„Kali mera, kyrie", begrüße ich ihn höflich. Kleine braune Augen blinzeln unbeteiligt aus dem schmalen Gesicht zurück, die dünnen Lippen halten die Kippe im Mundwinkel. „Kann ich hier vielleicht telefonieren?", frage ich so harmlos wie möglich. Betont lässig kneift er den Zigarettenstummel aus dem Mundwinkel und schnippst ihn weg. „Ochi – Nein."

Ich muss meine Karten aufdecken: „Kyrie, ich habe gehört, dass man hier alte Schwerter und alte Keramik kaufen kann."

Ungläubiges Kopfschütteln. Antiquitäten? Bei ihm?

„Ich kann viel Geld dafür bezahlen, sehr viel Geld", ahme ich Karamjit Singh nach, leider ohne dessen offensichtlichen Wohlstand auszustrahlen.

Er blickt mich misstrauisch an, schüttelt noch einmal den Kopf und geht in seine Werkstatt, wo ein großer, orangefarbener Traktor ohne

Hinterräder auf ein paar Böcken steht. Dann fängt er an, mit einem Schraubenzieher am Motor herumzustochern.

So komme ich nicht weiter.

„Adio", verabschiede ich mich. Ich schiebe mein Fahrrad zu dem Kafeneion gegenüber der Kirche, wo zu dieser frühen Stunde nur ein paar alte Männer hinter ihrem Morgenkaffee sitzen. Diskret ziehe ich mich auf die Terrasse hinter einer Palme zurück und bestelle mir ebenfalls einen Kaffee. Dann warte ich. Pericleous wird, wie alle Dorfbewohner, früher oder später hier auftauchen.

Einige Stunden später, gerade als ich mir eine neue Tasse türkischen Kaffee bestellen will, habe ich Glück. Endlich erscheint tatsächlich der ölverschmierte Mechaniker, der sich, halb von mir abgekehrt, an einen Tisch zu den anderen Männern in Arbeitskleidung setzt, die inzwischen die Terrasse bevölkern. Ich glaube nicht, dass er mich gesehen hat.

Die Palme als Deckung nützend, stehe ich unauffällig auf und gehe schnell zur Werkstatt hinüber, deren Tor noch immer offensteht. Bevor ich hineinhusche, spähe ich noch einmal kurz zurück. Niemand scheint mich bemerkt zu haben. Hinter dem Traktor finde ich die Tür, die ich suche, und behutsam betrete ich den dunklen Raum, wo meine Nasenflügel sofort das vertraute, muffige Aroma frisch ausgegrabener Altertümer registrieren.

Eine nackte Glühbirne beleuchtet ein Bild, das jeden Archäologen in Entzücken und gleichzeitig in Rage versetzen würde. „Black Slip" und „Red Slip", Vasen und Schalen, bräunliche Elfenbeinplättchen von einem Pferdezaumzeug, bronzene Öllämpchen, Kupferbarren mit dem Stempel des gehörnten Gottes, Ikonen, Kirchensilber – alles in einem heillosen Durcheinander.

Die Gegenstände scheinen auf den ersten Blick aus wenigstens drei verschiedenen Quellen zu kommen. Die Öllämpchen, die Elfenbeinplättchen und die Keramik könnten dem Stil nach zu urteilen aus einem vorchristlichen Königsgrab stammen. Die Kupferbarren und die bronzenen Werkzeuge sind wahrscheinlich den Ruinen einer Kupferschmelze oder Mine im alten Erzgebiet rund um das zypriotische Enkomi entnommen. Die Ikonen, Kerzenhalter und Silbermünzen sind viel jünger als die anderen Funde und könnten aus einem der alten Klöster im Troodos, dem Gebirge im Westen der Insel, stammen.

Heiße Wut steigt in mir auf. Überall entdecke ich die Spuren des Grabräubers, des ewigen Gegenspielers der Archäologen. Er lässt nicht nur wissenschaftlich wertvolle Gegenstände unerforscht auf dem Schwarzmarkt verschwinden, sondern zerstört oder beschädigt durch Eile und Grobheit auch viele der ausgegrabenen Kostbarkeiten. Einige Elfenbeingegenstände sind aus Mangel an Konservierung bereits auseinandergefallen, eine alte Vase mit einer Dionysos-Darstellung weist frische Brüche auf, und die Farbe der Ikonen ist abgeschabt.

Interessanterweise liegt über vielen Gegenständen, über den Öllämpchen und Kupferbarren ebenso wie über einigen Ikonen, der gleiche, grauweiße Mergelschleier, den ich beim Chakra und den Schwertern gesehen habe.

Plötzlich fällt mir ein, was es bedeuten könnte, dass diese merkwürdige Kombination von Ikonen, indischen Wurfwaffen und achäischen Grabbeigaben offensichtlich alle in derselben Erde gefunden wurden: ein langsamer Grabraub über Generationen hinweg, wie er zum Beispiel aus Ägypten bekannt ist.

Vielleicht kennt die Familie Pericleous das ergiebige Grab schon lange, verkauft die Funde nach und nach und nutzt es sogar als Versteck für andere geraubte Antiquitäten. Aufgeregt bedenke ich, dass die Chakra-Steine dann vielleicht noch in dem Grab wären!

Jäh werden meine Überlegungen durch den wütenden Pericleous unterbrochen, der plötzlich im Türrahmen auftaucht und mich mit der Dionysos-Vase in der Hand ertappt. Unsicher stammle ich etwas über Telefonieren und Schwerter kaufen. Im Halbdunkel glänzen seine Augen wie schwarze Oliven. „Exo!", ruft er, „Raus!" Seine Stimme klingt schrill vor Aufregung.

Eilig stelle ich die Vase wieder ins Regal. Er holt sich einen großen, schweren Schraubschlüssel von einer Werkbank. Ich weiche ihm mit schnellen Schritten um den Traktor herum aus und gehe dann so würdevoll wie möglich zum Werkstatttor hinaus. Obwohl ich jeden Moment erwarte, einen heftigen Schlag im Rücken zu spüren, passiert nichts.

Sobald ich einen sicheren Abstand zwischen uns gebracht habe, wage ich es, mich noch einmal umzuschauen. Drohend steht er unter dem abblätternden „Loizos Pericleous"-Schild und hebt seine schwarze Waffe.

Nachdem ich mein Fahrrad vom Kafeneion abgeholt habe, verlasse ich Akaki in Richtung des nächsten Wegweisers: NIKOSIA 31 KM. Die Sonne ist nun schon um Einiges heißer, und so krame ich während einer kurzen Rast mein Archäologenkäppi aus dem Rucksack hervor. Von meinem ersten Erfolg beflügelt, trete ich kräftig in die Pedale, während ich in Gedanken meine nächsten Schritte durchgehe.

Zuerst brauche ich einige Informationen. Wo findet man zum Beispiel in dieser Gegend diese Art von hellgrauer Mergelerde?

In der Nationalbibliothek in Nikosia, in der Nähe des berühmten archäologischen Museums, finde ich ausgezeichnete geologische Vermessungskarten von zypriotischen Firmen, die aus Mergelerde Zement herstellen und exportieren. Es stellt sich heraus, dass es in der Umgebung von Akaki sechs Orte mit dieser Bodensorte gibt. Ich kopiere mir die Karten, die ich brauche.

Auf Grund der Ähnlichkeit vieler der geraubten Gegenstände mit den Grabfunden von Salamis vermute ich, dass es sich beim Versteck des Pericleous um ein Königsgrab aus dem 7. Jahrhundert vor Christus handelt. Typisch für diese Gräber ist die zeremonielle Eingangsrampe, der „Dromos", durch die der Streitwagen mit dem Verstorbenen hinuntergefahren wurde und wo auch zeremonielle Opfer für seine Seelenruhe gebracht wurden.

Um diesen Dromos, den ich irgendwo in der Mergelerde vermute, zu lokalisieren, brauche ich Luftaufnahmen. Ich erinnere mich, wie ich in England während eines Praktikums mit der englischen Luftwaffe zusammengearbeitet habe, um mit Hilfe von Luftaufnahmen alte römische Heerstraßen und Befestigungsanlagen aufzuspüren. Was vom normalen Blickwinkel aus nicht zu sehen war, wurde aus der Vogelperspektive deutlich erkennbar.

Nach einigen Überlegungen komme ich zu dem Schluss, dass es wohl sicherlich das Sinnvollste ist, mich an die Blauhelme zu wenden, die Truppen der UNFICYP (United Nations Peace Keeping Force In Cyprus), die seit 1974 die streitenden Parteien der Griechen und der Türken auseinanderhalten. Sie haben ihre Zentrale im früheren Hotel Ledra Palace, im noch immer zerbombten Grenzbereich zwischen dem türkischen und dem griechischen Nikosia.

Der junge kanadische Leutnant, der im Keller des Hotels für die Archivräume mit ihren staubigen Dossiers verantwortlich ist, ist äußerst hilfsbereit, als ich erzähle, Hinweise auf ein bisher unentdecktes Königsgrab nicht weit von Nikosia zu haben. Offensichtlich betrachtet er mich als eine willkommene Abwechslung in seinem vermutlich eintönigen Alltag. Es dauert nicht lange, bis er mir aus seinen Unterlagen detaillierte Luft- und Satellitenfotos von der Umgebung Nikosias besorgt hat. Ich wähle die Aufnahmen, die die Gebiete mit Mergelerde, die ich in der Bibliothek ausfindig gemacht hatte, zeigen.

Mit Hilfe von Lupen prüfen wir aufmerksam die großen glänzenden Photos Zentimeter für Zentimeter auf der Suche nach dem kleinen Rechteck des Dromos. Obwohl dieser Eingangsbereich des Grabes bestimmt verschüttet sein wird, kann man ihn wahrscheinlich durch den großen Abstand der Luftaufnahmen doch erkennen, möglicherweise aufgrund einer leicht andersfarbigen Vegetation. Rechteckige Formen kommen in der Natur selten vor.

Schließlich haben wir auf den Photos fünf Stellen ausfindig gemacht, die eine nähere Prüfung verdienen. Sorgfältig kreuze ich sie auf meinen geologischen Plänen an.

Der Leutnant würde mich wohl am liebsten begleiten. Als wir uns verabschieden, bittet er mich nachdrücklich, ihn über den Fortgang meiner Suche zu unterrichten.

Mit dem sicheren Gefühl, auf dem richtigen Weg zu sein, erstehe ich in einem Laden in der Nähe von Ledra Palace eine Taschenlampe, Kerzen und Streichhölzer sowie eine Schaufel mit einem kurzen Stiel und eine große Flasche Mineralwasser, die ich in meinem Rucksack verstaue. Obwohl es schon 3 Uhr nachmittags ist, will ich unbedingt heute noch anfangen, die gefundenen Stellen zu überprüfen.

Trotzdem nehme ich mir die Zeit, im farbenfrohen, verwinkelten Laiki Yitonia, Nikosias ältestem Viertel, etwas zu essen. Dabei studiere ich die Landkarten und überlege mir, welches der Rechtecke ich als Erstes untersuchen werde. Der nächste potenzielle Fundort liegt dreizehn Kilometer vor Akaki, nicht weit von der Hauptstraße entfernt. Nachdem ich mich für diese Stelle entschieden habe, ist es aus mit meiner Ruhe, und ich mache mich wieder auf den Weg.

In der sengenden Nachmittagshitze radle ich aus Nikosia hinaus. Ab und zu muss ich meine Karte zu Rate ziehen, um mich an Hand der Zahl der Hügel und der Kurven zu orientieren. Die viereckige Form, die auf den Luftaufnahmen zu sehen ist, stellt sich nach emsigem Suchen als ein halbvergrabenes Stück Wellblech heraus; die Erde ist deutlich dunkler und gröber als die, die an den Fundstücken klebte.

Ungefähr zwei Kilometer weiter erweist sich auch die zweite, auf meiner Karte markierte Stelle als Fehlanzeige; das Viereck im Tal zwischen den zwei Hügeln entpuppt sich als verschütteter Rest eines alten Hausfundaments. Die Erde hier ist zwar feiner, aber noch immer wesentlich dunkler als die an dem Chakra.

Die übrigen drei Plätze befinden sich auf der anderen Seite von Akaki, das ich noch einmal durchquere. Obwohl Perikleous mein Anliegen wohl kaum erraten konnte, ist es mir doch recht, diesmal niemanden bei der Werkstatt zu sehen. Nach ungefähr drei Kilometern sagt mir meine Bodenbeschaffenheitskarte, dass ich die Straße verlassen muss – die nächste Stelle liegt ziemlich weit ab der Straße. Einer vagen Spur folgend, trägt mein Mountainbike mich noch ein gutes Stück in die Hügel hinauf. Dann wird es aber so steil, dass ich das Fahrrad hinter ein paar windschiefen Kiefern zurücklasse und zu Fuß weitergehe.

Schließlich klettere ich über eine steile Böschung und richte mich auf. Die Sonne beginnt sich bereits langsam zum Horizont zu neigen. Mehrere abgeflachte Hügelspitzen bilden hier eine kleine Hochebene. Der trockene, steinige Boden ist grauweiß und auch in der Konsistenz dem Mergelschleier auf dem Chakra ähnlich. Überall wächst Macchia, die für Zypern typische Vegetation, brusthohe Mastixsträucher und widerspenstige Stechginsterbüsche, die sehr hinderlich für mein Vorhaben sind, den Boden zu untersuchen.

In Gedanken teile ich das Areal in Vierecke von vier Quadratmetern ein und streife dann mühsam durch die stacheligen Büsche, um jedes Viereck so gründlich wie möglich zu begutachten. Nach einer halben Stunde stoße ich auf einen Bereich, wo die Macchia besonders dicht wächst. Die Sträucher zerren an meinen Kleidern, als ob sie mich zurückhalten wollten.

Gleich darauf finde ich eine Stelle, an der einige ausgerissene, vertrocknete Sträucher dicht übereinandergehäuft liegen. Ein schmaler, kaum erkennbarer Pfad führt mitten in dieses Gestrüpp hinein. Was versteckt sich dahinter? Ich bemühe mich angestrengt, etwas durch das Dickicht zu erkennen und schiebe es schließlich mit meinem Spaten zur Seite. Es lässt sich ganz leicht entfernen. Mit steigender Aufregung stehe ich vor einer kahlen Stelle aus lockerer Mergelerde und Steinen. Dahinter sind die Ginsterbüsche tatsächlich etwas grüner; einige haben sogar kleine gelbe Blüten.

Hastig schaufle ich die Erde und die Steine beiseite, einige faustgroß, andere so groß wie mein Kopf. Die späte Nachmittagssonne brennt mir auf den Rücken, und ich bin in kürzester Zeit schweißgebadet. Nachdem ich gut zwanzig Zentimeter tief gegraben habe, stößt mein Spaten auf einen harten Widerstand und erzeugt einen dumpfen, hohlen Klang! Einen Schritt weiter probiere ich es noch einmal, mit demselben Ergebnis. So schnell wie möglich kratze ich mit der Schaufel die dünne Erdschicht weg. Es kommt eine Abdeckung aus breiten, halbvergammelten Brettern zum Vorschein.

Als ich endlich so weit bin, dass ich die Bretter heben kann, bin ich so aufgeregt, dass mein Herz laut und heftig pocht und meine Hände zu zittern anfangen. Unter den Brettern öffnet sich ein etwa anderthalb Meter breiter und einen Meter tiefer Schacht, der in einen schmalen, schrägen Abstieg übergeht. Der größte Teil der Rampe ist offenbar verschüttet, und der Schacht scheint schon vor langer Zeit ausgehoben worden zu sein. Vorsichtig lasse ich mich hinunter und bücke mich, um zur Grabkammer zu gelangen. Kalte, nach morschem Holz riechende Luft schlägt mir entgegen.

Das Grab besteht aus einem unterirdisch gemauerten Gewölbe, das in zwei hintereinander liegende Räume aufgeteilt ist. Der Boden ist mit einer dicken Schicht aus feinem Mergelstaub bedeckt, der bei jedem Schritt aufwirbelt und in der Luft hängenzubleiben scheint. Bereits nach den ersten Schritten in den vorderen Raum wird es zu dunkel, um noch etwas sehen zu können. Ich muss wieder nach oben, um meine Taschenlampe aus dem Rucksack zu holen.

Wieder unten, leuchte ich die Grabkammer ganz aus, indem ich den Lichtkegel gegen die Decke richte. Matt wirft die Wölbung den Schein auf Wände und Boden zurück. Nachdem sich meine Augen an das

Dämmerlicht gewöhnt haben, kann ich mir einen Überblick verschaffen. Wie befürchtet ist das Grab nicht mehr in seinem ursprünglichen Zustand. Kostbare Kultgegenstände liegen wahl- und planlos durcheinander – von einem Sarkophag ist nichts mehr zu sehen. Die Räume scheinen zu einem Lager für gestohlene Antiquitäten umfunktioniert worden zu sein.

Manche Gegenstände stammen offensichtlich aus der Ursprungszeit des Grabes – elfenbeinerne Sphinxe, die von dem ägyptischen Einfluss zeugen, unter dem die zypriotische Kunst im siebten Jahrhundert stand, hübsche „Free-Style"-Keramik aus der gleichen Zeit, bronzener Schmuck und kleine Skulpturen. Daneben gibt es jede Menge Anachronismen – sowohl silberne Kandelaber und Reliquienhalter, als auch wunderschöne prähistorische Kupferstatuen mit merkwürdigen, dreieckigen Ohren.

Einen Moment fliegt mich heißer Zorn an ob des Schindluders, der hier mit diesen archäologischen Kostbarkeiten getrieben wurde. Aber die Freude über meinen erfolgversprechenden Fund drängt ihn erst einmal beiseite. Um nicht noch mehr zu zerstören und durcheinander zu bringen, werde ich jedoch sehr behutsam vorgehen müssen.

Im vorderen Raum stehen an den Wänden riesige Amphoren, Vorratsflaschen, die wahrscheinlich mit Wein und Öl gefüllt waren. Auf einer entdecke ich eine Bemerkung in zypriotischer Silbenschrift, die ich entziffern kann: für Olivenöl. Behutsam nehme ich sie eine nach der anderen auf, halte die Öffnung vorsichtig nach unten, damit herausfallen kann, was möglicherweise in ihnen verborgen liegt. Außer einer Handvoll Staub enthalten sie aber nichts. Sorgfältig untersuche ich jeden Winkel der Kammer und gehe dann in den zweiten Raum.

Zunächst fällt der Lichstrahl meiner Taschenlampe auf die Rückwand, an der die Überreste eines Streitwagens lehnen, wie ich sie auf Abbildungen auf Mykenischen Trinkgefäßen des 14. und 15. Jahrhunderts v.Chr. gesehen habe. Ein Seitenbrett des Streitwagens ist von den Räubern in ein Regal umfunktioniert worden, das auf zwei großen Gefäßen liegt und auf dem kleine Gegenstände stehen: bronzene Salbentöpfe, ein paar Krüge und einige Schachteln mit Bündeln schmuddeliger Lumpen. Ich klemme mir die Taschenlampe unter den Arm und will mich gerade daranmachen, diese Bündel aufzumachen, um zu sehen, was sie enthalten, da blitzt mich plötzlich ein feiner roter Lichtstrahl an, der von dem Gefäß daneben stammt. Ich richte meine Taschenlampe voll darauf und halte den Atem an vor Staunen.

Mitten auf einem grauen Seidentuch, das einen jahrhundertealten, mürben Eindruck macht, steht eine kleine Silberschale. Die Ecken des Tuchs werden von vier kleinen Elfenbeinfiguren gehalten. Dahinter streckt Ayios Nikolaus seine segnende Hand nach dem Betrachter aus – eine der schönsten Ikonen, die ich je gesehen habe. Das Ganze wirkt wie ein Altar.

Heiß läuft es mir den Rücken hoch: In der spiralförmig gravierten Silberschale liegen vier kleine flache Steine. Ihre Farben leuchten mir, trotz des Mergelstaubs, hell entgegen, als ich meine Taschenlampe darauf richte. Ein roter, durchsichtiger Stein mit unregelmäßiger Oberfläche, ein ovaler blauer mit goldenen Flecken, ein grüner mit kristallinen Streifen und ein fast rund wirkender Stein in staubigem Rot-Orange. Ich bin überwältigt. Die ersten vier Steine des Chakras!

Ich schiebe die Elfenbeinfiguren beiseite und lasse die Steine vorsichtig auf das graue Seidentuch gleiten. Behutsam lege ich die Ecken des Tuchs zusammen und gehe zum Grabeingang, um meinen Fund bei besserem Licht zu betrachten.

Die nächtliche Dunkelheit trifft mich wie ein Schlag. Ich habe viel länger da unten verbracht, als ich gedacht hatte. Der Mond ist noch nicht aufgegangen, und es ist stockfinster und unnatürlich still. Kein Insekt und kein Nachtvogel scheinen sich hier zu rühren. Irgendetwas stimmt nicht!

Wie angewurzelt bleibe ich stehen, als eine zitternde menschliche Stimme aus dem Dunkel erklingt – hoch und schrill wie ein Kater. Sie schreit merkwürdige Silben in die Nacht, fast wie eine Beschwörungsformel: „PAPHPAVLUNEEEEEEEEEEEEEE."

Plötzlich hageln all die Steine, die ich vorher zur Seite geschaufelt habe, auf mich herunter. Der erste trifft mit solcher Wucht meinen Bauch, dass mein Körper in Feuer zu explodieren scheint. Ich hocke mich hin, verzweifelt nach Luft schnappend, das Tuch mit den Chakra-Steinen gegen meine Brust gepresst. Ein zweiter Stein entzündet Blitze in meinem Kopf; weitere Geschosse treffen meine Rippen, Arme und Beine, bis ich vor Schmerz ganz betäubt bin und hintenüber kippe.

Irgendwann hört der Steinhagel auf. Eine dunkle Gestalt kommt den Dromos herunter, steigt über mich hinweg und verschwindet im Grab. Der Stein, der mich am Sonnengeflecht getroffen hat, hat mich völlig gelähmt, mir ist hundeelend, und ich bin unfähig, auch nur einen Finger zu bewegen. Nach kurzer Zeit kommt die Gestalt wieder heraus. Ich höre ihren gepressten, unregelmäßigen Atem. Wie ein dunkler Schatten, der sich gegen die Sterne abzeichnet, bleibt die Gestalt mit gespreizten Beinen über mir stehen. Grobe Hände suchen meinen Körper ab und finden schließlich das Tuch, das ich noch immer mit meiner Hand umkrampft halte.

Bei dem Versuch, das Tuch und die Steine aus meiner Hand zu zerren, zerreißt das mürbe, alte Gewebe. Ich höre das klimpernde Geräusch der herunterfallenden Edelsteine. Die Gestalt stöhnt auf und tastet im Dunkeln nach ihnen.

Da ertönt ein lautes Rascheln in den Stechginsterbüschen hinter dem Grab. Mein Angreifer erstarrt. Sein Atem stockt. Er richtet sich auf und flieht.

Bewegungslos bleibe ich liegen. Ich scheine nur noch aus einem Körper voller Schmerzen zu bestehen. Mühsam richte ich meine sandigen, brennenden Augen auf und blicke benommen in den makellosen Sternenhimmel über mir.

Irgendwann bemerke ich, dass die Nacht vorüber ist. Kurz darauf steckt ein kleiner Waschbär, der mit den schwarzen Ringen um die Augen wie maskiert aussieht, raschelnd seinen Kopf durch die toten Sträucher und schaut neugierig zu mir herunter.

Ich bin total verwirrt: Mein inneres Universum passt nicht mehr zu meinen Wahrnehmungen. Eine Frage hängt in der Luft, die ich noch nicht einmal in Worte fassen kann. Wieder raschelt es in den Sträuchern. Ein hellbraunes, knochiges Kind mit langen, schwarzen, verwirrten Haaren kommt auf Händen und Füßen den Dromos herunter.

Das Mädchen scheint nicht überrascht zu sein, mich hier zu finden. Es hockt sich neben mich und fängt ohne Eile an, Staub und Geröll von meinem Körper herunterzustreichen. Dann zwängt es meine steifen Finger auseinander, zerrt das grauseidene Tuch hervor und schaut sich suchend um. Schließlich hebt es den roten Turmalin, funkelnd wie ein

Blutstropfen in der Sonne, auf und legt ihn mit feierlicher Geste an seine Stirn.

Ein kurzes Zittern geht durch den kleinen Körper. Der schmale Rücken streckt sich. Einen Moment lang lässt das Mädchen mit spielerischen Bewegungen den Stein über meinem Körper tanzen, als wäre er ein kleiner Vogel. Ich verspüre keinerlei Bedürfnis, mich zu regen oder etwas zu sagen, sondern bin völlig sprachlos und gebannt – das Mädchen kommt mir vor wie ein Elfenkind aus einem Märchenbuch. Es hustet einmal, leise bellend wie ein kleiner Hund, dann schüttelt es seinen wirbelnden Schopf und fängt an zu singen, mit wenigen Tönen, so wie kleine Mädchen manchmal für ihre Puppen singen. Ihre Stimme hat die runden, nasalen Klänge eines indischen Akzents:

„Chajju, mein Freund", singt sie,
„ich sah Dich damals jeden Tag.
Liebte Dich, mein Freund,
Genoß Deine Hingabe und Ernsthaftigkeit.
Die Deva des Tempels war ich damals,
Mehr als Marmor und Gold.
In meine Kuppel kamst du
den letzten schrecklichen Mittag."

Die zarte Stimme klingt fast überirdisch, sie scheint von überall herzukommen, oder vielleicht höre ich sie auch nur in meinem Kopf?

„Du hast Deine Übungen nicht gemacht.
Dein Gesicht war verzerrt
als Du den Reif aufsetztest.
Nichts passierte.
Kein goldenes Licht kam.
Kein Lächeln.
Dein Gesicht erfror.
Du wanktest hinaus,
steif und fremd in Deinem Körper.
Ich hielt es nicht mehr aus.

Meine Seele wanderte in ein Weizenfeld.
Und nach der Ernte
in einen Heuschreckenschwarm.
Dann war ich lange Jahre ein Wolf,
bis ich endlich als Mensch geboren wurde.
Ich bringe Dir Deine Übungen zurück."

Sie säubert den Dromos neben mir von Steinen und drängt mich ein bisschen zur Seite. Dann legt sie sich hin, dicht neben mich. Obwohl mein Körper sich überall wund und zerschlagen anfühlt, habe ich mir offensichtlich nichts gebrochen. Als sie anfängt, sich zu bewegen, mache ich ihre Bewegungen fraglos und willig nach.

Zuerst fängt sie an, ihre Hüften vom Boden abzuheben, sodass ihr Körper von den Füßen bis zu den Schultern einen Bogen bildet, und wieder zu senken, in einem regelmäßigen Rhythmus auf und ab. Zuerst fällt es mir sehr schwer, mich überhaupt zu bewegen, ich bin völlig eingerostet, aber bald spüre ich, wie das Blut in meinem kalten, steifen Körper wieder zu pulsieren beginnt.

Dann setzen wir uns auf die Fersen, was auf dem steinigen Untergrund etwas mühsam ist, und beugen in Richtung des Grabeingangs die Stirn zum Boden. Das Mädchen fängt an, die Hüften kräftig nach links und rechts zu schwenken, und ich folge wieder seinem Beispiel. Die Bewegung fühlt sich unglaublich vertraut an. Meine Lendenwirbel renken sich endlich wieder ein, und mein ganzer Rücken bewegt sich frei und erleichtert.

Als Nächstes legen wir uns wieder auf den Rücken, schieben die Hände seitlich unter das Gesäß und beginnen, abwechselnd die Beine zu heben. Jede Bewegung löst eine angenehme Wärme in meinem Bauch aus, bis ich schließlich heftig atmend liegen bleibe und spüre, wie sich die Glut in mir verteilt. Das Mädchen hebt den Kopf, blickt mich an, kichert verschmitzt und setzt sich dann in den Schneidersitz. Als ich auch sitze, wirbeln wir unsere Fäuste vor der Brust in schnellen, kleinen Kreisen umeinander. Mein Atem wird tiefer und kräftiger, und meine Brust weitet sich.

Dann biegen wir uns im Stehen mit hochgestreckten Armen nach hinten. Automatisch atme ich dabei tief ein und lasse den Atem wieder los, als ich höre, wie das Mädchen neben mir ebenfalls laut ausatmet. Ich spüre den kristallklaren Raum über mir, und mein Kopf wird klar und leicht.

Zum Abschluss legen wir uns Seite an Seite auf die Erde. Ich versinke augenblicklich in einen tiefen, gedankenlosen Schwebezustand. Immer noch bestehe ich nur aus Bewusstsein und Körper, nichts dazwischen. Jetzt fühlt sich mein Körper allerdings wunderbar an. Die Verletzungen von gestern abend kann ich zwar immer noch spüren, durch die Übungen hat sich mein Körper aber wieder weitgehend erholt.

Als ich schließlich meine Augen aufschlage, sitzt das Mädchen neben mir. Es sammelt den Turmalin und die anderen Steine, die ich im Grab gefunden habe, auf, nimmt das graue Seidentuch und windet den mürben Stoff um mein Handgelenk. Sanft an dem Tuch ziehend führt es mich den Dromos hoch – zurück in die Welt.

Lapislazuli

Zweiter Stein

*Blau wie ein Pfauenhals,
goldene Einschlüsse*

Emotionales Wachstum

Ebene der Pflanzen

Hintereinander gehend bahnen wir uns einen Weg durch die duftende Macchia. Ich fühle mich noch immer merkwürdig benommen, und mein Körper reagiert äußerst empfänglich auf die Landschaft. Er nimmt jede Kuppe, jeden Stein und jede Wegbiegung in sich auf und bildet sie mit einer Art inneren Spannung nach. Meine Haut fühlt sich so durchlässig an, dass die scharfen Kanten eines Felsbrockens mich zu schneiden scheinen, obwohl ich sie kaum berühre.

Bei einem alten Johannisbrotbaum trifft die kaum erkennbare Spur, der wir bisher gefolgt sind, auf einen schmalen, sich windenden Pfad. Durch schattige Baumgärten mit Oliven- und Mandelbäumen folgen wir ihm gemächlich bis zu einem kreisrunden, in den Boden einbetonierten Wasserreservoir von etwa drei Metern Durchmesser.

Meine schweigsame Führerin löst das Tuch, das uns verbindet, legt es auf den Boden und lässt die farbigen Steine, die sie in der Faust gehalten hat, darauf gleiten. Dann nimmt sie meine Hand und zieht mich sanft über den rauhen Beckenrand. Wie ein Stein plumpse ich in die dunkle Tiefe. Große Luftblasen lösen sich aus meinen Kleidern und steigen nach oben. Die stumpfe Kälte des Wassers durchdringt mich bis ins Innerste.

Völlig willenlos lasse ich alles geschehen, intensiv wahrnehmend, dass ich plötzlich in einer anderen Welt bin: kalt, dunkel, dicht, schwerelos und schwer zugleich. Das Mädchen taucht flink wie ein kleiner,

75

brauner Seehund zu mir herunter und stößt mir mit spitzen Fingern in die Achseln, bis mein Körper zögerlich anfängt, Schwimmbewegungen auszuführen und nach oben zu streben. Geduldig dirigiert sie meinen schwerfälligen Körper zum Beckenrand, um dann vor mir schnell wieder hinauszuklettern.

Wir legen uns in den Schatten einer Platane auf dem dürren, gelblichen Gras hinter dem Reservoir. Der Schock in meinen Gliedern ebbt allmählich ab und macht einem Gefühl von Erfrischung Platz. Meine Kleider sind ziemlich lädiert, und ich lasse sie am Leib trocknen. Aus dem Unterholz holt meine Begleiterin eine große weiße Plastiktüte hinter einem Baumstamm hervor und schüttet daraus sorgsam zusammengefaltete Kleider auf das Gras. Sie zieht sich einen grauen Faltenrock, eine weiße Bluse, Sandalen und eine blaue Schuluniformjacke an. Mit einem kleinen Holzkamm versucht sie, die vielen Kletten aus ihrem nassen, glänzend schwarzen Haar zu lösen. Einmal zeigt die Hand, die den Kamm festhält, eher beiläufig auf ihre Brust, und sie singt in drei langsamen Tönen: „A di ka". Vage steigt die Erinnerung an ihre Geschichte in mir auf, so wie ihr Vater sie erzählt hat.

Sobald sie fertig ist, steht sie auf, faltet die Steine zurück in die graue Seide und winkt mir, ihr zu folgen. Wieder nehmen wir den Sandweg, der uns nach einer Weile an eine breite Teerstraße bringt, deren Lärm schon von weitem zu hören gewesen ist. Die Sonne steht jetzt hoch am Himmel, und die Schatten, die wir auf den hellbraunen Sand werfen, sind zu kleinen Kreisen geschrumpft. Mein Körper wird matt und mürbe. Das gleißende Licht schmerzt mich in den Augen, mein Mund ist ausgetrocknet wie die staubige Landschaft, und meine Füße sind wund von den feuchten, schwer gewordenen Schuhen.

Unter einem verkrüppelten Olivenbaum lassen wir uns nieder. Die schnell vorbeifahrenden Autos verursachen eine unangenehme Spannung in mir. Unruhig verlagere ich ständig mein Gewicht von einem Bein auf das andere. Ich fühle mich ziemlich elend.

Wir brauchen nicht lange zu warten, bis ein Sammeltaxi vorbeikommt – eine uralte, braune Limousine, mit einer zusätzlichen Sitzreihe in der Mitte. Der dicke Fahrer hält auf Adis Zeichen neben uns an, seine fleischige Hand mit der Zigarette hängt aus dem Fenster. Auf der mittleren

Bank finden wir neben einem alten Bauern mit wettergegerbtem Gesicht einen Platz. „Khirokitia", sagt Adi in ihrem Singsang zum Fahrer. Wie ein Echo hallt der Name in mir: Es ist die Ausgrabungsstätte einer berühmten Steinzeitsiedlung.

Als der Bauer im nächsten Dorf aussteigt, schaut er mich mit zusammengekniffenen, wässrigen Augen an. „Kopiaste", sagt er zahnlos. „Komm, trink mit mir." Adi schüttelt ihren Kopf. Im mit bunten Fransen verzierten Rückspiegel sehe ich das aufgedunsene, rote Gesicht des Fahrers, der sofort wieder Gas gibt, ohne meine Reaktion auf die Einladung abzuwarten. Wir fahren weiter durch die kargen Hügel, bis er uns auf einem ungeteerten, von Oliven- und Johannisbrotbäumen umgebenen Parkplatz aussteigen lässt.

Wie willenlos folge ich meiner kleinen Führerin. Wir schlüpfen durch die kreisförmig angelegten Bäume hindurch in eine trockene, steinige Landschaft, die spärlich mit runden Thymian- und Majoranbüschen und dem allgegenwärtigen Stechginster bewachsen ist. Nachdem wir die duftende Ebene überquert haben, taucht der Pfad seitwärts in ein flaches Tal, wo in der Biegung eines ausgetrockneten Flussbetts die Reste des neolithischen Städtchens sichtbar werden.

Verwundert bleibe ich stehen. Schon während wir durch die Macchia gingen, kam es mir manchmal vor, als ob ich mit meinem ganzen Körper „sehen" könnte, und jetzt nehme ich auch die mir von früheren Besuchen vertrauten Mauerreste und Straßen aus unbehauenem Stein auf eine ganz neue Weise wahr.

Wie in einer Bienenwabe mit runden Kammern und kleinen Gassen dazwischen liegen Hunderte kleiner Häuschen, die ‚Tholoi'. Es scheint mir, als ob ich Wellen eines zart schimmernden Lichts zwischen den Häusern hindurch fließen sehe. Wo das Licht sich bündelt, verursacht es ein angenehmes, anregendes Gefühl. Das Dorf wirkt wie ein stiller Teich, wo fallende Wassertropfen harmonische, sich überlappende Kreise bilden.

Wie verzaubert folge ich Adi Kaur durch die zerfallenden Ruinen. Ein abgeschliffener, glatt gesessener Steinsitz fällt mir auf, der sich genau da befindet, wo die runden Hausmauern den Lichtfluss wie eine Linse konzentrieren. Auch die Türöffnungen der meisten Tholoi sind so ausgerichtet, dass selbst jetzt noch Ströme von Licht in die verfallenen Wohnungen fließen. Da Adi Kaur mich nicht drängt, bleibe ich etwas zurück und stöbere in den Ruinen herum. In einem der größeren Häuser spüre ich einen merkwürdigen Wirbel im Strom des Lichts und in einem plötzlichen Aufleben meiner alten Ausgrabungslust fange ich an, mit einem Stock in dem steinigen Boden zu stochern. Je mehr Steine ich entferne, desto stärker kribbelt es in meinen Händen. In dreißig Zentimetern Tiefe stoße ich auf eine kleine, aus blaugrünem Pikrit geschnitzte, kreuzförmige Figur: ein Fruchtbarkeitsamulett, wie es die Frauen des Chalkolithikums um den Hals trugen. Es stellt die Vereinigung von Mann und Frau dar, der Mann liegt quer über den Brüsten der Frau, ihre ausgestreckten Arme verschwinden unter seinem Körper. Ohne zu überlegen, stecke ich das Amulett, das sich sehr schön anfühlt, in meine Hosentasche.

Inzwischen ist meine Begleiterin schon unten im ausgetrockneten Flussbett angekommen. Sie winkt, und ich gehe ihr so schnell wie möglich über den aus losem Geröll bestehenden Weg nach. Wir lassen die Ruinen hinter uns und wandern flussaufwärts in Richtung Troodos, Zyperns höchster Bergkette, die in weiter Ferne bereits sichtbar ist.

Noch immer steht die Sonne hoch am Himmel, und obwohl es noch lange nicht Sommer ist, ist es schon sehr heiß. Die Luft zittert über den ausgebleichten, kargen Hügeln – nur einige tapfere rosa Ragwurz-Orchideen und kleine, blaue Traubenhyazinthen setzen hier Farbtupfer.

Am Nachmittag folgen wir immer noch dem steinigen Flussbett, das jetzt allerdings viel schmaler und unwegsamer ist. Wir haben deutlich an Höhe gewonnen, die Luft ist spürbar kühler, und neben Salbei und Zistrosen wachsen hier ab und zu Lorbeer- und Wacholderbüsche, die etwas Schatten spenden. Als wir erschöpft zwischen den Büschen für eine kurze Rast Zuflucht vor der sengenden Sonne finden, falle ich trotz des harten Bodens sofort in einen tiefen Schlaf.

Als mich ein Kitzeln im Gesicht weckt, brauche ich einen Augenblick, um mich zu orientieren. Mit einem spitzbübischen Gesichtsausdruck sitzt das Mädchen neben mir und lässt kleine Steine auf mich herabrieseln. Ich habe höchstens zehn Minuten geschlafen, aber ich fühle mich einigermaßen ausgeruht. Nur fängt mein Magen jetzt ernsthaft an zu knurren. Ich schüttle mir die Steinchen aus dem Nacken, und wir machen uns wieder auf den Weg.

Nach einem langen, steilen Aufstieg wird das Flussbett an manchen Stellen richtig grün. Wasser tropft auf bemooste Steine, versickert aber schnell wieder. Noch weiter oben hat sich ein kleines Rinnsal gebildet. Bei einer kleinen Wasserkuhle hocken wir uns hin und schöpfen das kühle Nass mit beiden Händen. Dann setzen wir uns im Schatten einiger Pinien hin und genießen die kleine Erfrischung.

Von hier aus haben wir eine direkte Sicht auf den mehr als zweitausend Meter hohen Olympus, den höchsten Berg des Troodos. Das Fasten seit gestern abend und der stetige Aufstieg haben mich zittrig und schwindelig werden lassen, aber hier, im Schatten der knorrigen Bäume, scheint mir neue Kraft zuzufließen. Nach einer Weile machen wir uns wieder auf den Weg, und ich fühle mich fast beschwingt.

Das Rinnsal, dem wir folgen, vergrößert sich bald zu einem Bach, und statt vereinzelter Bäume sehen wir nun einen dichten Wald aus Eichen und Libanon-Zedern. Die Dämmerung hat bereits eingesetzt, als wir an eine steile Felswand gelangen, die der inzwischen deutlich angewachsene Bach in großem Bogen umgeht. Zwischen Fels und Wasser hat sich eine Insel gebildet, auf der durch die geschützte Lage und die Feuchtigkeit viele große Bäume gewachsen sind.

Das kalte Wasser geht mir bis über die Knie, als ich Adi, die ihre Schuhe unter den Arm geklemmt und ihren Rock hochgezogen hat, quer durch den Bach zur Insel hin folge. Dort setzen wir uns auf einen großen, flachen Felsbrocken.

Sie schüttet vorsichtig die Steine, die ich in dem Grab gefunden habe, aus dem grauseidenen Päckchen auf den Fels. Dann reißt sie einige schmale Streifen aus der morschen Seide und flicht geschickt eine Kordel daraus. Da hinein knotet sie den staubigen, blau-goldenen Lapis und bindet mir die Kordel um den Hals, sodass der Stein wie ein Amulett vor meinem Herzen hängt. Vor dem Hintergrund der rauschenden Bäume und des plätschernden Bachs fängt sie an zu summen. Ihre monotone Stimme hat eine hypnotisierende Wirkung auf mich:

„Mein Freund, es ist Zeit.

Du musst mit den Bäumen sprechen,
sie nach ihrem Geheimnis fragen,
musst sie fragen, was du tun sollst.
Du musst lauschen,
musst zuhören!"

Sie zieht ihre blaue Jacke aus, reicht sie mir und bedeutet mir mit einem Lächeln, sie als Decke zum Schlafen zu benützen. Kurz winkt sie mir zu und verschwindet dann so schnell, dass ich ihr unmöglich folgen kann. In Sekundenschnelle ist der weiße Fleck ihrer Bluse im Dunkel der einfallenden Nacht verschwunden.

Eine Weile sitze ich mit der kleinen Schuluniformjacke in der Hand, unschlüssig, ob ich ihr nicht hinterher rennen sollte. Dann werde ich von Müdigkeit förmlich überwältigt. Unter einer großen Zeder decke ich mich eher symbolisch mit der Jacke zu und falle sofort in einen tiefen Schlaf.

Mitten in der Nacht wache ich mit steifem Rücken und kalten Beinen auf. Meine Hose ist noch nass von der Bachüberquerung. Der Wind wispert in den Wipfeln, ein kleines Tier raschelt im Unterholz. Adis Worte fallen mir ein, „... mit den Bäume sprechen."

Weil ich vor Kälte doch nicht wieder einschlafen kann, entscheide ich mich, das Wäldchen auf der Insel zu erkunden. Ich stehe mühsam auf und taste mich im Dunkeln unter den Ästen hindurch – weiche, glatte, harte, grobe, rohe, zerfurchte, abblätternde Rinde, tiefhängende Äste, nackte Stämme, tote Zweige, dünnes Unterholz, dazwischen kniehohe Grasbüschel, federnde, knisternde Laub- und Nadelschichten und bemooste Steine. Bald habe ich Spinnweben in meinem Gesicht, Harz an meinen Händen, Zweige in den Haaren und Tannennadeln im Kragen.

Mit allen Sinnen meines Körpers lausche ich. Ich höre die Bäume, öffne mich für ihre Anwesenheit: Wurzeln trinken, Nadeln und Blätter atmen – manche sind wach und lassen ihre Säfte pulsieren, andere scheinen zu schlafen.

Beim ersten Lichtschimmer des neuen Tages kehre ich aus dieser zauberhaften, ehrfurchtgebietenden Welt zu meinem Schlafplatz zurück, knie am Bach und trinke von dem nachtkalten Wasser. Auf einer ebenen, bemoosten Stelle neben dem Baum, unter dem ich geschlafen habe, lege ich mich hin, um in den Himmel zu schauen. Da beginnt mein Körper sich wie von selbst zu straffen und zu recken. Mir fallen die merkwürdig vertrauten Haltungen von gestern in dem Dromos wieder ein, und ich fange an, meine Hüften so zu bewegen, wie Adi es mir gezeigt hat. Es fühlt sich wunderbar an, und nach den Übungen breitet sich eine tiefe Zufriedenheit in mir aus.

Auf dem weichen, dunkelgrünen Moos rolle ich mich schließlich zum Schlafen zusammen, und wieder habe ich einen mysteriösen Traum, wie in letzter Zeit so häufig. Ein kleiner, grüner Hügel taucht aus einem wallenden Nebelmeer auf. Zwischen den wabernden Schlieren befinden sich vier unbewegliche Gestalten in einem Kreis. Die eine, ein massiger Körper, sitzt halb in die Hocke gezwängt und scheint über etwas nachzugrübeln. Daneben steht eine andere auf Zehenspitzen, die zitternden Arme hoch über den Kopf gestreckt. Eine geschwungene Figur reckt ihre Arme verführerisch hoch. Gegenüber spreizt eine besonders drahtige Gestalt, fest verankert in der Erde, die Arme gebieterisch aus. In der Mitte des Kreises beginnt der Boden plötzlich, sich heftig zu bewegen, als ob ein großer Maulwurf durch die Erde brechen wollte. Eine große, grüne Ausbuchtung entsteht und wächst immer weiter, bis die Grasnarbe aufreißt und, wie roter Froschlaich aus einem Weiher, ein großer Klumpen glänzend roter Beeren hervorkommt.

Nachdem ich aufgewacht bin, sinne ich verwirrt über die Traumbilder nach, die mir in meinem merkwürdig tranceartigen Zustand fast ebenso real vorkommen wie die Bäume, zwischen denen ich jetzt liege.

Nach und nach entsinne ich mich wieder Adis' Auftrags und schaue mich um. Viele graugrüne Bruchweiden mit unansehnlichen Stämmen und dünnen, gekrümmt hängenden Ästen wachsen hier am Bach. Die Wurzeln stehen im Wasser, als ob sie nicht genug davon schlürfen könnten, aber die Baumrinde ist bei einigen leicht angefault. Verzagt kauern sie sich zusammen und klammern sich, ein unbestimmtes Gefühl der Mutlosigkeit verbreitend, dicht aneinander. Ich gehe zu einer Weide und frage sie in Gedanken: „Hast Du eine Botschaft für mich?" Eine klare Antwort erhalte ich nicht, aber vielleicht sagt das leise Rauschen so etwas wie: „Bei der Quelle leben."

Von Baum zu Baum wandernd komme ich gegen Mittag allmählich an die Stelle, wo der Bach wieder auf die Felswand trifft und an ihr entlang weiter talabwärts rauscht. Dort muss ich mich vom Wasser abwenden, um mich am Fels entlang weiter zu tasten.

Hier am Felsrand wachsen ganz andere Bäume. Zwischen großen, gelbgrünen Blütentrauben breiten sich die frischen, fünffingrigen Blätter des Bergahorns im Sonnenlicht aus – saftige Bäume, die begeistert mit dem Licht und der Luft spielen. Ich lehne meinen Kopf an einen Stamm: „Welche Weisheit trägst du in dir?" „Schönheit ist Liebe", höre ich es in den Ästen und Blättern raunen.

Noch lange schaue ich dem farbenfrohen Spiel der Blätter vor dem azurblauen Nachmittagshimmel zu und genieße die unbeschwerte Leichtigkeit dieser Bäume.

Einige schlanke Zitterpappeln ragen weit über die Ahorne hinaus. Sie nutzen den geringsten Windhauch, um vieldeutig mit ihren Blättern zu rascheln, und so müsste es eigentlich leicht sein, mit ihnen zu reden. „Habt ihr vor irgendetwas Angst?" Ihr undeutliches Fächeln und Wispern versetzt mein Herz in Aufregung: „Wandlung kommt unerwartet."

Der Abend zieht bereits herauf, als ich mir durch einen Kreis von strengen Pinien und sanften, knotigen Zedern einen Weg bis in die Mitte der Insel bahne. Hier steigt der Boden allmählich zu einem kleinen, flachen Hügel an, den ich sofort erkenne: der Hügel aus meinem Traum! Sogar im Halbdunkel ist es nicht schwierig, die vier Gestalten auf der Spitze zu sehen: Die alte, gedrungene Pinie lässt ihre Äste auf den Boden hängen, die große Pappel streckt ihre zitternden Zweige hoch in die Luft, die schöne, weiche Zeder sieht mit ihren geschwungenen Ästen in dieser Umgebung fast zu gepflegt und herausgeputzt aus, und die große, stämmige Eiche ruht auf mächtigen Wurzeln und breitet ihre Äste wie Arme weit aus. In der Mitte streckt eine alte, niedrige Eibe den stacheligen Schirm ihrer dunklen Nadeln weit in die Runde und präsentiert rotglänzend ihre giftigen Beeren.

Mir ist klar, dass dies der Ort ist, wo ich bleiben soll. Im Halbdunkel der einbrechenden Nacht hole ich vom Bachufer Adis Jacke, meinen einzigen Besitz, und bereite mir unter der dichten Kuppel des Lebensbaums mein Lager. Wieder habe ich den ganzen Tag nichts gegessen, doch mein

Körper scheint sich allmählich an das ungeplante Fasten zu gewöhnen. Ich fühle mich angenehm leicht. Wie ein Igel rolle ich mich gegen die Kälte der Nacht zusammen und decke mich, so gut es geht, mit der Jacke zu.

Den nächsten Tag beginne ich wieder mit den Bewegungen, die Adi mir gezeigt hat. Nach der Entspannung entdecke ich ein tiefes Loch im Stamm der großen Eiche, so groß wie ein Mensch. Ich stelle mich auf die dicken Wurzeln, kann gerade meine Finger in den unteren Rand krallen und schaffe es mit einiger Anstrengung, mich an der groben, schwarzen Rinde hochzuziehen. Die mit einer dicken Schicht trockener Blätter gepolsterte Höhle ist so groß, dass ich aufrecht darin sitzen kann.

Erwartungsvoll schließe ich die Augen und lausche dem Baum. Und wirklich, bald spüre ich die langsame, tiefgründige Persönlichkeit und die ungeheure Kraft der Eiche. Aber Stunden später muss ich eingestehen, dass die Erfahrung leider doch fremdartig und vage bleibt. Als Wesen sind wir wohl doch zu verschieden, um zu einer echten Verständigung kommen zu können. Nur sehr leise meine ich manchmal eine tiefe Stimme zu hören, die flüstert: „Wachse, wachse!"

Die plötzlich einbrechende Nacht überrascht mich. Ich kann kaum glauben, dass schon wieder ein ganzer Tag vorüber ist. Bevor es ganz dunkel wird, lasse ich mich an den Händen aus der Baumhöhle herunter.

Noch lange liege ich wach unter meinem Taxusschirm und lausche auf die raschelnden Pappeln und den strömenden Fluss. Mit kleinen Piepsern hält eine Familie Wühlmäuse nicht weit von meinem Lagerplatz den ganzen Abend lang ihr Zwiegespräch. Ihre Sprache zu entziffern, scheint mir relativ einfach, ganz anders als die der riesigen, unbekannten Wesen, die über mir aufragen.

Der blasse Mond steht hoch am Himmel, als ich endlich einschlafe.

Beim ersten Morgengrauen sitze ich bereits wieder neben meiner Eibe, um meine Übungen zu machen. Wohlig und weiter als gestern dehnt sich mein Körper in die Streckungen hinein. Gerade bin ich dabei, meine Fäuste in schnellen Kreisen zu drehen, als ich einen Waschbär entdecke. Seine schwarzumrandeten Knopfaugen schauen mich im Schutz der alten Pinie forschend an, bevor er mir seinen gestreiften Rücken zudreht und verschwindet.

Noch ein wenig mutlos von meiner Erfahrung in der Eichenhöhle nehme ich meinen Rundgang durch den Inselwald wieder auf. Lange bleibe ich bei jedem Baum stehen, berühre seine Rinde, drücke meine Stirn an seinen Stamm, lausche seinen Blättern.

Am eindeutigsten sprechen die Eigenschaften der Bäume zu mir: Gestalt, Krümmung, Farbe, Duft, Blätterform, Stacheligkeit, Ast-Ansätze. Näher bin ich den Bäumen inzwischen schon gekommen, aber was soll ich sie fragen?

Zwischen den Weiden am Bachufer entdecke ich eine zerzauste Schwarzerle mit rissiger dunkelbrauner Borke und verfilzten Ästen. Gerade als ich dabei bin, meinen Kopf zwischen ihre herabhängenden Flechten und dunkelroten Kätzchen zu stecken, höre ich ein merkwürdiges Geräusch.

Fetzen einer fremdartigen Melodie klingen von der anderen Seite des Wassers: eine Flöte, die voller Kraft und Lebensfreude gespielt wird. Immer lauter dringen die herausfordernden Töne in meine stille Welt. Unter lautem Getrappel erscheint ein kleines Pferd an der Flussbiegung, auf seinem Rücken ein baumlanger Kerl, dessen Beine fast auf dem Boden schleifen. Er trägt hohe, lehmverschmierte Stiefel, eine schwarze Pluderhose und einen roten, aus der Form geratenen Fez auf dem Kopf. Weiß blitzen seine Augen in dem verrußten Gesicht mit dem schwarzen Bart.

Am Sattel hängt eine große Axt. Sofort scheinen die Bäume die Axt zu bemerken, und Angst breitet sich wie ein Lauffeuer auf der Insel aus. Als der Reiter mich sieht, winkt er und ruft mir etwas Unverständliches zu. Die Flöte in der einen Hand haltend, reißt er die Zügel mit der anderen herum und überquert zwischen hochspritzenden Wasserfontänen den Bach.

Die Bäume haben mich mit ihrer Angst angesteckt. So schnell meine Beine mich tragen, renne ich den Hügel hinauf und klettere wie ein flüchtendes Tier in die Geborgenheit meiner Eichenhöhle.

Krachend brechen Reiter und Pferd durch das dichte Gestrüpp hinter mir, und es dauert nicht lange, bis der riesige Holzfäller auf der Lichtung auftaucht. Er sitzt ab und bindet die Zügel des Pferdes an einen Ast des Taxusbaums. Unbekümmert nimmt er jetzt seine Holzflöte in beide Hände und bläst eine fröhliche, etwas eigenartige Melodie. Im Rhythmus der

Musik wiegt sich sein großer Kopf hin und her. Schließlich entdeckt er mich in meiner Höhle.

„Kopiaste", brüllt er so durchdringend, dass selbst die Bäume einen Moment den Atem anzuhalten scheinen. Aus dem Beutel an seinem Sattel holt er eine schön geschnitzte, faustgroße Kürbisflasche hervor, stapft zu meiner Eiche herüber und hält mir die Flasche mit seiner schwarzen, haarigen Hand hin.

Zuerst wage ich nicht, sie anzunehmen, aber als er mir aufmunternd zunickt, strecke ich doch meinen Arm aus und nehme sie, schnuppere den verlockenden Duft, der aus ihr emporsteigt und trinke in großen Schlucken die herbsüße Ziegenmilch.

Mein Magen dehnt sich schmerzhaft, und plötzlich überfällt mich Heißhunger.

Der Mann geht zurück zu seinem Pferd, das inzwischen angefangen hat, eifrig an den roten Früchten der Eibe zu knabbern. Er holt ein grünblau gewürfeltes Tuch, breitet es wie eine Tischdecke vor meiner Eiche aus und legt mit bedächtigen Bewegungen einen halben Laib graues, knusprig aussehendes Brot darauf, ein Stück Käse und eine dunkelgrüne Gurke. Aus seiner Hosentasche holt er ein Klappmesser, öffnet es und legt es daneben.

Obwohl der Wald noch immer unruhig zuschaut, ist das doch zuviel für jemanden, der solchen Hunger hat wie ich. Noch schneller, als ich hineingeklettert bin, komme ich aus meinem Loch, um mich gierig über das Essen herzumachen. Während ich große Brocken Brot verschlinge und mir dicke Stücke von Gurke und Käse abschneide, sitzt der Riese dabei und spielt eine wehmütige Melodie.

„Minos", sagt er, als alles Essbare verschwunden ist und klopft mit seinem kräftigen Zeigefinger auf seine Brust. „Agamemnon", erwidere ich meinerseits und verneige mich kurz. „Ah", sagt er erstaunt, „der Atreide, der Mykener König, unser König!"

„Mein Großvater", sage ich ihm. Lauthals fängt er an zu lachen, schlägt mir schmerzhaft auf die Schulter, als hätte ich einen großen Witz gemacht. Seine Fröhlichkeit wirkt aber so ansteckend, dass ich ebenfalls anfange zu lachen. „Aha, das erklärt viel, mein Großvater als König der Mykener!"

Dann fängt er an, von sich zu erzählen. Die Touristen wollen grillen, erzählt er, deshalb gibt es wieder Nachfrage nach Holzkohle. Außer Köhler ist er auch Holzfäller, Ziegenhirte und Förster.

„Was machst du hier?", fragt er. Ich bin um die Antwort verlegen. Schließlich weiß ich selbst nicht so recht, wie alles gekommen ist. Er ist aber kein Mann, dem man mit subtilen Ausreden kommen kann: „Ich muss lernen, mit den Bäumen zu sprechen."

Die Antwort scheint ihn nicht zu verblüffen. „Hast du es gelernt?", fragt er.

Ich erzähle ihm, was ich bisher versucht habe. Er schaut mich mit seinen großen, braunen Augen ungläubig an und dreht sich um, um die prächtigen Bäume auf dem Hügel in Augenschein zu nehmen. Seinen Kopf legt er so weit in den Nacken, dass sein wüster Bart auf das Loch in der Eiche zeigt, auf das ich soviel Hoffnung gesetzt hatte.

Dann kneift er die Augen zusammen und schaut mich noch einmal mit einem merkwürdigen Blick an. Verunsichert starre ich zurück. Im nächsten Moment lacht er so gewaltig los, dass aus den Bäumen über uns ein paar trockene Tannenzapfen und tote Zweige herunterfallen. Vor Lachen rollt er über den Boden, rappelt sich hoch und torkelt dann japsend gegen meine Schulter. Schließlich bemerkt er, dass ich nicht mitlache. Er legt seinen stämmigen Arm um meine Schulter und lehnt seinen massigen Kopf dicht an meinen.

„Mein Freund", sagt er, plötzlich ganz ernst. „Es ist eine sehr gute Idee. Zu wenig Menschen reden heutzutage mit den Bäumen. Obwohl wir Menschen selbst wie Bäume sind!" Mit einem dumpfen Geräusch klopft er auf seine massige Brust. Er nimmt ein paar nachdrückliche, tiefe Atemzüge und zeichnet mit dem Finger auf seiner Brust nach, wie Luftröhre, Bronchien und Lungenbläschen einen Stamm, Äste und Blätter bilden. Dann bückt er sich und drückt sein großes Ohr an meine Brust. Es ist mir nicht klar, was er mit dieser Geste vorhat. Vielleicht möchte er meinem Atem lauschen oder mich trösten. Es passiert aber etwas ganz anderes.

Sobald Minos den Lapis, den Adi mir umgehängt hatte, mit der Stirn berührt, verkrampft sich sein ganzer Körper. „Aaaaaaah", presst es in einem gewaltigen Seufzer aus ihm heraus. Er umklammert meinen

Brustkorb wie in einem Schraubstock, bis mir schwarz vor Augen wird. Als sich schließlich sein Griff langsam entspannt, richtet er seinen Kopf auf, wobei sein borstiger Bart mich am Kinn kitzelt. Aus nächster Nähe schaut er mir in die Augen und hebt an, in dem typisch indischen Akzent, den ich bereits von Adi Kaur und auch von Nani kenne, mit einer unerwartet weichen Stimme zu sprechen.

„Du armer Weißer, dich kenne ich doch noch von damals, als du so braun warst wie eine Walnuss und genauso runzlig. Wenn ich mich damals nicht so mächtig darüber geärgert hätte, wie du mit deinen Kindern umgegangen bist, dann wäre ich wohl nie so schnell als Mensch wiedergeboren worden. Kennst du mich nicht, mein Freund? Ich war der Zimtbaum! Monatelang hast du damals unter mir gesessen und getan, als ob du meditierst! Deine Tochter kam. So ein liebes Mädchen! Ich raschelte machtlos mit meinen Ästen. Dein Sohn weinte sogar, als er dich endlich gefunden hatte. Vergeblich warf ich dir einen Schauer von Zweigen auf den Kopf. Kein Zuhören! Keine Liebe! Keinen Trost! Nichts! Das sollte Meditation sein? Erleuchtung? Schau herum, schau dir deine Lehrer an. Atmen ist Fühlen, Fühlen ist Atmen. Jeder Baum weiß das. Jeder Baum atmet anders und jeder Baum fühlt anders."

Ohne mein verdutztes Stammeln zu beachten, hebt er mich mühelos hoch und schiebt mich wie ein großes Paket unter den Schirm der verhutzelten Eibe. Meine Beine schleifen hilflos über der Erde, als er mich mit dem Rücken an den Stamm drückt.

„Was denkst du, warum wird dieser Kerl hier wohl so alt?" Seine warme große Hand fängt an, langsam von meinem Bauch zu meiner Brust und wieder zurück zu reiben. Nach einer Weile folgt mein Atem ihm wie von selbst. Immer langsamer bewegt sich die Hand. Wie lange wir so da gesessen haben, weiß ich nicht.

Stärker und stärker unterscheide ich die verschiedenen Düfte von Stamm, Beeren und Nadeln, spüre die starke Anwesenheit des uralten Baums. „Immer zurück in die Mitte, immer langsam zurück zu dir selbst", sagt endlich eine klare Stimme in meinem Kopf.

Als ob Minos die Stimme auch gehört hätte, zieht er mich unverzüglich unter dem Baum heraus und trägt mich zu der Zeder.

Nachdem er mich wieder gegen den Stamm gelehnt hat, ergreift er diesmal meine Hand und versucht, mich geduldig dazu zu bringen, ein Nasenloch zu verschließen. Endlich habe ich seine Absicht verstanden und atme jetzt nur noch durch das linke Nasenloch. Zuerst überfällt mich eine bleierne Müdigkeit, die aber bald einem tiefen Frieden Platz macht. Merkwürdig, wie die Geräusche der Pappeln, des Bachs und von Minos' Atem jetzt alle zu einer einzigen zusammenhängenden Symphonie zu verschmelzen scheinen. Die Zeder streichelt mich mit ihren weichen Nadeln. Alle Spannung der letzten Tage fällt von mir ab. Es scheint, als ob der tiefe Seufzer, den ich höre, aus meinem eigenen Mund kommt. In meinem Kopf erklingt die sanfte Stimme der Zeder. „Die linke Seite bringt Entspannung, Freude und ein schönes Leben."

Minos zieht mich wieder hoch und trägt mich quer über die Lichtung zu meiner hohlen Eiche. Wie in Trance klettere ich in mein Versteck hinein. Er stellt sich auf die Wurzeln, sodass sein Kopf über den Rand ragt und bringt mich dazu, durch das rechte Nasenloch zu atmen, während er langsam kommandiert: „Ein ... aus ... ein ... aus ..."

Ich werde mir der Kraft der Eiche bewusst wie noch nie zuvor. Es dauert nicht lange, und träge, lichthelle Gedanken scheinen in meinen Kopf einzudringen: „Die rechte Seite bringt Klarheit und Kraft."

Minos hilft mir sanft aber bestimmt aus meinem Loch heraus, lenkt mich zur alten Pinie und nimmt, als wir an seinem Pferd vorbeikommen, die Axt vom Sattelknopf. Wieder hält der Wald in großem Schrecken den Atem an. Mit kurzen, kräftigen Schlägen, die lange auf der Insel nachhallen, entfernt er die toten unteren Äste des harzigen Baums, damit ich an den schuppigen Stamm herankomme.

Einem feinen Duft gleich weht die Missbilligung der Bäume über den Platz. Unbeeindruckt deutet Minos auf seine lange rote Zunge, die er aus seinem Mund herausgeschoben und an den Seiten hochgerollt hat. Er will offensichtlich, dass ich meine Zunge ausstrecke und durch sie atme. Ganz bewusst ziehe ich das harzige Pinien-Aroma tief in mich hinein.

Doch ich spüre keinen Kontakt mit dem Baum. Ist er beleidigt wegen Minos' Axt? Erst nach langer Zeit bemerke ich eine Veränderung. Mein Steißbein fängt an, leicht zu vibrieren, und ich spüre, wie ich schwer auf der Erde sitze, als ob sich feine Wurzeln unter mir in die Erde bohrten. „Pflege deine Wurzeln, die Anfänge, die Erde", flüstert eine langsame, phlegmatische Stimme in meinem Kopf.

Schließlich hilft Minos mir im schwächer werdenden Abendlicht aufzustehen, um zu der stetig rauschenden Pappel auf der anderen Seite des Hügels zu gehen. Dort bleiben wir seitwärts an den Stamm gelehnt stehen, sodass Minos mit seinen riesigen Armen gleichzeitig mich und den Baum umfassen kann. Seinen Bauch fest gegen meinen gedrückt, fängt er an, wie ein Blasebalg zu atmen. Automatisch kopiere ich seinen heftigen Atem, es fühlt sich an, als ob ein Sturm in mir alles leerfegt. Wieder höre ich eine leichte Stimme in meinen Gedanken: „Reinige dich, und lass alles Alte los!" Sofort löst Minos seine Umarmung, legt seine Hände auf meine Schultern und schaut mich freundlich an.

Ohne eine Spur von diesem indischen Akzent brüllt er jetzt: „König Agamemnon, ich lade mich selbst ein, in deinem Palast zu schlafen!" Lachend dreht er sich um, nimmt seinem munteren Pferd, das inzwischen einen ganzen Ast der Eibe abgeknabbert hat, den Sattel ab und legt ihn unter den Nadelschirm. Inzwischen ist es dunkel geworden. Wir trinken noch einen Schluck Wasser aus dem Bach und legen uns dann unter den Lebensbaum.

Achat

Dritter Stein

Grüne Maserung,
Kristalleinlagen

Fördert Willenskraft

Ebene der Tiere

E in lautes Röcheln lässt uns mitten in der Stille der Nacht erschreckt unter der dunklen Eibe hervorblinzeln. Im milchigen Mondlicht wälzt sich Minos´ Pferd mit weiß verdrehten Augen schnaubend auf dem Boden, die Beine hilflos in den Himmel tretend. Schaum tropft ihm aus dem Maul. Plötzlich rappelt es sich hoch, steigt auf die Hinterbeine und stößt einen jämmerlichen Schrei aus. Dann sackt es wieder ächzend auf die Knie und lässt sich auf die Seite fallen, wobei es mit dem schleimigen Maul ein paar Mal heftig auf den geschwollenen Bauch stößt. Minos grummelt beunruhigt und rennt mit seinem Fez zum Bach hinunter, um Wasser zu holen. Gierig trinkt das Pferd den tropfenden Hut leer.

Minos schöpft ihn noch einmal voll und mischt diesmal etwas dunklen Lehm vom Bachrand darunter. Mit zitternden Flanken bleibt das Tier erschöpft auf dem Boden liegen, während der Holzfäller die bebende, schweißnasse Haut mit einer Handvoll Blätter trockenreibt. Ganz immun war das Tier wohl doch nicht gegen das Gift des Lebensbaums.

Plötzlich zieht es seinen Kopf zurück, spannt sich an und niest – es schwitzt inzwischen so stark, dass der ganze Hügel nach Pferdeschweiß riecht. Zitternd hebt es seinen Schwanz und entleert seinen Darm. Dann wälzt es sich mit gestreckten Beinen schwer atmend auf die andere Seite und schläft ein.

Als später das erste Grau der Morgendämmerung durch die Baumkronen scheint, stehe ich auf, strecke mich und spüre, dass mein Körper sich danach sehnt, wieder Adis Übungen zu machen. Sobald ich mich hinlege und anfange, die Hüften zu heben und zu senken, fragt Minos interessiert: „Was machst du da?" Ich erkläre es ihm, und er bittet mich darum, mitmachen zu dürfen.

Mit einer Handbewegung lade ich ihn ein, auf dem Boden neben mir Platz zu nehmen. Der Riese ächzt und stöhnt, hält aber wacker mit, bis wir zum Schluss brüderlich nebeneinander mit dem Rücken an unserer stämmigen Eiche beide durch das linke Nasenloch atmen. Während der Entspannung schläft er prompt ein, und ich lausche gelassen dem rhythmisch sich abwechselnden Schnarchen von Pferd und Herr.

Nach kurzer Zeit erwacht Minos wieder. Er richtet sich auf und reicht mir die Hand, um mir hochzuhelfen. Dann stellt er sich in Positur und lädt mich mit großer Geste zu sich nach Hause ein: Er müsse mir unbedingt eine ordentliche Mahlzeit vorsetzen. Dazu habe ich natürlich große Lust. Ich zweifle nur, ob ich nicht hier auf meine kleine Führerin warten sollte.

„Hah", sagt Minos, „was denkst du denn, wer mich hierher geschickt hat? Wir werden ihr Bescheid geben."

Unter geduldigem Zureden schafft er es, das kranke Pferd, das er mit zärtlicher Stimme „mein Pegasuslein" nennt, wieder auf alle Viere zu bekommen. Es hat sich anscheinend so weit von seiner Vergiftung erholt, dass es – zwar noch etwas staksig – immerhin laufen kann. Der Köhler hängt sich Sattel und Axt über seine breiten Schultern und führt sein Pferd am langen Zügel hinter sich her.

Ein schmaler Trampelpfad bringt uns in westlicher Richtung weiter in die Berge hinein. Gegen Mittag kommen wir durch eine felsige Schlucht, aus der uns blaue Rauchschwaden entgegenschlagen. Eine Haube aus Holzrauch hängt über dem kleinen Tal dahinter, das mit Steineichen, Birken und Aleppo-Kiefern bewaldet ist. Auf einer Lichtung stehen fünf rauchende, mit Erde und Grasschollen bedeckte, konische Holzstapel. Überall sind die Angst und ohnmächtige Wut der Bäume wegen der schwelenden Feuer zu spüren.

Einladend und höflich, als ob er mir den besten Stuhl seines Hauses anböte, bittet Minos mich, es mir an einem seiner warmen Erdhügel bequem zu machen. Er legt den Kopf in den Nacken und produziert mit zwei Fingern im Mund drei gellende, ohrenbetäubende Pfiffe. Aus dem Wald erklingt eine hölzerne Glocke, und ein Hund bellt kurz und gebieterisch. Scharf zieht Minos mit seinen breiten Nasenflügeln die Luft ein. „Der Herkules!", ruft er empört und verzieht komisch verzweifelt die große Nase. „Wieder geil!"

Wie eine aufgeregte Schulklasse drängt sich ein Dutzend Ziegen auf die Lichtung, allen voran ein großer Bock mit diabolischen, gelben Augen und starken, krummen Hörnern, eine Glocke an einem Strick um seinen Hals. Mit zotteligen dicken Bäuchen und hängenden Eutern trotten seine Damen hinter ihm her. Zu guter Letzt folgt ein bissig wirkender, kurzhaariger Hund.

Sofort mischt sich ein bestialischer Gestank in die Dunstglocke aus Holzrauch und Pferdeschweiß. „Pass auf, dass du den Herkules nicht berührst", sagt Minos. „Du stinkst sonst tagelang. Meine Frau würde uns nicht ins Haus lassen."

Der Kontakt ist allerdings kaum zu vermeiden. Kaum kann der stolze Bock die Lichtung überblicken, bläst sein Hormon-umnebelter Verstand zum Angriff, wobei blinde Eifersucht ihn alle Grenzen zwischen den Gattungen vergessen lässt. Seine bernsteinfarbenen Augen flitzen zwischen mir und Pegasus hin und her, während er zu entscheiden versucht, wer hier sein größter Nebenbuhler ist. Entschlossen zieht er das Kinn ein und galoppiert mit gesenkten Hörnern auf das immer noch etwas benommene Pferd zu, das sich aber schnell umdreht und mit seinen Hinterhufen unerwartet flink ausschlägt. Als es mit einem lauten Krachen die Stirn des Bocks trifft, bleibt das eifersüchtige Tier einen Moment stehen und schüttelt benommen den Kopf.

Furchtlos stürzt sich jetzt auch der struppige Hund in den Streit. Er stößt seine Schnauze mit gefletschten Zähnen laut knurrend gegen Herkules' Rumpf, um ihn von seinem Angriffsziel abzudrängen. Das kleine Pferd hat sich inzwischen auf die Hinterläufe erhoben, bereit, seine Vorderhufe auf den Bock herabstürzen zu lassen.

Das Ganze geschieht innerhalb weniger Sekunden. Hufe, Hörner und Zähne blitzen beunruhigend knapp neben mir auf. Minos greift nach einer erdigen Schaufel, die neben einem Holzkohlefeuer liegt und schiebt sie dem Bock unter den schwarzen Zottelbauch. Die massigen Muskeln in seinen Oberarmen schwellen, als er das verdutzte Tier mit der Schaufel hochhebt. Wie ein zerzaustes, zappelndes Riesenknäuel fliegt der Ziegenbock mit jämmerlichem Meckern durch die Luft und landet ein paar Meter weiter auf seinen Hinterbacken.

Das scheint ihn aber nicht zu entmutigen. Er wirft sich gerade wieder in Positur, als Minos ihn an dem Strick um seinen Hals packt und ihn zur Ruhe zwingt. Auf Minos' Anweisung hole ich ein Seil aus seinem Beutel, mit dem er den rasenden Bock an einen Baum bindet. Danach nimmt Minos den Spaten und schaufelt die Rauchabzüge der Holzkohlestapel mit Erd- und Grasklumpen zu. Bald hängen nur noch ein paar Rauchschwaden über der Lichtung. „Jetzt abkühlen", sagt er, „später abholen."

Bald darauf ziehen wir in einer Prozession von einander misstrauisch beäugenden Tieren tiefer in das Tal hinein – Minos vorneweg, mit dem unruhig umherblickenden Herkules fest am Strick, dahinter die drängelnden Ziegen, dann der wachsame Hund, den Minos mit dem Namen Giorgios ruft, und zum Schluss ich selbst mit dem immer noch zitternden Pegasus am Zügel.

Nach einem kurzen Marsch durch den Wald erreicht unsere kleine Karawane ein weißgestrichenes Haus aus großen Eichenbohlen mit einer breiten Veranda, die von üppigen Bougainvillea-Büschen eingerahmt ist. In dem eingezäunten Garten hängt eine stattliche Frau Wäsche auf eine Leine. Als sie uns sieht, trocknet sie ihre Hände an der Schürze und kommt herüber, um uns zu begrüßen.

Minos stellt sie mir vor, Elena, seine Frau. Die untergehende Sonne taucht ihr breites, freundliches Gesicht in warmes Licht, als sie die Hand hebt, um ihre Augen abzuschirmen und mich besser in Augenschein nehmen zu können. Herzlich schüttelt sie mir die Hand. Während Minos noch die Tiere versorgt, ist sie gleich in die Küche verschwunden und fängt an, mit Töpfen und Schüsseln zu hantieren.

Nachdem wir uns am Bach neben dem Haus gründlich mit Seife abgeschrubbt haben, setzen wir uns hinter den lampionförmigen gelben Blumen auf der Veranda an den großen Tisch zum Essen. Elena trägt dampfende Schüsseln und beladene Teller auf und zwinkert mir aufmunternd zu, während ich hungrig wie ein Wolf über die Speisen herfalle.

Irgendwann stellt sie sich hinter meinem Stuhl auf und fängt an, mich jedesmal, wenn ich die Gabel ablegen will, mit tiefer, kräftiger Stimme anzuspornen: „Iss!"

Auf Zypern ist das eine harmlose Freundlichkeit, der man sich normalerweise irgendwann aufs Allerhöflichste verweigert. In meiner heutigen Verfassung schaffe ich es aber einfach nicht, „nein" zu sagen. Zehn dicke, in braune Weinblätter gewickelte Dolmas, gefolgt von zwei runden, gelben, fetttriefenden Stücken Halloumi, einer Schüssel voll mit Petersilie bestreutem Hummus und eine Riesenportion Gurkensalat schaufle ich in mich hinein.

Zum Glück klingelt es plötzlich – das rettet meinen schwitzenden Körper vor der drohenden Ohnmacht durch Überfütterung. Das Klingeln hört sich an wie von einem altmodischen Wecker und scheint von irgendwo hinter dem Haus zu kommen.

Minos springt auf und verschwindet um die Hausecke. Kurze Zeit später taucht sein lockiger Kopf wieder auf, und er winkt mich aufgeregt und dringend zu sich. Am Waldrand hängt ein rostiges Kästchen mit einem abgeblätterten Holzschild darüber: Dasiko Telefono – Forest Telephone. Ein großer schwarzer Hörer baumelt aus der braunorangenen Klappe des Kästchens. Ich drücke das klebrige Bakelit an mein Ohr und höre eine knisternde Kinderstimme, die wie ein blecherner Vogelruf drei Töne singt: „Aaa-di-kor."

Sofort fange ich an, dem Wolfsmädchen meine Erlebnisse mit Minos zu erzählen. Ihr Singsang kommt aber mit ungewohnter Dringlichkeit dazwischen.

„Wir brauchen dich
heute abend noch in Akrotiri,
im Wald hinter dem Kloster
des heiligen Nikolaus von den Katzen!"

Ohne auf Antwort zu warten oder sich zu verabschieden, beendet sie das Gespräch.

Meine Gastgeber sind entsetzt, dass ich sofort wieder aufbrechen will. Aber aus Respekt vor Adi versuchen sie erst gar nicht, mich zurückzuhalten. Minos bietet sogar an, mich zum Kloster zu führen. Dankbar nehme ich sein Angebot an. Zwar kenne ich die Halbinsel Akrotiri hinter Limassol, aber ich habe keine Ahnung, wie ich von hier aus dahin komme oder wo genau das Kloster sich auf der Halbinsel befindet. „Vielleicht zwei Stunden", sagt er. „Es ist nicht weit." Elena gibt mir die Schuljacke, die sie so gut wie möglich abgebürstet hat, und ruft uns dann etwas wehmutig ihr „Adio" hinterher, als wir eilig in die kühle Nacht entschwinden.

Der Wind säuselt durch die Spitzen der Pinien, und jagende Eulen lassen ihre klagenden Rufe erklingen. Große Käfer torkeln brummend an uns vorbei. Über runde Steine stolpernd folgen wir einem trockenen Flussbett bergabwärts, um an die Küste zu gelangen. Eine Stunde später stehen wir an derselben Teerstraße, die ich vor drei langen Tagen verlassen habe.

Während die Scheinwerfer der vielen vorbeifahrenden Autos uns schmerzhaft blenden, hält plötzlich unaufgefordert ein alter VW-Bus. Drei junge Leute auf dem Weg nach Limassol laden uns ein mitzufahren, und wir steigen hoch erfreut und dankbar in das nach Wein und Benzin riechende Vehikel.

Schwungvoll stimmt der Fahrer, ein junger Mann mit großer Nase und nach hinten gekämmten Haaren, einen Schlager an, den alle, selbst der gute Minos aus voller Brust mitsingen:

„Steh auf, liebes Mädchen, tanz mit mir den Sirtaki,
Lass uns tanzen wie verrückt, bis die Nachbarschaft dröhnt."

Der Beifahrer, dessen langgezogener, pferdeähnlicher Kiefer unaufhörlich auf etwas herumkaut, fängt die zweite Strophe an:

„Ich werde alles bezahlen und geb´ `ne Runde aus!
Genießen möchte ich die ganze Nacht!"

Der Dritte im Bunde, der sich als Giorgios vorgestellt hat, erinnert sich an die letzte Strophe:

„Komm, halte dich an meiner Schulter, und dann geht's los. Wenn du zusammenbrichst, bring ich dich nach Hause."

In Limassol, das wegen seiner bescheidenen Nachtclubmeile auf Zypern auch „Klein Paris" genannt wird – steigen wir unter den stampfenden Rhythmen, die aus verschiedenen Bars hervordröhnen, aus. Während sich die drei jungen Männer gierig ins Getümmel stürzen, folge ich Minos, der uns schnell aus der Stadt hinausführt. Bald lassen wir die beleuchteten Straßen hinter uns und tauchen in die Stille dunkler Mais- und Tabakfelder ein.

Nach ungefähr einer Stunde sehen wir rechts vom Weg eine große, gusseiserne Pforte, die Minos knirschend aufdrückt. Noch atemlos von dem strammen Marsch macht er eine einladende Armbewegung: „Der heilige Nikolaus von den Katzen."

Ein drückendes Schweigen scheint über den gepflegten Gärten und den Spitzbögen des alten Gebäudes zu liegen. Erstaunt blickt Minos sich um. „Wo sind die Katzen?" Er erzählt, dass die Nonnen hier für unzählige herrenlose Katzen sorgen, eine Tradition, die noch aus der Kreuzfahrerzeit stammt, als die Tiere hierher gebracht wurden, um die Schlangen zu bekämpfen. Heute abend liegt das Kloster aber still und dunkel da. Nichts bewegt sich. Hinter dem Kreuzgang beginnt wie eine hohe Mauer ein Wald aus majestätischen, duftenden Zedern.

Weiter reichen unsere Instruktionen nicht. Als wir ein paar Schritte in die Dunkelheit vorgedrungen sind, hält Minos an und wendet suchend seinen breiten Kopf hin und her. „Was ist denn hier los?", murmelt er kopfschüttelnd.

Es ist totenstill zwischen den Bäumen. Nirgends tönt der Ruf eines Vogels, das Rascheln einer Waldmaus oder das Surren eines Insekts. Sind denn alle Tiere verschwunden? Die Stille lässt unsere Schritte trotz des dicken Nadelteppichs unnatürlich laut klingen. Nur der Wind flüstert leise.

Die Zedern, die eine große Traurigkeit ausstrahlen, scheinen ihre Aufmerksamkeit auf ein Geschehen irgendwo mitten im Wald zu richten. Ich winke Minos, mir zu folgen, während ich mich langsam durch die dunklen Säulengänge der Stämme auf den Punkt zu bewege, auf den sich die Bäume zu konzentrieren scheinen. Ab und zu muss ich stehenbleiben und lauschen, um die Richtung zu finden.

Allmählich hören wir auch Tiere und nach einer Weile sogar ein intensives Geraschel und Getrippel. Je weiter wir vordringen, umso lebendiger wird der Wald. Das erste Tier, das wir sehen, ist einer der hier offensichtlich häufigen Waschbären, der sofort zwischen den Stämmen verschwindet. Gleich danach tauchen zwei graubraun getigerte Katzen auf, die neben uns auf leisen Pfoten von Baum zu Baum huschen. Etwas später treffen wir auf eine geschmeidige, schwarze Springnatter, die sich ebenfalls in unserer Richtung weiterschlängelt – merkwürdigerweise gänzlich ignoriert von den Katzen, ihren Erbfeindinnen. Über uns, von Ast zu Ast hüpfend, folgt uns ein Eichhörnchen. Es scheint, als ob alle Tiere des Waldes auf dem Weg zu demselben Ziel wären wie wir.

Die traurige Stimmung der Bäume wird allmählich stärker – ich spüre es wie eine zunehmende Beklemmung in meinem Brustkorb. Wir können nicht mehr weit entfernt sein von dem Ort, zu dem es uns alle hinzieht.

Plötzlich scheinen die Strahlenkränze einiger Kerzen durch das spärliche Unterholz, und ein fröhliches, krächzendes Greisenlachen erklingt, das sich in dieser unheilschwangeren Atmosphäre gespenstisch anhört.

Vor uns klafft ein tiefes, zwei Meter langes Loch im Waldboden. Daneben liegt ein krummbeiniger Greis mit zotteligen Haaren, buschigen Brauen über tiefliegenden Augen und einer runzligen, schweißbedeckten Stirn. Die kleine Adi Kaur in Faltenrock und weißer Bluse sitzt bei ihm und hält seinen Kopf in ihrem Schoß. Hin und wieder tupft sie mit einem grauen Seidentuch den Schweiß von seinem Kopf. Hinter ihr sitzen drei Nonnen mit geschlossenen Augen, den Rosenkranz zwischen den Fingern.

Als der alte Mann mich sieht, lacht er rasselnd, aber unbeschwert und ruft: „Iekh, iekh, iekh!" Er macht eine schwache Geste, als ob er sich mit beiden Händen seitlich an seinen Rippen kratzen wollte. Ich schaue ihn verwundert an.

„Großer Lehrer", stößt er mit heiserer, kaum hörbarer Stimme hervor, „kennst du deinen Affen nicht mehr? Erinnerst du dich nicht an den treuen Hanuman? Hat er nicht Früchte und Nüsse zum Zimtbaum gebracht? So still hast du da gesessen. Ich hatte Angst um dich. Kein Wort, kein

Gruß, kein Lied, kein Dankeschön, das konnte nicht gut gehen. Es ging auch nicht gut. Die Nachrichten waren schlecht. Du warst plötzlich verschwunden.

Großer Lehrer, du brauchtest den Klang. Du brauchtest das Wort wieder zurück. Dringend! Ich rief die anderen Tiere aus dem Dschungel. Sie wollten dir helfen wieder singen zu lernen. Nichts wolltest du hören. Noch einmal sind sie nun alle für dich da. Rechtzeitig. Fast habe ich zu lange gewartet. Jetzt, bitte, höre!"

Der Schweiß strömt über sein Gesicht. Als Adi Kaur kurz das graue Seidentuch von seiner Stirn nimmt, sehe ich etwas Grünes in ihm glitzern. Das muss der Achat sein! Ich knie mich vorsichtig neben den Mann und blicke ihn in meinem immer noch willenlosen Zustand unverwandt an.

Für eine Weile schließt der Alte seine Augen und scheint ganz in sich versunken zu sein. Plötzlich, als ob sie eben erst aufgetaucht wären, werde ich mir der anderen Wesen auf der Lichtung bewusst. In den Ästen der Bäume ringsumher sitzen Eichhörnchen, Bienenfresser, eine Eule und ein paar Nachtigallen. Zwischen den Grasbüscheln und den jungen Bäumchen hocken fünf Füchse, einige Wiesel, zwanzig oder mehr Kaninchen, zahllose Waldmäuse, und bei seinen Füßen drängen sich jede Menge Eidechsen, Schildkröten und Salamander. Unter den Bäumen am Waldrand sitzt ein schweigendes Heer von getigerten, gescheckten, schwarzen und weißen Katzen. Die Tiere verharren in volkommener Hingabe und Stille, ihre schmalen, runden, schwarz geschlitzten, knopfähnlichen und reflektierenden Augen auf die schwer atmende Gestalt in der Mitte gerichtet.

Ein mächtiger Krampf schüttelt den alten Mann. Er presst die Zähne aufeinander, und sein kleiner Körper krümmt sich noch mehr zusammen. Ich spüre, dass er im Sterben liegt.

Von überall her erklingt leises Gewimmer. Ganz still sitze ich und lausche auf die Tierstimmen. Füchse bellen „wha, wha" und knurren „grr". Eine Wolke Waldbienen steigt von einem Pinienast auf und fliegt mit einem durchdringenden, brummenden „Nnnng" im Kreis um uns herum. Die gelben Bienenfresser über unseren Köpfen strecken ihre Brust vor, schlagen mit den Flügeln und rufen schrill „dschiooo, dschiooooo". Blindschleichen und Nattern zischeln, es klingt wie „sss-st nmmmmm". Die Katzen schnurren „Hrrrr".

Wieder tupft Adi Kaur mit dem Tuch seine Stirn ab, und der kleine runzlige Körper entspannt sich etwas. Der Greis öffnet seine Augen und schaut mich direkt an.

„Großer Lehrer", sagt er noch einmal, „gebrauchst du das Wort nicht, kannst du deinen Willen nicht lenken. Ich will dir jetzt endlich die Schlüssel zurückgeben, die du in deinem Dorf vergessen hast."

Während ich mich noch frage, wie er das meinen könnte, fängt er an, leise zu summen. Auf einmal umkreisen hunderte von Bienen meinen Kopf und summen „nnnnng".

„*Ong* ist das Wort, das den Willen zum Wachstum wecken kann", flüstert der Greis nach einer Weile.

Er stimmt ein leises Brummen an. Eine grauschwarz getigerte Katze kommt angeschlichen und drückt ihren Kopf an meine Knie. „Hrrrrrrrr!" Eine zweite kommt dazu, eine dritte ..., schließlich streicht das ganze Katzenheer um uns herum. „*Harrr* ist das Wort, das den Willen zur Veränderung weckt", flüstert der Sterbende.

Nun bringt er einen höheren Ton hervor, fast ein Zwitschern. Gleich fallen die Bienenfresser ein, heben ihre Köpfe und recken ihre Schnäbel. „Dsji-o, dsji-o, dsji-o, dsji-o ..."

„*Dschiooo* weckt den Willen zur Liebe", flüstert der Alte.

Wieder verkrampft sein Körper sich vor Schmerzen. Alle Flügel schlagen und alle Pfoten scharren. Inbrünstig erklingt das Gebet der Nonnen. Lange bleibt die Inkarnation des Affen mit geschlossenen Augen liegen. Nur eine leichte Bewegung des Brustkorbs lässt erkennen, dass er noch lebt.

Dann öffnet er die Augen und macht leise zischende Geräusche. Das Gras fängt an, sich zu bewegen, als die Nattern und Blindschleichen hindurchgleiten. Kühle Haut reibt aus allen Richtungen an meinen Beinen: „Sssssssssstttt nnnnnnm".

„*Ssat Naamm* weckt den Willen zur Wahrheit", flüstert seine Stimme, so gedämpft, dass ich es kaum noch verstehe.

Schließlich fängt er an, leise zu bellen und zu knurren.

Jetzt kommen die Füchse. Sie legen ihre spitzen Köpfe auf meine Oberschenkel und geben zarte Knurrlaute von sich: „Wha wha grrr grr."

„Wahe Guru ist der Wille zur Ekstase", sagt er fast unhörbar, sodass Adi es mir wiederholen muss.

Zum dritten Mal bäumt sich sein zerbrechlicher Körper auf, und seine schmalen Lippen öffnen sich für einen schweren, röchelnden Atemzug. Die Unruhe der Tiere steigert sich, und ihre Laute und Rufe erklingen wild durcheinander: „Hrr, wha, nggg, hrrr, whaa, whaa, dschiooo, grru, sssst, dschiooo, nmmm ..."

Dann fällt sein Kopf zur Seite.

Der ganze Wald verstummt auf einmal. Lange Zeit bleibt es vollkommen still. Vorsichtig drückt Adi die Augen des Toten zu und lässt den grauhaarigen Kopf von ihrem Schoß herunter gleiten. Sie richtet sich auf und wickelt den Toten behutsam von Kopf bis Fuß in die Decke, auf der er gelegen hat.

Den Rest der Nacht sitzen Menschen und Tiere in Frieden beieinander und halten in besinnlichem Schweigen die Totenwache. Als das erste Morgenlicht durch die Bäume schimmert, stehen die drei Nonnen auf. Sie streichen ihre Gewänder glatt. Die Älteste bedeutet uns, uns ebenfalls zu erheben.

Beschwörend klingt das orthodoxe Ritual durch den Wald:

„Oh Gott des Geistes und allen Fleisches,
Du, der Du den Tod durch den Tod besiegt hast,
Du, der Du Deiner Welt Leben eingehaucht hast:
Gib Du Frieden der Seele des Verstorbenen Timoteo Iannos.
Schenke ihr einen Platz im Licht, einen Platz des Blühens,
einen Platz der Ruhe,
wo alle Krankheit, alle Sorgen und alles Leid nicht mehr existieren."

Minos und ich nehmen die graue Decke mit der überraschend leichten Last und lassen den bereits steif gewordenen Leichnam so behutsam wie möglich in das vorbereitete Erdloch gleiten. Während ich mich über das Grab beuge, drückt mich ein harter Gegenstand in der Leiste. Ich fasse in meine Hosentasche: Es ist die blaugrüne Mann-Frau-Figur, die ich in Chirokithia gefunden habe.

Als erste Tat meines wiedergewonnen Willens beuge ich mich vor

101

und setze die uralte Grabbeigabe sanft auf die Brust des Toten. Dann schieben wir mit unseren Händen die Erde in das Grab, bis nur noch ein kleiner Hügel auf dieser wunderschönen Lichtung an den alten Timoteo erinnert. Eines nach dem anderen verschwinden die Tiere im Wald. Die Nonnen verabschieden sich und gehen zwischen den Stämmen hindurch zurück zu ihrem Kloster.

Die kleine Adi Kaur führt uns auf einem anderen, fast unsichtbaren Pfad zu einem Waldweg. Eine schlammbespritzte, weiße Limousine wartet auf uns – hinter dem Steuerrad eine dunkelhäutige alte Dame: N a n i !

Granat

Vierter Stein

Durchsichtig, orangefarben, Eisenoxid-Schleier

Stärkt die Abwehrkräfte

Ebene der Baby-Seelen

Mit fester Hand steuert die alte Dame den schwankenden Schlitten über den Waldweg. Die Sonne ist inzwischen vollständig aufgegangen und lässt ihre Strahlen zwischen den Bäumen hindurchblitzen. „Erzähl mal", sagt Nani und mustert mich von der Seite.

Ich weiß nicht, wo ich anfangen soll. Die Eindrücke der letzten Tage wirbeln wild durcheinander, und ein Schwall von lang angestauten Gefühlen droht mich zu überfluten. Ich hole tief Luft und berichte ihr ausführlich von der Enttäuschung meines ersten, einsamen Tages in Karamjit Singhs Haus und darüber, wie ich mich am nächsten Tag auf eigene Faust auf die Suche gemacht hatte. Sie gibt keinen Kommentar dazu ab. Dafür interessiert sie meine Steinigung im Dromos umso mehr. Immer wieder fragt sie nach dem Schrei, den mein Angreifer ausgestoßen hat. Aber die genauen Laute kann ich leider nicht erinnern – auch nach angestrengtem Nachdenken komme ich zu nichts anderem als „PAPHPALLUHHH". Der Rest entzieht sich hartnäckig meinem Gedächtnis.

Inzwischen haben wir den Wald der Katzen hinter uns gelassen. Auf dem schnellsten Weg zurück nach Limassol durchqueren wir den trockenen Teil des Akrotiri Salzsees, dessen bräunliche Kristalle hoch hinter uns aufwirbeln.

Nani nickt, als ich ihr die Übungen beschreibe, die Adi mir beigebracht hat. „Kundalini-Yoga", sagt sie. Als ich ihr von meinen Experimenten mit den Bäumen erzähle, wechselt sie ein schnelles Lächeln mit Minos.

Daraufhin berichtet Minos mit dröhnender Stimme: „Ich saß bei meinem Feuer und spielte gerade auf der Flöte, als plötzlich das Wolfsmädchen aus dem Wald auftauchte. ‚Ich brauche deine Kraft, um einem Aleman zu helfen', sagte sie. ‚Er ist bei der Felseninsel und atmet nicht mehr. Beeile dich bitte!'

Der hatte große Angst vor mir! Aber ich weiß, wie man einen Aleman lockt. Mit Essen. Dann habe ich den blauen Stein um seinen Hals geküsst, so wie Adi es mir gesagt hatte. Da hat es mich voll erwischt. Träume! Träume! Geschichten ... viele Geschichten. Von früher, viel früher. Ich hörte eine Stimme in mir, die sagte, dass die Bäume mit dem Aleman atmen sollten. Dass ich ihn dahin bringen sollte. Das habe ich gemacht."

Die Arme vor der Brust verschränkt, ergänzt er schließlich: „Als sie angerufen hat, haben wir uns sofort auf den Weg nach Akrotiri gemacht."

Er schaut das Mädchen an, das in seiner singenden Art zu sprechen anfängt.

„Liebe Grüße von Timoteo,
der beste Affe ist Mensch geworden.
Alle Tiere kamen,
Wha Grr Dschio Hrr Ssst,
gaben dem leeren Lehrer
seinen Kern zurück."

„Pasu Siddhi", murmelt Nani, „der mit den Tieren spricht."

Ich blicke aus dem Fenster. Gerade ziehen Limassols schmale, noch völlig menschenleere Strände mit ihren zahllosen Sonnenschirmen und kleinen Restaurants vorbei. Fernab im Meer erkenne ich die Umrisse der großen Handelsschiffe, die darauf warten, im Hafen entladen zu werden.

Als unser Weg in Richtung Astromeritis landeinwärts abzweigt, lassen wir Minos aussteigen. Er steckt noch einmal seinen dunklen Kopf zum Fenster herein und beschwört uns, ihn bald besuchen zu kommen. Eine Weile später erscheint die weiße Villa durch die grünen Schatten der Zypressen und ich staune über mein Gefühl, nach Hause zu kommen.

Erst nach einer Dusche und einem längst überfälligen Kleiderwechsel merke ich, wie erschöpft ich bin. Mich hinzulegen und auszuruhen kommt aber nicht in Frage – ich habe keine Lust einzuschlafen, um dann unter Umständen zu entdecken, dass Nani vielleicht wieder verschwunden ist.

Die beiden Frauen, die zur Zeit mein Schicksal lenken, sitzen bereits mit Ziegenkäse, Olivenöl, Brot und einer dampfenden Teekanne vor sich am Esszimmertisch. Sofort fängt Nani wieder an, nach dem Zauberspruch aus dem Gebüsch beim Dromos zu bohren. Auch diesmal komme ich mit meiner Erinnerung nicht weiter.

„Das war bestimmt Pericleous, der Steinewerfer," murmelt sie. Aber gerade die Szene mit dem beschwörenden Schrei würde ich dem grabschändenden Automechaniker nicht zutrauen; dafür hat er auf mich einen zu einfältigen Eindruck gemacht. Nani hat allerdings keine Zweifel. „Der hat es in seinem Blut."

Kurz entschlossen greift sie nach ihrem allgegenwärtigen Beutel, der auf dem Stuhl neben ihr liegt, und steht auf. „Zeit, Freund Loizos einen Besuch abzustatten."

Ich kann gerade noch ein Sandwich einstecken, bevor wir wieder ins Auto steigen. Zu Adis offensichtlicher Enttäuschung halten wir auf dem Weg nach Akaki vor einem flachen, weißen Gebäude. Schmollend steigt sie aus. Nani steigt ebenfalls aus, hält nachdrücklich ihre Hand auf und wartet. Mit langsamen, unwilligen Bewegungen holt das Mädchen das grauseidene Päckchen aus ihrer Tasche, das Nani ohne es zu öffnen in ihren Beutel steckt. Zögernd dreht Adi sich um und geht mit hängenden Schultern auf das weiße Gebäude zu, in dessen Tür eine hagere, grauhaarige Dame erschienen ist, die ihr mit strengem Blick winkt, schnell hereinzukommen.

Zwanzig Minuten später parken wir in der Nähe des Kafeneions, wo ich vor ein paar Tagen auf Pericleous gewartet habe. Mit dem nackten Betonfußboden, den alten Tischen und Stühlen und dem großen Fernseher ist der Innenraum nicht gerade gemütlich. Der kleine Wirt mit dem martialischen Schnauzer wischt seine Hände an einem schmuddeligen Tuch ab. Als Nani zwei Tassen Kaffee bestellt und eine Kerze, verzieht er keine Miene. Nach einigem Suchen unter seiner Theke treibt er tatsächlich einen großen roten Stummel für sie auf.

Draußen genießen ungefähr ein Dutzend Zyprioten den kühlen Schatten der Stechpalmen. Neben uns spielen ein paar Leute lautstark Tawli, das zypriotische Backgammon. Auf einer langen Bank an der Wand sitzen geduldig die Alten, auf ihre Spazierstöcke gelehnt und nippen an kleinen Gläschen mit farblosem Ouzo. Am Tisch gegenüber redet ein Bauer mit einem rotbraunen, runden Gesicht auf einen Mann in Anzug und Schlips ein.

Nani zündet die Kerze an und klebt sie mit einem Tropfen Wachs auf dem Unterteller ihrer Kaffeetasse fest. Zu meinem Erstaunen holt sie ohne viele Umstände das alte Chakra aus ihrem Beutel und legt es neben das grauseidene Päckchen mit den Steinen auf den rotgestrichenen, nicht allzu sauberen Metalltisch. Dann kramt sie noch ein schwarzes Stück Harz hervor und legt es dazu.

Als sie den Klumpen Harz in die Flamme hält, wabert der würzige Duft über die Terrasse, was uns die ungeteilte Aufmerksamkeit sämtlicher Ouzo-Trinker an der Wand einbringt, selbst die Tawli-Spieler lassen, die runden Steine noch in der Hand, von ihrem Spiel ab, um neugierig zu uns herüber zu schauen.

Seelenruhig tröpfelt Nani etwas Harz in eine der leeren Vertiefungen des Chakra. Dann nimmt sie den kreidigen, roten Turmalin aus dem alten Seidenfetzen und drückt ihn in das knisternde Harz. Jetzt bilden die Kafeneionbesucher einen Kreis um uns und schauen gebannt zu. Ihre Fragen schießen hin und her: „Was machst du da? – Was ist das für ein Reif? – Warum klebst du die Steine da rein?"

Ich übersetze die Fragen für Nani. „Sage ihnen", antwortet sie mit ihrer tiefen, kräftigen Stimme, „dass dieser Reif eine heilige Reliquie ist."

Ein Gemurmel entsteht in dem Grüppchen um unseren Tisch. Mit ihrer beeindruckenden Erscheinung hat Nani eine so überzeugende Ausstrahlung, dass sie es den Zuschauern leicht macht, den sakralen Wert des Chakras anzuerkennen. Einige bekreuzigen sich. Ein rundlicher Mann mit einem grauen Pullover meint sogar: „Mütterchen, segne bitte unser Dorf."

Inzwischen hat Nani die nächste Vertiefung des Reifs mit dem scharf riechenden Harz gefüllt, in die sie sorgfältig den alten, blauen Lapis, den ich mit der Kordel über meinen Kopf gestreift und auch dazu gelegt habe, hineindrückt. Sie schaut den Mann, der gesprochen hat, ernsthaft an und sagt langsam: „Dieses Dorf ist verflucht."

Sobald ich Nanis Worte übersetzt habe, bricht eine erschrockene Stille über uns herein. Dann fragen einige Stimmen zögernd: „Was ist los?"

Gemächlich nimmt die alte Inderin einen Schluck ihres schwarzen Kaffees und träufelt das rauchende Harz in die dritte Vertiefung des Reifs. Sie presst den etwas abgestoßenen grünen Achat hinein und antwortet: „Die Edelsteine, die uns in dieser Reliquie fehlen, wurden gestohlen. Der Dieb stammt von hier, aus Akaki."

Fast lautlos murmelt der Mann mit dem grauen Pullover: „Pericleous?"

Aufgeregt fangen die Männer an, miteinander zu reden. Der Automechaniker scheint nicht sehr beliebt zu sein. Nani steckt den Reif, als das Harz abgekühlt ist, sorgfältig in ihren Beutel.

In diesem Moment erscheint, wie auf die Minute vorausbestimmt, die bekannte, schlaksige Gestalt im blauschwarzen Overall. Die Stimmen der Dorfbewohner werden laut. „Dieb", schreien sie, „Gotteslästerer!"

Als Loizos schielender Blick auf Nani und mich fällt, lässt sein entsetzter Gesichtsausdruck keinen Zweifel daran, dass er genau weiß, was los ist. Er dreht sich um und rennt in die Richtung zurück, aus der er gekommen ist. Nani erhebt sich würdevoll. Ohne große Eile gehen wir hinter ihm her, gefolgt von den Besuchern des Kafeneions. Selbst der Wirt – sein grau kariertes Geschirrtuch über der Schulter, ist mit von der Partie.

Nur noch einige Meter sind wir von der Autowerkstatt entfernt, als ein pochendes Motorengeräusch ertönt. Auf dem orangefarbenen Traktor thronend, den ich von meinem letzten Besuch her schon kenne, taucht Pericleous aus seiner Höhle auf und fährt mit lautem Rattern an uns vorbei. Auf der von Johannisbrotbäumen gesäumten Straße verlässt er das Dorf.

Sofort laufen wir zurück zu unserem Auto, um die Verfolgung aufzunehmen. Ein vielstimmiger Chor mit Erfolgswünschen begleitet uns.

Mit Nani am Steuer, die wie ein Rennfahrer fährt, dauert es nur wenige Minuten, bis wir den großen Traktor eingeholt haben. Und jetzt?

Seelenruhig drosselt die alte Frau die Geschwindigkeit, bis wir in gemächlichem Tempo hinter dem großen, ölverschmierten Monster herfahren. Ab und zu dreht sich Pericleous verunsichert nach uns um. Nani macht aber keinen Versuch, ihn zu überholen.

„Wir müssen ihn zum Anhalten zwingen", dränge ich Nani, „sonst fährt er querfeldein mit seinem Traktor, und wir haben das Nachsehen." Sie schüttelt den Kopf. „Was würden wir machen, wenn er anhält?", fragt sie. „Ihn verprügeln? Warte einfach ab, was passiert. Du hast doch keine Angst vor dem Zufall?"

Kaum hat sie zu Ende gesprochen, da passiert es: Bei der alten Kiesgrube, an der wir gerade vorbei kommen, biegt der Automechaniker vom Weg ab. Wie ein Schiff schwankt das orangene Ungetüm den Hang hinunter, und seine mächtigen Räder spritzen den Kies in alle Richtungen weg.

Unser Mercedes, der auf solchem Untergrund nicht folgen kann, muss anhalten. Ich bin so aufgeregt, dass ich dem Traktor sogar zu Fuß nachsetzen würde, aber Nani bleibt völlig ungerührt sitzen. Leise fängt sie an zu singen: „Guru Guru Wahe Guru, Guru Ram Das Guru."

Gerade als der Traktor auf der anderen Seite der Grube wieder hochkriecht und unseren Blicken entschwindet, kommt uns auf der Straße ein weißer Jeep der UNO-Friedenstruppe entgegen. Nani steigt aus und stellt sich seelenruhig mitten auf die Fahrbahn, bis das Fahrzeug mit quietschenden Reifen ein paar Meter vor ihr anhält. Ein blau behelmter Soldat steigt aus und fragt leicht empört, was denn los sei.

Wieder einmal ist Nanis Ausstrahlung überwältigend. Mit fest entschlossener Stimme erzählt sie. „Uns wurde ein kostbarer Edelstein gestohlen. Der Täter fährt auf einem Traktor und versucht gerade querfeldein zu entkommen. Sie müssen uns helfen."

Der Soldat, ich schätze ihn auf vielleicht 30 Jahre, schüttelt bedauernd den Kopf. „Wenden Sie sich bitte an die zypriotische Polizei. Es ist nicht die Aufgabe der UNO, sich in zivilrechtliche Probleme einzumischen."

Nani schaut ihn streng an und fragt: „Wie heißen Sie?" „Sergeant Heresford, Madam", sagt der gut aussehende, blonde Soldat in seiner blauen Uniform und steht stramm. Sie tritt auf ihn zu, winkt ihn zu sich herunter und flüstert ihm etwas ins Ohr. Der Sergeant wird erst rot, dann blass. Er seufzt einmal tief und fordert uns dann auf: „Steigen Sie ein." Wir lassen den Mercedes am Straßenrand stehen und klettern in das Geländefahrzeug, das problemlos in die Grube hinein und auf der anderen Seite wieder herausfährt. Der Traktor hat eine deutliche Spur hinterlassen.

Hinter dem kleinen Hügel, über den das Gefährt verschwunden ist, öffnet sich eine zauberhafte Landschaft aus blühenden Schopflavendelbüschen und rosa Zistrosen. In diesem lila Meer ist der Traktor, der ungefähr einen Kilometer Vorsprung hat, ein schwankender, orangener Farbklecks. Der federnde Geländewagen holt schnell auf. Entsetzt blickt Pericleous über die Schulter nach hinten. „Wir haben ihn", sagt Heresford ruhig. „Ein Traktor ist einem Jeep mit Allradantrieb nicht gewachsen. Er könnte nur noch versuchen, irgendwie seine größere Radhöhe und seinen stärkeren Motor auszunutzen."

Plötzlich zieht der Traktor scharf nach rechts. Einen Moment lang sieht es aus, als ob ihn die Erde verschluckt hätte – bis wir eine tiefe, jäh abfallende Schlucht entdecken, mit einem breiten, fast ausgetrockneten Flussbett. Ohne zu zögern fährt Heresford hinter dem Traktor her den Hang hinunter.

„Verdammt!", flucht er, „das könnte ein Problem werden." In der Mitte der Schlucht sprudelt ein kristallklarer Bach durch das steinige Flussbett. Die hohen Räder erlauben es dem Traktor, ungehindert hindurch und auf der anderen Seite stromaufwärts weiterzufahren. Unser Jeep muss anhalten, der Bach ist zu tief. Leider ist auf dieser Uferseite nicht genügend Platz, um hinter Pericleous herzufahren, deshalb müssen wir stromabwärts fahren, um uns eine Furt zu suchen.

Zum Glück dauert es nicht lange, bis wir an eine Stelle kommen, wo der Bach so breit und flach wird, dass wir ohne Probleme hindurchfahren können. Obwohl wir inzwischen Pericleous völlig aus den Augen verloren haben, folgen wir seinem mutmaßlichen Weg. Leider sind wir mit unserem Wagen nicht besonders schnell, weil wir den vielen großen Steinen, die der Traktor mit seiner größeren Radhöhe einfach überfahren konnte, ausweichen müssen. Mühsam sucht sich Heresford einen Weg zwischen den Felsbrocken hindurch.

Schließlich entdecken wir in einiger Entfernung den Traktor. Er ist offenbar steckengeblieben. Die Schlucht ist eine Sackgasse! In einem prächtigen Wasserfall stürzt der Bach uns entgegen.

„Wir haben ihn!", ruft Heresford.

Pericleous ist bereits dabei, den ratternden Traktor zu wenden. Wie auf einem riesigen Insekt kommt er mit dem großen Gefährt drohend auf uns zu. Es gibt nicht genug Platz, um an uns vorbeizukommen. Will er uns rammen? Heresford hält jäh den Jeep an, öffnet die Tür und springt schnell hinaus. Er schreit uns zu, dass wir das Gleiche tun sollen. Nani und ich stürzen fluchtartig hinaus. Dann rennen wir, so schnell wir können, den rutschigen Abhang hinauf. Mit offenen Türen bleibt der weiße Jeep neben dem Bach zurück. Scheppernd schlagen die Steine gegen den Traktor, während er mit hoher Geschwindigkeit auf den Jeep zupoltert.

Kurz vor dem Zusammenprall reißt Pericleous jedoch mit verzerrtem Gesicht das Steuer herum, scharf den Berghang hoch. Nani kann gerade noch zur Seite springen, während der Koloss sich ächzend nach oben quält. Das mächtige Fahrzeug scheint die Steigung tatsächlich zu schaffen. Atemlos schauen wir zu.

Dann zeigt sich, dass der Traktor trotz seiner unglaublich mächtigen und großen Hinterräder wegen seiner relativ kleinen und leichten Vorderräder eben doch nicht für die Berge geschaffen ist. Der letzte, steilste Teil des Abhangs wird Pericleous zum Verhängnis. Der Motor brüllt und stößt blauen Rauch in den Himmel. Die durchdrehenden Hinterräder lassen Steinfontänen nach hinten wegspritzen, während die Vorderräder sich vom Boden lösen, sodass der Traktor wie ein Pferd hochsteigt. Pericleous nimmt das Gas weg und schaltet hektisch in einen niedrigeren Gang. Die Vorderräder senken sich wieder. Er scheint das Problem in den Griff zu bekommen: Der Traktor klettert in einer Wolke von grauen Auspuffgasen mühsam die letzten Meter zum Grat hoch.

Kurz bevor er den Rand erreicht, stößt er auf einen breiten Steinwulst, der die Vorderräder noch einmal hoch stemmt. Pericleous, der jetzt vermutlich von seinem Sitz aus den rettenden Fluchtweg sehen kann, vergisst alle Vorsicht und versucht, mit Vollgas diese Barrikade zu bezwingen. Mit äußerster Kraft bemüht sich das rüttelnde Monster, auch noch die beiden Hinterräder über dieses letzte Hindernis zu schieben.

Aber jetzt verlieren dieVorderräder völlig den Kontakt zum Boden, und der Traktor bäumt sich auf. Wie ein Rodeo-Cowboy stellt sich Pericleous weit nach vorne gelehnt auf die Pedale, aber sein Gewicht reicht nicht aus, um die Vorderräder wieder nach unten zu drücken. Schließlich verliert das brüllende Ungetüm sein Gleichgewicht, die Nase richtet sich hoch auf und beginnt dann nach hinten zu kippen.

„Aufpassen!!", schreit Heresford. Panikartig versuchen wir, uns schnellstens aus der Absturzbahn zu entfernen. Ich sehe noch, wie Pericleous seitwärts von dem fallenden Traktor springt. Mit unglaublichem Getöse schlägt dieser rückwärts auf seiner Motorhaube auf. Eine riesige Staubwolke breitet sich aus. Dann rutscht der Koloss unter ohrenbetäubendem Kratzen und Brechen den Hang herunter. Von meiner sicheren Warte aus sehe ich, wie Nani der rasenden Metallmasse gelassen zuschaut, die wenige Meter von ihr entfernt rauchend den Berg hinunter donnert. Mit einem gewaltigen Platschen und Zischen bleibt der Traktor schließlich in dem felsigen Bachbett liegen.

Der Sergeant, dessen Nerven offensichtlich besser sind als meine, ist bereits auf dem Weg nach oben, um zu schauen, was mit Pericleous passiert ist. Wie in einem Traum nehme ich wahr, wie er, gefolgt von Nani, zu ihm hin klettert. Als ich die beiden endlich erreiche, beugt Heresford sich gerade über die am Boden liegende Gestalt.

Plötzlich erklingt wieder dieser spitze, diesmal angsterfüllte Schrei: „PAPHPALUMHILBELLEZEM!"

Die Erinnerung an die Steinigung in dem Dromos fährt mir wie ein eiskalter Schock in die Glieder.

Pericleous richtet sich auf und drückt dem Soldaten etwas ins Gesicht, der sich daraufhin steif hinsetzt, die Hand an seiner Stirn. Der Automechaniker steht mühsam auf, krabbelt den Hang hinauf und verschwindet, das rechte Bein hinter sich herziehend, über den Rand der Schlucht.

Nani ignoriert den Soldaten, der in einer Art militärischer Grußhaltung wie versteinert da sitzt, und eilt hinter Pericleous her. Sobald sie die Kante überwunden hat, entschwindet sie ebenfalls aus meinem Blickfeld.

Der Sergeant scheint bereits auf mich zu warten, als ich mich neben ihn hocke. Die Art und Weise, wie er seine Hand unter sein blaues Käppi hält, lässt mich vermuten, dass Pericleous ihm einen der Chakra-Steine an die Stirn gedrückt hat. Tatsächlich fängt er gleich an, mit indischem Akzent zu sprechen, was bei seinen blauen Augen und blonden Haaren höchst merkwürdig anmutet.

„Pitaji!" Er blickt mich wie aus weiter Ferne an und hat Tränen in den Augen. „Verzeih mir bitte. Ich habe dich damals weggeekelt. Ich wollte dich beerben, bevor du gestorben bist. Ich meinte, ein größerer Lehrer zu sein als du. Ich habe dir dein Dorf verdorben. In diesem letzten schrecklichen Ringkampf, bevor du weggegangen warst, hätte ich, um mich zu beweisen, fast meinen eigenen Bruder erwürgt. Wärest du nur geblieben, Vater, du hättest uns retten können."

Es bleibt einen Moment still. Der junge Soldat macht eine Faust und lässt dann seine Hand in den Schoß sinken. Er scheint auf etwas zu lauschen. Das rauchende Traktorwrack im Bach macht knackende Geräusche. Von Nani und Pericleous ist nichts zu sehen oder zu hören. Mit gelegentlichem Stocken, als wolle er in sich hineinspüren, spricht der Sergeant weiter:

„Ich habe eine Nachricht für dich: Es wäre nichts passiert, damals nicht und auch jetzt nicht, wenn du deine Erdung nicht vernachlässigt hättest.

Ich soll dich an die fünf Basistechniken erinnern:

Jeden Tag laufen,
jeden Tag kalt duschen,
jeden Tag lachen,
jeden Tag schwitzen
und jeden Tag Sadhana machen."

Er schweigt, öffnet langsam seine Faust und zeigt einen flachen, orangenen Stein, der im Sonnenlicht auf seiner schwieligen Handfläche glitzert. Die dünne, dreckige Scheibe Granat ist der schönste Anblick, den ich mir vorstellen kann. Vorsichtig nehme ich den Stein aus seiner Handfläche und stecke ihn in meine Tasche.

Ein leichtes Geräusch von herunterrollenden Steinchen lässt uns aufblicken. Pericleous und Nani kommen zusammen den Hang herunter.

„Alles in Ordnung?", meint Nani, Frage und Antwort in einem. Offensichtlich ist jetzt nicht der Moment für weitere Erklärungen. Zu viert gehen wir den Hang hinunter und steigen wie selbstverständlich alle in den UNO-Jeep, der noch immer mit geöffneten Türen da steht. Ich sitze neben meinem alten Feind in seinem staubigen, zerrissenen Overall, mit vielen Fragen, die mir durch den Kopf gehen, während wir zurück zu der Furt poltern und dann wieder hoch zu den Lavendelfeldern. Es scheint jedoch noch immer nicht der richtige Moment, um die Fragen zu stellen. Am Rand der Kiesgrube steigen wir in unsere Limousine um, und Heresford fährt mit einem etwas konfusen Gesichtsausdruck in seinem Jeep davon.

Als wir in Akaki beim Kafeneion parken, bleibt Pericleous unschlüssig stehen. „Komm mit", sagt Nani, und als ob nichts geschehen wäre, setzen wir uns an denselben roten Tisch wie vorhin.

Sofort schart sich eine neugierige Gruppe Dorfbewohner um uns. „Er hat uns den Stein gegeben", meint Nani beruhigend zu den Leuten. Sie hat die Kerze, die noch auf dem Tisch steht, bereits wieder angezündet und das Chakra auf den Tisch gelegt. Während sie mit einer Hand den Harzbrocken in die Flamme hält, streckt sie die andere erwartungsvoll in meine Richtung aus. Behutsam lege ich den orangenen Stein auf ihre harte, zerfurchte Handfläche. Die Dorfbewohner schauen fasziniert zu, wie sie den alten Granat mit dem durch die Flamme verflüssigten Harz auf dem Chakra befestigt.

Die Inderin steht auf, und die Dorfbewohner bilden einen Kreis um sie. Über dem feinen Schleier, unter dem sie ihre Haare verbirgt, setzt sie sich das Chakra mit den vier Steinen auf den Kopf. Die kurzen, kräftigen Arme schräg nach vorne gehoben, segnet sie das Dorf. Die Dorfbewohner neigen ihren Kopf, einige nehmen ihre Mützen ab. Es ist ein sehr erhabener Moment, der alles in einen tiefen Frieden hüllt.

Dann kommt das Chakra zurück in den Beutel und alle setzen sich wieder. Der Wirt bringt uns von sich aus Kaffee. Nani verzieht ihr Gesicht, als sie einen Schluck der starken Flüssigkeit nimmt, und fordert Pericleous auf: „Erzähl es ihm."

Herausfordernd blickt der Mechaniker mich an. Dann sagt er mit einem mürrischen Seitenblick auf Nani: „Ich weiß nichts von Steinen. Die

Steine, die ihr habt, hat mein Vater mir gegeben. Den orangenen auch. ‚Junge, das ist ein Zauberstein' hat er gesagt. ‚Hast du mal so richtig Ärger, drück ihn bloß dem anderen an die Stirn. Aber pass auf, dass du deinen eigenen Kopf dabei nicht berührst."

„Sag uns doch noch einmal diesen Spruch", fordert Nani ihn auf.

Seine Augen verfinstern sich, aber Nanis durchdringendem Blick ist er nicht gewachsen. Der Adamsapfel in seinem mageren Hals bewegt sich heftig, obwohl er nur flüstert: „PAPH PAVL UMM NEPH HIL BEL ZEN HEM".

Er hat den Spruch so leise gemurmelt, dass ihn sicher niemand außer uns gehört haben könnte. Trotzdem scheinen alle Menschen auf dem Dorfplatz einen Moment lang erschreckt in ihren Bewegungen innezuhalten und zu lauschen.

„Das ist der Spruch der Steine, richtig?", fragt Nani. „Acht Steine, acht Silben."

Pericleous nickt.

„Aufschreiben!", fordert Nani.

Er fischt einen Bleistift aus seiner Hosentasche, nimmt einen Bierdeckel vom Nebentisch, schreibt die Silben darauf und gibt ihn Nani, die ihn an mich weitergibt.

„Weißt du, was das bedeutet?", fragt sie. Unwillig brummelt Pericleous etwas über seinen Großvater, der die Macht der alten Zauberer angezapft hat.

Nachdem ich mich durch die Steinigung in dem Dromos ziemlich benommen gefühlt hatte, hat mich die Jagd in dem Flussbett doch wieder einigermaßen zurück auf den Boden gebracht, obwohl ich die durchwachte letzte Nacht noch deutlich in meinen Knochen spüre. Wenigstens funktioniert jetzt mein Gedächtnis wieder normal. Mir ist schnell klar, was diese Silben bedeuten könnten. PAPH entspricht wohl Paphos, der Stadt der Aphrodite, PAVL Pavlos, dem Apostel. UMM steht wahrscheinlich für Umm Harams Grab bei Larnaca, NEPH vielleicht für Neophytos Kloster. HIL für die Burg Hilarion, BEL für die Abtei Bellapais und ZEN für Zenon von Kition. Zur letzten Silbe HEM habe ich keine Idee.

„HEM ist Hemkund", sagt Nani, „im Himalaya."

Pericleous murmelt noch etwas, wie, vielleicht habe sein Urgroßvater die Steine an den Orten begraben. Er hat jedenfalls keine Ahnung. Offensichtlich hat er nur die Formel und die vier Steine geerbt.

Ich freue mich. Der Spruch der Steine gibt mir einen wunderbaren Schlüssel in die Hand, um die restlichen Steine des Chakras zu finden.

Nani legt ein paar Münzen auf den Tisch und steht auf. Pericleous und ich folgen ihrem Beispiel. Beim Auto bleibt sie stehen und dreht sich zu mir um.

„Erzähle ihm von dem Granat."

Den Automechaniker, der sich abgewendet hat, fährt sie wütend an: „Du, Baby-Seele, höre gut zu!"

Ich erzähle ihm, wie gut es ihm täte, täglich zu laufen, zu lachen, zu schwitzen, Sadhana zu machen und kalt zu duschen. Rebellisch schaut er zurück, bis die kleine alte Dame sich auf die Zehenspitzen stellt und ihm etwas ins Ohr flüstert.

Blass und ergeben bleibt er stehen, während Nani schwungvoll das Auto in Gang bringt.

Tigerauge

Fünfter Stein

Goldfarbene, gelbe und weiße Bänder

Fördert Kreativität

Ebene der Kind-Seelen

Eine harte Hand rüttelt an meiner Schulter. Schlaftrunken nehme ich einen intensiven Sandelholzduft wahr und erkenne in der Dunkelheit eine weiße Gestalt neben meinem Bett. „Zeit fürs Sadhana", ruft Nani fröhlich. Ich schaue auf meine Uhr: halb fünf! Schläfrig frage ich sie, was denn los sei. „Kalt duschen, Übungen, Atem, Meditation! Und massiere dich", sagt sie noch, „und dusche dich dann mit kaltem Wasser ab. Dann massiere dich wieder. Immer abwechselnd."

Geräuschvoll schließt sie die Tür.

Ich dusche tatsächlich kalt, rubbele mich kräftig ab und gehe mit einem angenehmen Glühen in meinem ganzen Körper nach draußen. Zaghaft zeigt sich im Garten das erste zarte Silber des Morgens. Im Tempel ist zu meiner Überraschung die kleine Adi, die es irgendwie geschafft haben muss, wieder nach Hause zu kommen. Sie sitzt auf einem Schaffell. Ein zweites Fell liegt offensichtlich für mich bereit.

Hinter dem Altar sitzt Nani, auf ihrer Nase eine Brille mit runden, gold umrandeten Gläsern, und liest vor:

„Der Yogi fragt:

'Wie kann Stahl mit Zähnen aus Wachs gekaut werden?
Welches Mittel vermag die Krankheit des Stolzes zu heilen?
Wie wird ein Schneemann im Feuer nicht schmelzen?
Wie soll die Seele im Käfig dieser Welt zur Ruhe kommen?

117

Was ist hier und zugleich überall, mit dem jedes Herz sich vereinen kann?
Welches Meditationsobjekt vermag den Geist von allem abzulösen?'
Nanak antwortet:
,Von innen, nur von innen, kannst du deine Selbstsucht untergraben,
Verliere jedes Streben nach Eigenheit und werde eins mit Gott.
Zwar ist die Welt hart wie Stahl für die Eigenwilligen und Selbstsüchtigen in ihrem verirrten Eifer;
Doch durch die Macht des Wortes schmilzt der Stahl dahin.
Suche in dir und außerhalb von dir nach der Erkenntnis Gottes.
Mit dem Segen des wahren Meisters erlöschen die Flammen der Begierde."

Mit feierlichen Bewegungen legt die alte Dame das Samttuch wieder über das Buch und setzt sich zu uns. „Agamemnon", sagt sie, „zeige Adi bitte deine Übungen." Ich protestiere – es war doch Adi, die mir die Übungen vermittelt hat. Das Mädchen behauptet jedoch, sich überhaupt nicht daran erinnern zu können. Na ja, wenn ich tatsächlich der Nachfolger des großen Chajjus sein sollte, dann müsste ich doch wohl mit einer Schülerin fertig werden.

Wir fangen an, die Übungen zu machen, doch bald übernimmt Nani die Leitung. Fließend kombiniert sie, was ich von Adi, Minos und Timoteo gelernt habe. Sie ergänzt jede Körperübung durch eine bestimmte Atemform. Außerdem weist sie uns an, uns während der Bewegungen zu konzentrieren, und zwar auf eines der Wörter von Timoteo, die sie Mantras nennt.

Zum Schluss wiederholen wir singend immer wieder das Mantra *Wahe Guru, Wahe Guru, Wahe Guru, Wahe Dschio.* Sie übersetzt es mit: Ekstase Weisheit, Ekstase Weisheit, Ekstase Weisheit, Ekstase Liebe.

Still und reglos bleiben wir danach sitzen. So wie ich mich jetzt fühle, habe ich mich noch nie gefühlt. Der Duft der Rosensträucher, der durch die offenen Türen dringt, die kleinen Vögel, die überall im Garten singen, die Grillen, die bereits im Feigenbaum zirpen. Ich spüre eine echte Dankbarkeit für das Leben. Es ist kaum zu glauben, was in so wenigen Tagen aus dem lebensmüden Akademiker geworden ist. Chajju oder nicht, ich fühle mich, als hätte ich eine neue Identität angenommen.

Beim Frühstück fragt mich Adi Kaur, was ich gestern gelernt habe. Ihre Augen werden groß, als ich erzähle, dass ich jeden Tag lachen soll. „Lach doch, lach doch", singt sie.

Es fällt mir ein Witz ein, den ich vor ein paar Jahren auf Zypern gehört habe.

„Raus damit", sagt Nani.

„Zwei Polizisten aus Paphos finden eine Leiche hinter der Kirche der Panhagia Galaktariotissa. Der eine Polizist zückt sein Notizbuch. Dann runzelt er die Stirn. ‚Wie schreibt man eigentlich Galaktariotissa?', fragt er seinen Kollegen. ‚Weiß ich auch nicht", antwortet dieser. „Komm, wir legen die Leiche hinters Postamt.'

Wir prusten los, viel heftiger, als es der Witz wert ist. Die alte Nani schreit mit schriller Stimme: „Aus dem Bauch heraus lachen!" Mitten in unser Lachen hinein klingelt das Telefon. Nani geht in den Flur und nimmt den Hörer ab. Als sie zurückkommt, hat sie einen grimmigen Ausdruck im Gesicht.

„Das war Karamjit Singh. Akali ist auf dem Weg hierher. Der Junge wird um 11.05 Uhr in Larnaka landen. Ich will ihn unbedingt abfangen. Lasst uns schnell besprechen, wie wir jetzt weiter vorgehen."

Dank der Entdeckung der Steine-Formel ist klar, wo wir als nächstes suchen werden. Vorausgesetzt, PAPH steht für Paphos, dann müssten wir irgendwie herausfinden, wo genau bei den Hunderten von Tempeln und Ausgrabungsstätten der alte Pericleous den Stein vergraben hat. Da ich vermute, dass er immer versucht haben wird, den Ort der größten Kraft auszuwählen, könnte das Kürzel aber auch für die „Paphierin" stehen, wie die mächtige Aphrodite oft genannt wurde. Dann sollten wir den nächsten Stein bei Paphos in den Ruinen des Haupttempels der Göttin suchen. Ich schlage Nani vor, dorthin zu fahren.

„Ich muss zum Flughafen, um Akali in Schach zu halten", sagt sie, „aber du kannst das Fahrrad wieder nehmen. Wir können es auf dem Weg zum Flughafen in den Hügeln abholen."

Schnell gehe ich in mein Zimmer, packe ein paar saubere Kleidungsstücke in eine Tasche, schnappe meinen Schlafsack und fülle in der Küche eine Flasche mit Wasser. Proviant werde ich mir unterwegs besorgen.

Nachdem wir Adi wieder bei ihrer Schule abgesetzt haben, machen wir einen Umweg zu den Hügeln hinter Akaki. Ohne Pardon lässt Nani den schicken Mercedes über das sandige Gelände holpern. Am Fuß des Hügels, wo das verschollene Königsgrab noch immer auf seine archäologische Begutachtung wartet, hole ich das Mountainbike aus seinem Versteck und verstaue es im großen Kofferraum. Während Nani wartet, gehe ich den Hügel hinauf, wo alles noch genau so liegt, wie ich es vor ein paar Tagen – es scheint mir Ewigkeiten her zu sein – zurückgelassen habe. Provisorisch lege ich die Bretter wieder über den Eingang des Dromos, damit das Wetter keinen Schaden anrichten kann, und schultere meinen Rucksack, der noch immer neben dem Eingang liegt. Bei nächster Gelegenheit, nehme ich mir vor, werde ich der Kulturbehörde in Nikosia von dem Grab berichten.

Eine Stunde später erreichen wir Larnaka, wo Nani mich bei einer Bushaltestelle am Flughafen absetzt. Ich muss eine ganze Weile warten. Schließlich hält ein alter, ockerfarbener Bus mit quietschenden Reifen. Mit Hilfe des Fahrers verstaue ich mein Fahrrad in einem der Gepäckräume.

Der Weg vom südöstlichen Larnaka zum südwestlichen Paphos führt an der Südküste der Insel entlang. Auf der linken Seite glitzert das Meer, während rechts die schönsten Sehenswürdigkeiten der Insel vorbeiziehen: eine Moschee, ein verkrusteter Salzsee und viele schläfrige Dörfer mit großen Kirchen. Ich strecke mich, so gut es geht, in dem verschlissenen Polster aus. Meine Gedanken kreisen unaufhaltsam, wie so oft in den vergangenen Tagen, um Devi. Ich sehne mich nach ihrem Anblick, ihrer Berührung. Welche Rolle nimmt sie wohl in diesem doppelten Spiel ein? Allzu gern würde ich ihr die Steine zeigen, die auf dem Chakra ihren Platz bereits wieder eingenommen haben. Und wäre diese Insel nicht der ideale Ort, um zusammen Ferien zu machen? Vielleicht am Strand bei Paphos?

Die anderen Reisenden, darunter nur wenige Touristen, sind bester Laune. Die meisten sind unterwegs nach Limassol, das ungefähr auf halber Strecke zwischen Larnaka und Paphos liegt. In der Hafenstadt beginnt heute eine Art Karneval. Weinkrüge machen im Bus die Runde, und das Gefährt dröhnt von den lauthals gesungenen, leidenschaftlichen Liedern. Ein Lied, das jeder auf Zypern kennt, handelt von einer

Schönen, die ihren Liebhaber nicht heiraten will. Zu guter Letzt willigt sie unter der Bedingung ein, dass er ihr zehn Gründe dafür nennt.

Alle im Bus zählen mit:

„‚Eins', sagt die Schöne, und er antwortet: ‚Ich habe einen der Liebeskuchen, die du gebacken hast, gegessen, und also bin ich dein Diener geworden.'

‚Zwei', sagt sie, und er antwortet: ‚Zwei Tauben mit Silberflügeln spielten, ich habe gesehen, wie sie sich küssten, und glaubte, dass wir es seien.'

‚Drei', sagt sie, und er antwortet: ‚Heilige Dreifaltigkeit, gib, dass dieses Mädchen mich liebt und küsst, damit nicht der Teufel mich hole.'

‚Vier', sagt sie, und er antwortet: ‚Ein Kreuz hängt um deinen Hals, und seine Arme berühren deine Brüste.'

‚Fünf', sagt sie, und er antwortet: ‚Für dich habe ich fünf Messer geschliffen und ich stoße sie mir ins Herz, auf dass meine Qualen ein Ende nehmen.'

‚Sechs', sagt sie, und er antwortet: ‚Sieh die Plejaden, sechs Sterne sind es, die derjenige sucht, der ohne Liebe ist.'

‚Sieben', sagt sie, und er antwortet: ‚Meine Liebste wandert umher auf den sieben Planeten des Himmels. Am Abend findet sie zurück in meine Arme.'

‚Acht', sagt sie, und er antwortet: ‚Der Krebs hat acht Beine, er geht rückwärts. Ich liebe eine Einzige und kann sie nicht küssen.'

‚Neun', sagt sie, und er antwortet: ‚Neun Monate hat deine Mutter dich getragen wie eine Blume. Sie hat dich genährt, damit du mit mir das Lager teilst.' ...“

Noch bevor der letzte Grund besungen ist, halten wir auf einem mit farbigen Fähnchen geschmückten Platz mitten in Limassol, wo sich eine bunte Menschenmenge auf den Straßen tummelt. Der Bus hat eine halbe Stunde Aufenthalt, und ich mache einen kurzen Spaziergang durch die Hauptstraße. Vor einem Kafeneion wird ein Bechertanz getanzt. Ich bleibe stehen und schaue zu.

Bunt gekleidete Tänzer balancieren mit großer Geschicklichkeit und Anmut trotz aller Bewegungen des Tanzes einen mit Wasser gefüllten

Becher auf dem Kopf. Einen Moment lang scheint es, als ob alle Tänzer ihren Becher halten können, aber dann lässt einer der Zuschauer auf der Terrasse einen Bierdeckel gegen einen Becher segeln, das Wasser schwappt, und unter lautem Gejohle zerschellt der Becher spritzend auf dem Straßenpflaster.

Später fährt der Bus weiter am Meer entlang. Bei Kourion passieren wir links das alte römische Amphitheater mit seiner riesigen halbrunden Arena am Meer, während rechts die dicht bewaldeten Berge des Troodos neben uns aufragen. Am frühen Nachmittag kommen wir in Paphos an, wo ich mein Fahrrad aus dem Gepäckraum hole.

In einem Lebensmittelladen decke ich mich mit Proviant für die nächsten Tage ein, da ich nicht vorhabe, mich irgendwo einzuquartieren, sondern am Strand übernachten will. Dann fahre ich gemächlich Richtung Petra tou Romiou, wo der Legende nach Aphrodite an Land kam, nachdem sie im Ozean aus Schaum geboren wurde. Offen gesagt erwarte ich nicht, den Stein dort zu finden. Eher möchte ich mir etwas Sonne, Strand und Meer gönnen und dazu etwas von der Atmosphäre der großen „Paphierin" spüren.

Ich werde nicht enttäuscht – feiner weißer Sand, gesäumt von verwitterten, hellgrauen Felsen, einige stehen wie Schiffe im azurblauen Meer. Das kristallklare Wasser umfängt meinen Körper warm und sanft, ich lasse mich von den Wellen wiegen und spüre, wie alle Anspannung von mir abfließt.

Später klettere ich auf den Felsen herum und spähe halbherzig nach Nischen oder Grotten, in denen der geheimnisvolle Stein versteckt sein könnte, aber ich gebe mir nicht wirklich Mühe. Wo zwischen all den Steinen und Steinchen sollte ich auch anfangen?

Am Abend, als die Sonne blutrot am Horizont versinkt, suche ich mir unter einem Felsüberhang eine geschützte Schlafstelle. Ich reinige den Sand von Muscheln und trockenem Seetang. Die Luft ist angenehm lau, und das leise Plätschern und Glucksen der Wellen löst ein Gefühl von Frieden in mir aus. Lange sitze ich einfach nur auf meinem Schlafsack und lausche, während ein Stern nach dem anderen am indigofarbenen Himmel auftaucht.

Eine Weile summe ich das erste Wort von Timoteo, das mir wie die

Mutter aller Mantras erscheint, Onnngg, mit tiefen, langen Atemzügen. Schließlich lege ich mich hin, ziehe mir den Schlafsack über die Ohren und falle in einen tiefen Schlaf.

Früh, noch bevor die Nacht vorüber ist, wache ich unter einem überwältigenden Sternenhimmel auf, an dessen Horizont ein fast unsichtbarer Hauch von rosafarbenem Licht die Ankunft der Sonne ankündigt. Statt einer kalten Dusche nehme ich ein nicht allzu kaltes Bad im dunklen Meer, tauche einmal unter und schwimme in kräftigen Zügen weit hinaus, um mich dann langsam durch die Strömung wieder zurück zum Strand tragen zu lassen.

Während die Sonne farbenprächtig aus dem Meer aufsteigt und die Welt in ihr zartes Licht hüllt, breite ich meinen Schlafsack auf einer ebenen Stelle am Strand aus und beginne mit meinen Morgenübungen.

Nach der Entspannung hole ich aus der Plastiktüte am Fahrradlenker ein paar Tomaten und eine Gurke hervor, breche mir Brot und Ziegenkäse ab und frühstücke ausgiebig. Dann packe ich meine Habseligkeiten wieder in den Rucksack und radle nach Kouklia, dem kleinen Dorf in der Nähe von Paphos, wo sich die Ruinen des Aphrodite-Heiligtums befinden.

Der berühmte „Tempel der hundert Altäre", zu dem einst die ganze zivilisierte Welt pilgerte, bestand hauptsächlich aus einer ausgedehnten Gartenanlage mit vielen Statuen, Granatapfelbäumen, Rosensträuchern und Hunderten von heiligen, weißen Tauben. Obwohl davon wenig übriggeblieben ist, spüre ich doch noch etwas von der früheren sakralen Atmosphäre. Ich erinnere mich, dass die Archäologen, die bei dieser Tempelanlage gearbeitet hatten, erzählten, dass noch heute Leute zu den Ruinen kämen, um Aphrodite um Potenz oder Fruchtbarkeit zu bitten, und die alten Steine mit Öl und Mandelwasser übergießen.

Das Museum der Ausgrabungsstätte, das in einem kleinem Schloss in der Nähe eingerichtet ist, hat noch geschlossen. Erwartungsvoll spaziere ich über das kahle Ruinenfeld, wo hoch wachsende wilde Gräser und verwitterte Säulentrümmer nur noch sehr vage an den früheren Lustgarten erinnern. Lediglich die meterhohen Steinblöcke der Temenos, der schützenden Mauer des Tempelgartens, und einige in den Himmel aufragende Reste der alten Säulengänge zeugen von der früheren Pracht.

Leider finde ich trotz einer gründlichen Untersuchung des Geländes keine Anhaltspunkte, wo Pericleous den Stein versteckt haben könnte.

Als das Museum endlich öffnet, gehe ich, in der Hoffnung, mehr über den früheren Tempel zu erfahren, durch die dicke, eisenbeschlagene Tür. Ich werde von einem kleinen, bärbeißigen alten Herrn begrüßt, der nur unwillig auf meine Fragen antwortet. Erst als ich ihm erzähle, dass ich früher als Archäologe an der Ausgrabung von Alt-Paphos teilgenommen habe, taut er auf. Wir unterhalten uns lebhaft über die berühmten Rampen, die die syrischen Belagerer damals aufgeworfen hatten, um die Stadt zu erobern, und die sich als wahre archäologische Fundgruben erwiesen haben.

Schließlich führt der alte Herr mich persönlich durch die Sammlung.

Nach einigen Sälen mit Amphoren und Ritualobjekten kommen wir in einen Raum, in dem inmitten kleinerer Skulpturen von Aphrodite geweihten Tauben und Delphinen ein großer, grauer, irgendwie düsterer Stein auf einem niedrigen Sockel steht. Mit stockt der Atem. Selbst in der banalen Umgebung eines Museums wirkt der mehr als einen Meter hohe, konische Felsbrocken zutiefst sakral. Der Konservator beobachtet mich etwas befremdet, als ich in tiefer Faszination vor dem mächtigen Stein stehen bleibe. Dem Kärtchen neben dem Stein entnehme ich, dass er „Aya Mawra", die schwarze Heilige, genannt wurde, und den heiligsten Altar der Aphrodite darstellt, er ist der einzige, der sich damals im Garten in einem überdeckten Säulengang befand. 1887 wurde er im Museum aufgestellt.

Mir ist sofort klar, dass dieser Altar der am besten geeignete Ort wäre, um sich mit Aphrodites Macht zu verbinden. Ich glaube nicht, dass dies dem alten Pericleous, der sich so gut mit Steinen auskannte, entgangen wäre. Die Frage ist: Wo hat der Altar damals, zu seiner Zeit, gestanden?

Auf meine Bitte, auf den alten archäologischen Plänen nachsehen zu dürfen, wo der Stein damals gefunden worden war, reagiert mein Führer ein wenig argwöhnisch. „Hier ist doch nicht etwa eine neue Ausgrabung genehmigt worden?", fragt er. Ich versichere ihm, dass ich nur aus privaten, rein theoretischen Gründen an der Lage des alten Tempels interessiert sei.

In seinem Büro hängt eine vergilbte Karte, auf der der Fundort des schwarzen Steins mit einem Kreuz und der Jahreszahl 1887 markiert ist.

Ich merke mir die Position der Fundstelle im Verhältnis zu den Resten der sie umgebenden Säulengänge. Dann verabschiede ich mich vom Konservator, der sich jetzt den anderen Touristen zuwendet.

Die Sonne ist inzwischen kräftig geworden. Ich verlasse das Kastell, um wieder zurück in den ehemaligen „Hieros Skipos", den heiligen Garten, zu gehen. Die „Aya Mawra" befand sich nach dem Ausgrabungsplan ungefähr in der Mitte zwischen der 16. Säule der Nord-Stoa, der nördlichen Säulenreihe und der fünften Säule der Süd-Stoa. Nachdem ich mit einiger Mühe die richtigen Säulenreste lokalisiert habe, fällt mir auf halbem Wege zwischen den beiden ein verwitterter, kniehoher Sockel auf, der offensichtlich noch vor kurzem als eine Art Altar benutzt wurde. Seine Oberfläche glänzt von Olivenöl, und in der Mitte befinden sich die Reste zerflossener, weißer Kerzenstummel.

Noch einmal kehre ich zur fünften Säule zurück und zähle meine Schritte bis zum Sockel. Tatsächlich deutet alles darauf hin, dass dieser improvisierte Altar genau an die Stelle gesetzt wurde, wo sich früher die „Schwarze Heilige" befunden haben muss. Mit beiden Händen stämme ich mich gegen den dicken Stein und rolle ihn unter Aufbietung all meiner Kräfte zur Seite.

Gerade in diesem Moment kommt ein Touristen-Ehepaar in kurzen Hosen und Strohhüten aus dem Museum. Verwundert schauen sie zu mir herüber. Schnell setze ich mich mit dem Rücken gegen den Stein, den ich eben weggerollt habe, und tue so, als hätte ich eine Rückenlehne für eine kleine Pause gebraucht.

Ich muss äußerst vorsichtig sein. Grabräuber und angebliche Archäologen haben in den letzten Jahrhunderten so viele der Schätze Zyperns geplündert, dass die Behörden rigoros in Bezug auf illegale Ausgrabungen vorgehen. Wenn ich jetzt zu graben anfinge, würde der alte Konservator mir sofort die Polizei auf den Hals schicken.

Ich ziehe mich in ein nahe gelegenes Wäldchen zurück. Im Schatten der raschelnden Bäume ist es angenehm kühl, und ich merke, dass mein Körper nach den Strapazen der letzten Tage dankbar die Gelegenheit begrüßt, sich auszuruhen. So döse ich eine Weile, bis ich schließlich fest eingeschlafen bin.

Am frühen Abend – es ist noch zu hell, um mit dem Graben anzu-
fangen, aber das Schloss ist lange geschlossen und ich habe schon seit
einer Weile keine Touristen mehr gesehen – werde ich immer rastloser.
Unruhig streife ich durch das Wäldchen, bis es beinahe vollkommen
dunkel ist. Dann beginne ich voller Tatendrang mit meiner Taschenlampe
in der Hand und der Schaufel über der Schulter mein nächtliches Vorhaben.

Ohne Mühe finde ich im letzten Abendlicht die Mulde, wo der Sockel
gestanden hat, den ich heute morgen weggerollt habe. Meine Taschenlampe lege ich auf den Altar und fange an, die Mulde auszugraben. Der
Boden ist überraschend weich, es ist hauptsächlich Sand, ohne viel Steine. Schaufel für Schaufel schüttle ich den Sand im Licht der Taschenlampe auf, um jedes Steinchen zu inspizieren. Ich glaube zwar nicht,
dass der alte Pericleous das Tigerauge ohne irgendeine Hülle versteckt
hat. Trotzdem bleibe ich bei dieser Methode, um sicher zu gehen, dass
ich den kostbaren Stein nicht übersehe.

Es geht relativ schnell voran. Nach einer Stunde habe ich mich bereits fast einen halben Meter in die Tiefe gebuddelt. Eine Stunde später
bin ich mehr als einen Meter tief vorgedrungen. Allmählich werde ich
unsicher, weil ich noch immer nichts gefunden habe. Meine Hoffnung
schwindet mit jeder Schaufel zusehends dahin.

Ich setze mich im weichen Licht des abnehmenden Mondes neben
das Loch und verschnaufe. Der Schweiß rinnt mir die Stirn hinunter.
Um wieder frische Energie und neuen Mut zu bekommen, praktiziere
ich für ein paar Minuten den Feueratem.

Selbst wenn der Stein nicht hier liegt, werde ich diesen Ort genau
untersuchen.

Ich grabe weiter. Allmählich geht es auf Mitternacht zu. Das Loch
ist jetzt so tief, dass ich im Sitzen nicht mehr über den Rand schauen
kann. Mit großen Schwüngen werfe ich den Sand über den Rand. Plötzlich stößt meine Schaufel gegen etwas Hartes. Ein Stein? Meine Hand
ertastet auf dem Boden der Grube etwas wie das zusammengedrückte
Ende eines kalten Metallstabes. Meine Schaufel hat eine deutliche Ker-
be in dem Metall hinterlassen, also kann es kein Eisen sein.

Aufgeregt atme ich tief ein. Es geht los!

Vorsichtig, um nichts kaputt zu machen, grabe ich weiter. Als ich ungefähr zwanzig Zentimeter des Stabes bloßgelegt habe, versuche ich daran zu ziehen, und er gleitet praktisch widerstandslos aus der Erde. Ich halte einen halben Meter Bleirohr, so wie es früher als Wasserleitung benutzt wurde, in den Händen. An beiden Enden ist das dicke Rohr zusammengekniffen.

Ich könnte jubeln vor Freude! Aufgeregt klettere ich aus meinem Loch heraus. Ich muss einen Kerzenrest auf dem Altar anstecken, weil die Batterie meiner Taschenlampe leer ist. Mit dem Schraubenzieher an meinem Taschenmesser öffne ich vorsichtig ein Ende des Rohrs. Aus der Öffnung steigt eine Staubwolke empor. Mit einem Stöckchen hole ich dicht zusammengepresstes, pulveriges Stroh hervor, bis ich etwas klirren höre. Ein ovaler, gelbweiß gestreifter Stein leuchtet im Kerzenlicht auf meiner Hand.

Dieses lang ersehnte Ereignis ruft unmittelbar die Schicksalsgöttinnen, den Herrn des Karma, den Zufallsgott oder welche Bewacher des Chakras auch immer auf den Plan. Im gleichen Moment höre ich nämlich das Weinen einer Frau, die wehklagend auf mich zugelaufen kommt.

Um nicht auf frischer Tat ertappt zu werden, springe ich mit einem Satz zurück in mein Loch. Ich schaffe es gerade noch, im Sprung die Kerze umzuwerfen und meine Taschenlampe zu schnappen.

Mit klopfendem Herzen höre ich unsichere Schritte in meine Richtung kommen. Dann setzt sich eine schluchzende Gestalt an Aphrodites Altar. Aus der Richtung, aus der die Frau gekommen ist, ertönt kurz danach eine Männerstimme, die laut ruft: „Ariadne, meine Liebe!"

Die Frau am Altar reagiert nicht.

Schwere Schritte nähern sich.

Die Männerstimme sagt:

„Die Matratze ist schon gestopft. Die Frauen haben sie mit der besten Baumwolle gefüllt. Das Söhnchen des Schuhmachers hat sich in alle Richtungen darüber gerollt. Der Granatapfel liegt bereit, um gegen den Türpfosten geworfen zu werden. Morgen kommt der Priester. Die Lautenspieler und die Geiger sind bestellt. Die Frauen warten alle auf dich. Wo bleibst du?"

„Ach, Menelaos", antwortet kleinlaut eine verzweifelte Stimme, „ich kann dich nicht heiraten."

Es folgt eine lange Stille. Der Mann räuspert sich, seine Stimme will ihm kaum noch gehorchen. Dann sagt er: „Aber ich liebe dich!"

Ich atme auf. Der Aufruhr hat offensichtlich nichts mit mir zu tun. Es klingt, als ob ich eine Neuauflage der zehn Gründe für die Ehe erleben werde. Aber es läuft nicht so wie in dem Lied, das ich auf der Fahrt hierher gehört habe.

Ariadne antwortet ihm: „Du weißt nicht, was Liebe ist."

Jetzt müsste er eigentlich mit seinen Gründen anfangen; das würde die Angelegenheit bestimmt retten. Er wählt aber eine weniger erfolgverheißende Strategie.

„Du hast es aber versprochen! Alles ist schon vorbereitet! Du kannst dich jetzt doch nicht zurückziehen!"

Bei diesen Worten zucke ich stellvertretend zusammen. Das kann nicht gutgehen! Und richtig, da wird sie auch schon wütend.

„Mein Vater wollte es, dein Vater wollte es. Alle haben mich gedrängt. Ich will aber allein entscheiden können. Ich liebe dich nicht, Menelaos!"

Fast hätte ich aus meiner Grube souffliert: Gib ihr die zehn Gründe, Menelaos. Aber er bleibt viel zu lange still. Dann räuspert er sich wieder ausgiebig. Schließlich sagt er: „Du hast mich ruiniert. Alle werden über mich lachen."

Jetzt ist alles verloren. Sie schluchzt nicht einmal mehr. Mitleid gehört nicht zu den guten Gründen.

„Es tut mir leid", sagt sie. „Ich habe es zu spät begriffen. Ich konnte nicht anders."

Armer Menelaos, denke ich, es ist vorbei, mein Freund.

Das scheint er auch zu denken. Es bleibt lange still. Er räuspert sich immer wieder, aber er sagt nichts mehr. Schließlich höre ich, wie er aufsteht und sich in die Richtung entfernt, aus der er gekommen ist.

Ariadne bleibt noch eine Weile sitzen. Dann steht sie auch auf und geht zögernd in die entgegengesetzte Richtung, in meine. Einen Schritt ... zwei Schritte ... drei Schritte ...! Da fällt sie Hals über Kopf in meine Grube!

Mit einer reflexartigen Bewegung versuche ich, sie aufzufangen. Sie landet bäuchlings mit einem gellenden Schrei in meinen Armen, und ich kann gerade noch verhindern, dass sie mit dem Kopf gegen den Grubenrand prallt.

Obwohl sie nicht sehr tief gestürzt ist, hat sie sich zu Tode erschreckt. Doch ihr Schrei erstirbt schnell. Sie ist nämlich mit ihrer Stirn genau auf dem Tigerauge, das ich in meiner rechten Hand halte, gelandet. Ich spüre, wie die inzwischen vertraute Veränderung über sie kommt. Ihr zappelnder, verkrampfter Körper entspannt sich und schmiegt sich weich in meine Arme. Ich halte ihren Kopf und kann es kaum fassen, wie das Schicksal wieder einmal seinen Lauf nimmt. In dem bekannten Tonfall fängt sie an zu sprechen.

„Du ...!"

Sie kann mich unter dem schwachen Licht der Sterne doch gar nicht erkennen? Das scheint ihr aber nichts auszumachen.

„Über dich habe ich früher sehr viel nachgedacht. Weißt du, ich war damals nämlich zutiefst verletzt, als du plötzlich aufgehört hast, mit mir zu reden. Du hast keine Ahnung, wie verzweifelt ich war, als du nur noch unter deinem Zimtbaum gesessen und meditiert hast, während das ganze Dorf dich so dringend gebraucht hätte.

Inzwischen, glaube ich, habe ich es einigermaßen verstanden. Als Guru Har Krishan dir damals den Reif geschenkt hat und deine neuen Fähigkeiten so viele Schüler zu dir brachten, muss das ein gewaltiger Druck für dich gewesen sein. Und als dann schließlich noch meine beiden törichten Brüder sich bis aufs Blut bekämpft und dich ausgebootet haben, war das wahrscheinlich der Tropfen, der das Fass zum Überlaufen gebracht hat, und du hast dich aus dem Leben zurückgezogen.

Was ich lange Zeit nicht verstehen konnte: Wieso kann ein spiritueller Mensch, der doch so viele Wege zur Entspannung und zu mehr Lebensfreude kennt, so überlastet werden? Du hast bestimmt deine Entspannungsübungen über lange Zeit vernachlässigt und vielleicht sogar vergessen. Deshalb möchte ich dich jetzt wieder daran erinnern."

Meine Beine sind dabei, unter dem Gewicht ihres Körpers einzuschlafen. Ich versuche, sie unter den Achseln etwas hochzuheben, und sie reagiert auf meinen Druck, indem sie den Stein in ihre Hand nimmt und geschmeidig aus dem Loch klettert. Ich folge ihr, und wir setzen uns an Aphrodites improvisierten Altar. Als sie weiterspricht, sind mir ihre Worte so vertraut, dass es mir tatsächlich so vorkommt, als ob ich mich an etwas lange Vergessenes erinnere.

„Um deinen Körper zu entspannen, lege dich auf den Rücken und trommele eine Weile auf deinen Bauch. Lass die Entspannung sich aus deinem Bauch auf deinen Körper ausdehnen.

Um deine Gedanken zu entspannen, setz dich auf die Fersen, die Knie gespreizt. Dann bringe deine Stirn zum Boden, die Arme über dem Kopf ausgestreckt, die Hände zusammengelegt.

Um deinen Lebensrhythmus zu entspannen, fühle im Sitzen mit den vier Fingern der rechten Hand den Puls deiner linken Hand. Mit jedem Pulsschlag sage oder denke: Sat Nam.

Um deinen Willen zu entspannen, setze dich bis zum Nabel in ein warmes Bad und meditiere in Stille.

Um deine Gefühle zu entspannen, nimm ein Stück Papier und erstelle eine Liste mit den positiven Seiten deines Lebens. Angefangen mit der Tatsache, dass du lebst. Lies diese Liste jeden Tag ein paar Mal und ergänze sie fortlaufend.“

Es bleibt eine Weile still. Dann reicht mir die junge Frau das im Mondlicht glänzende Tigerauge. Ich wickle den warmen Stein in ein Taschentuch ein und stecke ihn in meine Hosentasche. Dann helfe ich ihr aufzustehen. Eine große Gelassenheit erfüllt uns beide.

„Ich möchte zu meiner Schwester nach Paphos", sagt sie. „Es fahren aber keine Busse mehr."

Ich biete ihr an, sie mit dem Fahrrad hinzubringen, und sie nimmt mein Angebot dankbar an. Nachdem ich die Grube wieder sorgfältig zugeschüttet und den Sockel zurückgerollt habe, hole ich meinen Rucksack mit dem Schlafsack aus dem nahen Wäldchen und kutschiere Ariadne auf meinem Gepäckträger in das schlafende Städtchen.

Ich beschließe, die Nacht noch einmal am Strand zu verbringen. Das Tigerauge verstaue ich in einer Seitentasche meines Rucksacks. Bevor ich mich schlafen lege, mache ich die Puls-Meditation und genieße noch eine Weile die Schönheit des Strandes, der Felsen und des Mondlichts über dem stillen Meer.

Jaspis

Sechster Stein

Grau, hart, glänzend

**Durchsetzungsfähigkeit
und Klarheit**

Ebene der jungen Seelen

B ereits früh am Morgen bin ich wieder in Paphos, diesmal auf der Suche nach Spuren von PAVL, dem zweiten Wort der Formel, das, wie ich annehme, für Pavlos oder Paulus steht. Im uralten Aushängekasten der orthodoxen Kirche der „Heiligen Jungfrau der goldenen Stadt" finde ich zwischen Gebeten und Spendenaufrufen folgendes vergilbte Bibelzitat:

„Als sie die ganze Insel durchzogen bis zu der Stadt Paphos, fanden sie einen Zauberer und falschen Propheten, einen Juden, der war bei Sergius Paulus, dem Landvogt, einem verständigen Mann. Der rief zu sich Barnabas und Saulus und begehrte das Wort Gottes zu hören.

Da widerstand ihnen Elymas, der Zauberer, denn so wird sein Name gedeutet, und trachtete, dass er den Landvogt vom Glauben abwendete. Saulus aber, der auch Paulus heißt, sah ihn an und sprach: ‚O du Kind des Teufels, voll aller List und aller Bosheit, Feind aller Gerechtigkeit, hörst du nicht auf, krumm zu machen die geraden Wege des Herrn? Und nun siehe, die Hand des Herrn kommt über dich, und du sollst blind sein und die Sonne eine Zeit lang nicht sehen!'

Und von Stund an fiel auf ihn Dunkelheit und Finsternis, und er ging umher und suchte jemanden, der ihn bei der Hand leitete. Als der Landvogt sah, was geschehen war, glaubte er und verwunderte sich der Lehre des Herrn."

Was die Bibel nicht erwähnt über Paulus Aufenthalt auf Zypern, erzählt ein kleiner Säulenrest links von der Kirche, der ein kleines Kupferschild „Pauls Pillar" trägt. Die zypriotische Überlieferung besagt, dass Paulus hier in Paphos eine heftige Konfrontation mit den Anhängern Aphrodites erlebte. An diese Säule, von der jetzt nur noch ungefähr ein Meter übrig ist, wurde der hartnäckige Prophet der neuen Moral festgebunden und gegeißelt. Dafür setzten die Christen einige Jahrhunderte später die Kirche der „Heiligen Jungfrau" mitten in die Ruinen des alten Tempels, dessen Säulen sie einfach liegen ließen. Ein wunderbarer Ort für Pericleous, um an dem Zauber, vielleicht sogar der Wut des Apostels teilzuhaben!

Bequem an den hölzernen Zaun gelehnt, der um das Ruinenfeld führt, versuche ich, die Überlegungen des alten Magiers nachzuvollziehen. Ich vermute, dass er den Stein in unmittelbarer Nähe der Säule begraben hat, um den besten Kontakt herzustellen, wahrscheinlich direkt an ihrem unterirdischen Teil und vermutlich an der von der Straße abgewandten Seite. Ich nehme an, er wollte beim Graben nicht gestört werden.

Wie könnte ich den Stein dort herausholen? So dicht beim Zentrum des Städtchens ist man nie wirklich ungestört. Schaufelgeräusche in der Nacht könnten leicht die Nachbarn oder den Küster der Kirche alarmieren. Und die Polizeiwache in der Apostolos-Pavlos-Avenue ist auch nicht weit entfernt.

Aber der Zeitpunkt ist günstig. Heute hat nämlich auch in Paphos der Karneval richtig angefangen. Während ich über einen Karnevalsmarkt in der Nähe schlendere, kommt mir eine Idee: Bei einer Maskenbude erstehe ich ein breites Maulwurfsgesicht mit vollen Backen und winzigen Äuglein. Sobald es heute abend dunkel wird, werde ich die Freizügigkeit und das Chaos des Karnevals nutzen, um als Maulwurf meine private Ausgrabung bei der Säule zu beginnen.

Bis es soweit ist, genehmige ich mir einen freien Nachmittag. Nicht weit von der Säule entfernt gibt es einen kleinen Park, wo ich mich im Schatten eines Pistazienbaumes hinsetze, um mich zu entspannen und ein paar Atemübungen zu machen. Dann suche ich eine Telefonzelle, um den Stand der Dinge mit Nani zu besprechen.

Ein tiefe Männerstimme antwortet am Telefon: „Hallo?"

Karamjit Singh ist wieder da! Ich begrüße ihn herzlich und erzähle ihm kurz von dem Fund des Tigerauges und über meine geplante Ausgrabung des Jaspis bei der Paulus-Säule.

Am anderen Ende der Leitung herrscht eisige Stille. Selbst als ich frage, ob ich Nani sprechen kann, erhalte ich keine Antwort. Da läuft es mir plötzlich eiskalt den Rücken herunter.

„Hören Sie sofort auf zu graben", sagt die Stimme, die Karamjit Singhs Stimme täuschend ähnlich ist. „Diese Gegenstände gehören ausschließlich den Sikhs. Was Sie da machen, ist die Fortsetzung eines abscheulichen Verbrechens! – Tüüüt tüüüüt tüüüüt", die Verbindung ist unterbrochen.

Offensichtlich war das Akali, dessen Stimme der seines Vaters zum Verwechseln ähnlich ist! Wie Nani mir erzählt hat, möchte der junge Sikh die Steine gerne in ihren Verstecken lassen. Er befürchtet, dass das Wiederauftauchen des Chakras sich negativ auf den Bürgerkrieg im Punjab auswirken könnte. Damit hat mein Projekt eine Dimension angenommen, an die ich nie gedacht hätte – eine politische Entscheidung, der ich mich nicht entziehen kann. Schwierig ist sie aber nicht. Erstens ist mir Nanis Position grundsätzlich viel sympathischer als Akalis extremistischer Standpunkt, und obwohl ich nicht wirklich genügend Informationen über die Situation im Punjab habe, vertraue ich Nani und Devi mehr als diesem jungen Draufgänger. Zweitens wäre es einfach eine Schande, den Reif nicht komplett wiederherzustellen, ob das nun politisch brisant ist oder nicht.

Mit einem mulmigen Flattern im Bauch wird mir klar, dass sich Akali, falls Nani ihn nicht irgendwie aufhalten kann, wahrscheinlich gleich auf den Weg machen wird. Ich schätze, dass er, wenn er ein Auto hat, in spätestens drei Stunden hier sein könnte. Eigentlich müsste ich jetzt sofort anfangen zu graben, um möglichst fertig zu sein, bevor er kommt.

Ich gehe zu der Seitenstraße mit der Paulus-Säule zurück, um von den breiten Sandsteinstufen der „Heiligen Jungfrau der Goldenen Stadt" aus zu beobachten, was sich in der kleinen Straße abspielt, und um abzuschätzen, ob ich nicht vielleicht doch jetzt schon anfangen könnte zu graben.

Es passiert nicht viel. Die Wohnhäuser in der Straße sind ziemlich weit von dem Gelände entfernt und die meisten Fensterläden geschlossen. Wahrscheinlich sind die Bewohner an diesem Tag alle unterwegs.

Etwa alle fünf Minuten kommt jemand vorbei. Einmal knickst eine alte Frau vor der Säule und bekreuzigt sich. Das Kirchengelände selbst liegt wie ausgestorben da – offensichtlich ist heute kein Tag zum Beten. Die Popen stecken wahrscheinlich auch alle hinter irgendwelchen Masken.

Um meine Vermummung komplett zu machen, kaufe ich mir noch eine Flasche Rotwein und ein großes braunes Tuch, das ich mir um die Schultern binde. Ich nehme ein paar Schlucke aus der Flasche, um mir ein bisschen Mut anzutrinken, und besprenkle mich ausgiebig mit dem Wein, um mein sicher seltsam wirkendes Verhalten möglichen Neugierigen zu erklären. Erstaunt stelle ich fest, dass der Wein eine viel stärkere Wirkung auf mich hat, als ich vermutet habe: Meine Zunge liegt schwer im Mund, und meine Bewegungen werden ungenau und fahrig, als ich versuche, mir die Maske aufzuziehen und meine kleine Schaufel aus dem Fahrradgepäck zu holen. Ich schiebe es auf die reinigende Wirkung des Fastens und der Übungen, die ich seit beinahe zwei Wochen gewissenhaft wiederhole.

Etwas staksig steige ich über den hüfthohen Zaun, der das Ruinenfeld um die Säule umgibt, bleibe einen Augenblick stehen, halte den Atem an und schaue mich um – niemand in Sicht, der sich über die Entweihung des Heiligtums beschweren könnte.

Ein paar schnelle Schritte bringen mich hinter „Pauls Pillar". Ich schiebe meine Maske hoch, steche ohne zu zögern meinen kleinen Spaten in den Boden und fange an, kräftig zu graben. Der Boden ist zwar steinig, aber es sind hauptsächlich kleine Steine, und ich komme recht gut voran. Da ich davon ausgehe, dass Pericleous den Jaspis auch diesmal nicht ohne Umhüllung vergraben hat, schenke ich es mir, jedes weggeworfene Steinchen zu überprüfen.

Nach ein paar Minuten kommt der erste Fußgänger durch die Straße, eine mit zwei Einkaufstaschen schwer beladene Dame in Schwarz. Ich versuche, die Säule so gut wie möglich zwischen ihr und mir zu halten, aber sie sieht gar nicht in meine Richtung.

Nach einer Periode hektischen Grabens tanzt plötzlich eine Gruppe Kinder mit Hasenmasken an mir vorbei. Da der erste Hase einen Kassettenrecorder trägt, warnt die Musik mich rechtzeitig. Ich kann mich hinter eine umgefallene Säule legen und warten, bis sich die kleinen Hasen weit genug entfernt haben. Im Übrigen kommt mir die kurze Pause sehr gelegen. Den Wein lasse ich jedoch lieber sein. Ich strecke mich, wische mir den Schweiß von der Stirn und atme ein paar Mal tief durch.

Allmählich bildet die ausgegrabene Erde einen richtigen Hügel, den ich, um keine unnötige Aufmerksamkeit auf mich zu lenken, so weit wie möglich in der Umgebung verteile. Immerhin habe ich jetzt so tief gegraben, dass ich bei dem viereckigen Säulenfuß angekommen bin.

Nach einer weiteren Stunde immer wieder unterbrochenen Grabens bin ich an der Unterkante des Säulenfußes angelangt. Inzwischen wird es langsam dunkel. Eine betrunkene, stattliche Frau mit einem riesigen Kopftuch und einer Hexenmaske kommt angewankt, in ihrer Hand einen Hexenbesen, auf den sie sich ab und zu schwer stützt. Sie lässt sich an der Treppe der „Heiligen Jungfrau" zu Boden gleiten und hält schnarchend ein Nickerchen.

Wieviele Stunden sind seit dem Anruf schon vergangen? Könnte Akali schon auftauchen? Was, wenn ich mich doch getäuscht habe und Pericleous den Stein an der der Straße zugewandten Seite vergraben hat? Wie besessen schaufle ich weiter.

Endlich der Erfolg! Dreißig Zentimeter unter dem Säulenfuß verursacht meine scharrende Schaufel das lang ersehnte dumpf-metallische Geräusch. Einige Minuten später habe ich genug von dem Bleirohr freigelegt, um es aus dem Boden ziehen zu können. Vorsichtig schaue ich mich um. Niemand zu sehen außer der schnarchenden Gestalt auf der Treppe. Hastig kratze ich mit meiner Schaufel soviel Erde wie möglich in das Loch zurück. Ohne mir die Zeit zu gönnen, meinen Fund auszupacken, springe ich, mit meiner Schaufel in der einen und dem Rohr in der anderen Hand zurück über den Zaun.

Kaum bin ich auf der anderen Seite gelandet, ertönt in sehr indischem Englisch eine laute, befehlende Stimme: „Stehenbleiben oder ich schieße." Die Hexe ist aufgesprungen und hat ihren Besen auf mich gerichtet. Akali Singh!

In einem Reflex schleudere ich meine Schaufel in Richtung der falschen Hexe und sprinte los. Geschickt weicht Akali der Schaufel aus und versucht, mich mit seinem Besen zu stoppen. Da bin ich aber schon an ihm vorbei. Ich renne auf die Menge in der Apostolos-Pavlos-Avenue zu, um darin unterzutauchen. Unterwegs schiebe ich mir die Maulwurfsmaske wieder vor das Gesicht.

So früh am Abend ist die Straße noch relativ leer. Trotzdem hinterlassen wir durch unsere Verfolgungsjagd eine Spur der Verwüstung. Das erste Opfer ist die Maskenbude. In der Kurve prallt meine Hüfte gegen den Verkaufstisch mit den Masken, sodass ich in einem wahren Schauer aus Clowns- und Teufelsgesichtern um die Ecke hetze. Es ist nicht leicht, sich hier schnell zu bewegen. Auf einer der vielen Terrassen stoße ich im Vorbeieilen mit der Schulter nur leicht gegen einen Kellner, aber es reicht, um sein Tablett mit Eis und Kaffee klirrend auf den Boden zu werfen.

Zum Glück hat der Karneval die Leute in eine tolerante Stimmung versetzt. Johlend und gröhlend beobachten sie unsere Hetzjagd, einige feuern die Hexe, die wild fuchtelnd hinter dem großen Maulwurf herjagt, mit witzigen Aufforderungen an. Karnevalesk mag es wohl aussehen, aber ich habe Angst – mehr als ich erwartet hätte. Der Sikh hinter mir gehört immerhin zu einer grausamen Terror-Organisation. Zudem kommt er aus einem Dritte-Welt-Land, in dem angeblich ganz andere Maßstäbe über den Wert eines Menschenlebens herrschen. Ich glaube zwar nicht an seine Pistole, aber sicher bin ich mir nicht. Und ob er womöglich andere Waffen unter seinem Hexengewand verbirgt, weiß ich nicht. Schweigend und hartnäckig rennt er hinter mir her, wobei der Abstand zwischen uns zwar nicht kleiner, aber auch nicht größer wird. Hektisch versuche ich eine Gelegenheit zu finden, um ihn abzuschütteln.

Da fallen mir die Katakomben am Fabricia-Hügel ein, das alte Refugium der frühen Christen, ein dunkles Labyrinth, in dem es möglich sein müsste, ihn loszuwerden. Keuchend laviere ich mich zwischen den flanierenden Stadtbewohnern hindurch zu der steil ansteigenden Seitenstraße, in der sich der Eingang zu den alten Katakomben befindet.

Um in die erste Höhle vorzudringen, muss ich mich durch einen dichten Vorhang aus zusammengeknüpften Taschentüchern, Unterröcken und Hemden hindurchwühlen, die Bittsteller dem früheren Bewohner dieser Grotte, St. Agapithikos, gewidmet haben. Mit einem Seufzer der Erleichterung tauche ich in das kühle Dunkel der Grotte ein und lehne mich einen Augenblick um Atem ringend gegen die Wand. Bevor ich weiter ins Innere der Höhle vordringe, schiebe ich meine Maulwurfs-maske nach oben, um besser sehen zu können.

Das letzte schummrige Tageslicht, das durch den verhangenen Ein-gang sickert, beleuchtet die Grotte nur sehr spärlich. An diesem Wall-fahrtsort stehen überall Kerzen, Fotos von jungen Männern, verwelkte Blumensträuße und kleine Geschenke, sodass ich bei fast jedem Schritt irgendetwas mit meinen Füßen umstoße oder zertrete. Eilig taste ich mich tiefer in die Grotte hinein, während meine Augen sich langsam an die Dunkelheit gewöhnen.

Dem modrigen Geruch folgend, der mir aus der Tiefe entgegenschlägt, finde ich hinten die Öffnung zur Grotte von St. Misitikos, einem großen, kahlen Raum, in den ich mich tastend hinein begebe. Ich erinnere mich, dass abgewiesene Liebhaber sich hier etwas Erde vom Boden holen, um damit ihrer Angebeteten Ärger zu bereiten. Mein Anliegen ist wesent-lich direkter. Ich bücke mich und hebe eine Handvoll Erde auf. In dem Moment, als sich Akalis Umriss mit der grotesken, hochgeschobenen Maske auf seinem Turban gegen den etwas helleren Hintergrund der an-deren Grotte abzeichnet, werfe ich sie ihm mit aller Kraft ins Gesicht. Vor Wut schreit er laut auf. Ich nutze den Augenblick, um am hinteren Ende der Höhle so leise wie möglich die Treppe in den dunklen Irrgar-ten der vorchristlichen Katakomben hinunterzusteigen.

Sobald ich meine, weit genug vom Eingang entfernt zu sein, bleibe ich stehen. Die Luft in diesen alten Grotten ist kalt und modrig. Es ist stockfinster und totenstill, weiter hinten sind leise und hypnotisierend Wassertropfen zu hören.

Ich nehme meine Maulwurfsmaske vom Kopf und lausche angestrengt. Ist er vielleicht stehen geblieben? Einmal glaube ich, ein scharrendes Geräusch zu hören, bin mir aber nicht sicher. Minuten werden zu Stun-den, Stunden werden zu einer kleinen Ewigkeit, bis ich jedes Zeitgefühl verloren habe.

Ich habe mich entschlossen, hier unten auszuharren, solange ich nur irgend kann. In Gedanken wiederhole ich das Mantra „Har" im Rhyth-mus meines laut klopfenden Herzens und merke, wie es mir hilft, die Pa-nik in den Griff zu bekommen. Ich kenne mich in diesen unterirdischen Gängen nicht aus und weiß nicht, ob es noch einen zweiten Ausgang gibt.

Die Vorstellung, mich hier zu verirren, ist ziemlich gruselig. Inzwischen ist auch der letzte schwache Lichtschimmer vergangen, und ich befinde mich in vollkommener Finsternis.

Allmählich dringt mir die feuchte Kälte bis ins Mark. Ich ziehe mein Maulwurfstuch fester um mich. Das hilft aber nur wenig. Wenn ich mich bloß bewegen könnte, laufen, springen oder mit den Armen schlagen, dann ließe sich die Kälte wohl ertragen. Die notgedrungene Bewegungslosigkeit lässt mich völlig erstarren, und das Gefühl, in diesem steifen, frierenden Körper eingeschlossen zu sein, ist kaum auszuhalten. Um meinen Bewegungsdrang zu bezwingen, drossele ich meinen Atem und atme nur noch in kurzen Zügen, immer viermal ein und viermal aus.

Nach einiger Zeit beginnt mein Körper zu zittern. Ich spanne alle Muskeln an, um das Zittern zu unterdrücken. Es wird immer stärker, mir schlottern die Knie, und ich kann nichts dagegen tun. Wenn das so weitergeht, werde ich mich durch mein Zähneklappern verraten. Ich muss einfach zurück zum Eingang, in die Wärme.

Ich mache mir keine Illusionen, dass Akali aufgegeben haben könnte. Pericleous Bleirohr noch immer fest in der einen Hand, taste ich mich so leise, wie ich kann, in die vordere Höhle zurück. Bereits in der Grotte des Misitikos wird die Luft spürbar wärmer. Auch hier ist es stockfinster, und nur ganz undeutlich ahne ich, wo der Ausgang zur vorderen Höhle liegt. Eine Weile bleibe ich stehen, um zu horchen. Aber mir ist immer noch zu kalt, als dass ich länger warten könnte. Ich muss es einfach riskieren. Auf Zehenspitzen schleiche ich weiter in Richtung Sternenlicht und Wärme, jede Zelle meines Körpers gespannt und fluchtbereit.

Kaum habe ich meinen Fuß über die Schwelle gesetzt, umklammert plötzlich von der Seite ein fester Griff meinen Oberarm. Obwohl ich auf einen Überfall gefasst war, fährt mir der Schreck durch alle Glieder und lähmt mich für den Bruchteil einer Sekunde. Dann setzen meine Reflexe wieder ein, und ich drehe mich jäh zu meinem Gegner, der offensichtlich neben der Höhlenöffnung auf mich gewartet hat. Sehe ich da, im Licht der Sterne, ein Messer blitzen?

In einer panischen Reaktion auf die Bedrohung lasse ich das ellenlange Bleirohr, das durch meine scharfe Linksdrehung bereits viel Schwung bekommen hat, gegen Akalis Kopf sausen. Mit einem dumpfen Schlag trifft es auf seinen Turban, der seinen Kopf vor einer Platzwunde bewahrt. Was dann geschieht, hätte ich allerdings ahnen können.

Kaum hat das Rohr seinen Kopf berührt, ergreift Akali es mit beiden Händen. Einen Moment lang versteift sich sein Körper, dann sackt er zusammen und plumpst schwerfällig zwischen die Kerzenstummel auf den Boden. Dabei hält er das Bleirohr so fest umklammert, dass er es mir mit einem Ruck aus der Hand reißt. Ich stehe wie festgenagelt und erwarte jeden Moment, einen Schlag gegen meine Beine zu bekommen. Akali bleibt jedoch unbeweglich sitzen, das Stück Rohr mit dem kostbaren Inhalt noch immer fest an seinen Kopf gedrückt. Die Zeit scheint stillzustehen.

Dann klingt aus dem Dunkeln, in dem getragenen Tonfall des Chakras, eine tiefe Stimme.

„Pitaji!"

Ich kann nichts erwidern, so perplex bin ich.

„Ich gebe es zu. Ich habe in diesem Ringkampf versucht, meinen jüngeren Bruder umzubringen. Wir waren in einen abscheulichen Machtkampf verwickelt. Das ganze Dorf Panjokhara war eigentlich ziemlich heruntergekommen. Es gab kaum noch einen Zusammenhalt. Jeder wollte nur seine eigenen Interessen durchsetzen. Du am meisten von allen.

Damals schon hast du deine ganze spirituelle Praxis vergessen. Deshalb möchte ich dich an die Übungen erinnern, die du regelmäßig mit uns gemacht hast, als wir noch klein waren. Ich denke, wenn wir damals weitergeübt hätten, wäre dieses ganze Drama nicht passiert."

Es erklingt ein Geräusch, als ob Akali seine Beine streckt.

„Es ist zu dunkel hier. Ich kann dir die Übungen nicht zeigen. Ich werde sie dir aber beschreiben.

Die erste Übung hat mit deiner Beziehung zur Erde zu tun. Du hast immer gesagt, dass sie hilft zu lernen, mit den eigenen Grenzen besser umgehen zu können.

Du liegst auf deinem Rücken, die Arme gestreckt neben dem Körper, die Handflächen nach unten. Mit dem Einatmen hebst du die Arme hoch, mit dem Ausatmen klatscht du sie auf die Erde.

Die zweite Übung machst du im Stehen mit weit gespreizten Beinen. Halte die Unterarme angewinkelt und lass die Hände entspannt herabhängen. Drehe dein Becken in großen Kreisen. Das wirkt auf den feurigen Teil des Körpers, und du kannst dadurch deinen Ehrgeiz und deine Wünsche besser kontrollieren.

Die dritte Übung kannst du nur im Wasser machen. Wir haben sie immer im Bach hinter dem Dorf gemacht, und es war unsere Lieblingsübung. Du hast gesagt, sie gibt Macht über die Gefühle, Sehnsüchte und Aggressionen. Setze dich ins Wasser, in einen Bach oder in ein Bassin und kämpfe mit dem Element. Schleudere das Wasser in alle Richtungen und höre nicht auf, bis du dich wirklich entspannt fühlst.

Die vierte Übung ist das Kämpfen mit der Luft. Das gibt deinen Ideen und Gedanken Kraft. Sitze im Schneidersitz, die Hände zu Fäusten vor den Schultern geballt. Stoße deine Fäuste mit dem Ausatmen abwechselnd nach vorne.

Die fünfte Übung ist die schwerste, sie fordert deine Selbstachtung, die Kraft deiner Persönlichkeit heraus. Sie hat mit deinen Feinden zu tun. Sie sind deine besten Lehrer. Nimm dir vor, regelmäßig jemanden zu besuchen, den du für einen Feind hältst. Das mag unsinnig erscheinen, aber du wirst sehr nützliche Dinge über dich lernen. Dinge, die niemand sonst dir zeigen könnte.“

Unmittelbar nach diesen Worten verdreht Akali die Augen – das Einzige, was ich von ihm sehen kann – und fällt in einer Art verzögerten Reaktion auf meinen Schlag wie ein Holzklotz um. Das Bleirohr mit dem kostbaren Schatz rollt neben ihn auf den Boden.

Erschrocken halte ich meinen Handrücken unter seine Nase. Sein Atem ist kräftig; der Turban wird wohl den größten Teil des Schlages abgefangen haben. Ich falte mein Karnevalstuch zusammen und lege es unter seinen Kopf. Mir wird klar, dass ich ihn nicht in dieser feuchten Kälte liegen lassen kann. Was ist, wenn er eine Gehirnerschütterung hat? Soll ich einen Krankenwagen rufen? Es wird schwierig zu erklären sein, was wir nachts in der Höhle zu suchen hatten.

Während ich noch überlege, schlägt er die Augen auf. Einen Moment lang flammt Angst in mir hoch. Ich bin versucht, das kostbare Bleirohr zu ergreifen und wegzurennen. Aber nach seinem Vortrag über die Übungen nehme ich an, dass die Berührung mit dem Jaspis ihn dauerhaft verändert hat. Außerdem scheint er nicht gerade in der körperlichen Verfassung zu sein, mich wieder anzugreifen.

Stammelnd ringt er um Fassung. „Was – was – was ist passiert?" Ich erkläre ihm die Kraft des Jaspis, während er mich mit großen, erstaunten Augen anstarrt. Ich vermute, dass er trotz seiner Sikh-Abstammung nicht wirklich an die Wirkung des Chakras geglaubt hat.

„Kannst du aufstehen?", frage ich ihn. Langsam artikuliert er, dass er zwar heftige Kopfschmerzen habe, aber wohl vorsichtig gehen könne. Meinen Vorschlag, ihn in ein Krankenhaus zu bringen, um ihn auf eine Gehirnerschütterung untersuchen zu lassen, lehnt er brüsk ab. „Zu viele Fragen", sagt er.

Auf dem Weg zum Ausgang muss ich ihn stützen. Auf der Straße fallen wir nicht weiter auf. Die wenigen Feiernden, die noch durchhalten, sind um diese Zeit auch nicht allzu sicher auf den Beinen.

Er zeigt mir den roten Fiat, in dem er gekommen ist, und bittet mich, ihn nach Hause zu fahren. Ich bin aber selbst viel zu erschöpft, um jetzt stundenlang auf den kurvigen Straßen der Insel herumzufahren. Also erzähle ich ihm von Aphrodites Felsen, und er erklärt sich mit diesem Ziel einverstanden. Mit Mühe manövriere ich etwas mehr als die Hälfte meines Fahrrads durch die Heckklappe des kleinen Wagens.

In Petra tou Romiou legen wir uns brüderlich Seite an Seite in den noch warmen Sand, ich in meinen Schlafsack und er in eine Decke aus dem Auto gehüllt.

Während ich zu den Tausenden von Sternen über uns hinaufblicke und es genieße, die köstliche laue Luft ganz langsam tief in mich hineinzuatmen, lasse ich die Ereignisse des Tages noch einmal Revue passieren. Als mir die unglaubliche Absurdität dieses friedlichen Ausgangs klar wird, muss ich plötzlich lachen. Ich setze mich noch einmal auf und bebe vor Lachen, es ist wirklich zu komisch, wie sich alles entwickelt hat, ich pruste und schnaube, das Lachen ergreift mich und schüttelt mich, ich kann gar nicht wieder aufhören.

Natürlich schaut Akali mich an, als ob ich verrückt geworden wäre. Nach ein paar Minuten kichert auch er ein wenig. Das scheint definitiv das Ende des Kriegs zwischen uns zu sein.

Türkis

Siebter Stein

*Himmelblau mit
grünen Adern*

Stein der Liebhaber

Ebene der reifen Seelen

A kali liegt auf seiner Decke und schaut mir skeptisch zu. Er scheint nicht viel von meinen Übungen zu halten. Unter dem kleinen olivfarbenen Turban sieht seine verletzte Gesichtshälfte gefährlich dunkelblau aus.

Nach einem bescheidenen Frühstück aus meinen letzten Vorräten machen wir uns auf den Weg. Der junge Sikh lehnt es immer noch ab, ein Krankenhaus aufzusuchen und seinen Kopf untersuchen zu lassen. Wir einigen uns darauf, dass ich ihn nach Astromeritis fahre, damit er sich ausruhen kann. Dann wird sich zeigen, ob seine Verletzung wirklich harmlos ist oder doch ernsterer Natur.

Das Auto ermöglicht uns, den direkteren Weg durch das Troodos-Gebirge zu nehmen, statt wie die Überlandbusse an der Küste entlang über Limassol und Larnaka fahren zu müssen. Beim bröckelnden Säulenhain des Apollo-Tempels in Episkopi lassen wir das glitzernde Meer hinter uns und schlagen einen schmalen, ansteigenden Schotterweg ein, wo die Schieferlandschaft sich in spärlich bewachsene Falten und Brüche wirft. Mit jeder neuen Steigung sinkt die Temperatur, bis wir die Autofenster schließen müssen, um nicht zu frieren.

Der Troodos mit seinen unwegsamen, steinigen Schluchten und Pässen war immer schon der wichtigste Zufluchtsort für die Zyprioten. Nachdem die Katholiken im Gefolge der Kreuzritter die Insel erobert hatten, behielt die griechisch-orthodoxe Kirche hier jahrhundertelang die Macht. Auch die Widerstandsbewegung, die in den siebziger Jahren den Anschluss an Griechenland erzwingen wollte, hatte im Troodos ihre wichtigsten Verstecke. Und wer aller weltlichen Dinge überdrüssig ist, kann hier auch heute noch in abgelegenen Klöstern der Welt entsagen.

Mühsam erklimmt unser kleines Auto Kurve um Kurve und arbeitet sich, eine lange Staubfahne hinterlassend, durch die steinige Landschaft. Ich schaue besorgt zu Akali hinüber. Es geht ihm offensichtlich nicht gut. Schweißtropfen perlen auf seiner Stirn. Ab und zu stöhnt er mit zusammengebissenen Zähnen. Er behauptet aber, dass es nur der kurvige Weg sei, der ihm auf den Magen schlägt.

Während links von uns der kahle Schädel des Olympus mit der verunzierenden Beule seiner Radarstation aufragt, machen dünne Pinien- und Akazienwälder allmählich Feldern mit wilder Minze und Narzissen Platz. Nach einer scharfen Kurve erscheint ein festungsartiges Kloster. Vor dem Eingangstor stehen Tische und Bänke, die wohl bei religiösen Feiern für die Besucher gedacht sind, und ich entscheide mich, anzuhalten und Akali eine Pause zu gönnen.

Wir sind die einzigen Gäste und setzen uns in den Schatten einer knorrigen Pinie an einen der grobgezimmerten Tische. Bald darauf kommt ein Mönch herangeschlurft. Seine verschlissene und nicht allzu saubere Kutte zeigt, dass er nicht auf Besuch vorbereitet war. Ein wilder, zotteliger Bart bedeckt fast sein ganzes Gesicht, und er mustert uns misstrauisch mit zusammengekniffenen Augen. Als ich frage, ob wir etwas Brot und Wasser bekommen könnten, nickt er und schlurft zurück, um es zu holen.

Polternd setzt er ein Holzbrett mit einem halben Brot, einer Schüssel Bohnen und einer Zwiebel vor uns auf den Tisch, daneben stellt er eine Karaffe mit Wasser. „Englisch?", fragt er. Er wirft einen besorgten Blick auf Akalis Gesicht, und sein Misstrauen weicht einem etwas freundlicheren Gesichtsausdruck: „Was ist passiert?"

Ich lege mir gerade eine harmlose Geschichte zurecht, nach der Akali einen kleinen Unfall auf seinem Fahrrad hatte, als ich den jungen Sikh aufschluchzen höre. Verwundert drehe ich mich um. Wie ein Häufchen Elend ist Akali auf der Bank zusammengesackt, ganz bleich und zitternd. Die einfache, anteilnehmende Frage des Mönchs hatte eine unerwartete

Wirkung. Vielleicht liegt es daran, dass Akali seine Kindheit auf Zypern verbracht hat, jedenfalls bricht er in lautes, unbeherrschtes Weinen aus. Der alte Mönch, dessen grauer Bart sich im Wind hin und her bewegt, schaut ihn mit einem Ausdruck mitfühlender Güte an. Es dauert ziemlich lange, bis der Sikh sich wieder einigermaßen gefasst hat. Dann bricht es aus ihm heraus:

„Die Augen meiner Mutter ...!"

„Was?", fragt der Mönch.

Es ist nicht leicht, Akalis Worte überhaupt zu verstehen. Allmählich fügt sich aus seinen abgerissenen Sätzen ein Bild zusammen, das seinen Kummer erklärt.

Akali hat vor nicht allzu langer Zeit mit großem Widerwillen an einer Terroraktion im Punjab teilgenommen, und dabei einen kleinen Hindu-Jungen erschossen. Während der Junge ihn mit tiefem Hass angeschaut hat, hatte Akali den Finger an den Abzug seiner zitternden Kalaschnikow gelegt, gezogen und festgehalten, festgehalten, festgehalten. Aber selbst nachdem der Junge durch die Wucht der Geschosse hingefallen und alles von seinem Blut grässlich bespritzt und verschmiert war, sah Akali noch immer die schwarzen Augen, die ihn anstarrten. Seither träumt er jede Nacht davon, und tagsüber meint er, in den Augen anderer Menschen die Augen seines Opfers wiederzuerkennen.

Als er gestern den Schlag mit dem Bleirohr erhielt, wurde ihm schlagartig klar, dass er seine Mutter, die in diesem kleinen Jungen wieder verkörpert war, umgebracht hatte! Es waren ihre Augen, die ihn anschauten! In der Vision, die der Stein ihm gab, wurde er sich plötzlich des fortwährenden Dramas mit seiner verstorbenen Mutter bewusst. Jetzt gibt es für ihn nichts Wichtigeres, als es zu beenden und seinen Frieden damit zu finden.

Er stöhnt und blickt uns unsicher und verwirrt an. Ein letztes Schluchzen zuckt durch seine Schultern, dann beugt er sich mit einem würgenden Geräusch zur Seite und erbricht sich ins Gras hinter der Bank. Ich gebe ihm ein Taschentuch, damit er seinen Mund und sein dünnes Bärtchen abputzen kann.

Sich mühsam aufstützend, geht der alte Mönch auf Akali zu, nimmt ihn bei der Hand und lässt ihn aufstehen. Dann führt er ihn durch eine

145

schmale, schmucklose Seitenpforte in das stille Kloster. Zögernd gehe ich hinter den beiden her durch einen dunklen Flur, der uns in eine kleine Kapelle mit hohem Gewölbe bringt, die durch viele brennende Kerzen in einen flackernden goldenen Schein getaucht ist.

Mitten auf dem schweren schwarzen Samt eines Altars steht eine mit geprägtem Silber abgedeckte Abbildung der Panhaya, der heiligen Mutter, diesmal ohne Kind und deshalb eher Aphrodite, Astarte und Isis, die Göttin.

Der Mönch hebt die Ikone hoch und hält sie Akali hin, der sich vorbeugt und das dunkle, abgenutzte Holz küsst. Danach stellt der Mönch die Ikone liebevoll wieder auf das Samt des Altars zurück. Er legt Akali die Hände auf den Kopf und sagt mit seiner rauhen Stimme langsam: „Panhaya Aphroditissima, diesen jungen Mann reinige von Hass und heile sein Herz."

Wir folgen dem Mönch wieder nach draußen und essen das Brot, die Bohnen und die Zwiebelscheiben, während er dabeisitzt und uns schweigend zuschaut. Ich erkläre dem Papas ausführlich, wie Akali zu seiner Verletzung gekommen ist und was es mit dem Bleirohr als Reliquie auf sich hat. Als ich das Rohr aus meinem Rucksack hole und es ihm zeige, wiegt er es in seiner Hand und betrachtet nachdenklich Akalis schwarzbunte Schläfe. Dann neigt er den Kopf und küsst das bleierne Fundstück! Daraufhin nimmt er sein Holzbrett und die Karaffe und verschwindet mit schleppendem Schritt durch die Seitentür.

Wir fahren weiter durch Kornfelder und dichte Wälder aus Kiefern, Pinien und Goldeichen bergabwärts. Akali ist wie ausgewechselt. In bester Laune sieht er sich nach allem um, wenigstens soweit, wie er seinen Kopf wieder drehen kann.

Ich frage ihn, wie sich die Wirkung des Chakras anfühlt. Er vergleicht die Veränderung, die er unter dem Einfluss des Jaspis erlebt hat, mit jemandem, der vor langer Zeit sein Gedächtnis verloren hat und es zurückbekommt. Die zwischenzeitliche Identität, die er sich während der Periode seines „Gedächtnisverlustes" aufgebaut habe, sei jetzt schlagartig in den Hintergrund verschwunden, und er sei ganz jemand anderes. Dann schildert er ausführlich die komplizierte Geschichte zwischen seinen Eltern und ihm und die Rolle, die Nani darin gespielt hat.

146

„Hast du übrigens Devi kennengelernt?", fragt er und wartet gar nicht erst meine Antwort ab. Mit schwärmerischen Augen erzählt er mir, dass er Devi schon seit seiner Kindheit kenne und vertraut mir an, seit Jahren bis über beide Ohren in sie verliebt zu sein. Er hört nicht auf, leidenschaftlich ihre Anmut zu preisen, ihre Sanftheit, ihre Schönheit, ihre Güte, ihre Bildung ... Mein Herz gerät in Wallung, als ich so eindringlich an sie erinnert werde. „Du wirst sie bald kennenlernen, sie kommt nämlich gerade heute aus Deutschland an, um mich zu besuchen. Nani wird sie heute morgen vom Flughafen abgeholt haben." Akali ahnt nicht, welchen Wirbel von Gefühlen er mit seiner Ankündigung in mir auslöst und fährt fort, mir ausführlich die Vorzüge indischer Frauen, ihre Hingabefähigkeit, Treue und Würde zu beschreiben. Dann lässt er sich ausgiebig über Devis exquisite westliche Bildung aus und über ihre fortgeschrittene spirituelle Entwicklung.

In meine Freude, Devi zu treffen, mischt sich die bange Frage, ob sie ihn wohl auch liebt? Haben die Momente am Flughafen ihr ebensoviel bedeutet wie mir? Ich lasse Akali vorsichtshalber im Unwissen über meine Bekanntschaft mit Devi und möchte so schnell wie möglich nach Hause kommen. Wir fliegen geradezu die letzten Ausläufer des Gebirges hinunter und rasen dann über die Landstraßen nach Astromeritis.

Am frühen Nachmittag erreichen wir Karamjit Singhs Haus. Ich bin sehr aufgeregt und kann es kaum erwarten, Devi wiederzusehen. Am liebsten würde ich ihr natürlich allein begegnen. Ich erwäge deswegen, mich erst einmal zurückzuziehen, und auf eine passende Gelegenheit zu warten. Aber als wir das Haus betreten, begegnen wir ihr bereits im Esszimmer. Einen Moment lang blickt sie mich mit strahlenden Augen an, dann wandert ihr Blick zwischen Akali und mir hin und her. Am liebsten ginge ich zu ihr und nähme sie in die Arme; die ungeklärte Situation mit Akali lässt mich jedoch vorsichtig sein.

„Wie siehst du denn aus!", ruft sie. Ihr Aufschrei gilt Akalis blutunterlaufenem Auge und seiner blauen Schläfe. „Er müsste eigentlich dringend ins Bett", sage ich. „Was ist passiert?", fragt sie und kommt näher. „Er hat einen ernsthaften Unfall gehabt." „Ach, das ist nicht so schlimm," beschwichtigt Akali. „Mir geht es schon besser!" „Nein, nein, leg dich hin, ich bringe dir einen kühlen, feuchten Umschlag, das wird dir guttun!"

Devi drängt Akali in die Bibliothek, wo ein Sofa steht, schiebt ihm ein Kissen in den Nacken und läuft hinaus, um einen Waschlappen zu holen und ein großes Glas kühle Limonade. „Hier, trink das", sagt sie und reicht es ihm. „Wie ist das nur passiert?" Besorgt schaut sie ihn an.

Die Aufmerksamkeit seiner Angebeteten gefällt Akali natürlich. Er gibt seinen Widerstand auf und fügt sich mit einem Seufzer in die Opferrolle. „Er braucht Ruhe!", sage ich entschieden. „Komm, wir lassen ihn lieber allein!"

„Kennt ihr euch?", fragt Akali erstaunt. „Vom Flughafen in Frankfurt", sage ich leichthin und lächle Devi an. Sie sieht wunderschön aus in ihrem weißen Kleid mit den hochgesteckten Haaren. Trotz des Dämmerlichts sehe ich, dass sie ein wenig errötet. Sie dreht sich um und läuft zur Tür. „Schlaf, Akali, das wird dir gut tun."

Ich folge ihr und warte auf der Veranda auf sie. Da ist plötzlich wieder dieser vertraute, süße Sehnsucht in mir weckende Duft von feinem Zimt. Ich atme ihn tief in mich hinein, während ich im Schatten in der warmen Nachmittagsluft ganz still sitze. Sie tritt hinter mir aus der Tür und setzt sich mir gegenüber. Lange Zeit schauen wir uns nur mit leuchtenden Augen an. Vertrautheit und Freude erfüllen mich. „Wie schön es ist, dich wiederzusehen!", sage ich schließlich leise. Wieder errötet sie, und ihr Lächeln verzaubert mich zutiefst.

Sie hört mir aufmerksam zu, als ich ihr von dem Auffinden der ersten sechs Steine erzähle. Ich gestehe meinen „therapeutischen Eingriff mit Bleirohr" in den Katakomben und verschweige auch nicht meine Panik. Sie will alles über die Begegnung mit dem Mönch wissen und wie Akali seine Veränderung beschrieben hat. „Sein Vater wird so erleichtert sein", meint sie.

Dann erzählt sie ihrerseits Merkwürdiges. Sie hat Nani gestern angerufen und ihr erzählt, dass sie heute morgen um elf Uhr in Larnaka landen würde. Ihre Großmutter hatte versprochen, sie abzuholen, aber am Flughafen war niemand. Sie hat über eine Stunde gewartet und schließlich ein Taxi genommen. Auch hier im Haus gab es keine Spur von Nani.

Ich berichte ihr von Nanis unerklärlicher Abwesenheit in den Tagen nach meiner Ankunft, aber das beruhigt sie nicht. „Du hast eine ganz andere Beziehung zu Nani. Du bist ihr Schüler, deshalb musst du auch mit allen möglichen Überraschungen rechnen. Ich aber bin ihre Enkelin."

Nani meine Lehrerin? Devis Sichtweise erklärt Einiges ...

Ihre Sorge um die alte Frau teile ich allerdings nicht. Ich denke, sie weiß genau, was sie tut. Ich schlage Devi vor, zusammen den nächsten Stein des Chakras aufzuspüren. Vielleicht könnte uns das auch irgendwelche Hinweise auf Nani liefern.

Sie ist sofort einverstanden.

Wir werfen noch einen kurzen Blick in die dunkle Bibliothek. Akalis schwerer Atem signalisiert hoffentlich einen heilenden Schlaf. Dann machen wir uns in seinem kleinen roten Mietauto auf den Weg. Das Ziel ist klar. Mit der dritten Silbe der Zauberformel, „UMM", kann nur das Grab von Umm Haram, der Pflegemutter Mohammeds gemeint sein.

Während der Fahrt berichte ich Devi von meinen tief greifenden Erfahrungen und Einsichten durch alle meine „Steine-Lehrer" sowie von den Übungen, die sie mir aufgetragen haben und die ich so oft wie möglich zu wiederholen versuche. Devi ihrerseits hilft mir mit ihren Kenntnissen der indischen Philosophie, die Lektionen der Steine noch besser zu verstehen. Wie bei unserer ersten Begegnung scheint mir jede ihrer Bewegungen, jede Gesprächswendung sehr vertraut. Als wir im Schatten einiger Zypressen am Straßenrand eine kleine Pause machen, erzähle ich ihr noch einmal ausführlich von der Begegnung mit Akali, wie er mich verfolgt und wie ich mich dann wieder zurückgeschlichen hatte und wie sich dann fast slapstickartig der Schlagabtausch in eine dramatische Lehrsituation verwandelt hatte, bei der schließlich der Lehrer wie ein Kartoffelsack umgekippt ist. Wir biegen uns beide vor Lachen.

Als wir weiterfahren, erscheint wie eine Oase in der Wüste am Rand eines halbvertrockneten Salzsees ein Zypressen- und Palmenhain, aus dem eine weiße Kuppel und ein Minarett herausragen. Nur wenige Autos stehen auf dem Parkplatz, die Touristensaison hat noch nicht begonnen, und die meisten Touristen sind zur Zeit wahrscheinlich, wie fast alle Inselbewohner, eher beim Karneval zu finden.

Zuerst einmal gehen wir – ohne Schaufel – einfach los, um die Lage auszukundschaften. Mir ist sowieso ein bisschen mulmig bei dem Gedanken, in einem Grab herumzustochern, das eine so wichtige und aktuelle religiöse Bedeutung hat. Ich hoffe nur, dass wir eindeutige Zeichen für das Versteck ausfindig machen können, damit wir nicht allzu viel graben müssen.

Ein sandiger Pfad führt uns durch die Palmen. Wir kommen an eine kunstvoll geschmiedete Pforte, hinter der sich ein prächtiger Garten mit Zitronen, Granatäpfeln und Mispeln auftut. Auf dem Rand eines großen rituellen Reinigungsbrunnens sitzen einige ältere, türkische Frauen und waschen sich ausgiebig die Füße. Als wir es ihnen gleichtun, gucken sie uns erfreut zu.

„Kopiaste!" Herzlich bieten sie uns, als wir mit dem Waschen fertig sind, Halwa und Schafskäse an, und wir machen ein kleines Picknick am plätschernden Wasser. Die schwarzgekleideten Frauen klagen über die Diskriminierung der wenigen Türken im griechischen Teil Zyperns. Obwohl sie meines Erachtens viel besser dran sind als die Griechen, die im türkischen Teil ausharren, höre ich ihnen mitfühlend zu.

Dann treten wir durch den mit Arabesken verzierten Eingang in die kühle Stille der Moschee ein. Vergitterte Fenster werfen sonnige Muster auf prächtige dicke Teppiche, die Schicht über Schicht den Boden bedecken. Neben der Gebetsnische, der Mihrab, verdeckt ein schwerer schwarzer Wollvorhang den vom großen Kuppelraum abgetrennten Durchgang zum Grabraum, wo die Vertraute Mohammeds ihren ewigen Schlaf verbringt.

Offensichtlich sind wir, abgesehen von unseren Gastgeberinnen am Brunnenrand, die einzigen Besucher. Wir schieben den schweren Stoff zur Seite und treten in den Grabraum. Umm Haram wurde in einer Art gewaltigen Dolmen begraben. Zwei säulenähnliche Felsblöcke von ungefähr fünf Meter Höhe tragen einen riesigen grauen Querbalken. Der Boden darunter ist mit mehreren Schichten Goldbrokat bedeckt.

Am Rande des Grabes knien wir uns auf den Teppich und sind eine Weile ganz still. Allmählich gewöhnen sich unsere Augen an das Halbdunkel. Mein Blick begegnet Devis, und ich sehe, dass sie ebenso ergriffen ist wie ich von der ehrfurchtgebietenden Präsenz in diesem Raum. Reglos verharren wir und nehmen das tiefe Schweigen in uns auf.

Als ich unwillkürlich meine Augen über die Grabtücher schweifen lasse, stutze ich. Irgendetwas stimmt nicht. Die normalen Bittgaben, bestehend aus Ohren, Augen, Armen und Beinen aus Wachs, Halstüchern und Stücken von Unterröcken, die allen zypriotischen Heiligen unabhängig von ihrer Glaubensrichtung dargebracht werden, sind in einem wüsten Durcheinander auf eine Seite gefegt. Die kostbaren Tücher, die das Grab bedecken, sehen wulstig und zerknittert aus, und auf dem Brokat und dem Marmor liegen verkrümelte Erdklümpchen. Ich bitte Devi, sich beim Vorhang zu postieren und mich zu warnen, falls jemand in die Moschee kommt, und lege die Grababdeckungen zur Seite. Staubiger Geruch schlägt mir entgegen. Ein tiefes Erdloch kommt unter dem Tuch zum Vorschein, auf dessen Boden der gravierte Marmor des Sarkophags weiß glänzt.

Mein Magen zieht sich zusammen, und ich atme scharf ein: Grabraub! Es fällt mir gar nicht ein, dass vielleicht andere Schätze gestohlen sein könnten, ich spüre sofort, dass es der Türkis ist, der hier verschwunden ist. Wer weiß denn noch von dem Stein und ist uns zuvorgekommen? Ich versuche mit den Händen die Erde wieder zu glätten, ziehe dann die Tücher zurecht und arrangiere die Wachsgegenstände neu. Es würde uns nichts bringen, die Verwaltung der Moschee zu beunruhigen, möglicherweise würden sie sogar uns verdächtigen, die Grabschändung begangen zu haben. Eilig verlassen wir die Moschee.

Die türkischen Frauen am Brunnen rufen uns noch etwas zu, aber wir winken nur und gehen schnellstens zum Fiat zurück. Aufgeregt besprechen wir die Lage und kommen zu der Schlussfolgerung, dass es eigentlich nur Pericleous gewesen sein kann – ist er doch der einzige, der den Zauberspruch kennt und von unseren Plänen weiß. Also beschließen wir, ihm einen Besuch abzustatten – nicht zuletzt auch unter dem Motto des letzten Steins: „Lass deine Feinde sich nicht von dir entfremden."

Eine Stunde später bestaunen wir vor der Werkstatt in Akaki das zerbeulte, ruß- und dreckbeschmierte Wrack des großen Traktors. Die Werkstatt ist leer und unordentlich wie immer und stinkt zudem nach Ruß und Verbranntem. Der Antiquitätenraum hinter dem Laden ist leergeräumt, und weder in dem kleinen Schlafraum daneben noch in der Küche finden wir irgendwelche Hinweise, wo unser Gegenspieler zu finden sein könnte.

Auf dem Weg zum Kafeneion, wo wir nach Pericleous Ausschau halten wollen, erleben wir eine Überraschung: Am Straßenrand, unter einer Baumgruppe geparkt, steht der weiße Mercedes! Die Türen sind nicht abgeschlossen. Auf der Rückbank liegt Nanis kostbarer Beutel, ausgeleert und achtlos zur Seite geworfen. Auf dem Sitz und teils auf dem Boden liegt ein Haufen Zeug wild durcheinander: ihr Notizblock, ein schwarzer Reisewecker, eine Bärenkralle, das Stück Harz, mit dem sie die Chakra-Steine festgeklebt hat, der dickbäuchige Füller, rosa Unterwäsche, ein paar Meter Sari-Stoff und – ich traue meinen Augen kaum – halb vergraben unter Sari-Stoff, unbewacht und unbeachtet: das kostbare Chakra! Jeder hätte es sehen und mitnehmen können.

Perplex ziehe ich das Chakra unter dem Stoff hervor und drücke es wie eine besorgte Mutter ihr Kind an mich. Wie kostbar dieser Reif ist! Und wie großartig er erst sein wird, wenn alle Steine wieder auf ihrem Platz sind! Mein Herz pocht heftig in meiner Brust, und ich schließe einen Moment lang die Augen, um seine ganze Kraft zu spüren. Wie aus weiter Entfernung höre ich Devis Stimme, die fragt, ob sie sich den Reif auch einmal anschauen dürfe. Mühsam komme ich wieder in die Gegenwart zurück und reiche ihn ihr.

Sie betrachtet ihn sorgfältig und fragt dann erstaunt: „Fünf Steine?"

Jetzt sehe ich mir das Chakra auch etwas gründlicher an. Turmalin, Lapis, Achat und Granat – daneben die leeren Höhlen für das Tigerauge und den Jaspis – und dann, fertig eingeklebt, eine etwas zerkratzte, hellblaue Scheibe: Der Türkis! Mir läuft ein Schauer über den Rücken.

Was bedeutet das nun schon wieder? Ratlos blicke ich Devi an. Wir setzen uns auf die geräumigen Vordersitze des großen Wagens, um zu überlegen. Ist Nani von Pericleous überfallen worden? Der Zustand ihres normalerweise sorgsam gehüteten Beutels scheint darauf hinzuweisen. Aber warum sollte er den Türkis auf dem Chakra befestigen und dann im Auto liegenlassen?

Während mein Blick nachdenklich zwischen Devis feinem Profil und dem grauen Chakra mit seinen fünf stumpf glänzenden Steinen in ihrem Schoß auf und ab wandert, weiß ich plötzlich genau, wie es weitergeht.

Heftig sage ich zu ihr: „Bitte, setze es auf."

Sie dreht ihren Kopf erstaunt zu mir herum. Das Herz schlägt mir bis zur Kehle. „Bitte!"

Unsicher dreht sie den Reif in ihren Händen. „Wollen wir nicht erst herausfinden, was mit Nani passiert ist?"

„Es ist dringend!" Die Worte platzen aus mir heraus.

Während sie ihre großen, dunklen Augen starr auf mich richtet, setzt sie sich langsam den Reif auf ihre glänzenden Haare. Ein Zittern geht durch ihren Körper.

Sie fängt an zu weinen, Tränen laufen ihre Wangen hinab, und sie blickt mich mit tiefer Traurigkeit an. „Ich war so verzweifelt, als du gegangen bist, ich hatte es schon lange geahnt und fühlte mich schrecklich machtlos. Es war so schwer geworden, an dich heranzukommen, sogar für mich, deine Frau! Seit du dich geweigert hattest, die Herzensübungen zu machen, wusste ich, dass es ein Unglück geben würde. Aber ich konnte mit niemandem darüber reden! Ganz Panjokhara war abgerutscht in oberfläche Beziehungen. Keiner machte die Übungen des Herzens mehr."

Sie hat aufgehört zu weinen. Einen Moment lang scheint sie in sich hinein zu lauschen, dann fährt sie leise fort.

„Versprichst du mir, diesmal deine Übungen zu machen?"

Ich nicke wortlos.

„Erstens, übe die Liebe zu dir selbst.

Wenn du dich hinlegst, um zu schlafen oder dich auszuruhen, oder morgens, wenn du aufwachst, liege auf dem Rücken und lege die Hände neben den Körper. Hebe langsam eine Hand zum Mund und küsse deine Handfläche, dann hebe die andere Hand und küsse sie, dann wieder die erste, und so weiter, bis deine Lippen ganz weich sind und dein Körper von Dankbarkeit und Frieden durchströmt ist.

Zweitens, übe die Liebe zum Leben.

Setze dich für diese Übung hin und spreize die Arme diagonal nach vorne. Mache für ein paar Minuten Feueratem. Dann atme tief ein, balle die Hände zu Fäusten, als wolltest Du das ganze Leben packen, und bringe die Fäuste mit angehaltenem Atem zur Brust und atme aus.

Drittens, übe die Liebe zu den Menschen.

Umarme täglich wenigstens drei Leute, öffne ihnen dein Herz.

Viertens, übe die Liebe zum Universum.

Halte die Hände wie eine Schale vor dem Herzen. Spüre deine Dankbarkeit dafür, wie das Universum dich mit allem beschenkt und lasse dieses Gefühl mächtig in dir wachsen. Diese Übung kannst du gleich morgens nach dem Aufwachen oder nach der ersten Übung machen. Fünftens, übe die Liebe zu deinem Partner oder deiner Partnerin: die Herz-Lotus-Meditation."

Sie bedeutet mir, mich auf dem Autositz, so gut es geht, ihr zugewendet hinzusetzen. Wir haken die kleinen Finger unserer Hände, die wie eine Blume vor unseren Herzen geöffnet sind, ineinander und sehen uns in die Augen.

Der Traum, den ich vor ein paar Wochen hatte, als ich gerade auf Zypern angekommen war, fällt mir wieder ein. Ihr Gesicht verwandelt sich vor meinen Augen – indische Göttin, strenge Königin, indianische Schamanin. Als wir endlich die Augen schließen, scheint Devis Bild wie in meine Netzhaut eingebrannt. Um ihre Gestalt herum strahlt ein goldener Schimmer.

Schließlich öffne ich meine Augen wieder und merke, dass sie den Reif abgenommen und in ihren Schoß gelegt hat.

Der nächste Schritt geht fast von selbst.

„Devi", sage ich. „du hast mir das Leben gerettet."

Prüfend mustert sie mich, während ich ihr erzähle, wo ich bei ihrem ersten Anruf war. Ruhig sagt sie: „Im letzten Moment hat dir der Guru noch eine Chance gegeben."

Sie berichtet mir von ihrem Leben, wie sie durch den Kontakt zu ihrer Großmutter ihr eigenes Dharma gefunden hat – es ist der gleiche Weg, der mir in den letzten Wochen Schritt für Schritt offenbart wurde.

„Willst du diesen Weg denn überhaupt gehen?", fragt sie mich.

Ich bin so bewegt, dass ich kaum denken kann. Als ich mühsam antworte, ist es, als ob ein Teil von mir erwacht wäre, der Jahrhunderte geschlafen hat. „Dies ist der Weg des Herzens. Ich will ihm von ganzem Herzen folgen."

Darauf antwortet sie einfach:

„Ich bin deine Frau."

Heiße Tränen laufen mir über die Wangen. Sie nimmt mich in die Arme und küsst sie mir unbeschreiblich zärtlich fort. Ich schluchze und

154

kann die Tränen nicht zurückhalten, sie fließen und strömen, und je mehr ich weine, um so leichter wird mein Herz. Schließlich ist nur noch Freude, Erleichterung und Dankbarkeit übrig, und ein ganz tiefes Gefühl der Verbundenheit mit Devi. Ich liege in ihren Armen und kann mir nicht vorstellen, mich jemals wieder daraus zu lösen.

Plötzlich reißt jemand mit einem lauten Aufschrei die Autotür auf: „Was ist denn hier los?"

Draußen steht der rundliche Mann mit dem grauen Pullover, der Nani damals gebeten hatte, das Dorf zu segnen. Sobald er mich wiedererkennt, stottert er: „Ich wusste nicht, ... der Wagen der alten Dame, ... fühlte mich verantwortlich ..."

Er schlägt die Wagentür wieder zu. Mit Mühe lösen wir uns. „Das stimmt", sagt Devi, „Nani ist in Schwierigkeiten. Wir müssen ihr helfen." Sie hat Recht. Wenigstens sollten wir im Kafeneion nachfragen, ob dort jemand etwas über den verwaisten Mercedes weiß.

Beim Aussteigen fällt mein Blick auf das kostbare Chakra, das Devi, vorsichtig, um sich nicht an den scharfen Seiten zu schneiden, noch immer in der Hand hält. Da kommt mir eine Idee. Aus dem Kofferraum unseres Fiats hole ich meinen Rucksack und vom Rücksitz des Mercedes das Stück Harz aus Nanis Beutel.

Wir setzen uns an denselben roten Metalltisch, an dem ich vor einer Woche mit Nani gesessen habe. Nebenan hocken wieder die Tawli-Spieler, und an der Wand schlürfen dieselben alten Männer ihren Whisky-Sour.

Wir bestellen Tee und eine Kerze. Der Wirt, der sich offensichtlich auf die neue Nachfrage eingestellt hat, braucht nicht lange, um eine noch nicht angebrannte rote Kerze zu bringen. Ich hole das Taschentuchbündel mit dem Tigerauge und das Bleirohr mit dem Jaspis aus meinem Rucksack und lege alles auf den Tisch.

Das mürbe Blei lässt sich leicht öffnen. Ich fische den Jaspis aus dem zerbröselten Heu und lege ihn auf die rote Tischplatte. Als der schmelzende Harzklumpen seinen würzigen Duft über die Terrasse verbreitet, halten die Dorfbewohner ihre Neugier nicht länger zurück. Sie bilden wieder einen Kreis um uns und beobachten aufmerksam, wie ich feierlich das Harz in die Vertiefungen tröpfle. Zuerst klebe ich das Tigerauge ein, und dann den Jaspis.

Sieben Steine zieren jetzt den Reif, und ich kann mir lebhaft vorstellen, wie beeindruckend er ausgesehen haben muss, als das Material noch glänzte und alle Steine an ihrem Platz waren. Immerhin, wir haben schon mehr als die Hälfte.

Während ich das Chakra vorsichtig in meinem Rucksack verstaue, frage ich die Umstehenden: „War die alte Dame noch einmal hier?"

Der Wirt, der sich auch unter den Zuschauern befindet, erzählt, dass Nani heute morgen kurz nach neun Uhr hier war und den blauen Stein in das Chakra geklebt hat. Sie war allein und ist auch allein weggegangen. Niemand weiß, warum der Mercedes noch immer am Straßenrand steht. Der Wirt beteuert, dass das ganze Dorf sich sozusagen dafür verbürge, dass der Wagen da so sicher stehe wie in einer Garage.

Wir trinken unseren Tee aus. Devi fragt, ob sie telefonieren könne. Sie will in Astromeritis anrufen um zu erfahren, ob Nani vielleicht wieder aufgetaucht ist, und wie es Akali geht.

Als sie zurückkommt, liegt ein mysteriöses Lächeln auf ihrem Gesicht. „Keine Spur von Nani", sagt sie, „aber Akali war sehr wütend. Er fauchte mich richtig an, dass wir ihn ausgetrickst hätten, sein Auto gestohlen, ihn verlassen. Er hat sich erst beruhigt, als ich ihm versprochen habe, dass er mit uns kommen kann."

Da lässt sich nichts machen. Er würde uns nur Schwierigkeiten bereiten, wenn wir ihn ausschlössen. Also willige ich mit einem Seufzer ein, und wir gehen zum Auto zurück, um Akali zu holen. Was mit Nani geschehen ist, ist allerdings ein echtes Rätsel, wobei ich nicht dazu neige, mir so viele Sorgen darüber zu machen wie Devi.

Die nächste Adresse heißt NEPH, oder Neophytos, der immer übellaunige Eremit und Steinmetz, der auf Zypern so viele schöne Fresken hinterlassen hat.

Als wir bei unserem Fiat ankommen, erwartet uns dort der Mann mit dem grauen Pullover. Er stellt sich als Panos vor.

„Als ich heute morgen zum Kafeneion gegangen bin", sagt er, „kam ich an dem weißen Mercedes vorbei. Dahinter war noch ein anderer Wagen geparkt, ein Auto, wie ich es noch nie im Dorf gesehen habe, ein altmodischer, schwarzer Leichenwagen mit einem türkisch-zyprischen

Nummernschild. Die grauen Vorhänge waren zugezogen. Ich dachte, dass Sie das vielleicht interessieren würde."

Er grüßt uns knapp und entfernt sich in Richtung Dorfrand.

Auf dem Weg nach Astromeritis sind wir beide still. Der türkische Leichenwagen hat eine unheimliche Saite aufklingen lassen.

Bernstein

Achter Stein

*Honigfarben,
durchscheinend*

Stärkt den Geist

Ebene der alten Seelen

„England ist ein Land jenseits von Romania im Norden, aus welchem eine Wolke von Engländern mit ihrem König sich in Schiffen, genannt Schmacken, einschiffte und gen Jerusalem segelte. Aber der englische König, der elende Schuft, landete in Zypern. Dieser niederträchtige Bösewicht richtete gegen seinen Schuft-Genossen Saladin nichts aus und brachte es nur zuwege, dass er unser Land an die Lateiner verkaufte."

Das Zitat im Reiseführer aus der Bibliothek der weißen Villa lässt wenig Zweifel daran, was der streitbare Heilige aus dem zwölften Jahrhundert von zwei Schuft-Indern und einem Schuft-Deutschen halten würde, die sich mit Taschenlampe und Schraubenzieher anschicken, in sein Kloster einzubrechen.

Akali hat sich wieder einigermaßen erholt. Das macht den Umgang mit ihm jedoch nicht leichter. Er versucht sofort, die Leitung der Expedition zu übernehmen. Sein Vorschlag, noch heute Nacht ins Kloster einzubrechen, erscheint mir aber unnötig gefährlich. Nur mit Mühe bringt Devi ihn dazu, mir zuzuhören. Aus früheren Besuchen auf Zypern weiß ich, dass die meisten Klöster nur noch von wenigen Mönchen bewohnt sind und man normalerweise gegen eine Spende problemlos ein Zimmer bekommen kann. Wenn wir direkt im Kloster übernachten, ließe sich – einmal drinnen – bestimmt ein Weg finden, die Stellen zu untersuchen, an denen unser Stein versteckt sein könnte.

Wir blättern in dem Reiseführer und versuchen, uns ein Bild von der Klosteranlage zu verschaffen, um mögliche Verstecke ausfindig zu machen. Da ist zum Beispiel die so genannte „Enkleistra", die primitive Höhle, die Neophytos als Eremit bewohnte. Darüber die zweite Höhle, die der heilige Steinmetz später, als viele Rat- und Trostsuchende zu ihm kamen, in den Fels schlug. Dahinter gibt es eine von Neophytos eigenhändig gemeißelte Grabnische, in der er die ersten Jahrhunderte nach seinem Tod bestattet war. Den beiden Höhlen gegenüber befindet sich das Kloster, das der Eremit kurz vor seinem Tod erbauen ließ. Darin werden seit einigen Jahrhunderten die aus der Grabnische geholten, nun in Gold und Silber gehüllten Gebeine des Neophytos als Reliquien ausgestellt.

Nachdem er endlich nachgegeben hat, sackt Akali wieder in sich zusammen. Es geht ihm offensichtlich doch noch nicht so gut. Er bittet mich sogar, sein Auto zu fahren und streckt sich dann, nachdem wir unsere Schlafsäcke, Wasserflaschen und Proviant im Kofferraum verstaut haben, mit einem langen Seufzer auf dem Rücksitz aus, um zu versuchen, seine Kopfschmerzen loszuwerden. Ihm zuliebe meiden wir diesmal auf dem Weg zum Höhlenkloster, das sich in den kargen Hügeln nördlich von Paphos befindet, die kurvenreichen Straßen des Troodos. Stattdessen fahren wir wieder an der flachen Meeresküste entlang. Durch unsere Sorge um Nani ist unsere Stimmung ziemlich bedrückt.

Der Himmel ist, zum ersten Mal, seit ich in Zypern gelandet bin, bewölkt. Ab und zu fallen heftige Regenschauer aus der dichten grauen Wolkendecke. Das endlose Meer zieht heute bleifarben und träge an uns vorbei.

Schließlich erreichen wir den kahlen Berg, in den sich das Kloster mit seinen langen Säulengängen wie ein riesiger grauer Tausendfüßler hineinzudrängen scheint. Inzwischen hat sich die Abenddämmerung über das Land gelegt. Mit lautem Echo fällt der kreuzförmige Klopfer auf die eisenbeschlagene Tür. Wir müssen eine Zeit lang warten, bis ein junger Mönch mit einem flauschigen Bärtchen und der traditionellen Lammfellmütze auf den halblangen Haaren erscheint. Misstrauisch beäugt er uns. Als er Akali entdeckt, macht er sogar Anstalten, die schwere Tür wieder zu schließen. „Kyrie", sage ich schnell, „wir sind Reisende und suchen einen Schlafplatz für die Nacht. Es ist schon fast dunkel."

Missmutig und abweisend zeigt er auf den jungen Sikh und murmelt in fast unverständlichem Englisch: „Muslim nix, Buddha nix, römisch-katholisch nix!" In Gebärdensprache bedeutet er Akali, dass er seinen Turban absetzen solle. Akalis Brust schwillt bereits vor Empörung, als ihm Devi eilends ins Ohr flüstert: „Wir schlafen doch heute hier, geh' in die Empfangshalle, dann bist du sozusagen zu Hause und kannst den Turban einfach abnehmen."

Akali nickt ergeben und zwängt sich an dem kleinen Mönch vorbei. Er setzt sich hinter der Tür auf eine Holzbank, nimmt seinen Turban ab und fängt an, ihn abzuwickeln und aufzurollen. Der Mönch, der mit dem Bart und der Mütze dem jungen Sikh gar nicht so unähnlich sieht, blickt einen Moment verdutzt und unschlüssig zwischen Akali und uns hin und her. Schließlich wendet er sich Akali zu und ruft laut: „Nein, nein!" Mit seinen Armen wedelnd versucht er, ihn von der Bank zu vertreiben, aber Akali ignoriert ihn stoisch.

Unter dem dick gefalteten grünen Stoffstreifen ist ein großer, glänzend schwarzer Haarknoten hervorgekommen, der durch einen kleinen Holzkamm zusammengehalten wird. Mit einer letzten Handbewegung zieht Akali den Kamm heraus und lässt seine langen Haare bis auf seine Oberschenkel herunterfallen. Der Mönch starrt ihn entgeistert an und stammelt noch einmal „Nein, nein!" Als Devi mit ihrem ganzen Charme erklärt, es sei ja nur für diese eine Nacht, schüttelt er verwirrt den Kopf und lässt sich schließlich doch dazu überreden, uns aufzunehmen.

Ohne weitere Formalitäten folgen wir der flackernden Flamme seiner Kerze durch einen fensterlosen Gang in den Berg hinein, wo er uns zu drei winzigen Zellen bringt. Ihre kleinen, vergitterten Fenster liegen vor einem Luftschacht. Sobald er weg ist, kommen wir in meiner kahlen Zelle zusammen. Die spärliche Einrichtung ist alt und verstaubt, eine Pritsche mit einer Strohmatratze und einer braunen Wolldecke sowie eine kleine Kommode. An der Decke baumelt eine nackte Glühbirne.

Ich bleibe an die Wand gelehnt stehen, während Akali sich neben Devi auf die Pritsche setzt. Ihr ist sichtlich unbehaglich zumute. Unruhig spielen ihre Hände mit einem kleinen, sorgfältig in blauen Samt mit

Goldbordüren eingewickelten Bündel, das ihr „Nitnem" enthält, ein Büchlein mit Auszügen aus dem „Guru", wie die Sikhs ihr heiliges Buch nennen. Schließlich liest sie uns mit ihrer wunderbar melodischen Stimme vor:

„Aus einem einzigen Feuer
Sprühen Millionen Funken:
Sie streben auseinander,
Vereinen sich wieder,
Wenn sie ins Feuer zurückfallen.
Wie aus einem Sandhaufen
Staubwolken aufsteigen,
Die Luft füllen und doch wieder
In die Sandgrube sinken.
Wie in dem einen Fluss
Ungezählte Wellen entstehen,
Dennoch Wasser bleiben und vom Ufer
In den Strom zurückwogen,
So geht aus Gottes Kraft
Das Reich des Geistes und der Natur hervor.
Da sie von Ihm ihren Ausgang nahmen,
Kehren sie zu Ihm zurück."

Akali hat sein Haar zu einem dicken Zopf geflochten, der ihm am Rücken herunterhängt. Er sitzt jetzt mit geschlossenen Augen neben ihr. Bisher hat er nicht aufgehört, Devi den Hof zu machen. Die Möglichkeit, dass wir beide ein Paar sein könnten, scheint er gar nicht in Betracht zu ziehen – obwohl wir bereits mehrmals vorsichtig versucht haben, es ihm anzudeuten. Als sie das Büchlein wieder einwickelt, seufzt er tief und blickt sie mit großen Augen an. Devi lächelt zaghaft und rückt etwas von ihm ab.

Wir lauschen eine Weile, ob vom Kloster her noch Geräusche zu hören sind. Ich werfe einen Blick auf meine Uhr. Eine Stunde werden wir wohl noch warten müssen, schätze ich, bevor die Mönche sich schlafen legen. Ich überlege, zur Vorbereitung auf unsere Expedition die Übung zur Anregung der Kampfeslust zu machen, die ich von Heresford erhalten habe.

Devi und Akali sitzen mit untergeschlagenen Beinen auf dem Bett und schauen mir zu.

„Am liebsten würde ich jetzt meine Lieblingsübung machen. Aber ich fürchte, das könnte die Mönche auf uns aufmerksam machen", erkläre ich und schaue Devi an. Sie blickt fragend zurück: „Welche denn?" „Ich glaube, ich weiß, welche er meint", mischt Akali sich ein und sieht mich vorwurfsvoll an. „Dann könntest du gleich das ganze Kloster direkt alarmieren. Er will lachen!", meint er todernst zu Devi gewandt. Devi beginnt zu kichern, und ich spüre, wie auch mich die Lust loszuprusten überkommt. Wir kichern und glucksen und halten uns die Hand vor den Mund, um nicht schallend loszulachen, bis sich schließlich sogar auf Akalis Gesicht ein saures Grinsen ausbreitet und er kopfschüttelnd seine Beine ausstreckt.

Dann fällt mir etwas ein, was ich Devi schon lange fragen wollte: „Wie war eigentlich deine Erfahrung mit dem Türkis?"

Sie wirft einen scheuen Blick auf Akali und schaut mich dann liebevoll an:

„Es war, als ob sich ein Nebel lichtete. Auf einmal tauchten viele verschiedene frühere Leben auf, so als ob mir Begebenheiten aus meiner Kindheit wieder einfielen. Es wurde mir plötzlich bewusst, wieviele Leben lang ich schon versuche, das Lieben zu lernen."

In der Zelle ist es inzwischen dunkel geworden. Nur in Devis glänzenden Augen spiegelt sich das spärliche Licht, das noch durch das Gitter fällt. Auf der alten Kommode steht eine Kerze auf einem verkrusteten Teller, daneben liegt ein Päckchen Streichhölzer. Im aufflammenden Licht der Kerze sehe ich, wie Akali Devi mit großen Augen anstarrt. Ich frage sie, ob sie mehr darüber erzählen wolle.

Sie lächelt und antwortet: „Die Erinnerungen, die hochkamen, waren zwar ziemlich konfus, ich habe aber deutlich eine Art Lernprozess darin erkannt. Dieser Prozess verlief in fünf Stufen, die sich jedoch zum Teil überlappten und schwer voneinander getrennt zu halten waren. Es waren Erinnerungen an die vielen verschiedenen Partnerschaften, die ich in all den Leben eingegangen bin.

Am Anfang hatte ich viele Partnerschaften mit recht unentwickelten Seelen. Ich glaube, Nani würde sie Baby-Seelen nennen. Ich selber war ja auch noch nicht sehr weit in meiner Liebesfähigkeit. Diese Beziehungen, ob als Ehepartner, als Elternteil oder als Kind, waren dadurch gekennzeichnet, dass wir zu beschäftigt waren, um einander wirklich wahrzunehmen. Wir waren praktisch auf das Überleben beschränkt, es ging um ein Dach über dem Kopf, um Kleidung und Nahrung. Die Partnerschaft war nicht mehr als ein Werkzeug und oft ein grausames und missbrauchtes dazu.

Ich habe dabei meistens die Opferrolle eingenommen – mit katastrophalen Folgen. Ich ließ mich Leben für Leben benutzen und ausnutzen. Es war ein schmerzhafter Reifeprozess, der viele Leben dauerte – so lange, bis ich lernte, meine Grenzen zu wahren und Nein zu sagen. Damit wandelten sich meine Beziehungen und wurden zu spannenden Abenteuern in Welten, die mir vorher nicht zugänglich gewesen waren.

Dann kamen Beziehungen, die Nani als solche von Kind-Seelen bezeichnen würde. Meine Partner nahmen mehr Rücksicht auf mich – und ich auf sie. Die Beziehungen drehten sich darum, zusammen zu genießen – Feste, Alkohol, Essen, Sex. Auf Dauer ödete mich das unendlich an. Aber es brauchte viele Leben, bis ich es schaffte, meine persönliche Kreativität innerhalb der Partnerschaft durchzusetzen. Dann wurden die Beziehungen eine gute Plattform für meine künstlerische Entwicklung."

Sie wendet sich zu Akali, der auf dem Bett noch ein bisschen näher an sie heranrückt:

„Auf der dritten Stufe war ich oft mit dir zusammen, mein Freund, einige Male als deine Frau, zweimal als dein Kind und einmal als dein Vater."

Der Sikh setzt sich aufgeregt auf und zupft nervös an seinem Bart.

„Junge Seelen wie du waren mir damals als reife Seele recht vertraut. Ich konnte das Spiel der Macht anfangs noch gut mitspielen. Nachdem aber die anfängliche Wärme und Aufregung der Beziehung vorbei war, stellte sich heraus, dass du als junge Seele natürlich viel besser für den Kampf gerüstet warst als ich, da du ja darauf eingestellt warst.

Was ich dabei lernte, ist, nicht auf Übergriffe und Angriffe zu reagieren, sondern menschlich zu bleiben. Das verwandelte die Partnerschaft in eine wirkungsvolle Zusammenarbeit, wobei du mir immer geholfen hast, meine Ideale umzusetzen."

Akali dreht sich halb um. Mit einer entschlossenen Bewegung legt er seinen Arm um Devis Schultern und presst zwischen tiefen Atemzügen hervor:

„Ich liebe dich, Devi ... ich werde dich immer lieben. ... Ich lebe nur für dich. ... Ich möchte dich verstehen lernen, dich ganz nah bei mir wissen. ... Ich möchte völlig eins werden mit dir."

Er versucht, ihre Hand zu ergreifen, aber sie löst sich sanft aus seiner Umarmung, steht auf und lehnt sich neben mich an die Kommode.

„Ich weiß, Akali. Ich wusste es schon lange. Und diesmal würden wir, dank deiner Verwandlung durch den Jaspis, eine neue Ebene der Beziehung erreichen können, nämlich eine Beziehung zwischen reifen Partnern.

An solche Partnerschaften habe ich mich auch wieder erinnert. Wie wunderbar fangen sie immer an! Es gibt nirgends mehr Nähe und Intimität, als wenn zwei reife Seelen zusammenkommen. Ständig sehnen sich beide Partner nach der wahren Liebe. Weil die große Romantik aber meistens nicht lange aufrechtzuerhalten ist, halten diese Beziehungen oft nur überraschend kurz. Es ist allerdings möglich, und das habe ich auch ausprobiert, durch sorgfältige Pflege der Beziehung, zum Beispiel durch regelmäßige Gespräche, die Entfremdung zu verhindern."

Akali nickt heftig. Er schwingt seine Beine über den Bettrand, sucht seine Schuhe und steht ebenfalls auf, sodass wir jetzt zu dritt vor der Kerze stehen und riesige, flackernde Schatten auf die grob getünchte Wand hinter dem Bett werfen.

Im Luftschacht raschelt es leise.

Devi fährt fort:

„Akali, ich bin nicht länger eine reife Seele, in Nanis Verständnis. Seit den Einsichten, die ich durch das Chakra bekommen habe, gehöre ich zu den alten Seelen. Ich sehe keinen Sinn mehr darin, meine Beziehungen dermaßen in den Mittelpunkt meines Lebens zu stellen.

Jetzt ist es für mich an der Zeit, eine richtig gute Beziehung mit einer alten Seele zu führen. Die Vision mit dem Reif hat mir zwar gezeigt, dass ich früher bereits einige sehr mühsame Beziehungen mit alten Seelen geführt habe, wobei ich mich endlos mit der Ich-Schwäche und Suchtneigung dieser Seelenebene gequält habe. Es ist mir aber jetzt klar, dass diese Probleme nur durch meine eigene Unsicherheit und Abhängigkeit entstanden. Das würde mir, glaube ich, nicht mehr passieren. Und ich sehne mich nach der tiefen seelischen Verbindung, die mit einer alten Seele möglich ist."

Devi nimmt meine Hand. Akali zuckt zusammen. Ich nehme wieder den feinen Hauch von Zimt wahr, der wohl etwas mit meinen letzten Tagen als Chajju unter dem Zimtbaum zu tun hat. Sie wendet sich mir zu, blickt aber weiterhin Akali an, als sie fortfährt:

„Bereits einmal hatte ich eine solche Beziehung zu Agamemnon. Damals wurde ich dermaßen in seine Schwäche verstrickt, dass wir jeden Kontakt zueinander verloren. Mit Hilfe des Chakras, das er wieder vervollständigt, werden wir den Knoten dieses Mal sicher lösen. Ich wünsche mir nichts sehnlicher, als zusammen mit ihm neue Ebenen zu betreten."

Sie lehnt sich an mich, und unsere Schatten an der Wand verschmelzen zu einer mächtigen, ruhigen Gestalt. Akali lässt sich mit einem unterdrückten Schrei auf das Bett fallen. Mit weit aufgesperrten Augen starrt er uns an. Offensichtlich geht ihm endlich ein Licht auf.

Am Fenster raschelt es jetzt lauter. Was ich für ein altes Vogelnest an einer Querstrebe des Gitters gehalten habe, beginnt plötzlich mit ledrigen Flügeln zu flattern. Mit leise trommelnden Schwingen steigt eine dunkle Fledermaus senkrecht im Luftschacht hoch.

Devi löst sich von mir, streckt ihren schlanken Rücken und beginnt – in einem zarten Versuch, ihren alten Freund zu trösten – die charakteristischen Bewegungen ihres Berufs zu vollziehen. Sie führt ihre schlanken Hände mit nach oben gebogenen kleinen Fingern in einem beschwörenden Kreis.

„Meine Beziehung zu Agamemnon ist die Fortsetzung einer uralten Geschichte. Dieses Mal weiß ich sicher, dass wir nicht mehr auseinandergehen werden. Nach diesem Leben werden wir uns mit immer mehr Seelen vereinigen. Bis zum endgültigen Einswerden mit dem Ganzen."

Mit der linken Hand macht sie eine einladende Geste, die aus einem indischen Tempeltanz stammen könnte. Als ob sie ihn mit dem zur Handfläche gehobenen Ringfinger locken wollte, streckt sie ihm die Hand entgegen, hält aber gleichzeitig die rechte Hand abwehrend vor ihrer Brust, wobei sie Zeigefinger und Daumen anmutig zusammenbringt.

„Akali Singh, es ist nur eine Frage der Zeit, bis auch du zu uns stößt."

Das scheint dem enttäuschten, jungen Sikh keinen Trost zu bieten. Devi nimmt wieder meine Hand und drückt sie sanft. Lange Zeit bewegen sich nur unsere Schatten in der mit Kerzenrauch und Steinstaub gefüllten Luft.

Ich schaue auf meine Uhr. Halb zwölf. Zeit, unsere Suche zu beginnen. Ich stecke meine Taschenlampe ein und nehme die in dieser Umgebung etwas unverdächtigere Kerze in die Hand. Die Aussicht auf ein Abenteuer lässt Akali sich wieder aufraffen. Vorsichtig öffnen wir zusammen die schwere, quietschende Zellentür. Als wir unsere Köpfe aus der Tür strecken, schlägt uns ein muffiger Geruch entgegen. Einen Moment bleiben wir stehen, um zu lauschen. Im Kloster herrscht Totenstille.

So leise wie möglich bewegen wir uns über den leicht gewellten Felsboden tiefer in das Gebäude hinein. Schließlich mündet der Gang in eine kleine Kuppelhalle, von der drei große Türen abgehen. Bei der Tür zu unserer Rechten ist die Schwelle ausgetretener als bei den anderen, und die Zugluft, die unter der Tür hervorströmt, riecht deutlich nach Weihrauch und Kerzen. Behutsam drücke ich die Klinke herunter; die Tür ist nicht abgeschlossen. Langsam und nicht gerade geräuschlos schwingt sie auf und entlässt uns in ein großes, dunkles, hallendes Universum, in dem das Licht der Kerze nicht weiter als bis zur nächsten Holzbank reicht.

Als sich unsere Augen an die tiefe Dunkelheit gewöhnt haben, erkennen wir ein Heer von Heiligen an Wänden und Decken. Hunderte von Heiligenscheinen erinnern mich an Nani mit dem Chakra auf ihrem Kopf, wie sie auf dem Dorfplatz vor dem Kafeneion stand.

Hinter der flackernden Kerze durchqueren wir das Kirchenschiff auf der Suche nach dem Ausgang zu den beiden Höhlen des Neophytos, wo ich den Stein am ehesten vermute. Der Riegel der kleinen Seitentür am hinteren Ende lässt sich leicht wegschieben, und wir huschen hinaus in die Nacht. Lange brauchen wir nicht zu suchen. Direkt hinter der Kirche, etwas seitlich versetzt, geht eine Treppe den Felsen hoch, und es ist nicht schwierig, über die dünne Querstange zu klettern, die unerwünschte Besucher fernhalten soll.

In der unteren Höhle sind die grob verputzten Wände und Decken ebenfalls mit Heiligenbildern übersät, magere Gestalten, in Leichentücher gehüllt, die uns mit kummervollen Mienen anstarren. Bis auf einen Steintisch und eine Steinbank ist die Höhle leer; trotzdem untersuchen wir sorgfältig jeden Quadratzentimeter. Alles ist hier vollkommen glatt, wie abgeschliffen. Es gibt kaum Löcher oder Nähte, in die auch nur ein kleiner Stein gepasst hätte. Wir kontrollieren alles so gründlich, dass uns selbst ein zweihundertfünfzig Jahre altes Bohrloch auffallen würde.

Aus der Schlafnische hinter der Enkleistra blicken die zwölf Apostel mit zweigeteilten Bärten streng auf uns herab, Kreuze und Pergamentrollen schwingend, als ob sie uns verscheuchen wollten. Auch hier setze ich mein ganzes archäologisches Wissen ein und beachte die kleinste Unregelmäßigkeit, aber es ist nichts zu finden.

Eine knarrende Holztreppe führt uns zu einer zweiten, kleineren Galerie, über der man auch den letzten Zufluchtsort des Neophytos für die Gläubigen zugänglich gemacht hat. Im Licht unserer Taschenlampe leuchtet der ausgezehrte Christus nach seiner Höllenfahrt und Auferstehung rosa und weiß auf. David und Salomon stehen hager in ihren Gräbern und heben staunend die Hände. Einen Platz für den Stein sehe ich auch hier nicht. Trotzdem suchen wir jede Ecke und jede Ungleichmäßigkeit der teilweise sehr geschundenen Fresken genauestens ab; unsere Suche bleibt jedoch wieder erfolglos.

Etwas mutlos sehen wir uns an. Es bleibt uns nichts anderes übrig, als in der düsteren, unheimlichen Kirche weiterzusuchen. Wir steigen die Stufen wieder hinab und eilen hinüber zur Hintertür. Gerade als wir sie hinter uns geschlossen haben, hören wir vom Hauptportal her ein Geräusch. Schnell machen wir die Taschenlampe aus und ducken uns hinten an die Rückwand, während sich die große Flügeltür knarrend öffnet.

Mit einem Mal ist die Kirche gefüllt mit dunklen, murmelnden Gestalten. Ein paar Kerzen in den Wandhaltern werden angezündet und werfen ihr mattes Licht auf etwa zwanzig gebeugte, schwarze Kutten, deren Gemurmel nun etwas lauter geworden ist. Wir wagen kaum zu atmen, die leiseste Bewegung könnte uns verraten.

In schier unerträglicher Langsamkeit vergeht die Zeit, während die Mönche ihre Vigilien murmeln.

Endlich ziehen sich die Brüder ebenso unversehens wie sie gekommen sind wieder zurück. Die Kerzen werden ausgeblasen, und eine tiefe Dunkelheit umfängt uns wieder wie eine Tintenwolke. Wir atmen auf und verharren noch einige Minuten unbeweglich, bevor wir es wagen, die Taschenlampe wieder anzuknipsen. Ich schaue auf meine Uhr. Es ist halb drei, die Mönche haben uns fast eine Stunde lang festgehalten! Flüsternd verständigen wir uns darauf, als nächstes nach den Gebeinen des Neophytos zu suchen.

Hinter einer großen Ikonostase, die ihre mit Glas geschützten Ikonen den Gläubigen zum Kuss anbietet, steht in einer tiefen Nische eine große geschnitzte Holztruhe. Mit Mühe schaffen wir es, den schweren Deckel anzuheben. Akali stemmt sich dagegen, um ihn offenzuhalten. Das Licht unserer Lampe fällt auf samtene schwarze Kissen und eine Sammlung dünner gelblich-grauer, in blinkendes Edelmetall gefasster Knochen, die sorgfältig nebeneinander liegen. Den Ehrenplatz nimmt Neophytos Schädel ein, der bis auf eine runde Aussparung am Scheitel komplett in einen silbernen Helm eingefasst ist.

Devi macht große Augen, als ich den heiligen Schädel hochhebe und vorsichtig schüttle. Tatsächlich – da klappert etwas! Die Eingebung, die ich während unserer erzwungenen Unbeweglichkeit bei der Vigilie der Mönche hatte, scheint sich zu bestätigen. Vorsichtig versuche ich, mit dem Schraubenzieher meines Taschenmessers eine der Kanten des Silbers, die den Schädel von unten abschließen, zur Seite zu biegen. Es dauert eine Weile, bis ich eine Schwachstelle gefunden habe. Mit einem knackenden Geräusch gibt das Metall schließlich nach.

Ein sattgelber Stein, der im schwachen Licht fast wie ein Stück des mürben Schädelknochens aussieht, fällt heraus, mitten zwischen die Knochen. Prüfend klopfe ich damit gegen meine Zähne. Der matte Klang bestätigt sofort seine Identität: Bernstein!

Mit hämmerndem Herzen bleibe ich einen Atemzug in der Erwartung stehen, dass jeden Moment jemand auftauchen könnte, um den Stein an seine Stirn zu drücken. Es passiert aber erst einmal nichts. Ich drücke die Naht an dem Helm wieder zu und lege die silberne Kugel in die „Truhe der ewigen Ruhe" zurück. Akali schließt mit einem Ruck den schweren Deckel. Wir betrachten den Bernstein im Schein der Taschenlampe. Er ist oval und schimmert matt in meiner Hand, und als ich die Faust um ihn schließe, spüre ich, wie seine Wärme meine ganze Hand erfasst. Leise eilen wir zum Hauptportal zurück, lauschen, ob in der Vorhalle und dem Flur alles still ist, und huschen dann den langen, düsteren Gang zu unseren Zellen zurück.

Auf der kratzigen Matratze einzuschlafen fällt mir schwer. Nervös setze ich mich wieder auf, um eine Beruhigungsübung auszuprobieren. Ich halte mir das rechte Nasenloch zu, um nur durch das linke zu atmen. Nach kurzer Zeit bin ich mir aber nicht mehr sicher, welche Seite zugehalten werden soll, um die Gedanken zu beruhigen, und gebe es auf. Ich zünde die Kerze auf dem Tischchen an und hole den flachen Bernstein, den ich sorgfältig in ein Taschentuch gewickelt habe, aus meiner Hosentasche. Lange betrachte ich ihn nachdenklich von allen Seiten. Seine satte orange-goldene Farbe erinnert mich an die Füchse im Kerzenlicht im St.-Nikolaus-Wald.

Bin ich jetzt an der Reihe, den Stein an meine Stirn zu drücken? Der Stein der „alten Seelen" sollte doch wohl meiner Energie eher entsprechen als vor ein paar Tagen der Lapis? Es fühlt sich aber nicht richtig an, und so entscheide ich mich dagegen.

Am nächsten Morgen ertappt uns der kleine Mönch dabei, wie wir in aller Frühe versuchen, die verschlossene Klosterpforte zu öffnen. Nachdem wir ein paar zusammengefaltete Pfundscheine in die Sammelbüchse neben der Tür gesteckt haben, holt er – mit missbilligendem Kopfschütteln – seinen langen Schlüssel hervor und öffnet das Tor. Unter seinem argwöhnischen Blick fühle ich mich wie ein Ladendieb vor einem misstrauischen Hausdetektiv.

Beim Auto angekommen, merke ich, dass ich von der nächtlichen Aufregung und Schlaflosigkeit noch ziemlich benommen bin und lieber nicht am Steuer sitzen möchte. Akali Singh ist heute morgen sehr wortkarg. Devi bittet ihn, zu fahren, aber er wehrt mit einer stummen Geste entschieden ab und klettert auf den Rücksitz. Also fährt Devi. Während der ganzen Fahrt spricht Akali kein Wort, und als ich mich einmal umdrehe, um nach ihm zu schauen, sitzt er zusammengesunken da, mit geschlossenen Augen und kummervoller Miene, sein großer Körper eingepfercht auf der schmalen Bank. Devi und ich tauschen einen besorgten Blick – wird er weiter an unserer Expedition teilnehmen können?

Ich erzähle Devi von meiner nächtlichen Entscheidung, den Stein nicht selbst an meine Stirn zu halten. Sie stimmt mir zu, und wir überlegen gemeinsam, wer sich als Orakelüberbringer eignen könnte. Uns fällt allerdings niemand ein.

Dann besprechen wir, wie es jetzt weitergehen könnte, und beschließen, die Spur der Steine so schnell wie möglich weiter zu verfolgen. Das scheint uns am sinnvollsten – auch in Hinsicht auf die Suche nach Nani. Sankt Hilarion, für das die Silbe HIL offensichtlich steht, ist die nächste Station, die grandiose Kreuzritterburg, von der aus jahrhundertelang die Nordküste Zyperns gegen die Araber verteidigt wurde. Damit begeben wir uns auf neues Terrain. Die Burg befindet sich nämlich im türkisch besetzten Teil von Zypern.

Auf dem Weg zur Grenze zwischen dem griechischen und dem türkischen Teil Zyperns in Nikosia kommen wir wieder durch Akaki. Wir halten bei der Limousine, die immer noch an derselben Stelle steht, wo wir sie verlassen haben. Devi und ich steigen in der Hoffnung auf eventuelle Lebenszeichen von Nani aus, Akali ist auf der Rückbank eingeschlafen. Als wir prüfend um den Wagen herum gehen, gesellt sich Panos wieder zu uns, der grauhaarige Dorfälteste, der uns gestern von dem Leichenwagen erzählt hat.

„Ist die Dame wieder aufgetaucht, die den Wagen hier abgestellt hat? Oder Herr Singh, der Mann mit dem Turban?" Er schüttelt seinen Kopf. „Sie machen sich wohl Sorgen um die Dame?"

Wir nicken beide und sehen ihn erwartungsvoll an. „Leider kann ich Ihnen da auch nicht weiterhelfen", sagt er, „aber wenn ich Ihnen sonst irgendwie von Nutzen sein kann ..."

Sein offensichtliches Interesse an Nani und uns, und auch die Erinnerung daran, wie er sich vor ein paar Tagen im Kafeneion über alle Religionsgrenzen hinweggesetzt hat, um Nanis Segen für das Dorf zu erbitten, bringen mich auf eine Idee. Ich schaue Devi an, und sie nickt. Ist vielleicht Panos die alte Seele, die den Bernstein zum Sprechen bringt?

„Sie haben den Reif damals im Kafeneion gesehen?", fange ich zögernd an. Als er merkt, dass wir an einem Gespräch interessiert sind, lädt er uns in seine Wohnung zu einem Morgenkaffee ein. „Was ist mit Ihrem Freund? Ist er krank?", fragt Panos besorgt, als wir zum Fiat hinübergehen, um Akali zu wecken. „Wir hatten eine anstrengende Nacht", erkläre ich. Akali will nicht aufwachen und brummt etwas Unverständliches, und so beschließen wir, zu zweit mit zu Panos zu gehen. Er könne ja später dazukommen, meint Panos, sein Häuschen sei dort hinten um die Ecke, in der kleinen Seitenstraße.

Auf dem Sofa in Panos´ altem, weiß getünchten Häuschen machen wir es uns bequem. Der Raum ist schlicht, aber sehr gemütlich eingerichtet, ein paar Bücher auf einem Regal, an der Wand ein großes Ölgemälde mit breitem Holzrahmen, das in hellen Frühlingsfarben eine Frau mit einem Esel zeigt. Schräg darunter an die Wand gelehnt stehen mehrere Ölgemälde ohne Rahmen hintereinander. In der Wohnung liegt ein leichter Terpentingeruch. „Sind Sie Maler?", frage ich, als er sich zu uns setzt.

„Das riecht man gleich, wenn man hereinkommt, nicht wahr?" Er lacht. Ich betrachte sein feines, scharf geschnittenes Gesicht mit den tausend Lachfältchen und seine alten, schmalen Hände. Er erzählt uns, dass die Malerei schon lange seine heimliche Leidenschaft gewesen sei, und dass er sich sehr gesegnet fühle, sich jetzt, wo er von seinem Ersparten leben könne, seinem Hobby ganz zu widmen.

Dann kommen wir auf das Chakra zu sprechen, und er fragt, was es damit auf sich habe. Ich berichte ihm, während wir starken, schwarzen Kaffee trinken, was Nani mir im Flugzeug über den im Chakra verkörperten Seelenzyklus erzählt hat.

Der alte Grieche hört sehr aufmerksam zu. Schließlich hebt er den Kopf und schaut uns an. „Wenn eine Seele wieder zurück zum Urgrund – Sie nannten das, glaube ich, Brahma? – gekommen ist, fängt sie dann den ganzen Zyklus wieder von vorne an?"

„Wenn sie eins wird mit dem Urgrund, löst sie ihr altes Ich-Bewusstsein im Ganzheitsbewusstsein auf. Von dem Ganzen spalten sich zwar neue Seelen ab, die den Kreislauf wieder von vorne beginnen. Das ist aber etwas anderes. Ist der Tropfen einmal in den Ozean zurückgekehrt, ist es kein Tropfen mehr. Ein neuer Tropfen, selbst wenn er aus denselben Atomen besteht, hat nichts mit dem alten zu tun."

Panos nickt langsam. „Ich habe noch eine Frage. Ist das Ganze nicht eine Neuauflage des Kastensystems? Schauen die alten Seelen nicht auf die jungen herab und alle zusammen auf die Baby-Seelen?"

Devi bestreitet einen solchen Zusammenhang energisch: „Es sollte überhaupt keine Trennung zwischen den Seelenphasen geben. Sie können einander helfen, sind verwandt, sind sich Kinder oder Eltern und brauchen sich gegenseitig, um bestimmte Lernschritte zu vollziehen. Niemand ist wirklich in seiner Seelenphase fixiert, wie viele Leben sie auch dauern mag. Durch Arbeit an sich selbst kann die Seele schnell zu reiferen Ebenen gelangen. Setzt du wirklich alles daran, kannst du dich sogar innerhalb eines Lebens wieder mit Brahma vereinigen."

Ich greife den Faden auf und erzähle Panos von meinen „Steine-Lehrern" und wie sie mir geholfen haben, bestimmte Einsichten fest in mir zu verankern.

Nachdem ich geendet habe, ist es eine Weile still. Ich habe das Chakra aus meinem Rucksack herausgeholt und auf das Tischchen vor uns gelegt. Seine Steine glänzen zart im abgeschirmten Sonnenlicht, das durch das kleine Fenster hinter uns hereinfällt. Schließlich lege ich den Bernstein in die Mitte des Reifs. Der alte Panos wirft einen langen Blick darauf und lehnt sich dann zurück. Er verschränkt die Arme im Nacken und guckt uns nachdenklich an.

Schließlich ergreift Devi wieder das Wort: „Wir denken, dass Sie eine alte Seele sind, Herr Panos. Könnten Sie sich vorstellen, den Bernstein an Ihre Stirn zu drücken?"

„Warum sollte ich mich so schnell entwickeln wollen?", fragt er zurück. „Ich bin zufrieden mit meinem Leben, so wie es ist."

Jetzt ist Devi sehr nachdenklich. „Ich verstehe", sagt sie, „Sie mögen gern den ruhigen, beschaulichen Weg gehen. Das ist wohl typisch für alte Seelen. Das respektieren wir natürlich. Ich denke aber, dass es Ihnen Spass machen würde, das Chakra aufzusetzen. Es war für mich wie eine besondere Brille. Plötzlich sah ich alles wunderbar scharf."

Ich halte Panos den Bernstein hin. Mit einem etwas skeptischen Gesichtsausdruck nimmt er das goldorangene Steinchen, schaut es lange an und hält es dann an seine Stirn. Sofort lässt er seine Hand wieder sinken, zieht erstaunt die Augenbrauen hoch und fängt an, in dem uns bekannten Akzent zu sprechen.

„Meister Chajju", sagt er, „als ich Leiter des Suchtrupps unseres Dorfes war, der Pericleous nachjagte, habe ich in der Nähe von Beirut deine Leiche gefunden. Nicht nur war deine Kehle durchgeschnitten, dein Kopf war komplett von deinem Rumpf getrennt. Ein grausiger Anblick. Wir verbrannten deine sterblichen Reste und machten uns auf den Weg nach Hause. Dabei hörten wir überall in den Tavernen und Karawansereien merkwürdige Geschichten über den verrückten Yogi, der den Schatz suchte. Du musst dich ganz schön lächerlich gemacht haben.

Zu Hause haben wir den Leuten nicht viel darüber erzählt. Sie waren sowieso nicht offen dafür. In den letzten Jahren war unser Dorf ziemlich grimmig geworden, still und in sich gekehrt. Das fing nicht erst mit deinem Verschwinden und dem Diebstahl des Chakras an. Schon lange lag etwas wie ein Fluch auf uns. Du hattest uns so viel Hoffnung gemacht, als wir jung waren, Meister. Dann, als du mit deinem täglichen Sadhana aufgehört hast, haben wir auch damit aufgehört, und die Gespräche wurden immer weniger und immer oberflächlicher."

Panos hält seinen Kopf leicht schräg und schließt einen Moment lang seine Augen, als ob er in sich hineinhorche. Dann sagt er: „Die Stimme sagt, du sollst unbedingt deine Übungen wieder aufnehmen, die Übungen, um Sprechen und Zuhören zu kultivieren.

Wisst ihr, dass ich, seit ich heute morgen sehr früh aufgewacht bin, ununterbrochen wie in Trance gemalt habe? Kommt mit, ich möchte es euch zeigen." Er steht auf, nimmt Devi und mich an der Hand und bringt uns in einen hellen Raum hinter seinem Wohnzimmer, offensichtlich sein Atelier, wo es eindringlich nach Ölfarbe riecht. Auf zwei Böcken und an die Wand gelehnt stehen fünf noch nasse Gemälde. „Erst jetzt weiß ich, was ich eigentlich gemalt habe, und dass ich das alles für euch gemalt habe."

Er zeigt auf eine Schwarz-Weiß-Darstellung von einem Kopf, von dem nur die Kehle und die Ohren deutlich ausgemalt sind. Davor zwei zusammengelegte Hände.

„Flüstere und lausche gleichzeitig mit aller Intensität", sagt er und will, dass wir uns hinsetzen, die Hände vor der Kehle zusammengelegt wie auf dem Bild. Minutenlang flüstern wir vier einzelne Silben: „WA HE GU RU".

„Es geht um die Kraft des Sich-selbst-Zuhörens", sagt Panos nachdrücklich und zeigt uns das nächste Bild, wieder in holzschnittartigem Schwarzweiß, ein Kopf mit einem Mund wie ein großer Trichter.

„Kanonenkugel-Sprechen", erklärt der alte Grieche. „Sprich mit Herz, Verstand und Bewusstheit deiner Ganzheit, ohne auf die Konsequenzen zu achten. Die Kunst der Wahrheit."

Er geht zum dritten Bild, das an der Wand lehnt, und dreht es uns zu. Eine Frau in einem schwarzen Kleid sitzt vor einem Spiegel und betrachtet ihr farbenfrohes Spiegelbild.

„Sprich jeden Tag in Gedanken zu deinem versteckten Selbst, einem kleinen Wesen, das du in dir trägst. Es ist wie ein Rest deiner Kindheit, der nie älter als sieben Jahre ist. Höre ganz aufmerksam auf die Antwort."

Das vierte Bild zeigt zwei Hände, die linke ist grün, die rechte rot. „Wenn ein unerwünschter Gedanke kommt, bringe deine Hände vor deiner Brust zusammen und drücke sie kräftig gegeneinander. Neutralisiere so die Ladung deiner Gedanken."

Die Farbe auf dem letzten Bild, das vor uns an der Wand lehnt, ist so dick aufgetragen, dass es wohl Wochen dauern wird, bevor sie ganz trocken ist. Sie bildet eine Art Relief, das noch am ehesten aussieht wie eine Zunge, die aus einer Wasseroberfläche herausragt und konzentrische Kreise bildet.

„Die fünfte Übung besteht darin, eine Woche lang nur Positives zu sagen. Lass eine Woche lang alle Verneinungen, alle Verurteilungen sein. Es geht darum, ganz bewusst mit Sprache umzugehen. Meisterst du deine Zunge, hast du alles gemeistert."

Er setzt sich hin und gibt mir zerstreut den gelben Stein zurück. Plötzlich ist er so völlig in Gedanken versunken, dass er nur äußerst vage auf unseren Abschied antwortet.

Akali lehnt an seinem Auto und wartet auf uns. Er sieht ein bisschen weniger mürrisch aus, ist aber immer noch sehr wortkarg. Im Kafeneion setzen wir uns wieder an den roten Metalltisch, der offenbar schon für uns freigehalten wird. Diesmal warten die Leute nicht erst, bis ich das Harz über die Kerze halte. Sofort bildet sich eine Gruppe Zuschauer um uns herum. Ich erkläre ihnen stolz, dass unsere Reliquie ihrer Wiederherstellung einen weiteren Schritt näher gekommen sei. Der Kellner bringt uns ungefragt die rote Kerze. In andächtiger Stille schmelze ich das knisternde Harz, drücke den Bernstein in seine Einbuchtung, halte den Reif mit den acht Steinen hoch über den Kopf, damit alle ihn sehen können, wickle ihn wieder ein und verstaue ihn vorsichtig in meinem Rucksack.

Devi fragt die Runde, ob irgendjemand vielleicht ein Lebenszeichen von Nani bemerkt hätte.

Niemand.

Quarz

Neunter Stein

Rosa, transparent

Reinigung der Gedanken

Astrale Ebene

D ie so genannte „Green Line", die Demarkationslinie zwischen dem griechischen und dem türkisch besetzten Teil der Insel, hat zumindest in Nikosia ganz entschieden nichts Grünes an sich. Eine triste Sammlung von zerbombten Häusern, Sandsäcken und Stacheldrahtzäunen zieht sich wie eine schlecht verheilte Narbe durch die malerische Innenstadt. Stockend bahnt sich unser roter Fiat einen Weg durch ein Grüppchen griechischer Frauen. Sie halten uns Photos vor die Scheiben, die die Gräueltaten der türkischen Besatzungsmacht belegen sollen.

Ein UNO-Soldat öffnet den Schlagbaum und winkt uns durch eine enge Passage zwischen Betonblöcken und mit Beton gefüllten Ölfässern. Akalis draufgängerischer Fahrstil verleiht unserer Mission eine aggressive Note – und beschwört gleich eine Verfolgungsjagd herauf. Knapp außer Sichtweite des Grenzpostens steht am Wegrand ein schwarzer Leichenwagen mit geschlossenen, grauen Vorhängen. Die vage Angst, die ich nach Nanis mysteriösem Verschwinden verspürte, flammt schlagartig wieder auf. Könnte dies der Leichenwagen sein, von dem Panos erzählt hatte? Akali gibt Gas. Wir können hinter den getönten Scheiben keinen Fahrer ausmachen, doch das Gefährt reagiert, als wir vorbeifahren, so rasch, als habe es auf der Lauer gelegen, und fährt uns hinterher.

Rücksichtslos beschleunigt Akali. Mit Höchstgeschwindigkeit rasen wir durch die verschlafenen Bauerndörfer, die schwarze Limousine dicht hinter uns. Im türkischen Teil der Insel herrscht zum Glück weniger Verkehr als auf der anderen Seite, dafür sind hier mehr Hühner, Schafe und andere Tiere auf dem Weg. Mehrmals können wir nur knapp ein paar Ziegen ausweichen, die in letzter Sekunde erschrocken zur Seite springen. Und einmal muss Akali, um nicht eine alte Frau umzufahren, so scharf bremsen, dass wir alle ruckartig nach vorn geschleudert werden. Er setzt aber mit wilder Entschlossenheit die rasante Fahrt fort, und so fügen wir uns in unser Schicksal und halten uns an den rüttelnden Sitzen fest.

Als kurz hinter uns eine große Schafherde langsam die Straße überquert, hängen wir endlich unseren Verfolger ab. Es wird wohl einige Minuten dauern, bis die Straße wieder frei ist, und ich überrede Akali, doch ein bisschen ruhiger zu fahren. So erreichen wir eine halbe Stunde später die wunderschöne Hafenstadt Kyrenia, deren ausgestorbene Hotelburgen einsam über das Meer hinwegblicken. Ein alter Mann in weiten schwarzen Kniebundhosen weist uns den Weg zur hoch über der Stadt thronenden Wachburg Sankt Hilarion. Bald darauf tauchen die völlig verlassen wirkenden alten Ruinen vor uns auf. Auch hier ist es nicht zu übersehen, dass unter der türkischen Besatzung der Tourismus fast vollständig zum Erliegen gekommen ist.

Die Kreuzritterburg besteht aus drei Teilen, die alle ihre eigenen Verteidigungsanlagen hatten. Eine lange Mauer zieht sich den steilen Hang hinauf und umfasst die zwischen den zerklüfteten Felsen eingefügten und deutlich voneinander abgesetzten Abschnitte. Die Unterburg beherbergte die Stallungen und die Unterkünfte der Mannschaften, wovon heute nur noch zerfallene Reste erhalten sind. Zur Mittelburg, etwa 300 Meter darüber am Hang gelegen, gehörten eine Kirche und die Aufenthaltsräume der Ritter. Am besten erhalten ist die einige hundert Meter hangaufwärts liegende Oberburg mit dem Palast und dem Belvedere, dem Wachturm, der auf der Spitze des alleinstehenden Berges hoch aufragt. Auf der Rückseite fällt der Felsen steil, fast senkrecht ab, dahinter erhebt sich das Fünffinger-Gebirge, auf dessen Nordseite wir uns nun befinden.

Wir stellen den Wagen auf dem fast zugewachsenen kleinen Parkplatz am Fuß der Unterburg ab, beraten noch kurz, ob wir unsere Rucksäcke mitnehmen sollen, entscheiden uns dafür und hasten dann die endlos vielen Stufen hinauf. Doch immer wieder werfen wir einen schnellen Blick zurück, ob wir den mysteriösen Verfolger auch wirklich abgeschüttelt haben. Vor uns ragen die byzantinischen Mauern hoch und abweisend aus dem schroffen Fels auf.

Durch ein mächtiges Tor, in dem ein kaputtes Eisengitter schief in den Angeln hängt, betreten wir den weiten Vorhof der Unterburg. Das Gefühl von Sicherheit, das die meterdicken Mauern vermitteln, hält nicht lange an. Kaum sind wir eine kleine Treppe hochgestiegen und können durch ein vergittertes Loch den Hang überblicken, sehen wir, dass der hohe, schwarze Wagen auf den Parkplatz einfährt und sich groß und drohend neben unser kleines rotes Auto stellt.

Eine Gestalt in einer langen grauen Kutte mit dunkler Kopfbedeckung steigt aus und dreht sich sofort zu uns herum. Es kommt uns vor, als könne sie uns trotz der großen Entfernung durch das dunkle Guckloch genau ins Auge fassen. Ein Riesenschreck fährt uns in die Glieder. „Black Tantra!", flüstert Akali atemlos, und Devi sucht meine Hand. Die Person, die aus dem Wagen gestiegen ist, flößt uns eine unerklärliche Angst ein, sodass wir uns fluchtartig auf den Weg zur Mittelburg machen, wo sich zwischen den Felsen, in den Trümmern der Kirche und in all den Kammern, Gängen und Verliesen bestimmt ein Versteck finden lassen wird.

Als die kleine graue Gestalt den Hof der Unterburg durchquert und sich anschickt, zur Mittelburg heraufzusteigen, stürzen wir jedoch ohne weitere Überlegungen den Pfad zur ornamentalen Oberburg hinauf. Dort angekommen entscheiden wir uns nach hastiger Suche für ein unauffälliges Zimmerchen mit einem kleinen Fenster, durch das wir den Weg zum Eingang unseres Burgabschnitts im Auge behalten können. Unser Verfolger taucht aber nicht auf. Ist er in der Mittelburg geblieben, wohl wissend, dass wir an ihm vorbei müssen, wenn wir die Burg verlassen wollen?

Wir kauern uns in die Ecke neben den Eingang unseres Verstecks. Akali späht immer wieder durch das Fensterloch, um nachzusehen, ob sich jemand der Oberburg nähert. Wer ist dieser unheimliche Mensch, der sich an unsere Fersen geheftet hat? Was will er von uns? Bestimmt hat es mit dem Stein zu tun, den wir hier auf der Burg vermuten. Sollen wir mit der Suche warten, bis unser Verfolger aufgibt, oder sollen wir so schnell wie möglich nach dem Stein suchen? Fieberhaft beraten wir uns im Flüsterton über die wenigen Möglichkeiten, die uns bleiben. Jedenfalls wird es in der riesigen Burg äußerst schwierig werden, den Stein zu finden, denn es gibt keinerlei genaue Hinweise auf seinen Fundort.

Wir bleiben erst einmal ratlos sitzen und wagen nicht, die Burg zu erkunden, weil wir jeden Moment mit dem Erscheinen der grauen Gestalt rechnen. Stunden vergehen. Wir lösen uns bei der Wache ab. Unser geheimnisvoller Widersacher bleibt jedoch verborgen. Irgendwann setzen Devi und ich uns in einem Nebenraum einander gegenüber und heben die Hände zum Herzlotus. Der Blick in ihre vertrauten Augen lässt mich trotz aller Anspannung für einige Minuten Frieden finden. Schließlich verzehren wir zu dritt unseren mitgebrachten Proviant und rollen dann, weil es allmählich dunkel geworden ist, unsere Schlafsäcke aus.

Schnell bricht die Nacht herein, unsere Zelle ist in stockfinstere Schatten getaucht, und eine große Stille legt sich über die Burg. Ich drehe mich auf die Seite, finde Devis Hand und schlafe sofort ein.

Früh am nächsten Morgen, als die Sonne ihre ersten zaghaften Strahlen in unsere staubige Kammer schickt, wache ich mühsam auf und bin eine Weile ganz benommen und desorientiert. Ich versuche, einen grauenhaften Albtraum von mir abzuschütteln: „Bring mir sofort das Chakra!" Noch immer klingt in meinen Ohren die heisere, befehlende Stimme eines eisgrauen Mannes, der aussieht wie ein türkischer Hodscha. „Es gehört dir nicht. Es gehört mir. Du gehörst mir. Komm sofort zu mir! Zögere nicht, keinen Moment. Ich erwarte dich ..."

Mein Körper fühlt sich wie gerädert an. Während meine Augen das zartrosafarbene Morgenlicht auf den Wänden der Burgruine beobachten, fällt mir langsam wieder ein, warum ich auf diesem harten Steinboden liege. Dann setzte ich mich auf, um nachzusehen, ob Devi auch schon wach ist.

Vor Schreck bleibt mein Herz beinahe stehen. Devi und Akali sind verschwunden! Ihre Schlafsäcke sind leer. Als ich meine Hand in Devis Schlafsack stecke, merke ich, dass das Futter völlig kalt ist. Es muss schon lange her sein, dass sie aufgestanden ist. Aber warum? Und warum sind beide weg?

Hastig streife ich meinen Schlafsack ab und stürze aus der Steinkammer. Nichts zu sehen, keine Spur! Nervös durchsuche ich die anderen Kammern und Gänge der Palastruine, klettere über Felsbrocken, schaue in den ehemaligen Küchen und Nebengebäuden nach. Immer wieder rufe ich mit gedämpfter Stimme Devis und Akalis Namen und bleibe stehen, um zu lauschen. Nur das Echo kommt zurück und die einsame Morgenbrise, die um die zerbröckelnden Fensterornamente streicht. Auch im Belvedere sind sie nicht. Ratlos kehre ich zu unserem kargen Zimmerchen zurück und durchsuche unser Gepäck, aber sie scheinen nichts aus den Rucksäcken mitgenommen zu haben.

Verzweifelt setze ich mich einen Moment hin und versuche, die aufsteigende Panik zu dämmen, indem ich mir das rechte Nasenloch zuhalte und tiefe Atemzüge durch das linke Nasenloch bis in den Bauch hinunterziehe. Es gelingt mir aber nur oberflächlich, wilde Gedanken jagen kreuz und quer durch meinen Kopf. Ich kann mir beim besten Willen nicht erklären, wieso die beiden mich alleingelassen haben. Es ergibt überhaupt keinen Sinn. Und dann dieser finstere Unbekannte in der Mittelburg – allein der Gedanke daran verursacht mir eine Gänsehaut.

Aber wenn ich meine Freunde wiederfinden will, bleibt mir nichts anderes übrig, ich muss in die Mittelburg hinunter, denn hier oben sind sie offensichtlich nicht. Nach allen Seiten um mich spähend wage ich schließlich den Weg nach unten. Auf leisen Sohlen durchsuche ich gründlich erst den mittleren und dann den unteren Burgabschnitt. Doch ich finde weder von meinen Freunden noch von der grauen Gestalt irgendeine Spur. Auf dem Parkplatz steht neben unserem Auto noch immer das große, schwarze Ungetüm.

Dieser Tag wird mir für den Rest meines Lebens als ein einziger Albtraum in Erinnerung bleiben: endlose Stunden einsamen Herumirrens in der Ruine, in denen mich unaufhörlich alle nur erdenklichen Ängste überwältigen und alles, was ich dagegen unternehme, nur neue Ängste hervorruft.

Es beginnt mit einer unsäglichen, abgrundtiefen Einsamkeit, die mich erbarmungslos mit sich reißt. Ich komme mir vor wie ein verlassenes, schutzloses Neugeborenes, dessen herzzerreißendes Weinen von niemandem gehört wird. Verloren und verzweifelt stolpere ich stundenlang zwischen den staubigen Mauerresten und Felsbrocken herum, und jeder neue leere Winkel steigert mein Verlassenheitsgefühl weiter ins Unerträgliche. Schließlich ziehe ich mich wieder auf meinen Schlafsack zurück, unfähig, mich gegen die bodenlose Leere in mir zu wehren. Ich hocke mich hin, schlinge die Arme um meine Knie und wiege mich weinend hin und her. Nach einer Weile merke ich, dass mir das Wiegen tatsächlich ein bisschen Trost spendet, und ich beginne, fast wie in Trance, mit meinem Oberkörper zu kreisen, ihn dann vor und zurück zu biegen, meine Schultern zu lockern und all die Übungen zu wiederholen, die ich sonst jeden Morgen nach dem Aufstehen mache. Die Vertrautheit der Bewegungen lindert meine Einsamkeit für ein Weilchen.

Ich trinke einen Schluck aus unserer Wasserflasche und versuche, mir darüber klar zu werden, wie ich Devi und Akali finden und vor diesem mysteriösen, furchterregenden Unbekannten retten kann, der ohne Zweifel für das Verschwinden der beiden verantwortlich ist. Als ich diesen Zusammenhang begreife, überfällt mich aufs Neue eine abgrundtiefe Angst – eine Verzweiflung, die mich schier zerreißt: Ich habe meine Geliebte, die erste und einzige wirkliche Liebe in meinem Leben, verloren! Ich bin mir ganz sicher, dass ich sie niemals wiedersehen werde, und dass mein Leben dadurch abermals seinen Sinn verloren hat. Ich bin so verzweifelt, dass ich noch einmal durch die endlosen Gänge und über die abgetretenen Stufen und Gesteinsbrocken des verfallenen Gemäuers taumele und flehentlich ihren Namen rufe. Mein Herz krampft sich zusammen, und ich bleibe schließlich irgendwo in einer steinigen Ecke zusammengekauert sitzen, die Arme fest um mich geschlungen. Ich weiß nicht, wie lange ich so dagehockt habe, völlig leer und unfähig, einen klaren Gedanken zu fassen. Da plötzlich, wie aus einer anderen Welt, kommt die Eingebung, durch die gerollte Zunge zu atmen, wie ich es von dem Pinienbaum gelernt habe. Ich richte meine Aufmerksamkeit ganz auf die angenehme Kühle, die sich auf meiner Zunge beim Einatmen ausbreitet. Das beruhigt meine Gefühle nach und nach.

Ich merke, wie erschöpft und durstig ich bin, und wie mein Kopf von dem wirren Umhergerenne in der prallen Sonne schmerzt. Deshalb beschließe ich, mich in unser Versteck zurückzuziehen, um ein wenig auszuruhen und so dem grauen Wesen, falls es denn auftauchen sollte, nicht gänzlich unvorbereitet ausgeliefert zu sein.

Der Aufstieg zur Oberburg erscheint mir äußerst mühsam, ich schaffe es kaum, mich die vielen Stufen hinaufzuschleppen. Die nächste Welle der Angst droht bereits, über mir zusammenzuschlagen. Ich bin noch nicht einmal bei unserer Kammer angelangt, als sie mich überfällt. Völlig wehrlos falle ich gegen das alte Gemäuer und zittere am ganzen Körper. Ich kann nicht mehr, ich habe keine Energie mehr, ich bin völlig am Ende! Eine solche Mutlosigkeit und Zerschlagenheit habe ich noch nie erlebt. Mir graut mit jeder Zelle meines Körpers vor allem, was geschehen könnte. Ein namenloses Entsetzen packt und schüttelt mich, ich habe keine Kontrolle mehr über meinen Körper, der mit einem Rutsch auf den Boden sackt und sich hin und her wirft. Wie lange mich diese Agonie in ihren Klauen hält, kann ich nicht sagen, aber auf einmal werde ich mir bewusst, dass ein Mantra in meinen Gedanken erklingt, erst ganz leise und sanft, dann immer beharrlicher, das Mantra der Bienenfresser: „Dschiooo, dschioooo ..." Ich klammere mich an dieses Mantra wie an einen rettenden Zweig und fange unwillkürlich an, leise mitzusingen. „Dschiooo, dschioooo ...", höre ich meine erst flehentliche, dann immer ruhiger werdende Stimme, und allmählich löst sich die Angst auf.

Als ich wieder einigermaßen zu mir komme, wanke ich zu unserem Schlafplatz und trinke die Wasserflasche fast ganz leer. Ich bin verwirrt über diese heftigen Attacken und kann mich nicht erinnern, jemals solche intensive Panik erlebt zu haben. Was ist nur los mit mir?

Sobald ich wieder etwas bei Kräften bin, versucht mein alarmierter Verstand, rational und nüchtern einen Plan zu fassen. Ich entscheide mich, den überwucherten Pfad zum Belvedere hochzuklettern und von dort oben zu gucken, ob ich meine Freunde irgendwo in der Umgebung der Festung entdecken kann. Nicht auszudenken die Vorstellung, dass sie vielleicht den steilen Felsabhang hinter dem Belvedere hinabgestürzt sind oder ihnen sonst ein Unglück zugestoßen ist!

Vom Wachturm aus, am höchsten Punkt des Berges, überblicke ich die beeindruckende Landschaft: Auf der einen Seite dehnen sich die

Nordhänge der Fünffinger-Berge mit ihren wüsten Zacken und ausgedehnten Wäldern aus, die bis an die große Festungsmauer heranreichen. Auf der anderen Seite leuchtet Kyrenia mit seinen hingestreuten Häuserwürfeln und die glitzernde, blaue Fläche des Meeres. Aber meine Sorgen lassen mich nur nach Spuren von Devi und Akali Ausschau halten. In der Hoffnung auf irgendein Lebenszeichen wandert mein Blick ruhelos über die Landschaft.

Aus dem Wald aufsteigende Krähen ziehen meinen Blick auf sich. Da, nicht weit von der Burg, regen sich die Äste der Goldeichen, obwohl sich der Wind in der Mittagshitze schon lange gelegt hat. Eine Gestalt im Holzfällerhemd kommt in Sicht, ein großer, kräftiger Mann, der zielstrebig auf die Mittelburg zuhält, wo ein eingestürzter Abschnitt der Burgmauer es ihm erlaubt, herüberzuklettern.

Vor Freude, ein menschliches Wesen zu sehen, schlägt mein Herz schneller. Irgendwie kommt er mir bekannt vor, und ich eile zur Mittelburg hinunter, um ihn zu treffen. Kurz bevor ich die Ruinen der Ritterunterkünfte erreiche, erhasche ich einen deutlicheren Blick auf den Wanderer und stutze ... Es ist Minos! Seine riesige Gestalt mit dem struppigen, zimtbraunen Bart würde ich überall erkennen.

Aufgeregt rufe ich seinen Namen ... „Minos, Minos"! Obwohl die Entfernung zwischen uns höchstens fünfzig Meter beträgt, blickt er nicht auf. Als hätte er nichts gehört, verschwindet er in der Mittelburg, mit seltsam mechanischen Bewegungen, wie ein Schlafwandler.

So schnell wie möglich renne ich hinterher, um ihn abzufangen. Dann bleibe ich stehen und lausche auf seine Schritte. Aber weithin herrscht Totenstille. Es ist mir ein völliges Rätsel, wo Minos geblieben ist. Er ist einfach verschwunden, wie vom Erdboden verschluckt. Mir wird ganz unheimlich zu Mute. Was geschieht hier? In welche merkwürdige, kriminelle, magische Situation bin ich hineingeraten? Die Angst, die mich jetzt befällt, ist sehr real. Ich fühle mich von einer dunklen, unberechenbaren Macht bedroht, ahne, dass sie von dem grauen Wesen ausgeht und bange um das Leben meiner Freunde. Der mittlere Burgabschnitt ist mir jetzt überhaupt nicht mehr geheuer, und ich haste Hals über Kopf wieder hinauf in die Oberburg. Ruhelos und angstgepeinigt wandere ich in dem alten Gemäuer von einem Raum zum anderen, bis sich das Gefühl der unmittelbaren Bedrohung etwas gelegt hat.

Als ich mich schließlich für einen Moment erschöpft auf meinen Schlafsack lege, schlafe ich auf der Stelle ein. Gleich erscheint mir der graue Hodscha wieder im Traum. „Bring mir das Chakra! Sofort! Wenn du deine Freunde wiedersehen möchtest, bring mir das Chakra! Jetzt!"

Mit rasendem Herzklopfen wache ich auf. Ich fühle mich wie durch einen inneren Sog zur Mittelburg hingezogen. Gleichzeitig graut es mir über alle Maßen davor, mich ihr auch nur zu nähern. Wie eine Flutwelle erfasst mich plötzlich die Angst, verrückt zu werden. Mit Entsetzen werde ich mir bewusst, dass ich mir selbst nicht mehr trauen kann. Meine konfusen Gedanken drehen sich in sinnlosen Kreisen, denen ich mich hilflos ausgeliefert fühle. Ich sehe mich den Abhang hinter dem Belvedere hinabstürzen. Das Bild wird ergänzt durch die abstrusesten, grauenvollsten Phantasien darüber, was Devi zugestoßen sein könnte. Dann folgt eine heftige Panikattacke, in der ich mich wieder oben auf dem Sims der Frankfurter Universität stehen sehe und mich abgrundtief dafür verachte, dass ich nicht den Mut aufbringe zu springen. Die Bilder verschwimmen vor meinen Augen, und ich bin völlig unfähig, einen einzigen klaren Gedanken zu fassen. Ich komme mir vor wie eine Fliege in einem Spinnennetz, die verzweifelt versucht loszukommen, sich aber durch ihr Zappeln nur noch tiefer verstrickt. Was soll ich tun? Was kann ich tun? Nichts, mir fällt nichts ein. Ich kann nichts tun, rein gar nichts! Ich muss mich wohl damit abfinden, endgültig den Verstand zu verlieren!

Plötzlich taucht in meinem Gedankenwirrwar die Erinnerung an das ruhige, freundliche Gesicht von Panos auf und ruft eine besänftigende Stimme in mir wach. Als sei ich ein Kind, fange ich an, zu mir selbst zu sprechen, mich zu beruhigen. Ich erzähle mir, dass ich doch alles sehr gut mache und es irgendwie schon schaffen werde. Und siehe, sogar die verzehrende Angst vor dem Wahnsinn beruhigt sich allmählich.

Eine leise Vorahnung lässt mich wieder nach draußen auf den Belvedere hinaufgehen. Tatsächlich entdecke ich nahe an der Burg eine kleine, braune Gestalt, die sich vorsichtig von Schatten zu Schatten schleicht, um sich möglichst unbemerkt an St. Hilarion heranzupirschen.

Ohne Zweifel, es ist Adi. „Adiiiiiii!" Ich schreie, winke, rufe und springe vor lauter Aufregung fast von der Burgmauer. Unbeirrt geht das kleine Mädchen weiter auf die Mittelburg zu. So schnell mich meine Beine tragen, renne ich ihr entgegen.

Aber wieder dieselbe merkwürdige Entdeckung: Keine Spur von Adi. Das einzig Lebendige sind ein paar Eidechsen, die sich in der flimmernden Nachmittagshitze auf den alten Steinen sonnen. Tief enttäuscht und beunruhigt kehre ich in die Oberburg zurück. Was ist hier los? Waren Minos und Adi nur Trugbilder, die mein überstrapaziertes Hirn mir vorgegaukelt hat? Jetzt sind schon vier Leute spurlos in dieser Burg verschwunden, und ich kann nicht das geringste Lebenszeichen von ihnen entdecken. Was ist hier los?

Es hat offensichtlich alles mit dem Hodscha zu tun, der sich irgendwo in der Mittelburg versteckt hält. Er schickt mir diese Albträume, weil er das Chakra haben will. Die Wucht dieser Träume lässt keinen Zweifel daran, dass seine Macht sehr real ist. Ist er einer der Erben des alten Pericleous? Hat er vielleicht sein ganzes Leben mit den Chakra-Steinen gezaubert, bis ich kam und sie einsammelte? Offensichtlich kann er nicht nur meine Träume beeinflussen, sondern auch die Menschen, die sich mit den Steinen verbunden haben, zu sich rufen. Vielleicht wartet er seit Jahren auf den Augenblick, in dem das Chakra seine volle Kraft wiedererlangt. Hat er alles vorhergesehen und seine Pläne geschmiedet, um es in seine Macht zu bringen? Und treibt er mich mit den Angstwellen, die er über mich hereinbrechen lässt, an den Rand des Wahnsinns? Das Chakra darf auf keinen Fall in seine Hände geraten!

Es drängt mich zusehends, sein Versteck in der Mittelburg zu finden. Ich hoffe, der nächsten Angstattacke gewachsen zu sein, und stelle mich aufrecht hin, um die Übung für Kampfesgeist zu machen. Außerdem nehme ich mir vor, sehr bewusst auf meinen Atem zu achten, vor allem, wenn mir der Unbekannte begegnen sollte. Dann hänge ich mir den Rucksack mit dem Chakra um und mache mich noch einmal entschlossen auf den Weg zur Mittelburg. Kurz bevor ich in der späten Nachmittagssonne durch das eingefallene Tor gehe, weckt der metallische Klang einer zuschlagenden Autotür meine Aufmerksamkeit. Ich schaue zum Parkplatz hinunter, wo sich jetzt ein weißes zu dem roten und dem schwarzen Auto gesellt hat.

Eine kleine blaue Gestalt begibt sich auf den Pfad zur Unterburg. Ich ahne, wer das sein könnte, und eile ihr entgegen. Heresford! Sein flotter Gang ist nicht viel anders als sonst, aber sein Blick unter dem blauen Käppi wirkt starr. Er reagiert nicht, als ich ihn anspreche, und scheint mich überhaupt nicht wahrzunehmen. In einigem Abstand folge ich ihm.

Statt in die Gebäude der Mittelburg hineinzugehen, klettert er ohne zu zögern den Fels unter den Mannschaftsräumen hinunter und zwängt sich durch einen schmalen, verborgenen Spalt. Ich stecke kurz nach ihm meinen Kopf durch diese Öffnung und sehe einen hohen, runden Raum, der sich nach oben verjüngt. Ich ziehe mich mit beiden Händen noch weiter in den Spalt hinein, und sofort fixiert mich der bohrende dunkle Blick meines grauen Widersachers. Er sitzt inmitten von kreisförmig um ihn herumliegenden Menschen, alle mit den Köpfen in seine Richtung. Mit lautem Herzklopfen erkenne ich Devis leblos daliegenden Körper, Adis auf dem Boden wie ein Fächer ausgebreitete, wilde Haare und Akalis blasses Profil mit der charakteristischen, griechischen Nase. Kein Zweifel, es ist der Hodscha aus meinen Träumen, mit dem graugestreiften Kaftan und dem schlampig gebundenen, schwarzen Turban! Sein Kinn ruht auf dem silbernen Knauf eines Spazierstocks, und sein hypnotisierender Blick umfängt mich wie eine schwarze Flamme, die mich völlig in ihren Bann zieht.

Eine Flutwelle von Angst schlägt in mir hoch. Ich kann kaum noch atmen, und meine Glieder sind völlig gelähmt. Meine Freunde bewegen sich unruhig auf dem Boden. „Komm sofort", sagen die stechenden Augen, „ich warte schon länger, als du weißt."

Heresford hat sich neben Panos gelegt. Ein Platz in dem Zirkel ist noch frei, und der Hodscha hebt langsam seinen Arm und streckt gebieterisch seinen Zeigefinger dorthin aus.

Der innere Sog zu ihm hin ist gewaltig. Fast kann ich seinem Befehl keinen Widerstand mehr leisten. Da fällt mir Panos' Farbrelief mit der weißen Zunge ein. Mit explosiver Gewalt stoße ich hervor: „Ich nicht!"

Kanonenkugelsprechen!

Wut flammt in seinen schwarzen Augen auf. Devi stöhnt und windet sich in ihrer Trance. Die Angst brennt in meinem Magen, verkrampft meinen Nacken. Einen Moment lang kann ich mich nicht rühren. Mit einem Mal kommt ein Wort wie ein schnellwachsender Keimling in mir hoch, bis es aus mir herausquillt: „Sat Nam".

Das Mantra reicht, um mich aus seinem Bann zu lösen.

Immer noch vor Angst schlotternd stolpere ich zurück in die Oberburg und ziehe mir den Schlafsack über den Kopf. Wahnsinnige Schuldgefühle, meine Geliebte und meine Freunde im Stich gelassen zu haben, bespringen mich wie Raubtiere. Stöhnend wälze ich mich hin und her.

Als mein Blick auf die grünen und roten Seitenteile von Devis kleinem Rucksack fällt, erinnern die Farben mich an ein anderes von Panos´ Gemälden. Mit verzweifelter Kraft drücke ich die Hände vor meiner Brust zusammen. Es dauert lange, aber dann werde ich tatsächlich ruhiger.

Sobald ich mich wieder bewegen kann, zieht es mich auf den Belvedere, wo ich am freiesten atmen kann. Gerade senkt sich die Sonne in wunderbaren Gold-, Rosa- und Orangetönen langsam ins Mittelmeer. Ich blicke wehmütig zu ihr hinüber und fühle mich unsagbar hilflos. Nicht die geringste Idee kommt mir in den Sinn, wie wir diesem Magier entkommen können. Nani könnte bestimmt helfen, aber wo ist sie? Die türkische Polizei. Würde das etwas bringen?

„Weißt du, was ich tun soll?", frage ich mich selbst.

Außer dem harten Klumpen, der sich in meinem Magen gebildet hat, spüre ich nichts.

„Kann ich etwas für dich tun?", frage ich meinen verspannten Bauch. Nichts.

„Soll ich diesem Mann das Chakra ausliefern, damit er meine Freunde freilässt?"

Die Spannung wird größer.

„Wie kann ich meine Freunde befreien?"

Das harte Gefühl lässt nach.

Mir fällt schlagartig ein, warum der Raum, in dem meine Freunde liegen, so merkwürdig flaschenförmig nach oben zuläuft. Es muss ein altes, nur durch ein Loch von oben zugängliches Verlies sein, eine Oubliette – ein spezieller Kerker, in den die lebenslänglich Verurteilten geworfen wurden, um dann einfach vergessen zu werden. Der Spalt im Mauerwerk, den

Heresford mir gezeigt hat, kann nicht der übliche Eingang sein. Normalerweise wurden die Gefangenen mit einem Seil in solch ein Verlies herabgelassen oder auch einfach hinuntergestürzt. Im Stockwerk darüber müsste es also eine Luke geben, von der man den Raum übersehen kann.

In Gedanken male ich mir aus, wie ich dem Magier von oben auf seinen Turban schauen könnte.

Da fällt mir wieder ein, wie sich Akali durch einen Schlag auf den Kopf mit meinem Tigerauge-Bleirohr von einem Feind in einen Freund verwandelt hat. Ich sollte dem Magier den Rosenquarz an den Kopf werfen! Diese Idee begeistert mich dermaßen, dass sich der Klumpen in meinem Magen fast völlig auflöst.

Wenn ich nur wüsste, wo der Stein versteckt ist! Während ich darüber nachgrüble und meine spärlichen Kenntnisse der Geschichte der Burg nach einem Hinweis für das Versteck durchforste, befallen mich immer noch Anflüge von Angst. Aber jetzt bin ich viel besser in der Lage, sie zurückzuweisen. Ich atme bewusst tief in den Bauch und denke dabei das Mantra, das mich vorhin gerettet hat.

Mir fällt ein, wie ich damals das Fruchtbarkeitsamulett im steinzeitlichen Kirokythia gefunden habe. Wenn ich nur die direkte Energie-Wahrnehmung, die ich bei der Wanderung mit Adi hatte, wieder aktivieren könnte ...

Mittlerweile ist es ziemlich dunkel geworden, und ich krame aus meinem Rucksack die Taschenlampe hervor. Solange es geht, lasse ich sie jedoch ausgeschaltet, um mein Blickfeld nicht auf den Lichtkegel zu beschränken. Ich fange an, mich langsam durch den zerfallenen Palast zu bewegen, auf der Suche nach ähnlichen Energiemustern, wie ich sie damals wahrgenommen habe. Die Methode, durch halbgeschlossene Augen zu schauen, hilft nicht. Die Augen unscharf werden lassen und versuchen, hinter die Dinge zu gucken, bringt auch nicht viel.

Die Lösung kommt wieder aus dem inneren Dialog. Ich spreche mit meinem Unterbewusstsein, erzähle ihm, wie sehr ich mir wünsche, den Stein zu finden, und bitte es, mir zu helfen ... und plötzlich ist die Sicht wieder da. Die Gänge, Räume, Felsen und Treppen sind auf einmal mit sanft leuchtenden Linien überzogen. Die Burg scheint jetzt durchtränkt von versteckten Geheimnissen, voller Punkte, wo sich das Licht zu stauen scheint oder die es zu meiden sucht. Es dauert gar nicht lange, bis ich fündig werde.

In einem schweren Turm in der Nähe des Belvedere gibt es ein breites Fenster, das zum tiefen Abgrund hinausgeht. Hier wirbeln die Leuchtlinien besonders intensiv, zum Teil in wunderschönen Mustern, zum Teil in merkwürdig abstoßenden Zacken, wobei ein Punkt unter dem Fenster in einem freundlichen rosafarbenen Licht glimmt.

Ich erinnere mich vage an die Geschichte dieses Fensters, das Zeuge einer der größten Tragödien der Burg gewesen ist. Der damalige Prinzregent war Opfer einer bösen Intrige, angestiftet von seiner Schwägerin, die ihm einflüsterte, seine bulgarische Leibwache führe Verrat gegen ihn im Sinn. Besessen vom Verfolgungswahn befal der Prinz dreihundert von seinen ihm in Wahrheit treu ergebenen Männern, aus diesem Fenster zu springen. Jeder von ihnen wurde auf dem Fels darunter zerschmettert.

Eigentlich nicht verwunderlich, wenn der alte Pericleous diese Schwelle in den Tod für den Stein ausgewählt hätte! Ich schalte meine Taschenlampe ein. Einer der grobbehauenen Steine unter dem Fenster scheint nicht ganz fest zu sitzen. Mit Hilfe meines Taschenmessers schaffe ich es ohne große Schwierigkeiten, den alten Mörtel wegzukratzen und den Stein herauszuziehen. Zu meiner großen Freude ist er von hinten ausgehöhlt. In der Aushöhlung befindet sich ein kurzes plattes Stück des bekannten Bleirohrs. Nachdenklich bleibe ich eine Weile mit dem kühlen Blei in der Hand sitzen.

Die Nacht ist inzwischen schon ziemlich weit fortgeschritten. Zwar stürmen die unterschiedlichsten Angstwellen noch immer auf mich ein, aber sie erreichen mein Herz nicht mehr. Sie brechen sich an dem Mantra, das ich jetzt mit jedem Atemzug denke. Außerdem scheint ihre Intensität abgenommen zu haben. Die Pausen zwischen den einzelnen Attacken werden immer länger, sodass es mir zunehmend leichter fällt, mich auf mein Vorhaben zu konzentrieren.

Mit dem Stück Rohr in meiner Hosentasche begebe ich mich zu den Resten der Mannschaftsräume in der Mittelburg, wo ich im Licht der Taschenlampe auf Zehenspitzen die Luke zum Kerker suche. An einigen

Stellen sind die Steinplatten des Fußbodens so brüchig, dass meine Suche nicht ungefährlich ist, aber schließlich entdecke ich in einer kleinen, vergitterten Zelle halbverborgen unter einer modrigen Laubschicht einen verrosteten, handgroßen Ring, der in eine runde Steinplatte eingelassen ist. Mit meinem Messer versuche ich, sorgfältig Moder und Steinchen von den Rändern der Steinplatte zu entfernen und den feineren Staub aus der runden, halbmetergroßen Ritze herauszublasen, damit der Hodscha nicht durch herunterrieselnde Teilchen gewarnt wird. Dann schalte ich die Taschenlampe aus, ziehe behutsam den runden Deckel hoch und lege ihn so leise wie möglich neben das Loch, das sich darunter auftut.

Ich spähe hinunter.

Warme, verschwitzte Luft steigt mir entgegen. In dem Raum ist es stockfinster. Ich starre hinein und warte darauf, dass sich meine Augen an die Dunkelheit gewöhnen. Nach und nach erkenne ich trotz des wenigen Mondlichts, das durch den Spalt in der Wand fällt, etwa drei Meter unter dem Loch, den Hodscha, vornübergebeugt und reglos. Ab und zu fällt sein Kopf ruckartig nach vorne, dann zieht er ihn wieder hoch. Während meine Hand vorsichtig nach dem Bleirohr in meiner Tasche greift, beobachte ich eine Weile die Bewegungen seines Kopfes. Dann, als er gerade wieder hochkommt, lasse ich das Rohr mitten in das baumwollene Nest des schwarzen Turbans fallen.

Der dumpfe Ton, mit dem es aufschlägt, erinnert mich an den verzweifelten Schlag in den Katakomben von Paphos. Die Folgen sind diesmal sogar noch dramatischer. Der graue Mann stößt einen markerschütternden Schrei aus, schmerzerfüllt und gleichzeitig enttäuscht wie ein Kind, das seinen Herzenswunsch in unerreichbare Ferne verschwinden sieht.

Ohne einen Moment zu zögern renne ich zur Burgmauer, rutsche mit meiner Taschenlampe in der Hand den Fels hinunter und zwänge mich durch den Spalt in die runde Zelle, wo meine Freunde auf dem Steinfußboden noch immer zu schlafen scheinen. Besorgt lege ich meine Hand auf Devis Brustbein und spüre erleichtert das regelmäßige Auf und Ab ihres Atems. Mit dem Stein in seinem Turban hockt der Hodscha inmitten seiner Opfer. Seine Schreie sind jetzt einem tieftraurigen Wimmern gewichen.

Ich nehme die weiche, schlaffe Hand meiner Geliebten und warte ab, wie die Dinge sich entwickeln werden. Die bedrückende Atmosphäre in dem Raum ist vollständig verschwunden.

Endlich wird der Hodscha still, streckt seinen Rücken, schaut mich mit wässrigen, aber entschlossenen Augen an und sagt mit tiefer, rauher Stimme im bekannten Akzent:

„Chajju aus der Kaste der Wasserträger! Obwohl du damals so tief unter mir gestanden hast, dass selbst dein Schatten mich verunreinigt hätte, wenn er auf mich gefallen wäre, gab der Kind-Guru Har Krishan ausgerechnet dir die Kraft, die Bhagavad Gita zu deuten. Was für eine unglaubliche Demütigung für mich! Trotzdem muss ich zugeben, dass dadurch viel Gutes in unserem Dorf passiert ist. Obwohl du geradezu unerträglich hochmütig warst, hast du wirklich viele Leute dazu ermutigt, dem Dharma zu folgen.

In den letzten Jahren vor deinem Verschwinden stimmte aber nichts mehr. Du und deine beiden Söhne, ihr hattet jegliche Demut vor Gott und den Menschen verloren, ihr meintet, auf niemanden mehr angewiesen und sogar besser als alle anderen zu sein. Das hat das Dorf damals einen hohen Preis gekostet. Dich hat es sogar noch in deiner nächsten Inkarnation verfolgt.

Du brauchst dringend eine innere Reinigung, ein Verzeihen.

Ich werde dir jetzt die Übung zeigen, die du in den Jahren der Degeneration vergessen hast, obwohl du sie mir einmal selbst gezeigt und täglich geübt hast.

Es ist die Übung, die hilft, damit aufzuhören, andere zu beurteilen. Das ist es, was du brauchst."

Mit seiner kleinen, üppig beringten Hand bedeutet er mir, mich ihm gegenüber auf den freien Platz zu setzen. Ich bringe es nicht fertig, dem kleinen Magier zu vertrauen, solange meine Freunde noch immer betäubt auf dem Boden um ihn herum liegen. Er sagt nichts, hält mir nur seine Hände ausgestreckt entgegen. Es ist weniger sein tränenreicher Blick, als meine Überzeugung, sonst nicht weiterzukommen, die mich schließlich dazu bewegt, mich vor ihm niederzulassen. Sofort ergreift er meine Hände und sieht mich direkt an. Fast gegen meinen Willen starre ich in seine rotbraun geäderten Augen. Sein Gesicht fängt an zu verschwimmen, sich zu verwandeln. Es wird hager und länglich, ein großer roter Punkt erscheint auf seiner Stirn – der alte Brahmane von Panjokhara sitzt vor mir!

Nach einer Weile lässt er meine Hände los und zeigt mit seinem Zeigefinger auf sein rechtes Auge, dabei sagt er: „WHA", auf sein linkes Auge: „HE", und auf die Nasenspitze: „GURU". „Das ist die Dreieckskonzentration", sagt er, „die Basis der Übung."

Dann fordert er mich auf: „Denk an eine unangenehme Situation."

Das ist nicht schwierig. Ich denke an den vergangenen Tag.

Auf seine Augen zeigend, bedeutet er mir: „Mach in Gedanken die Dreieckskonzentration."

Ich nicke und zeichne im Geist das Dreieck von meinem rechten zum linken Auge und dann zur Nasenspitze. Er fährt fort:

„Vergegenwärtige dir deine Gefühle in dieser Situation."

Mein Magen ist noch verkrampft.

Wieder zeigen seine Finger die Dreieckskonzentration.

„Versetz dich jetzt in die Gefühle der anderen Person."

Das ist eine überraschende Wende. Ich spüre plötzlich, wie angstbeladen auch der Hodscha, dessen Lebenswerk auf dem Spiel stand, während des ganzen Tages gewesen ist.

Ich mache noch einmal die Dreieckskonzentration.

„Verzeih der anderen Person und verzeih dir selbst."

Unsicher blicke ich in seine tränenden Augen. Er meint es ernst. Kann ich das? Ich drehe mich zu Devi, die noch immer auf dem harten Fußboden liegt. Sehr zögernd nicke ich und wiederhole in Gedanken die Dreieckskonzentration.

„Lass die Situation los. Lass sie im Universum aufgehen."

Noch einmal deutet er für mich die Dreieckskonzentration an. Doch während dieser Geste beginnt sein Körper, sich wie ein Fötus zusammenzukrümmen, er fällt nach vorne und landet mit dem Kopf auf meinem Schoß. Sprachlos bleibe ich eine Weile als einziger Nicht-Bewusstloser in diesem flaschenförmigen Kerker sitzen.

Schließlich ziehe ich behutsam das Bleirohr aus dem Turban heraus, angle mir Heresfords blaues Käppi und lege den grauen Kopf darauf ab. Der zur Seite gerutschte Turban lässt eine Glatze sichtbar werden.

Ich gehe wieder zur Oberburg, um unsere Sachen aus unserem Versteck zu holen. Als ich zurückkomme, hat sich an der reglosen Szene nichts verändert. Ich gieße dem Hodscha die letzten Wasserreste aus meiner Flasche über den kahlen Kopf. Er setzt sich erschreckt auf und greift nach seinem Turban. Nicht allzu freundlich schaue ich ihn an: „Weck meine Freunde auf!"

Mit bebender Stimme antwortet er: „Nie wieder will ich etwas mit Magie zu tun haben!" Ich schüttle drohend meinen Kopf. Der Rubin an seinem Finger zittert, als er auf den Kreis seiner Opfer zeigt: „Ich kann es auch gar nicht mehr. Mir ist heute nicht nur jegliches Interesse an der Magie, sondern auch jegliche magische Fähigkeit abhanden gekommen. Möge Allah uns beistehen."

Smaragd

Zehnter Stein

Grün, transparent, makellos

**Bedingungslose Liebe
und Akzeptanz**

Ebene des blauen Äthers

U nter dem elegant geschwungenen Spitzbogenfenster fällt der Blick einen steilen Abhang hinunter, an dem kleine, schnelle Schwalben zwischen den gelben Blütensträuchern hin und her flitzen. Nach den staubigen Tagen auf Sankt Hilarion sauge ich den berauschenden Duft von Minze und Limonen tief in meine Lungen ein. Bellapais heißt dieser Ort, ursprünglich „Abbaye de la Paix", Abtei des Friedens.

Das alte Kloster besteht aus einer großen Kirche, die noch immer von Gläubigen genutzt wird, einem wunderschönen, gothischen Refektorium ohne Dach, und einigen kleineren Gebäuden mit meisterhaften Steinmetzarbeiten. Ganz besonders erfreue ich mich aber an den paradiesisch gepflegten Gärten mit den roten und weißen Rosen, den blauen und violetten Geranien und dazwischen den orangefarbenen und gelben Farbtupfern der übervollen Apfelsinen- und Zitronenbäume.

Den kurzen Rest der vergangenen Nacht haben wir noch in der Burg verbracht. So gut es ging, hatte ich unsere Schlafsäcke über die Schlafenden ausgebreitet. Am Morgen schienen die sieben Hypnotisierten zwar in dem Moment zu erwachen, als der Hodscha sich aufsetzte, aber ihre glasigen Blicke ließen keinen Zweifel daran, dass sie ihren Willen und ihr Wachbewusstsein nicht zurückgewonnen hatten. Ich wollte die triste Burg so schnell wie möglich verlassen. „BEL" ist laut Zauberspruch der nächste Ort der Steinsuche. Vielleicht würde die heilende

Umgebung dieser Friedensoase meinen Freunden helfen, wieder zu sich zu finden. Der alte Hodscha, der sich mir jetzt als Herr Todi vorstellte, meinte, dass unsere Sieben ihm schon folgen würden.

Nachdem ich schnell die Schlafsäcke eingerollt und in die Rucksäcke gestopft habe, waren wir abmarschbereit. Zu meiner Erleichterung und gleichzeitig auch tiefen Besorgnis gehorchten meine Freunde dem Hodscha tatsächlich noch immer aufs Wort. Mit ungelenken Bewegungen zwängten sich die Hypnotisierten hinter dem alten Mann durch den Spalt.

Das Wolfsmädchen, das auf Händen und Füßen als letzte aus dem Dunkel des Kerkers in die gleißende Sonne krabbelte, hielt auf einmal inne, richtete sich auf und schlug ihre Hände vor die Augen. Ihr schmaler Brustkorb hob sich in einem tiefen Seufzer, und sie flüsterte mit rauher Stimme: „Hier?"

Nervös sah der Hodscha über seine Schulter zu ihr hin. Ich war erleichtert, dass wenigstens einer der Zombies aufgewacht zu sein schien. Ich legte meinen Arm um ihre Schultern und erklärte ihr, was wir erlebt hatten. Daraufhin sagte sie traurig, mit dem ihr eigenen Singsang:

„Ach, meine Freunde des Waldes,
Dann war es nur ein Traum."

Auf dem Parkplatz kletterten die übriggebliebenen Schlafwandler einer nach dem anderen wie auf ein inneres Kommando über die schwarze Klappe des leeren Leichenwagens und setzten sich auf den alten Teppich, mit dem der Boden des Gefährts ausgelegt ist. Adi nahm ich zu mir in den roten Fiat. Auch Devi versuchte ich mitzunehmen, aber ihre schlaffe Hand gab meinem Druck nicht nach. Mein Herz schnürte sich dabei zusammen, sie so kraftlos zu erleben.

Bellapais´ grüner lieblicher Hang mit seinen blendend weißen Häusern liegt nur eine halbe Stunde von der düsteren Burg entfernt. Als wir vor der Abtei aussteigen, bleiben die zierliche Ariadne und unser muskulöser Draufgänger Akali gedankenverloren auf der Kante des Leichenwagens sitzen. Akali reibt sich das Gesicht, und Ariadne blickt in ihrem dünnen Nachthemd ängstlich um sich. Die kleine Adi setzt sich zwischen ihren Bruder und die junge Frau und versucht, ihnen die Lage zu erklären.

Herr Todi steuert einen schattenspendenden Orangenbaum in der Mitte des Rosengartens an, wo er sich auf dem Rasen niederlässt. Die letzten vier Schlafenden legen sich brav um ihn herum. Ein junger Türke, vielleicht ein Gehilfe des Abteiaufsehers, kommt mit einem befremdeten Gesichtsausdruck auf unsere Gruppe zu, zieht sich aber auf einen Wink Todis schleunigst wieder zurück. Er ist hier offensichtlich eine Autorität.

Devi, die noch immer in das große blaue T-Shirt gekleidet ist, in dem sie geschlafen hat, atmet unregelmäßig. Ich setze mich neben sie und lege mein Hand auf ihren Bauch. Mit Schrecken sehe ich, wie gequält ihr Gesicht aussieht und wie ihre Augen sich wild hinter den geschlossenen Augenlidern hin und her bewegen. Ich kann diesen Anblick kaum ertragen und herrsche Todi an, sie sofort zurückzubringen.

Mit gewichtiger Stimme erklärt er mir:

„Ich bin ein Meister der Träume. Ich lenke meine eigenen Träume und auch die von anderen. Als ihr meine Steine, die ich vom alten Meister Pericleous bekommen habe, gestohlen und zweckentfremdet habt, habe ich im Traum die Diebe einen nach dem anderen aufgespürt und gerufen. Diese letzten Vier sind noch immer in der Traumwelt."

„Dann holen Sie sie doch zurück!", entgegne ich ungehalten.

„Das kann ich nicht", sagt er schlicht, „ich habe kein Recht, so in das Leben anderer einzugreifen."

„Ich bitte Sie, das ist doch etwas ganz anderes", werfe ich empört ein.

„Sie haben die Ängste gespürt?", fragt er in seiner formellen, distanzierten Art. Ich schnaube bestätigend. „Das war meine Spezialität. Die Ängste der verschiedenen Lebensphasen zu projizieren. Sie können sich vorstellen, wie mächtig ich war. Das ist jetzt vorbei. Ich habe aufgegeben."

„Noch einmal, Herr Todi", insistiere ich eher drohend als bittend, „lassen Sie sie aufwachen, machen Sie das von Ihnen begangene Unrecht wieder gut!"

Er schüttelt den Kopf. „Ich habe eine deutliche Warnung erhalten. Die Ängste würden dermaßen auf mich zurückschlagen, dass sie mich umbringen würden."

Er steckt seinen rotberingten Zeigefinger hoch, als wolle er die Windrichtung spüren, und mustert mich prüfend. „Holen Sie sie doch selbst zurück."

Erstaunt runzle ich meine Stirn.

„Ich helfe Ihnen", verspricht er.

Der alte Mann in dem grauen Kaftan schaut mich erwartungsvoll an. Akali ist dabei, aus unseren Rucksäcken Kleidung für sich und die beiden anderen zusammenzusuchen. Devi macht unter meiner schützenden Hand einen zittrigen, langen Atemzug. Wenn ich sie nicht hole, bleibt sie womöglich noch Tage in diesem Zustand! Wenn sie überhaupt zurückkommt! Ich habe keine Wahl.

Auf die einladende Geste Todis hin lege ich mich zu seinen Füßen ins kühle Gras. Er beginnt, mit seinen trockenen, kleinen Händen meine Fußgelenke zu massieren. Dann reibt er mir mit vier Fingern direkt über der Nasenwurzel die Stirn. Seine Bewegungen werden immer kräftiger und schneller, bis ich nach einer Weile ein leises Summen in meinem Kopf spüre.

Mit vorsichtigen Bewegungen öffnet er meine Schuhe, zieht sie aus, berührt meine Fußsohlen und sagt leise mit eindringlicher Stimme: „Breiten Sie sich im Geiste nach allen Seiten hin aus, bis nach unten, aus Ihren Fußsohlen heraus."

Danach berührt er meinen Kopf. „Breiten Sie sich auch nach oben aus über Ihren Scheitelpunkt hinaus."

Ich fühle mich wie ein großer Ballon, der sich mit heißer Luft vollsaugt und immer kräftiger an den Seilen zerrt. In meinem Körper macht sich ein merkwürdiges Gefühl der Betäubung breit, und ich höre ein starkes Rauschen und Brausen, das immer lauter und lauter wird, bis es mir vorkommt, als ob ich in einem Motor läge. Alles um mich herum tobt und vibriert.

Plötzlich tauchen eine Handbreit vor meinen Augen zwei Orangen an einem dichtbeblätterten Ast auf. Aufgeregt beobachte ich, wie meine Hand mit einem leicht prickelnden Gefühl in den Fingern durch den Ast hindurchgleitet. Dahinter tut sich ein langer, dunkler Tunnel auf. Wie von selbst gleite ich in langsamen Spiralen auf eine leuchtende Öffnung in der Ferne zu. Das Licht wird allmählich stärker.

Ich befinde mich auf einer wunderschönen, blühenden Wiese, wo jeder einzelne Grashalm ein lebendiges kristallines Licht auszustrahlen scheint. Mir gegenüber steht in einer langen weißen Robe eine hochgewachsene Frau mit dunklen ovalen Augen in einem langgezogenen Gesicht, wie aus einem Modigliani-Gemälde. Ich kneife mich ungläubig in den Arm. Die Frau schaut mir tief in die Augen und sagt: „Willkommen, Agamemnon. Du erkennst mich vielleicht nicht wieder, aber wir sind alte Freunde. Wir haben bereits an vielen Projekten zusammen gearbeitet, besonders hier in den inneren Dimensionen. Obwohl ich im Moment selbst keinen stofflichen Körper habe, bin ich immer daran interessiert zu wissen, wie es dir geht. Und ich bin nicht die Einzige. Du hast viele Freunde hier. Jeder von uns hilft dir in einem Aspekt deiner Entwicklung."

Ich schweige verwirrt und überwältigt.

„Normalerweise halten wir uns im Hintergrund und lassen dich selbst alles entdecken. Wegen der besonderen Situation, in der du dich jetzt befindest, will ich dir aber diesmal direkt helfen und dir erklären, was du hier in der Astralwelt beachten sollst.

Erstens: Vermeide jeden Gedanken an deinen Körper im Rosengarten, so lange du hier bleiben möchtest. Jeder Gedanke daran würde dich sofort wieder in deinen grobstofflichen Körper und fort aus dieser Welt bringen.

Zweitens: Wenn du deinen Zustand verändern möchtest, gebrauche Affirmationen, wie ‚Klarheit jetzt'.

Drittens: Wenn du deine Umgebung verändern möchtest, gebrauche Visualisationen. Die Welt hier ist viel formbarer als deine gewohnte stoffliche Welt, und sie formt sich unmittelbar nach deiner Vorstellung."

Die weißgekleidete Frau wird immer durchsichtiger, bis sie nicht mehr zu sehen ist. Sie lässt mich voller Fragen und Zweifel zurück. Gleich wird auch die Umgebung vager. Die leuchtende Wiese verschwindet, und dichter Nebel entsteht. Zum Glück erinnere ich mich, was die Frau mir über Affirmationen gesagt hat: „Klarheit jetzt!"

Sofort bin ich zurück auf der Blumenwiese und wieder in der Lage normal zu denken. Ich entwerfe in Gedanken ein Bild von Devi in einer schönen, ruhigen Umgebung.

Darauf spüre ich eine schnelle Bewegung, die nach innen zu führen scheint. Ich bemerke, dass ich jetzt alles um mich herum gleichzeitig wahrnehmen kann. Ich bin umgeben von einem Licht, das mir ein überwältigendes Gefühl von Liebe vermittelt. Ohne ihre Umrisse sehen zu können, wird mir bewusst, dass Devi vor mir steht. Als ich leise ihren Namen rufe, scheint sie noch näher zu kommen. Auf einmal durchdringen wir einander, und es durchströmt mich ein tiefes Glücksgefühl, eine unbeschreibliche Empfindung, ein Einswerden ohne irgendwelche Zurückhaltung oder Begrenzung. Ich könnte für immer in diesem Zustand verweilen, aber eine leise innere Stimme warnt mich, mein Ziel nicht aus den Augen zu verlieren.

Die Szenerie wechselt. Jetzt kann ich Devi deutlich sehen. Sie steht neben mir, mit wehenden schwarzen Haaren und einem überraschten, glücklichen Gesichtsausdruck, auf einer wunderschönen Terrasse, die so dicht über den Strand gebaut ist, dass die Wellen der Brandung teils noch unter der Terrasse weiterrollen. Möwen flattern kreischend über uns hinweg. Hinter uns befindet sich ein prächtiges Haus aus Glas und Holz mit vielen Bildern und interessanten Instrumenten, von denen ich nicht weiß, wozu sie dienen. Ich weiß, dass dieses Haus unser Haus ist, dass wir hier lange Zeit gelebt haben, und dass wir immer wieder hierher zurückkommen. Hand in Hand stehen wir an der Balustrade und lauschen auf den endlos wechselnden Rhythmus der Wellen.

„Ich habe dich vermisst", sage ich zu meiner Geliebten. Sie dreht sich zu mir und blickt mir tief in die Augen. Ohne Worte weiß ich, dass sie immer bei mir war und ich immer bei ihr.

Als wir anfangen uns aufzulösen, frage ich sie noch schnell: „Holst du Panos zurück?" Sie nickt.

Ich mache mir ein Bild von Minos mit seiner massigen Gestalt und seinen wirren Locken. Diesmal ist das Gefühl einer Bewegung eher nach außen gerichtet. Ein Sirtaki erklingt. Draußen in der freien Natur sitzen lärmende fröhliche Menschen an großen Tischen. Würden die Farben und die Gesichter nicht so intensiv von innen heraus leuchten, würde ich mich bei einem sehr irdischen Fest irgendwo in einem griechischen Dorf wähnen. Vielleicht sind wir hier auf dem Olymp, wo die griechischen Götter tanzen und aus großen Pokalen ihren funkelnden Wein trinken. Eine vertraute Gestalt dirigiert mit einer Messingflöte in der Hand schwitzend und lachend ein kleines Orchester. Die Augen strahlend wie die Sonne, die sich in der Ägäis spiegelt.

„Minos!"

Er blickt zu mir herüber, erkennt mich und ahnt sofort, was ich vorhabe. Seine Hände abwehrend ausgestreckt brüllt er: „Lass mich spielen, ich kann diese Leute hier nicht im Stich lassen."

Es tut mir fast Leid, ihn aus diesem schönen Traum zu wecken.

„Denk an deinen Körper, Minos", sage ich. Während die Musiker unbeirrt weiterspielen, verschwindet er plötzlich, wie eine Lampe, die ausgeknipst wird.

Der Glanz des Festes wird matter. Bald finde ich mich in den unbestimmten Nebelschwaden einer Ur-Umgebung wieder. Wie komme ich da heraus? Endlich erinnere ich mich: „Klarheit jetzt!" Dann mache ich mir ein Bild vom schlafwandelnden Heresford in seiner verschwitzten Khaki-Uniform, so wie ich ihn zur Burg marschieren sah.

Das bringt mich in eine wüstenähnliche Landschaft. Ich finde mich auf dem zerfurchten Felsrand eines alten, sandigen Vulkankraters wieder, der eine natürliche Arena bildet. Unten auf dem Sand steht unser Sergeant einem wutschnaubenden, brüllenden Riesen in verschlissenen Jeans, schwarzer Lederjacke und Armeestiefeln gegenüber. Der Mann, der bestimmt noch einen Kopf größer ist als Minos, hat auf seinem kahlrasierten Kopf ein riesiges tätowiertes Hakenkreuz. Mit einem Schlagring in der einen Hand und einem blutigen Baseballschläger in der anderen drischt er auf Heresford ein.

Mühsam wehrt der Sergeant die Schläge mit einem kaputten Plastikschild ab, auf dem in großen weißen Buchstaben POLICE steht. Ab und zu erwidert er einen Schlag mit seinem kleinen schwarzen Schlagstock. Sein Gesicht ist schweiß- und blutüberströmt. Der Boden in der Arena sieht aus, als wäre er stundenlang umgepflügt worden. Ich frage mich, ob man wohl Schaden am Körper nehmen kann, wenn einem in dieser Dimension etwas zustößt.

Ich steige zu den beiden hinab und schreie: „Denken Sie an Ihren Körper, Heresford!" Aber durch die dröhnenden Schläge und seine eigenen schweren Atemzüge hindurch kann der Blauhelm mich nicht hören.

Verschiedene Male scheint die endgültige Niederlage für ihn gekommen, aber stets kann er sich im letzten Augenblick mit einem Gegenschlag oder einem Sprung retten. Beide Kontrahenten bluten aus vielen Wunden.

Dann passiert etwas Ungewöhnliches. Der etwas tolpatschige Riese stolpert über seine eigenen Füße und fällt direkt vor Heresfords Füßen auf seine Schulter. Mit blutunterlaufenen Augen blickt er erstaunt zu dem Soldaten auf, der den Kampf jetzt leicht mit ein paar gezielten Schlägen hätte beenden können. Der Sergeant reagiert jedoch unerwartet.

Er lässt seinen Arm sinken und schüttelt seinen Kopf. Schwerfällig kommt der Angreifer wieder auf die Beine und stakst mit erhobenen Fäusten auf ihn zu. Heresford bleibt weiterhin mit hängenden Armen stehen und schaut dem großen Mann in die Augen. In der nächsten Sekunde wird der Riese ihn umrennen und zertrampeln. Zu meiner Überraschung aber bleibt er im letzten Moment stehen, gibt einen Rülpser von sich und beginnt zu schrumpfen. Schließlich ist nur noch ein kleines Kind übriggeblieben, das seinen Daumen in den Mund steckt und hemmungslos zu weinen anfängt. Heresford sucht in seinen Taschen und gibt dem Kind etwas, das es gleich in seinen Mund steckt. Dann ist es still.

„Denken Sie an Ihren Körper, Heresford!!" Der Soldat dreht sich erstaunt um und sieht mich auf einem Felsbrocken sitzen. „Oha", sagt er.

Im nächsten Moment sitzen wir beide wie vom Himmel gefallen auf dem Gras unter dem Orangenbaum in Bellapais und reiben uns die Augen. Heresford trägt noch seine etwas zerknitterte Uniform. Der Todi wird ihn erwischt haben, während er beim Dienst ein Nickerchen machte.

Ich sehe mich nach Devi um. Sie sitzt lächelnd neben mir, und ein Blick in ihre Augen sagt mir, dass sie wirklich wieder ganz da ist, und dass unsere Zusammengehörigkeit durch dieses Abenteuer nur noch tiefer geworden ist. Ich bin unendlich erleichtert.

Auch Panos und Minos haben sich aufgesetzt und blicken sich verwundert um. Akali und Adi kommen gerade mit Lebensmitteln und weiten türkischen Hosen und Hemden aus dem Dorf zurück, sodass jeder essen und sich anziehen kann. Im Rosengarten veranstalten wir ein ausgiebiges Picknick.

Beim regen Gespräch über unsere Erfahrungen trifft so mancher fassungslose Blick Herrn Todi. Erst als er etwas steif, aber doch ehrlich und offen über seine schmerzhafte und transformierende Berührung mit dem Rosenquarz berichtet, können wir ihm alle vergeben. Offensichtlich ist keiner von uns bei seinem Chakra-Erlebnis mit so einem festgefahrenen Karma konfrontiert worden wie er.

Heresford und Ariadne müssen dringend ihre Abwesenheit melden. Da normaler Telefonverkehr mit dem griechischen Teil der Insel offiziell nicht möglich ist, bietet Todi an, Nachrichten über seine besonderen Verbindungen weiterzuleiten, und verschwindet für kurze Zeit im Büro der Abtei.

Als das Essen schon lange vorbei ist und wir alle entspannt im langen Gras liegen, wendet sich Heresford an mich und fragt: „Der Stein?" Sofort wenden sich alle Köpfe zu mir.

„Laut Nani ein sauberer Smaragd", sage ich, „kostbarer als alle Steine, die wir bisher gefunden haben. Ich habe keine Idee, wer ihn zum Sprechen bringen wird, aber ich denke, ich weiß, wo er ist." Es gibt eine Stelle, wo sich die friedliche Energie von Bellapais besonders konzentriert: am berühmten „Baum des Müßiggangs", der gegenüber der Kirche steht, und in dessen Schatten die Dorfbewohner noch heute die meiste Zeit verbringen. Es würde mich sehr wundern, wenn der Stein, den wir suchen, nicht am Fuße dieses Baumes vergraben ist.

„Dann lasst uns zu dem Baum gehen", sagt Heresford, nachdem ich meine Theorie erklärt habe. Ich hatte eigentlich vor, zu warten bis es Nacht ist und keine Menschen mehr da sind.

„Du bist aber jetzt nicht mehr alleine", meint Heresford. „Wir kommen alle mit." Ich schaue in die Runde und sehe nur zustimmende Gesichter. Also dann.

Die Dämmerung setzt bereits ein, als unsere lärmende, lachende Truppe in Richtung Baum zieht. Auf den alten Holzbänken, die unter dem gelb blühenden Blätterdach aufgestellt sind, sitzen Grüppchen alter Männer und jüngerer Leute kontemplativ mit glühenden Zigaretten und großen grünen Flaschen ohne Etikett.

Herr Todi erklärt den erstaunten Dorfbewohnern auf Türkisch unser Anliegen: Wir seien ausländische Gläubige, die heute unter seiner Leitung dem berühmten Bellapais einen Besuch abstatten.

Die griechischen Zyprioten unter uns, die sich hier in einer gefährlichen Illegalität befinden, halten sich wie abgesprochen im Hintergrund, während die echten Ausländer – also Adi, Akali, Heresford, Devi und ich, mit den Dorfbewohnern plaudern. Etwas abseits versuche ich, den Lichtpunkt des Steins aus den wunderbaren Lichtwellen des Baumes herauszufiltern. Tatsächlich gelingt es mir nach einer Weile, hinter dem Baum – zum Glück außer Sichtweite der Dorfbewohner – einen kleinen grünen Punkt ausfindig zu machen.

So genau wie möglich gebe ich Minos, der meine kleine Schaufel bei sich trägt, Anweisungen. Als er anfängt zu graben, kommen sofort einige Kinder angelaufen, aber Herr Todi scheucht sie weg. Obwohl sich die starken Baumwurzeln im Laufe der Jahrhunderte über dem Versteck ausgebreitet haben, dauert es nicht lange, bis Minos mir eines der vertrauten Rohrstücke übergibt.

Auf ein Zeichen von mir verabschiedet sich Herr Todi würdevoll von den Dorfbewohnern. Wir anderen winken ihnen und kehren zu unserem Orangenbaum zurück. Inzwischen ist es ganz dunkel geworden. Wegen der Demarkationslinie müssen wir bis morgen mit der Heimreise warten. Für die griechischen Zyprioten unter uns, Minos und Panos, ist die Grenzüberquerung nicht ungefährlich. Zwar hat Todi eine Sondergenehmigung, um verstorbene türkische Zyprioten in der Erde ihrer alten Heimat zu bestatten und kann daher mit seinem glänzenden Leichenwagen normalerweise unkontrolliert die Grenze passieren. Trotzdem – wenn er versuchen würde, spät abends hinüberzufahren, könnte doch einer der türkischen Grenzposten Verdacht schöpfen.

Eine Weile scherzen wir noch darüber, wann wohl der Sprecher des Smaragds kommen wird und wie er oder sie aussehen könnte. Erinnerungen werden ausgetauscht, und speziell Ariadnes Fall auf meinen Schoß erregt viel Gelächter. Todi schickt den jungen Türken, uns etwas zu essen und ein paar Flaschen Wasser aus dem Klosterbrunnen zu besorgen. Dann schlafen wir erschöpft von den Ereignissen der vergangenen Tage im weichen, feuchten Gras ein, noch bevor die kleine Sichel des Mondes am Himmel erscheint.

Am nächsten Morgen werden wir, nachdem wir noch Heresfords Auto vom Hilarion Parkplatz abgeholt haben, ohne Zwischenfall über die hässliche Grenze gewunken. Alle, sogar Herr Todi, wollen bei der Suche nach dem letzten noch fehlenden Stein dabei sein. „ZEN", die nächste Silbe der Formel, deutet wohl auf Zenon, den berühmten Philosophen, der in Kition, dem heutigen Larnaka, geboren wurde. Der Weg dahin führt durch unser vertrautes Akaki, und wir entscheiden uns, dort zu frühstücken.

In Nikosia rufen die meisten aus unserer Gruppe Verwandte und Kollegen an, um ihr Verschwinden irgendwie zu erklären. Devi probiert noch einmal, Nani zu erreichen und bekommt überraschenderweise Karamjit Singh, unseren lang vermissten Gastgeber, ans Telefon. Wo Nani ist, weiß er auch nicht, aber er würde uns gerne treffen und natürlich auch seinen Mercedes wieder zurückbekommen. Wir verabreden uns mit ihm im Kafeneion von Akaki.

Als unsere Gruppe in das vertraute Café einfällt, schiebt der Inhaber noch zwei Tische zu unserem roten Stammplatz, der wie selbstverständlich frei war. Und sofort wird uns die Kerze gebracht. Ich ziehe das erste Rohr aus meinem bleischweren Rucksack und öffne es mit dem Taschenmesser. Staub rieselt heraus, gefolgt von einem kleinen Fetzen grauer Seide. Eine stumpfgewordene, runde Scheibe Rosenquarz fällt mir in die Hand. In der atemlosen Stille der Gruppe hole ich das Chakra und das Harz aus meinem Rucksack. Selbst in seinem lädierten Zustand lässt die Schönheit des Chakras uns alle vor Ehrfurcht erschauern. Rauchend tropft das dunkle Harz in die Vertiefung. Und als ob er seinen Platz nie verlassen hätte, schmiegt sich der rosafarbene Stein darauf.

Gerade habe ich das zweite Rohr hervorgeholt, an dem noch die Erde vom Baum des Müßiggangs klebt, da hält ein Taxi vor dem Kafeneion. Karamjit Singh steigt aus und kommt mit wehendem schwarzen Bart, den er jetzt offen trägt, auf uns zu. Während der Kaffeehausbesitzer diensteifrig auch für ihn einen Stuhl heranschiebt, stelle ich ihn den Freunden vor. Er setzt sich neben seinen Sohn Akali und fügt sich so selbstverständlich in die Gruppe ein, als gehörte er schon immer dazu. Ich fische weiter zwischen den Strohkrümeln in dem Rohr nach dem Smaragd. Als das grüne Plättchen auf meine Handfläche fällt, sagt Karamjit Singh mit ruhiger Stimme:

„Gib es mir."

Seine Aufforderung hallt laut in die zeremonielle Stille hinein. Ich schaue ihn verständnislos an. Er sagt:

„Ich war Priamos Pericleous.
Ich war der Dieb des Chakras."

Erschrocken halten alle den Atem an. Der Name ist inzwischen dem ganzen Chakra-Kreis genügend bekannt, um eine so große Spannung hervorzurufen, dass sogar die Gäste an den Nebentischen aufhören zu sprechen. Nur die Vögel in der grauen Platane draußen sind noch zu hören. „Nani brachte mich vor zwei Wochen dazu, den Reif, als er noch keine Steine hatte, aufzusetzen. Die Erinnerungen, die dabei hochkamen, haben mich total erschüttert und mein Leben verändert. Ich entdeckte, dass ich nicht nur damals – gierig nach magischer Macht – die Bhajas, die mir monatelang Gastfreundschaft erwiesen, rücksichtslos bestohlen habe. Auch in diesem Leben beruhte mein Erfolg als Soldat und als Geschäftsmann auf Rücksichtslosigkeit und Magie. Sogar den Tod meiner Frau habe ich in Kauf genommen." Er macht eine Pause. Alle starren ihn betroffen an. „Nachdem das Chakra mir das klar gemacht hat, habe ich mein ganzes Geschäft auf eine neue Basis gestellt. Trotzdem fühle ich mich leer und nutzlos, ohne Ziel im Leben. Deshalb muss ich den Stein berühren."

Adi hat sich auf seinen Schoß gesetzt. Akali legt einen Arm um die Schultern seines Vaters und sieht mich herausfordernd an. Der frühere Sikh-General streckt seine Hand aus, und ich gebe ihm behutsam das grüne Oval. Feierlich drückt er es an seine Stirn. Sofort laufen ihm Tränen über die Wangen. Eine Weile bleibt er still. Dann beugt er sich zu mir vor und sagt mit leiser Stimme: „Meister Chajju, niemand wusste es, aber ich habe dich damals umgebracht. Ich weiß nicht einmal, wie du mich eingeholt und gefunden hast. Du musst wohl sehr gut auf das

Chakra eingestimmt gewesen sein. Dicht vor der Mittelmeerküste, kurz bevor ich Beirut erreichen konnte, hast du mich in einem kleinen felsigen Tal gestellt.

Lange und schweigend kämpften wir, ohne einander zu berühren oder auch nur anzuschauen. Du warst verzweifelt und sehr entschlossen, und trotz deiner offensichtlichen Erschöpfung hätte ich wahrscheinlich den Kampf verloren. Dann aber schleuderte ich, ohne wirklich zu zielen, mit letzter Kraft das Chakra gegen dich. Es segelte in einem silbernen Bogen durch die Luft und schnitt, als ob es einen eigenen Willen hätte, deinen Kopf glatt von deinem Körper ab.

Ich war entsetzt über das, was ich getan hatte. Es dauerte lange, ehe ich mich überwinden konnte, den blutigen Reif zurückzuholen. Als ich mich endlich dazu durchgerungen hatte, entdeckte ich zu meinem Erstaunen, dass das Chakra während des Wurfs auseinandergefallen war. Die Steine hatten sich aus dem Metall gelöst, waren herausgefallen und um deine Leiche herum verstreut. Ich sammelte sie so schnell wie möglich ein und machte mich aus dem Staub. Den Rest der Geschichte kannst du dir denken. Ich habe mit Hilfe der Steine ein Netz der Magie über ganz Zypern ausgebreitet und für meine Zwecke genutzt. Das Chakra wieder zusammen zu setzen habe ich nicht gewagt, ich spürte, dass es sich dann gegen mich kehren würde."

Der große Sikh hält einen Augenblick inne und betrachtet nachdenklich den Smaragd in seiner Hand. Dann sagt er: „Dieser Stein trägt mir auf, dir das Schutzmantra wiederzugeben, das du vergessen hast. Damals bei unserem Kampf hat es dir diese unglaubliche Ausdauer verliehen. Du hast es ununterbrochen gesungen. Trotz deiner Erschöpfung warst du fast unbesiegbar – nur das Chakra konnte deinen Schutzwall durchbrechen.

Das Schutzmantra besteht aus vier Teilen. Zu jedem Teil gehört eine Visualisation.

Singe oder denke ‚Aad Gureh Nameh', was soviel bedeutet wie: Ich rufe die Weisheit meines Ursprungs an. Visualisiere dabei einen goldenen, beschützenden Schild links von dir.

Singe oder denke ‚Djugaad Gureh Nameh': Ich rufe die Weisheit meiner vergangenen Existenzen an. Visualisiere ebenso einen Schild hinter dir.

Singe oder denke ‚Sat Gureh Nameh': Ich rufe die Weisheit meiner eigenen Wahrheit an. Visualisiere den Schild rechts von dir.

Singe oder denke ‚Siri Guru Deveh Nameh': Ich rufe die große, erhabene Weisheit meiner Zukunft. Visualisiere den goldenen Schutzschild vor dir."

Karamjit Singhs Gesichtszüge entspannen sich. Er nimmt einige tiefe Atemzüge und gibt mir dann mit einem zufriedenen Lächeln den Smaragd zurück. Ergriffen von der Enthüllung sitzen wir alle einen Augenblick lang sprachlos und gedankenversunken da und blicken Karamjit Singh mit großen Augen an. Nach und nach entspannt sich die Runde, und ich befestige den kostbaren Stein in dem heißen Harz auf dem Reif, halte ihn noch einmal für alle sichtbar hoch und stecke ihn dann sorgfältig wieder in meinen Rucksack. Nur noch zwei Steine fehlen!

Hummus, Hallumi, Fladenbrot, Tee und Milch kommen auf den Tisch, und die Stimmung wird wieder fröhlich und unbeschwert, als alle gleichzeitig anfangen zu essen und zu sprechen.

Während wir noch genüsslich frühstücken, fällt plötzlich ein Schatten über den roten Tisch und eine bekannte Gestalt setzt sich ohne zu zögern zu uns. Loizos Pericleous! Der schlaksige Automechaniker gibt mir einen dicken Briefumschlag und sagt: „Von Nani."

Schlagartig vergeht mir jeder Appetit. Mit zitternden Fingern reiße ich den Briefumschlag auf. Das erste, was herausrutscht, sind die Autoschlüssel der weißen Limousine, die ich sofort an Karamjit Singh weitergebe. Darüber hinaus sind nur noch zwei Drucksachen in dem Umschlag, kein Brief.

Es sind zwei Flugtickets für Mr. A. Schliemann und Ms. D. Khalsa, heute abend um 18.30 Uhr ab Larnaka International Airport über New Delhi nach Amritsar, Indien!

Opal

Elfter Stein

Schwarz, irisierend

**Spirituelle Verschmelzung
mit allem**

Königsebene des blauen Äthers

Ein bescheidenes Standbild in einem heruntergekommenen Viertel von Larnaka ist laut Panos alles, was auf Zypern noch an den großen Philosophen Zenon erinnert. Damit ist dort der einzige Ort, wo sich der nächste Stein befinden könnte. Diesmal sind wir allerdings in der günstigen Lage, den Dieb selbst befragen zu können. Tatsächlich bestätigt Karamjit Singh, dass er als Priamos diese alte Skulptur gekannt hat und sie, obwohl er sich nur vage daran erinnert, wohl auch als Versteck für einen der Steine benutzt hat.

Nachdem wir in Karamjit Singhs weißer Villa eiligst unsere Sachen zusammengepackt und uns frisch gemacht haben, fahren Devi und ich in seiner Limousine an der Spitze einer bizarren Kolonne aus Bestattungswagen, UNO-Jeep und rotem Fiat in Richtung Larnaka. Loizos, der unbedingt mitkommen wollte, hat sich zu uns in den Wagen gesetzt. Das kommt mir sehr gelegen, weil es ein paar Punkte gibt, über die ich mir gerne Klarheit verschaffen möchte.

Der magere Automechaniker, der in seinem schnittigen weißen Anzug wie verwandelt aussieht, erinnert sich noch genau an den Tag, an dem Nani verschwunden ist. Das Ganze stellt sich als weitaus weniger mysteriös heraus, als wir gedacht hatten. Herr Todi, ein ehemaliger Schüler von Loizos Vater und somit Loizos seit langem bekannt, merkte mit jedem Stein, den ich einsammelte, wie die Kraft seiner auf den Steinen basierenden Formel nachließ. Damit nicht noch mehr Steine seinem Einflussbereich entweichen konnten, grub er den Türkis, dessen Versteck er offensichtlich kannte, aus dem Grab von Umm Haram aus. Anschließend fuhr er nach Akaki, um sich mit Loizos über die anderen Steine zu beraten. Genau zu diesem Zeitpunkt tauchte Nani, zufällig oder nicht, in der Werkstatt auf.

Nanis Begegnung mit dem Magier scheint in ein wahres Poltergeist-Spektakel eskaliert zu sein. Dabei hat Todi offensichtlich den Kürzeren gezogen, der alten Dame seinen geraubten Türkis überlassen und sich hinter die Demarkationslinie zurückgezogen, um unseren Besuch abzuwarten. Er wusste ja, dass wir früher oder später den Stein im Sankt Hilarion suchen würden.

Nani ging, wie wir bereits wussten, zum Kafeneion, um den Türkis in das Chakra einzusetzen. Danach bat sie Loizos, der ihr inzwischen treu ergeben war, sie schnellstens zum Flughafen zu bringen. Sie muss in ziemlicher Eile gewesen sein, als sie das Auto und ihre Tasche mit dem Chakra für uns zurückließ. Vom Larnaka International Airport ist sie, nachdem sie Loizos einen Briefumschlag mit dem Autoschlüssel und unseren Tickets gegeben hat, nach Indien zurückgeflogen.

„Sie lässt fragen", fügt Loizos hinzu, „ob Devi ihr so schnell wie möglich ihre Tasche zurückbringen könne. Du, Agamemnon, sollst den letzten Stein alleine finden."

Bei einer Ampel kurz vor Larnaka verlieren wir die anderen Autos und erreichen als Erste das Standbild Zenons. Die Büste sitzt auf einem verwitterten Granitsockel, der verlassen inmitten einer ungepflegten Grasfläche auf dem „Platz der Amerikanischen Akademie" steht. Ich schaue mir das marmorne Gesicht des alten Philosophen an. Es gibt einen interessanten Kontrast zwischen den tiefen Leidensfurchen um Zenons Mund und der Weisheit, die aus der würdevoll gewölbten Stirn und den entspannten Augen spricht.

Dann versuche ich, in der Hoffnung, den Stein gleich zu finden, mich auf die Umgebung des Standbilds einzustellen. Trotz meiner ernsthaften Bemühungen, mich so gut wie möglich zu entspannen, tut sich nichts – vielleicht weil ich wegen unserer bevorstehenden Abreise ziemlich nervös bin, oder weil in dieser dreckigen, vernachlässigten Umgebung einfach nicht genügend Kraft vorhanden ist, um den Stein aufleuchten zu lassen.

Die Zeit, um auf gut Glück den Umkreis des Sockels umzugraben, haben wir allerdings auch nicht, schließlich werden wir in ein paar Stunden am Flughafen erwartet. Verbissen studiere ich die stoische Skulptur von allen Seiten. Schließlich kicke ich frustriert eine zerquetschte Coladose weg und blicke Devi ratlos an.

Nacheinander treffen die drei anderen Autos ein. Als Panos ankommt, sage ich ihm, wie merkwürdig ich es finde, dass einer der wichtigsten Denker der Menschheit so wenige Spuren hinterlassen haben soll.

„Na ja, ... er hat ja in erster Linie ein riesiges geistiges Gebäude hinterlassen."

„Geistiges Gebäude" bringt mich auf eine Idee. Wenn wir irgendwie die Ausstrahlungskraft dieser Umgebung erhöhen könnten, dann würde vielleicht das Lichtpünktchen des schwarzen Opals sichtbar werden. „Lasst uns versuchen, Zenons Gedankengebäude sichtbar zu machen", schlage ich unserem Kreis vor. Alle sind inzwischen um die Skulptur versammelt und nicken bereitwillig.

Ich bitte meine Freunde, in der Reihenfolge der Chakra-Steine um das Standbild einen Kreis zu bilden. Links neben mir stehen Adi, Minos und Loizos, Letzterer als Ersatz für den alten Timoteo. Gegenüber und teils hinter dem grauen Granitsockel platzieren sich Heresford, Ariadne, Akali und Devi. Rechts neben mir schließen Panos, Herr Todi und Karamjit Singh den Kreis.

Als alle ihre Plätze eingenommen haben, nehme ich das Chakra mit den zehn Steinen, die wir bisher gefunden haben, aus meinem Rucksack und setze es der geduldigen Philosophenbüste auf den Kopf. Auf meinen Vorschlag hin summen wir erst zusammen ONG, um uns einzustimmen. Nach einer Weile verstummen die Stimmen von selbst, und es entsteht eine fast greifbare Stille, die sich wie eine Kuppel über unseren Kreis spannt. Verstohlen blicke ich in die Runde und bemerke etwas erschreckt, dass alle einen beinahe hypnotisierten Ausdruck in den Augen haben, fast wie vor ein paar Tagen auf der Burg, nur viel entspannter und wacher. Jeder schaut auf den Kopf des Zenon, auf dem das Chakra ruht wie eine Krone. Ich hefte meinen Blick jetzt auch auf seine blinden Augen. Allmählich scheinen die Züge seines Antlitzes lebendig zu werden. Gleichzeitig tauchen viele Gedanken über den Stoizismus und über seinen geistigen Vater in mir auf, obwohl ich mich eigentlich nie besonders mit diesem Thema beschäftigt habe.

Heresford, dessen noch immer staubiges Käppi aus seiner Brusttasche hervorschaut, bricht als Erster das Schweigen:

„Als Soldat habe ich mich bisher ganz und gar der stoischen Art, mit Gefühlen umzugehen, verschrieben", sagt er. „Mein Motto kam von Zenon: ‚Strebe nicht danach, die Ereignisse so stattfinden zu lassen, wie du es möchtest, sondern akzeptiere, dass sie so stattfinden, wie sie stattfinden.'

Ich bemühe mich, unter allen Umständen meine Gemütsruhe zu bewahren, unberührbar zu sein. Als ich in Nordirland diente, wurden wir manchmal auch als Polizisten gebraucht. Gelegentlich kam es vor, dass wir im Auftrag des Sozialamts Kinder aus sozial schwachen, gewalttätigen Elternhäusern abholen sollten. Obwohl wir dafür Teddybären einsetzten, die wir im Handschuhfach aufbewahrten, und den Kindern auch mal eine Dose Cola im Supermarkt kauften, wollten sie nie von ihren Eltern weg. Da kam ich an die Grenzen meines Stoizismus. Diese Dinge kommen vor, und vielleicht ist es sogar richtig so. Aber mir war danach jedesmal schlecht."

Die tiefe, rauhe Stimme von Minos, die für solche Sätze eigentlich überhaupt nicht geeignet scheint, antwortet ihm:

„Stoizismus bedeutet doch nicht emotionale Kälte! Nicht deine Gefühle sind das Problem. Zenon verurteilt nur die ‚Pathe', die Leidenschaften. ‚Lass keine Impulse zu, die dich auf eine steil abwärts gerichtete Rampe führen, wo du deine Schritte nicht mehr beherrschen kannst.'"

Devi, ihre Hände in einer anmutig entschuldigenden Geste vor der Brust aneinandergelegt und ohne den Blick von Zenons Haupt zu wenden, ergänzt:

„Die Stoa ist sehr asketisch. Schmerz und Vergnügen, Armut und Reichtum, Krankheit und Gesundheit sollten gleich unwichtig sein. In der Außenwelt gibt es kein Gut oder Böse, nur in deiner Innenwelt. Alles hängt ab von deiner Entscheidung, von dem, wie du etwas auffasst."

Der alte Schullehrer Panos, der einzige unter uns, der von sich aus eine gewisse Kenntnis des Stoizismus haben dürfte, führt das weiter aus:

„Wie kannst du diese innere Entscheidung treffen? Wie kannst du Wirklichkeit von Einbildung unterscheiden? Was ist Wahrheit? Das hängt von deinem Wissen ab. Dabei geht es Zenon nicht um Konzepte, die du selbst aufgestellt hast. Entscheidend ist die Wahrnehmung der Natur."

Adi, die neben mir steht, scheint trotz ihrer Jugend keine Probleme zu haben, sich in dieses philosophische Gespräch einzuschalten. Sie bleibt bei ihrem Singsang:

„Die einzig gute Entscheidung ist,
‚der Natur entsprechend zu leben'.
Die Natur ist eine lebendige Kraft.
Sie lässt die Welt wachsen und sich entfalten."

Panos, den Blick fest auf das Standbild gerichtet, erwärmt sich jetzt so richtig für unser Gespräch.

„Die grundlegende Kraft, die die Natur sich entfalten lässt, ist der ‚Logos', die Wahrheit. Diese gleiche Kraft kann jeder auch in sich finden. Das ist es, was wir unter allen Umständen unterstützen müssen. Selbst ein Todesurteil darf dich nicht von diesem Weg abbringen. Jede Abweichung vom Logos kostet dich deine Menschlichkeit und macht das Leben als solches wertlos."

Der junge Akali illustriert diesen Standpunkt mit einer kleinen Geschichte.

„Leaina, die Geliebte von Aristogeiton, starb unter der Folter. Sie hat sich die Zunge durchgebissen, um nicht die Namen von Aristogeitons Freunden verraten zu können. Vorher hatte sie als hübsches und liebenswürdiges Mädchen ein Leben voller Vergnügen geführt.

Die Frage, die Zenon gerne stellte, war nun: ‚Was würdest du lieber haben: das frühere Leben von Leaina, das voller Vergnügen war, oder ihre letzten Stunden, die voller Schmerzen waren?' Wenn Zenons Augen auf sie gerichtet waren, fanden die Leute es schwierig, Ersteres zu wählen."

Sein Vater Karamjit Singh ergänzt: „Für Zenon bedeutet Glück, sich selbst gegenüber wahrhaftig zu sein, ohne die Schmerzen und das Leid, die das mit sich bringen könnte, zu beachten. In diesem Sinne könnten die letzten Momente von Leaina tatsächlich ihre glücklichsten gewesen sein, weil sie viel mehr als je zuvor ihrer Wahrheit verpflichtet war."

Die hübsche Ariadne bringt das Gespräch zurück zu Heresford, der neben ihr steht:

„Wenn du Kinder von ihren Eltern wegholst, darfst du dich auch als Stoiker schlecht fühlen. Das ist ganz normal. Aber anschließend musst du versuchen, deine Eupatheia, deine guten Gefühle, wiederherzustellen. Überprüfe noch einmal die Situation. Vielleicht hast du falsche Wahrnehmungen gehabt und verkehrte Schlussfolgerungen gezogen, und alles ist eigentlich doch richtig. Scheint die Situation dir dann noch immer falsch, solltest du kompromisslos und furchtlos versuchen, den Logos, die Redlichkeit, durch einen bewussten ‚Akt der Menschlichkeit' wiederherzustellen. Ob diese Tat Erfolg hat oder nicht, ist unerheblich. Welche Konsequenzen sie hat, ebenso. Die Tat selbst wird deine Eupatheia wiederherstellen."

Devi versucht das noch zu vertiefen.

„Die ‚Eupatheia' oder die guten Gefühle bestehen aus einem großen Gefühl, das aus vielen unzertrennlich zusammengehörenden Teilen zusammengesetzt ist, wie zum Beispiel Mut, Ehrlichkeit, Liebe, Mäßigkeit, Mitgefühl usw. Sie zu kultivieren heißt in der Stoa die ‚Meisterschaft des Lebens'.

Zusätzlich dazu sollte allerdings ebenfalls die ‚Apatheia' kultiviert werden, die Leidenschaftslosigkeit, mit der der Weise sich abwendet von ebenfalls unzertrennlich zusammengehörenden Leidenschaften wie Angst, Gier und Lüsternheit.

Leidenschaften beschreibt Zenon als ‚Dinge, die dich überkommen' im Gegensatz zu Gefühlen als die ‚Dinge, die du tust'. Leidenschaften neigen zu Unredlichkeit und Exzess und können dich deine Menschlichkeit kosten."

Minos kommt noch einmal auf das zurück, was er vorher gesagt hat:
„Die Leidenschaftslosigkeit sollte aber nicht mit emotionaler Kälte verwechselt werden. Die geistige Ruhe des Stoikers trägt im Gegenteil die größtmögliche Liebe und das höchstmögliche Glück in sich. Wenn der Stoiker wirklich im Logos lebt, wird er, wie Zenon das nannte, von dem

‚großen schöpferischen Feuer' ergriffen. Dann ist er der glücklichste Mensch auf Erden.“

Devi pflichtet ihm bei.

„Das ist es, was die Menschen oft nicht in der Stoa erkannt haben, nämlich die Intensität des Glücksgefühls, wenn man ganz und gar für die innere und äußere Wahrheit und in ihr lebt. Dieses Glücksgefühl ist so groß, dass selbst die größte Leidenschaft daneben verblasst.“

Herr Todi gibt dem Gespräch eine spirituelle Wendung.

„Die innere und die äußere Wahrheit sind eins. Sie sind der Logos, der in der ganzen Schöpfung anwesend ist. Er ist das ewige Feuer, das die Materie bis in das kleinste Detail nach seinem Plan bildet. Der Logos ist Gott. Aber ein Gott, der nach Zenon eine materielle Existenz hat. Gott ist das Universum selber. Die Geschichte wird durch seine innere Aktivität bestimmt.“

Karamjit Singh schlägt eine Brücke zur indischen Philosophie.

„Zenon war ursprünglich nicht griechischer, sondern phönizischer Abstammung. Deshalb gibt es viele orientalische Einfüsse in der Stoa. Sie ist zum Beispiel streng monistisch. Alles ist eins. Es gibt keine Trennung zwischen Idee und Materie, kein Gefühl, das nicht irgendwie eine materielle Existenz hat. Zenon hätte sich bestimmt mit der indischen Idee anfreunden können, dass die Seele hundert Gramm wiegt. Oder dass jeder Gedanke eine Form hat, die man wahrnehmen kann, wenn man dafür geschult ist. Und die indische Vorstellung vom Karma, nach der jede Leidenschaft früher oder später ihre unangenehmen Konsequenzen nach sich zieht, ist nichts anderes als die Geschichte des über viele Leben hinweg triumphierenden Logos.“

Devi fügt hinzu: „So wie Zenon Gott als eine lebendige Hitze beschreibt, klingt es, als ob er persönlich die Kundalini erfahren hat, wenn sie die Wirbelsäule emporsteigt.“

Herr Todi ergänzt: „Zenon schreibt allem in der Schöpfung Seelenkraft oder ‚Pneuma' zu. Selbst die Erde und die Sterne haben eine Seele. Und die Seelen haben genügend inneren Zusammenhalt, um den Tod eines Körpers, mit dem sie sich vermischt haben, zu überstehen. Gemäß der Stoa existiert die Seele über viele Leben hinweg, bis sie wieder in das reinigende, bewusste Urfeuer zurückkehrt.“

Schließlich bringt Adi das Gespräch auf den Punkt.

„Zenon sagt,
das göttliche Urfeuer,
das alle Geschichten der Seelen umfasst,
verwandelt sich erst in Luft,
dann in Wasser
und schließlich in Erde,
wodurch die Welt mit allen Lebewesen entsteht.
Und am Ende verwandelt es sich
wieder in das ursprüngliche Feuer,
das alle Geschichten von allen Seelen aufnimmt."

Damit scheint alles Wichtige gesagt zu sein. Eine Weile stehen wir in Stille, jeder in seine Gedanken versunken. Über dem alten Zenonbild hat sich eine kräftig strahlende Lichtkuppel gebildet, die den ganzen Platz leuchten lässt. Die Skulptur selbst strahlt in hellem Blau. Links neben Zenons Sockel, schwer sichtbar, weil er fast schwarz ist, irisiert ein dunkel glänzender Punkt.

Minos und ich brauchen eine halbe Stunde, um das versiegelte Rohr aus dem überraschend steinigen Boden auszugraben. Unter dem Jubel meiner Freunde stecke ich es in meinen Rucksack.

Inzwischen drängt die Zeit für Devi und mich. Wir machen uns auf den Weg zum Flughafen, und die ganze Kolonne gibt uns das Geleit. In dem freudigen Gefühl, in den letzten Tagen tatsächlich zu etwas wie einer Gruppenseele zusammengewachsen zu sein, stehen wir in der Abflughalle noch eine Weile zusammen. Alle sind sich, glaube ich, dessen bewusst, dass ich das Schwierigste noch vor mir habe. Was wird geschehen, wenn das Chakra vollständig ist?

Als die Uhr uns definitiv zum Abschied zwingt, hat Ariadne noch ein Anliegen. Nachdem sie uns liebevoll auf beide Wangen geküsst hat, sagt sie: „Ich komme zu eurer Hochzeit!" Und sie fängt an, die „Zehn Gründe der Ehe" zu singen. Selbst der trockene Todi zählt mit:

„‚Eins' sagt die Schöne,

und er antwortet:
,Ich habe einen der Liebeskuchen,
die du gebacken hast, gegessen,
und also bin ich dein Diener geworden.'
,Zwei', sagt sie,
und er antwortet:
,Zwei Tauben mit Silberflügeln spielten,
ich habe gesehen, wie sie sich küssten,
und glaubte, dass wir es seien ...'"

Unter tausend Segenswünschen und tränenreichen Abschiedsworten gehen Devi und ich Hand in Hand durch die Kontrolle. Die zehnstündige Flugreise erleben wir als ein Geschenk des Himmels – wir brauchen nichts weiter zu tun, als nebeneinander zu sitzen und endlich ungestört unsere Verbundenheit in ihrer ganzen Tiefe zu erleben. Seit wir uns begegnet sind und uns unsere Beziehung offenbar wurde, hat sich so unfassbar viel ereignet – und auch die Sorge um Nanis merkwürdiges Verschwinden hatte schwer auf uns gelastet. Trotz unserer hundert Mitpassagiere in dem engen Jet ist es ein überwältigendes Gefühl, nun „allein" zusammen zu sein und alles besprechen und teilen zu können.

Am meisten hat Devi unsere tiefe, außerkörperliche Vereinigung beeindruckt, die sie genauso bewusst erlebt hat wie ich. Trotz des traumhaften Charakters der anderen Welten sind wir uns der Realität unserer Erfahrungen absolut sicher. Ohne jeden Zweifel sind wir uns dort wirklich begegnet und haben dabei genau dasselbe wahrgenommen. Sie erzählt, wie Panos, bevor sie ihn aus seiner Trance zurückgeholt hat, in eine Art hochkompliziertes, dreidimensionales Backgammonspiel mit einer Frau verwickelt war. Er saß vor seinem Haus unter einem Walnussbaum. Alles sah fast genauso aus wie bei dem Haus, das wir vor ein paar Tagen kennengelernt hatten. Nur steht in Akaki ein Pflaumenbaum im Garten.

Ich erinnere mich auch an Ungereimtheiten auf dieser inneren Reise, zum Beispiel die Spitzbögen des Refektoriums, deren Stil in beiden Welten leicht und zierlich, aber deutlich verschieden war. Offensichtlich ist die Astralwelt kein vollkommenes Spiegelbild unserer alltäglichen Welt, sondern eher eine Parallelexistenz, die große Ähnlichkeit zu unserer aufweist.

Auf jeden Fall nehmen wir uns vor, das wunderbare Haus mit der Veranda über dem wogenden Ozean irgendwann hier auf der Erde zu bauen. Wo könnte das sein? In Indien?

Das bringt das Gespräch auf unsere gemeinsame Zukunft. Nani hat Devi eine Arbeit bei der CHIPKO vermittelt, einer hauptsächlich von Frauen getragenen Bewegung, die die Wälder des Himalaya zu retten versucht, die von der indischen Regierung schonungslos ausgebeutet werden. Sie erzählt, wie die Überschwemmungen und Erosionsschäden, die durch rücksichtslose Waldrodungen und Wegebau verursacht werden, es den einheimischen Völkern fast unmöglich machen, ihren Lebensstil weiterzuführen. Im Geiste von Gandhis gewaltlosem Widerstand kämpft die CHIPKO-Bewegung mit Aktionen und Öffentlichkeitsarbeit mehr oder weniger erfolgreich gegen die Politik der Zerstörung.

Seit der großen Wende in meinem Leben habe ich noch gar keine Zeit gehabt, mir über meine Zukunft viele Gedanken zu machen, aber ich kann mir gut vorstellen, in Indien zu leben und zu arbeiten. Eine Weile spielen wir mit den verschiedenen Möglichkeiten, uns in diesem riesigen Land eine gemeinsame Existenz aufzubauen.

Mein Ziel ist erst einmal HEM, die letzte Silbe des Zauberspruchs, die laut Nani für Hemkund steht, einen Sikh-Pilgerort hoch im Himalaya. Devi lässt sich aufgrund von Nanis deutlichem Hinweis, dass ich den Diamanten alleine suchen solle, nicht überreden mitzukommen.

Wir sind so ineinander vertieft, dass wir kaum merken, wie wir in New Delhi das Flugzeug wechseln, um in einer klapprigen Dakota aus dem Zweiten Weltkrieg weiterzufliegen. Es ist beinahe Abend, als wir auf der kurzen Landebahn von Amritsar aufsetzen.

Indien!

„Ich will dir unbedingt etwas zeigen", sagt Devi.

Eines der altmodischen „Ambassador"-Taxis, die in Indien noch immer im Stil der fünfziger Jahre nachgebaut werden, bringt uns in die wichtigste Stadt des Punjab hinein. Fahrräder, Fahrradrikshas, Dreiradscooter, Taxis und Busse drängeln sich in bläulichen Auspuffwolken scheinbar planlos über die Schotterstraßen, zwischen zotteligen Ziegen und riesigen Büffeln hindurch, die sich gemächlich einen Weg durch die im letzten Moment ausweichenden Fahrzeuge bahnen.

Laute Radiomusik plärrt aus den vorbeiruckelnden Geschäften mit ihren grellbunten Aushängeschildern und untermalt das pausenlose Hupen auf der vollgestopften Straße.

Indiens schwüler Atem riecht nach Rauch, Staub und Auspuffgasen.

Nach einer halben Stunde taucht plötzlich aus dem größten Chaos eine große, mit goldenen Kuppeln geschmückte Marmorpforte auf, die eine erhabene Ruhe ausstrahlt. Devi kauft mir in einem kleinen Stoffladen neben der Pforte einen fünf Meter langen weißen Turbanstoff und manövriert mich dann zu einer der Holzbänke, die etwas seitlich unter einem Dach beieinanderstehen. Folgsam setze ich mich hin und halte meinen Kopf nach vorn gebeugt, während sie mit ihrem Holzkamm geschickt meine Haare hochkämmt, sie mit einem Gummiband zu einem Knoten vorn auf dem Kopf festmacht und das Tuch zu einem schlichten Turban wickelt. Es fühlt sich erstaunlich gut an. Nachdem wir unsere Schuhe und unser Gepäck, außer dem Rucksack mit dem Chakra, bei einer Art Garderobe abgegeben haben und durch ein flaches Fußwaschbecken gewatet sind, erklimmen wir die paar Stufen der großen Pforte, steigen auf der anderen Seite wieder hinab und betreten ein märchenhaft schönes Gelände. Schon von weitem empfangen uns kunstvoll gesungene und mit zarten Rhythmen unterlegte Klänge. Der Kontrast dieses kühlen, offenen Platzes zu der dreckigen, hektischen und hitzigen darum herumliegenden Stadt könnte nicht größer sein.

Wir stehen am Rand eines riesigen, viereckigen Beckens mit blaugrünem, angenehm kühlen Wasser, das, wie Devi mir erzählt, aus einer uralten Heilquelle gespeist wird. In der Mitte des Beckens liegt wie ein großes, strahlendes Schiff ein ringsum mit Goldplatten und Goldkuppeln verzierter Tempel. Auf den Stufen, die zum Wasser hinunterführen, sitzen viele Sikhs. Einige baden andächtig, wobei sie ihren Kirpan, den zeremoniellen Dolch, in einer Hand hochhalten und bis über den Kopf eintauchen.

Weiße Tempelgebäude umsäumen die mit großartigen Mosaiken geschmückte, breite Promenade, die von einigen Männern und Frauen ständig mit dem Wasser aus dem Becken besprengt wird. Auf dem glatten, nassen Marmor spazieren Hunderte von Besuchern, alle barfuß, und lauschen den Gesängen aus dem Inneren des goldenen Tempels. Wir umrunden ebenfalls in ergriffenem Schweigen das Becken und lassen uns über eine lange Brücke mit goldenen Laternen von dem fortwährenden, langsamen Besucherstrom in den zweistöckigen Tempel hinein schieben. In der Mitte des Tempels liegt auf einem mit goldbestickten Tüchern verhüllten Altar ein riesiges Buch, der Shabd Guru, aufgeschlagen. Neben dem Altar sitzen die Musiker, deren Musik man über das ganze Gelände hört.

Devi verneigt sich vor dem Shabd Guru und bedeutet mir, es ihr gleichzutun. Während ich es tue, fällt mit einem Mal die ganze knochentiefe Müdigkeit von mir ab, die sich im Laufe der so unglaublich turbulenten vergangenen drei Wochen in mir festgesetzt hat, und weicht einer wohltuenden Gelassenheit.

Wir verlassen den drängenden Strom, der links wieder zum nächsten Tor hinaus und um den Tempel herum zu dem langen Steg zurückfließt, und begeben uns zu einer schmalen Treppe, die uns in den ersten Stock führt. Hier können wir uns setzen, um in stiller Kontemplation dem Kirtan zu lauschen, der aus der unteren Ebene heraufklingt.

Später gehen wir wieder schweigend über den Marmor der Promenade und trinken die Schönheit des Ganzen tief in uns hinein. Unter einem uralten knorrigen Baum, der mit Eisenstangen gestützt und mit Blumengirlanden geschmückt ist und am Rand des Wassers scheinbar aus dem Marmor herauswächst, nehmen wir schließlich Platz.

Einer Eingebung folgend hole ich das Chakra aus meinem Rucksack, das Harz, das Rohr mit dem Opal und die Kerze, die mir der Inhaber des Kafeneions geschenkt hat. Schnell habe ich den dünnen, grauschwarzen Edelstein aus dem Rohr herausgeholt. Bewegungslos bleibe ich mit dem Opal in der Hand sitzen. Irgendetwas bringt mich dazu, zu warten.

Plötzlich verwandelt sich die gewaltige Lichtkuppel, die über dem Tempelgelände hängt, in ein strahlendes Weiß. Eine Gruppe von ungefähr zwanzig weiß gekleideten Menschen mit weißen Turbanen kommt durch die Pforte. In ihrer Mitte schreitet ein großer, alter Mann mit einem silbernen Spazierstock.

Seit meinen Erfahrungen im Dromos fasziniert es mich immer wieder, das Licht um die Menschen herum zu betrachten. Die meisten haben eine Art eiförmigen Lichtbogen von ungefähr drei Metern Durchmesser um sich herum. Bei wütenden oder gierigen Leuten färbt er sich rot oder braun, bei anderen, wie zum Beispiel bei Devi, ist diese Aura strahlend blau. Bei dem Mann, der jetzt langsam in unsere Richtung geht, leuchtet sie nicht nur in einem unglaublichen, goldenen Licht, sie scheint auch Hunderte von Metern weit zu reichen. Ohne uns besondere Beachtung zu schenken, lässt sich die Gruppe, die allem Anschein nach hauptsächlich aus Nicht-Indern besteht, ebenfalls unter dem Baum nieder.

Vorsichtig stecke ich das Chakra wieder in den Rucksack zurück, behalte den Opal allerdings in der Hand. Der alte Mann fängt an, den anderen, die offensichtlich seine Schüler sind, auf Englisch eine Geschichte zu erzählen. Da wir in seiner unmittelbaren Nähe sitzen, können wir jedes Wort mitbekommen.

„Ein spiritueller Lehrer lud seine Schüler in ein großes Hotel ein, wo er im zehnten Stock ein Zimmer reserviert hatte. Er bat sie einen nach dem anderen herein.

Diese Begegnungen liefen alle ungefähr gleich ab. Erst redete der Meister mit seinem Schüler oder seiner Schülerin. ‚Vertraust du mir? Bist du bereit, mir zu gehorchen? Bist du bereit zu tun, was ich dir auftrage?'

Als sie all seine Fragen bejaht hatten, zeigte er zum Fenster, das weit über die Stadt hinaus blickte, und sagte: ‚Spring!'

Manche sagten, sie könnten leider nicht, weil sie sich heute ein bisschen krank fühlten. Andere saßen einfach still da und zitterten. Eine Frau sagte, sie würde es machen, wenn sie nicht für ihre alte Mutter sorgen müsste. Eine andere, sie würde es machen, aber nicht heute.

Der Meister schien absolut nicht böse oder enttäuscht zu sein. Er gab allen die gleiche Antwort: Sie sollten sich bitte zu einem bestimmten Zimmer begeben, das ein Stockwerk tiefer, direkt unter dem Zimmer des Meisters lag.

Nur beim letzten Schüler, der an die Reihe kam, verlief alles anders. Ohne zu zögern sprang der junge Mann mit einem großen Satz aus dem Fenster.

Ein starkes Netz, das unter dem Fenster gespannt war, fing ihn auf. An dem Netz rutschte er nach unten und landete durch ein offenes Fenster ein Stockwerk tiefer in dem gleichen Zimmer, wo die anderen Schüler sich versammelt hatten."

Der Mann mit dem silberweißen Bart hört auf zu sprechen.

Obwohl ich nicht weiß warum, ist mir plötzlich klar, was ich tun soll. Stumm rutsche ich zu ihm und halte ihm den grauen Opal hin. Ohne irgendeine Überraschung zu zeigen, schaut er mich mit unvergesslich ausdrucksstarken Augen an. Dann tippt er leicht auf den Opal und anschließend auf seine Stirn und sagt:

„Wasserträger! Du nimmst dich selbst viel zu ernst. Du sollst still sein, viel tanzen, viel singen und dich oft verneigen. Bald ist es Zeit zu springen!"

„Aber", er schaut mich durchdringend an, „dieses Mal wird kein Fangnetz gespannt sein!"

Sich schwer auf seinen Stock stützend, steht er auf, um zu gehen. Als seine Schüler an uns vorbeikommen, sagt eine kleine stämmige Frau mit gelblichen Tigeraugen in breitem Amerikanisch: „Neun Uhr im Mohan International Hotel. Er möchte dich sprechen, bevor du gehst."

Eine Weile sitzen wir in Gedanken verloren am spiegelnden Wasser des Beckens und schauen den Karpfen zu, die an die Oberfläche kommen und ihre Mäuler aufsperren. Der Abend hat sich sanft über das weite Gelände gesenkt und lässt das Gold des Tempels in warmen Tönen erstrahlen. Ich zünde meine Kerze an und montiere den dunklen Opal in den im Lampenlicht glänzenden Reif.

Diamant

Zwölfter Stein

Brillant, weiß

Universelle Liebe

Ebene der Einheit

Mit dem Dreiradscooter fahren wir am nächsten Morgen in das beste Hotel der Stadt. An der Rezeption brauchen wir nicht lange nachzufragen. „Yogi Bhajan" bestätigt der Rezeptionist mit dem roten Turban.

In einer großen Suite werden wir an einen Tisch gebeten und bekommen Fladenbrot, Jogurt und gebackenes, stark gewürztes Gemüse serviert. Yogi Bhajan sitzt in kurzen Hosen und Hemd, die stahlgrauen Haare zu einem dünnen Zopf geflochten, auf einem großen Lehnstuhl und liest die Herald Tribune – auf dem Tischchen neben seinem Sessel stehen Gläser mit dunkelgrünen, hellgrünen, roten und braunen Säften und Schälchen mit einem großen Sortiment Kräuterkapseln und Pastillen. Einige weißgekleidete amerikanische Frauen mit Turban und einem weißen Schleier darüber, wie Nani ihn trägt, sprechen mit gedämpften Stimmen miteinander, nehmen leere Gläser vom Tisch und stellen neue hin oder sitzen ebenfalls am Tisch und frühstücken. Ein hühnenhafter Sikh von undefinierbarer Nationalität sitzt schweigend dabei.

Es dauert fast eine halbe Stunde, bis der Yogi unsere Anwesenheit überhaupt zu bemerken scheint. Dann legt er die Zeitung beiseite und ruft einer Frau zu, die hinten im Raum an einem Laptop arbeitet: „Meine Uhr!"

Die Frau bringt ihm eine goldene Rolex, deren Zifferblatt von einem Kreis aus Brillanten eingefasst ist. Der Yogi drückt die kleinen

Diamanten an seine Stirn, schaut mich schelmisch an und spricht: „Alter Chajju, treuer Schüler der Gurus, es gibt in der Beziehung zum Meister kurz vor der Erleuchtung immer einen Moment völliger Irrationalität.

Erinnerst du dich an diesen katastrophalen Ringkampf deiner Söhne? Die Männer Panjokharas schleppten die beiden Jungen mit Gewalt zu dir. Mit ihren Würgemalen und ausgerissenen Haaren saßen sie erschüttert und bockig vor dir und erzählten beide das Gleiche. Ein paar Tage vorher, ohne dass du es wusstest oder jeweils der Bruder davon wusste, waren beide unabhängig voneinander zu Guru Gobind Singh gegangen. Der hatte sowohl dem einen als auch dem anderen versichert, dass du schwach und alt geworden wärest und dass er der eigentliche Leiter von Panjokhara wäre.

Das war deine Chance, mein Chajju!"

Der Meister räuspert sich und nimmt eine Hustenpastille aus einem Schälchen. Mit einem liebevollen und gleichzeitig strengen Ausdruck in seinen dunklen Augen sieht er mich prüfend an.

„Ein Schüler fragte: ‚Wie kann ich erleuchtet werden?'

‚Oha', antwortete der Lehrer, ‚vielleicht setzt du dich in meine Hütte und stellst dir vor, dass du ein Büffel bist.'

Hatte der Lehrer vielleicht vergessen, welche Aufgabe er dem Schüler gegeben hatte? Denn am Ende des Tages rief er, so wie er es gewohnt war: ‚Chela! Hole mir Wasser! Sofort!'

Erst hörte man ein schweres Poltern in der Hütte, dann blökte eine Stimme: ‚Meine Hörner passen nicht durch die Tür.'

‚Oha', sagte der Lehrer, ‚Zeit für die nächste Aufgabe!

Jetzt stelle dir vor, du bist alles, was ist!'

Das ist alles."

Der alte Yogi nimmt einen großen Schluck einer dunkelgrünen Flüssigkeit.

„Freund Chajju, handle erleuchtet, denke erleuchtet, fühle erleuchtet. Das ist alles! Keine Angst vor dem Tod, keine Angst vor Verlusten, keine Angst.

Du bist alles."

„Warte mal", sagt er dann, „wir schauen einmal, wie weit unser Wasserträger zurückgefallen ist."

Er schiebt seinen Stuhl zurück, sodass sein mächtiger Körper mir jetzt direkt gegenüber sitzt. Seine dunklen, ausdrucksstarken Augen blicken mich gerade an: „Sprich mir nach: Ich bin sehr gut!"

Kaum habe ich zögernd meinen Mund geöffnet, um ihm nachzusprechen, da schlägt er schon mit seiner Hand auf den Tisch: „Deutlicher, klarer, lauter!"

„Sehr gut!"

„Total rein." „Total rein."

„Absolut perfekt." „Absolut perfekt."

„Unzweifelbar schön." „Unzweifelbar schön."

„Durch und durch wahrhaftig." „Durch und durch wahrhaftig."

„Im Gespräch mit meinen Freunden." „Im Gespräch mit meinen Freunden."

„In meinem Gespräch mit Feinden." „In meinem Gespräch mit Feinden."

„In meiner politischen Existenz." „In meiner politischen Existenz."

„In meiner sozialen Existenz." „In meiner sozialen Existenz."

„In meiner materiellen Existenz." „In meiner materiellen Existenz."

„In meiner privaten Existenz." „In meiner privaten Existenz."

„Ich bin absolut korrekt." „Ich bin absolut korrekt."

„Gerecht." „Gerecht."

„Weise." „Weise."

„Und vollkommen gut." „Und vollkommen gut."

„Ich verstehe alles." „Ich verstehe alles."

„Ich bin absolut vollkommen im Wissen." „Ich bin absolut vollkommen im Wissen."

„Ich habe Gott erschaffen." „Ich habe Gott erschaffen."

„Ich kann darüber sprechen." „Ich kann darüber sprechen."

„Deshalb bin ich der Schöpfer." „Deshalb bin ich der Schöpfer."

„Ich kann das Wort Gott erschaffen." „Ich kann das Wort Gott erschaffen."

„Dadurch, dass ich es an die Wand male." „Dadurch, dass ich es an die Wand male."

„Dadurch, dass ich es mit meiner Zunge spreche." „Dadurch, dass ich es mit meiner Zunge spreche."

„Ich habe das Radio gemacht." „Ich habe das Radio gemacht."
„Das Fernsehen." „Das Fernsehen."
„Ich drucke die Zeitungen." „Ich drucke die Zeitungen."
„Ich verbreite mich überall." „Ich verbreite mich überall."
„Ich bin der Meister und Eigentümer dieses ganzen Universums."
„Ich bin der Meister und Eigentümer dieses ganzen Universums."

Hier entsteht eine kurze Pause. Dann fragt er: „Zu welchem Prozentsatz warst du in deinem Bewusstsein mit dem, was du gesagt hast, einverstanden?"

Fühle ich mich für Radio oder Fernsehen zuständig? 60 Prozent.

Der alte Mann stützt sich auf die Armlehnen des Sessels und steht auf. Auf seinem Weg zum Nebenraum sagt er beiläufig zu dem großen, olivhäutigen Sikh, der neben mir Fladenbrot mit Jogurt frühstückt: „Erzähle es ihm."

Als Yogi Bhajan draußen ist, schaut Devi nachdenklich auf ihre Uhr. Gestern hat sie einen Wallfahrtsbus nach Hemkund für mich ausfindig gemacht; der fährt in einer halben Stunde ab.

„Ich fahre euch", sagt unser Tischnachbar, der sich als Gurudev Singh aus Mexico vorstellt. In seinem weißen Ambassador bringt er uns ohne Umwege zu dem lauten, überfüllten Busbahnhof am Rande der Stadt. Unterwegs sagt er nicht viel, und Devi nutzt die Zeit, mir noch alles, was ihr über Hemkund einfällt, zu erzählen. Nach einigem Suchen machen wir die richtige Gruppe Sikhs ausfindig, bärtige Männer mit riesigen Turbanen und Frauen in farbigen Gewändern, die mit undefinierbaren Bündeln im Gepäck gelassen darauf warten, dass die Reise losgeht. Der Fahrer scheint noch in ein letztes Papiergefecht mit der örtlichen Bürokratie verwickelt zu sein. Zeit genug, um im Teehaus nebenan eine süße indische Cola zu trinken.

Wir setzen uns auf die einfachen Klappstühle. Beiläufig berührt Gurudev Singh seine Stirn mit dem Diamant, den er an seinem kleinen Finger trägt. „Yogi Bhajan möchte, dass ich dir etwas über Erleuchtung erzähle. Hör gut zu! Erleuchtung hängt mit deinen Wahrnehmungen und wie du mit ihnen umgehst zusammen. Es geht darum, dass du bereit bist, die Wahrheit zu sehen. Wir nennen das: Arbeit am sensitiven Raum. Die Essenz davon ist, alle Empfindungen gleichermaßen zuzulassen."

226

Dann sagt er langsam und mit Pausen zwischen den Sätzen:

„Achte darauf, wo dein Körper den Stuhl berührt ...

Achte zusätzlich auf den Atem ...

Achte dazu noch auf die Geräusche ...

Achte auch noch, aber nicht ausschließlich, auf deine Gedanken ...“

Ich verstehe ihn soweit, dass ich versuche, tatsächlich alle im Moment möglichen Empfindungen wirklich gleichzeitig zuzulassen. Seine Anwesenheit macht das, glaube ich, leichter. Jede neue Wahrnehmung, derer ich mir bewusst werde, gesellt sich zu den anderen, ohne sie zu verdrängen. Der volle Busbahnhof, der Lärm von Hunderten von Menschen, der Dieselgeruch der Busse, der grelle Sonnenschein in meinen Augen und die Wärme auf meinen Armen, die wehmütigen Gefühle angesichts des nahenden Abschieds von Devi, die ruhige Stimme des Lehrers ... alle diese Wahrnehmungen werden gleich wichtig. Einen Moment lang kommt es mir vor, als würde ich in einer Blase, einer Kugel aus Empfindungen sitzen.

„Das ist der sensitive Raum.“ Gurudev Singh schaut mich prüfend an. „Viel hast du nicht verlernt, Bhaja!“

Ein trompetendes Hupen bläst den Wahrnehmungsraum weg. Ein kurzer, kräftiger, offensichtlich für Bergfahrten mit scharfen Kurven gebauter Bus mit blinkenden Aluminiumbeschlägen fährt bei der Gruppe wartender Sikhs vor. Zeit, zum letzten Abschnitt meiner Suche aufzubrechen!

Meine Mitreisenden scheinen alle aus dem gleichen Dorf im Norden des Punjab zu stammen. Ein hochgewachsener Mann, der Vorsitzender des Dorfrates und gleichzeitig unser Busfahrer ist, erzählt, dass die Weizenernte im letzten Jahr so gut ausgefallen ist, dass sie sich jetzt diese gemeinsame Fahrt nach Hemkund leisten können. Er stellt mich den anderen Mitreisenden vor.

Ihre Berufe sind für mich leichter zu merken als ihre Namen. Der Töpfer hat einen auffallenden braunen Bart und große, geschickte Hände. Der Schmied zeichnet sich durch seinen schwarzen Turban und besonders muskulöse Schultern aus. Es gibt fünf Bauern, die einander sehr ähnlich sehen, kleine, drahtige Männer mit sonnenverbrannter, verwitterter Haut und braunen oder grünen Turbanen. Schließlich sind da noch die beiden Ragis, die Dorfmusiker, feingliedrige Männer mit großen, strahlenden Augen. Den stolzen, kräftigen Frauen werde ich nicht vorgestellt, aber ich sehe, dass sie prächtig gefärbte Seidenstoffe tragen und, genau wie Nani, hauchdünne Schleier, die nur die Haare bedecken. Kinder sind nicht dabei.

Dann legt der Dorfvorsteher seine Hände vor der Brust zusammen und hält noch eine kleine Ansprache auf Punjabi. Devi übersetzt: „Alle Dörfler haben für die Dauer der Pilgerfahrt ein Schweigegelübde abgelegt. Von dem Moment an, wenn ihr abfahrt, bis zu dem Moment, an dem ihr von Hemkund zurückkommt, wird keiner sprechen."

Der hochgewachsene Mann strahlt mich durch seine runde Gandhi-Brille an und sagt mit großem Nachdruck: „Du bist aber in jeder erdenklichen Hinsicht unser geschätzter Gast und sehr willkommen."

Er klettert auf seinen Platz hinter dem Steuer und weist mir den Ehrenplatz auf dem Beifahrersitz zu. Innig verabschiede ich mich von Devi. Hoffentlich bin ich nur ein paar Tage weg. „Halte den Raum", sagt Gurudev Singh nachdrücklich zum Abschied.

Brüllend erwacht der Motor zum Leben. Nach kurzer Zeit sind wir aus dem Stadtgebiet heraus und fahren in die endlosen Felder des Punjab hinein. Jetzt, im April, ist hier der erste Weizen schon fast erntereif. Die wogenden goldenen Flächen wechseln sich mit satten grünen Kleefeldern ab. Die Böschungen der Bewässerungskanäle sind übersät mit goldenen Butterblumen, violetten Disteln und himmelblauen Kornblumen. Dazwischen markieren stachelige Reihen dunkler Akazien die Grenzen der einzelnen Felder.

In dieser weiten Landschaft liegen die kreisförmig angelegten Dörfer, die zumeist durch eine Mauer geschützt sind, wie geschlossene Inseln weit verstreut zwischen den ausgedehnten Feldern. Malerische Lehmbauten tauchen hinter den Mauern auf, mit runden Formen, die wie direkt aus der Erde gewachsen wirken. Ab und zu ragen dazwischen hässliche zwei- bis dreistöckige Betonklötze empor.

Der laue Duft von reifem Weizen weht durch die offenen Fenster herein. Zwitschernd taumeln zahllose Lerchen durch die Lüfte, unter den wachsamen Blicken der Adler und Bussarde, die hoch am Himmel ihre Kreise ziehen.

228

Geredet wird tatsächlich nicht. Es wird auch nicht gelesen, Radio gehört, durch den Mittelgang spaziert oder sonst ein Zeitvertreib betrieben. Nur die baumwollenen Perlen der Gebetsketten bewegen sich und scheinen sogar die Gedanken zu zügeln.

Auch für mich zieht der Fahrer eine Kette aus der Tasche. „WAHE GURU", sagt er, nur seine Lippen bewegend, und zeigt mir, mit einer Hand am Steuerrad, wie er mit den Fingern bei jeder Wiederholung des Mantras eine Perle nach der anderen weiterschiebt.

Die Atmosphäre im Bus ist so entspannt und angenehm, dass man sie als echte „Eupatheia" bezeichnen könnte. Diese Leute scheinen das Ziel der Stoiker tatsächlich erreicht zu haben.

Und, wie Zenon es vorhersah, kommt irgendwann auch die Ekstase. Als es gegen Mittag sehr heiß wird, hält der Bus an einer Stelle, wo die endlosen Weizenfelder von einem schattigen Eukalyptuswald unterbrochen werden. Große Baumwollmatten werden ausgebreitet, und wir halten eine kleine Siesta. Ich falle sofort in einen tiefen, traumlosen Schlaf.

„*Dha dhin dhin da!*" Die Ragis haben ihre Instrumente ausgepackt. Einer stimmt die kleine Trommel mit einem silbernen Hammer, während der andere sein Harmonium aufbaut. Der Töpfer reicht mir aus einem großen Jutesack ein Stück Holz mit Metallbeschlag und Schellen. Der Schmied neben mir hat ein gefährlich aussehendes, mit Schellen besetztes Doppelschwert in der Hand.

Dann setzt die Musik wie ein schwingender Organismus ein, und der Gesang – sprechen dürfen sie nicht, aber singen ist erlaubt! – ist wie ein pochendes Herz mit immer den gleichen Sätzen: ‚*Wahe Guru*', ‚*Har*' und ‚*Dschiooo*' in endlosen Wiederholungen. Jetzt drängt einer wunderbaren Blüte gleich die in dem Schweigen zurückgehaltene Lebensenergie nach außen.

Plötzlich lässt ein langgezogener Schrei meine Haare zu Berge stehen. Der Töpfer, die Hände hochgestreckt, lässt mit aller Kraft seine Lebensfreude und wilde Begeisterung darüber, zu singen und zu spüren, in den Himmel steigen.

Während er mit einem seligen Lächeln wieder in den Rhythmus zurückfällt, baut sich die Musik weiter auf. Und wieder ein Schrei: Dieses Mal ist es einer der kleinen Bauern. Eine gewaltige Stimme ringt sich aus dem mageren Leib, wird allmählich leiser und leiser, bis sie nur noch flüstert. Wie auf ein unsichtbares Zeichen hin schweigt jetzt auch die Musik und macht einer rauschenden Stille Platz.

Dann verlässt unser Bus die fruchtbaren Ebenen des Punjab. Die Landschaft wird karger, streckenweise fahren wir durch Wüsten und brachliegendes Land. Ein flacher Bach ohne Bett läuft quer über die Straße und lässt zu beiden Seiten Wasser unter den Rädern wegspritzen. Von einem kahlen Baum neben der Straße starren uns drei Geier aus schwarzen Stecknadelaugen in den hängenden, kahlen Köpfen gelangweilt nach. Ich döse vor mich hin und lasse meinen Gedanken freien Lauf.

Am späten Nachmittag wird das Land wieder grüner, und es tauchen viele kleine Tempel und Hindu-Schreine am Wegrand auf. Bald erreichen wir Rishikesh, wo der Ganges aus dem Himalaya herunterkommt. In diesem Grenzort zum Hochgebirge gibt es tatsächlich „Rishis" in großer Zahl, heilige Wanderer – einige sind splitternackt, gegen die Kälte und auch gegen das Feuer der Leidenschaft nur mit Asche eingerieben, andere tragen orangefarbene Baumwollroben – ihre langen Haare in Knoten, Zöpfen, Pferdeschwänzen, Rasta-Matten oder mit Lehm verschmiert.

Die malerische Umgebung und die zum Teil wilden Figuren bringen meine Sikhs keineswegs aus der Ruhe. Nur der Fahrer gestikuliert und bittet mich schweigend, den Weg für ihn zu erfragen.

Bereitwillig nicke ich mit dem Kopf. Gerade habe ich mich in der untergehenden Sonne blinzelnd in Richtung Ganges gedreht, da kommt ein orangegekleideter Rishi direkt auf mich zu, eine Bettrolle auf seiner Schulter und in der Hand einen stählernen Eimer, mit Schälchen gefüllt. Lächelnd, als habe er auf mich gewartet, bleibt er vor mir stehen. Einen Moment lang stockt mir der Atem, so stark ist die Ähnlichkeit zwischen diesem Rishi mit seinen krummen Beinen und dem runzligen Gesicht und dem verstorbenen Timoteos.

Zögernd bringe ich meine Frage hervor. In perfektem Englisch erklärt der Mann, dessen raue Stimme der von Timoteos ebenfalls sehr ähnlich ist, sich gerne bereit, uns zu führen, da er sowieso in die Berge gehen wolle. Er setzt sich mit großer Selbstverständlichkeit in die Fahrerkabine neben meinem Sitz auf den Boden und deutet mit ausgestrecktem Zeigefinger den Weg stromaufwärts.

Weil es bereits Abend geworden ist, suchen wir uns außerhalb der Stadt ein Wäldchen, um zu übernachten. Schweigend suchen die Männer Feuerholz, und ebenso stillschweigend kochen die Frauen Linsen und Reis. Auch der Rishi und ich essen, ohne ein Wort zu wechseln.

Danach verschwinden die Ragis wieder im Gepäckabteil. Dieses Mal holen sie große, in Decken gewickelte Saiteninstrumente heraus. Bald strömen zarte Abend-Ragas wie mächtige Flüsse unter den harzig duftenden Kiefern und Silberföhren hindurch. Komplizierte Tempowechsel dehnen die Zeit so beliebig, dass die blasse Mondsichel manchmal in ihrem Weg innezuhalten scheint, um dann wieder einen schnellen Sprung zu machen.

Nachdem die Musik geendet hat, legen wir uns hin und lassen uns durch den Bach hinter dem Wäldchen in den Schlaf murmeln. Wie gerne würde ich all diese lebensfrohen Eindrücke mit Devi teilen!

Es ist noch dunkel, als überall um mich herum Bewegung entsteht. Im eiskalten Wasser des Baches nehmen erst die Frauen und dann die Männner ein Bad. Der Schmied entfacht das Feuer, und reglos hören wir mit unseren Decken über den Schultern den Ragis zu, die eine lange, lyrische Komposition singen. Auch der Rishi ist in tiefe Andacht versunken.

So reisen wir zwei Tage lang. Der Weg wird immer steiler und der Ganges zusehends schmaler und wilder. Die gigantische Landschaft ist unseren Alpen nicht unähnlich, allerdings sind die Berge doppelt so hoch und so massiv. Die kleinen Dörfer am Wegrand bestehen aus groben Steinhäusern mit schieferbedeckten Dächern. Auf den Hängen wechseln bepflanzte Terrassen mit endlosen Bambus- und Kiefernwäldern ab. Und bei jeder Unterbrechung der Reise trägt die Musik uns höher, als unser kräftiger Bus es je könnte.

Immer schärfer werden die Serpentinen am Ganges entlang – der Bus und sein Fahrer müssen jetzt wirklich zeigen, was in ihnen steckt. Oft stehen nur wenige kleine Wegsteine zwischen uns und einem tödlichen Sturz in den tief unten rauschenden Fluss. Der Dorfvorsteher muss all seine Kräfte aufwenden, um das Steuerrad im richtigen Moment hin und her zu drehen. In absolutem Vertrauen schiebt die Gruppe weiterhin ihre Gebetsketten durch die Finger.

Die letzte Strecke des Weges ist so schmal, dass es nur eine Spur gibt. Ein paar Stunden müssen wir warten, um einen Konvoi aus Landrovern und Bergbussen aus der Gegenrichtung passieren zu lassen. Am späten Nachmittag erreichen wir dann das Dorf Gobindgatt, den letzten Ort, den man in Richtung Hemkund noch motorisiert erreichen kann.

Hier gibt es eine große Gurdwara mit einem Gasthaus, das, wie ich von Devi weiß, einen wichtigen Bestandteil des sozialen Netzes der Sikhs ausmacht. Es werden kostenlose Mahlzeiten ausgeteilt, an denen Arm und Reich teilnehmen, und in den Gasthäusern der Gurdwaras können Sikhs und Nicht-Sikhs umsonst unterkommen. Hier in Gobindgatt sehen sie wie riesige Garagen aus, mit dicken Baumwollteppichen auf dem Boden. Der Rishi, der uns den Weg gezeigt hat, bleibt draußen. Bevor er weggeht, schaut er mich an und sagt: „Das Schwierigste kommt noch!"

Was soll ich darauf sagen?

„Deine Hoffnungslosigkeit hast du überwunden, jetzt musst du noch deine Hoffnung überwinden."

Was meint der Mann?

Ohne ein weiteres Wort dreht er sich um und verschwindet zwischen den Häusern.

Im Schlafsack bemühe ich mich noch einmal, den sensitiven Raum herzustellen. In einer Blase, die aus tief atmenden Sikhs, staubigem Baumwollgeruch, hartem Beton und Gedanken an meine Gespräche mit Devi besteht, schlafe ich ein.

Am nächsten Morgen folge ich aufgrund der ausführlichen Instruktionen, die Devi mir gegeben hat, einem mit Steinen ausgelegten Pfad auf den Berg, in Richtung Gobindam. Von dort aus ist Hemkund in ein paar Stunden zu erreichen. Schon bald verliere ich den Kontakt zu meiner Reisegesellschaft, die viel zügiger den Berg hochsteigt als ich, aber das ist mir nur recht.

Die Landschaft ist überwältigend. Majestätische Schneeriesen ragen auf allen Seiten in den Himmel und lassen malerische Wasserfälle zu Tale brausen. Die hohe Luftfeuchtigkeit lässt auf den tropischen

Kastanien- und Ahornbäumen zahllose Orchideen mit orangeroten Punkten im Schlund und zarten rosaroten Schmetterlingsflügeln gedeihen.

Mittags lege ich in einer blumenübersäten Senke eine Pause ein. Dabei wird meine Aufmerksamkeit durch einen kleinen Wasserfall geweckt, der ziemlich weit vom Pfad entfernt über einen grünbewachsenen Abhang herunterplätschert.

In der Nähe des Wassers bemerke ich einen merkwürdig süßlichen Geruch. Ich klettere über einen Haufen dunkelgrauer Granitblöcke und entdecke den zerfetzten Leib eines der grauen Esel, wie sie gebraucht werden, um Lasten oder gebrechliche Personen den Pfad hinaufzutragen. Sein Bauch ist aufgerissen und gelbliche Gedärme quellen heraus. Zersplitterte Rippen ragen wie zerbrochenes Holz aus der Brust, große Stücke sind aus den Flanken herausgerissen. Der Kopf ist auch abgerissen. Wer richtet ein Tier so grausam zu? Gibt es hier Raubtiere? Berglöwen oder Bären?

Die unverhüllte Drohung, die von diesem zerrissenen Kadaver ausgeht, lässt mich sofort von den Steinen herunterspringen und schnell in den Schutz des Pilgerpfades zurückeilen.

Feierlich grüßen mich einige Sikhs, die mir auf dem Weg entgegenkommen. Alle tragen Schwerter und Dolche – einer trägt um seinen Turban ein Chakra, allerdings aus Edelstahl. Sie strahlen eine erhabene Ruhe aus, in der meine Beunruhigung sich schnell wieder verflüchtigt.

Am frühen Abend komme ich in Gobindam an. Das üppige Grün der Landschaft in 3000 Meter Höhe hat nichts mehr mit meinen Vorstellungen von Indien zu tun. Die fruchtbaren, mit hohem saftigen Gras bewachsenen Wiesen sind hier mit festen Steinmauern eingezäunt, und die Kühe laufen mit bimmelnden Glocken herum. Die Häuser von Gobindam, die der Kälte und Schneelast des unerbittlichen Winters standhalten müssen, sind solide aus Stein gebaut.

Im kleinen Gasthaus bei der Gurdwara esse ich eine Schale Linsen mit Reis und schlafe nach meinem Tag Bergwandern mit butterweichen Beinen bald ein.

Am nächsten Morgen habe ich sofort nach dem Aufwachen nur einen Gedanken: Heute könnte das Chakra wieder komplett werden! Ich bereite mich so gut wie möglich vor und wasche mich in dem eisigen

Wasser, das durch das kleine Becken vor dem Haus fließt. Teils wegen der unbarmherzigen Sonne, teils inspiriert durch die besondere Atmosphäre auf dieser Pilgerfahrt binde ich mir meinen Turban, so schön ich kann. Nach meinem Sadhana fällt mir der von Yogi Bhajan an mir durchgeführte Erleuchtungstest der Yogis ein: Immerhin würde ich mir heute 65 Prozent geben. Wie von selbst kreiert sich der sensitive Raum um mich herum aus frischer Bergluft, grünen Wiesen, dem Rauschen schnellströmenden Wassers und nicht zuletzt aus meinen wilden Erwartungen.

Mit klopfendem Herzen und einem gnadenlosen Muskelkater in den Oberschenkeln wandere ich weiter bergauf. Die Luft ist kühl und so dünn, dass ich manchmal stehen bleiben muss, um meinen Atem wieder einzufangen. Stundenlang führt mich der Pfad durch nebelfeuchten Gebirgswald aus Bambus und Koniferen. Kurz vor der Baumgrenze verwandelt er sich in einen prachtvoll rot und lila blühenden Rhododendronwald, der hier und da von kleinen Bergwiesen voll von blauem Rittersporn und weißen Schwertlilien unterbrochen wird.

Dann geht der felsig-feuchte Untergrund in glitzernden weißen Schnee über: der eiskalte Ausläufer einer Gletscherzunge, die weit unten in einen sprudelnden Fluss mündet. Obwohl viele Pilgerfüße hier bereits eine tiefe Spur ausgetreten haben, ist es nicht ganz ungefährlich, sich seinen Weg über das steil abfallende Schneefeld zu suchen.

In einer halben Stunde habe ich den Gletscher überquert. Ein schmaler Felsdurchgang bringt mich zwischen zwei verschneiten Bergrücken über einen hohen Kamm. Außer Atem komme ich am höchsten Punkt des Passes an. Vor mir öffnet sich das kleine Hemkund-Tal wie eine Oase.

Rundherum steil ansteigend erheben sich die schneebedeckten Bergwände noch mindestens tausend Meter weiter hinauf. Auf dem Boden des Tals umsäumen unberührte, hügelige Schneefelder einen größtenteils zugefrorenen See. An seinem Ufer steht eine hölzerne Gurdwara. Das auf besonders schwere Schneelasten eingerichtete Dach verleiht ihr das Aussehen eines Vogels mit vier Flügeln.

Viele Sikhs sind schon dort. Einige bereiten sich gerade darauf vor, ein Bad in dem eisigen Wasser zu nehmen. Ich halte mich nicht lange bei dem Gebäude auf. Nach der Legende, die Devi mir erzählt hat, hat

Guru Gobind Singh, bevor er als der letzte Sikh Guru inkarnierte, 1000 Jahre lang in diesem Tal meditiert. Ich schaue mich um, um einen schönen Meditationsplatz zu finden. Eine Stelle, wo sich das strahlend weiße Licht der Höhensonne auf der anderen Seite des Sees konzentriert, genau in dem Brennpunkt des elliptischen Talbodens, dort wo ein großer Felsbrocken über den Schnee herausragt, erscheint mir besonders geeignet.

Ich stapfe um den See herum und stochere mit meinem Stock immer wieder in den Schnee, um nicht unversehens den festen Boden unter den Füßen zu verlieren. Was mich stutzig macht, ist, dass es hier überhaupt keine Spuren gibt. Spazieren Sikhpilger, nachdem sie die tagelange Busfahrt und den mühsamen Aufstieg bis hier oben geschafft haben, nicht um den See herum? Breche ich vielleicht irgendein Tabu?

Ohne von jemandem zurechtgewiesen oder empört zurückgerufen zu werden, erreiche ich den grauen Granitbrocken und klettere hinauf. Gerade als ich mich hinsetze, höre ich weit oben hinter mir einen Knall wie von einem fernen Pistolenschuss. In großer Höhe direkt über mir haben sich am Berghang Steine gelöst, die in einem Fächer aus Schnee und Staub nach unten rollen. Bald bleiben sie jedoch stecken, ohne mich auch nur im entferntesten zu erreichen. Trotzdem bin ich wie elektrisiert: Ich spüre, dass meine Anwesenheit hier irgendwie bemerkt worden ist.

Ich öffne mich für einen großen sensitiven Raum um mich herum, mit Empfindungen von Schnee, Eis, Felsen, schwindelerregender Höhe, leisen Geräuschen, die aus der Gurdwara an der anderen Seite des Tals kommen, sauberer Bergluft und ... da ist noch etwas anderes: Irgendetwas rechts unten neben dem Felsbrocken, auf dem ich sitze, strahlt ein helles, weißes Licht aus.

Ich hatte nicht erwartet, so schnell fündig zu werden.

Sofort fange ich an, mit meiner Schaufel den Schnee zu entfernen. Es ist fast unmöglich, in dem gefrorenen steinigen Boden unter dem Schnee zu graben. Trotzdem gebe ich nicht auf, und ich habe Glück: Das, was ich suche, liegt nicht sehr tief. Bereits nach einer Stunde stößt mein Spatenblatt auf einen hohlen metallischen Gegenstand: ein mit tibetischen Buchstaben ziselierter silberner Zylinder, die Trommel einer alten Gebetsmühle!

Behutsam öffne ich den feinen Deckel. Aus dem grauseidenen Päckchen in der silbernen Büchse schütte ich einen flachen, stumpf gewordenen Diamanten auf meine Hand. Mit meiner Beute ziehe ich mich wieder auf den Felsbrocken zurück, breite das Chakra, den Harzbrocken und den zypriotischen Kerzenstummel vor mir aus und befestige mit großer Zufriedenheit den Diamanten auf dem Reif.

Die Sonne bewegt sich langsam auf den Zenit zu, während ich das vollständige Chakra auf meinem Schoß bewundere. In dem Moment, in dem die Sonne direkt über mir steht, hoch am Himmelsgewölbe, hebe ich den alten Reif mit beiden Händen hoch und schiebe ihn langsam über meinen Turban.

Sofort verschwindet die Landschaft um mich herum.

Mein Körper schmerzt und fühlt sich schwer und alt an. Meine Knie tun weh, und ich bin außer Atem, während ich auf einem schmalen Pfad durch einen hügeligen Wald eile. Eine kurze Kurta mit goldenen und blauen Stickereien spannt sich über meinem Bauch, und ich trage unbequeme Holzsandalen an meinen Füßen. Das Chakra, das nagelneu und strahlend aussieht, halte ich an meine Brust gedrückt. Mein Geist ist verwirrt, traurig über den mörderischen Kampf zwischen meinen beiden Söhnen und wütend auf den Guru, weil er sie zu dem Kampf angestiftet hat. Soll er sein Chakra doch behalten! Ich will es ihm vor die Füße werfen und schnellstens wieder verschwinden. Ich möchte nichts mehr mit ihm zu tun haben.

In der Nähe des weißen Städtchens Anandpur Sahib, wo der Guru seinen Hof hält, verlasse ich den Wald. Erschrocken bleibe ich stehen: Ein Meer von gestreiften und bewimpelten Zelten zieht sich um die Burg des Gurus. Überall laufen Soldaten mit bronzenen Brustpanzern und konischen Helmen herum, Pathanen! Das lässt nur eine Schlussfolgerung zu: Der Mogul-Kaiser, der Indien mit dem Schwert zum Islam bekehren möchte, belagert den Guru!

Vorsichtig in Deckung der Bäume bleibend, mache ich einen Bogen um die Burg. Die Belagerung scheint nicht sehr geordnet und systematisch zu sein. Ein großer Pulk schreiender Krieger hat sich um das Haupttor versammelt und schießt seine Pfeile auf die Verteidiger. Zu den Seiten hin gibt es kaum noch Soldaten, und an der Rückseite der Burg sind gar keine.

Ich rufe hinauf zu den Wächtern, ob sie mich näher kommen lassen würden. Einige kennen mich und winken mich heran. Mühsam arbeite ich mich den steilen Hang hinauf und klettere dann die Leiter hoch, die von der massiven Mauer für mich heruntergelassen wird. Meine Freunde begrüßen mich herzlich: „Hai Chajju, Chajju Ji." Ich erzähle ihnen, dass ich mit dem Guru über meine Söhne sprechen will, weil sie mir so viel Kummer bereitet haben und einander umbringen wollten. Daraufhin berichtet mir jemand, dass der Guru über meine Söhne gesagt habe, sie trügen einen zerstörenden Neid in sich, den er ihnen zeigen wolle.

Als ich schließlich vor den Guru trete, ist meine Wut schon ziemlich verraucht. Er sitzt auf dem flachen Dach über der Hauptpforte und sieht trotz des schwarzen Rauchs, der über die Brüstung weht, und des schrillen Heulens der Pathanen so entspannt und gelassen aus, als befände er sich auf einem Fest zu seinen Ehren. Über dem silbernen Brustpanzer trägt er einen weißen Seidenmantel, und sein Turban ist mit einem violetten Federbusch geschmückt. Auf seinem Rücken baumelt sein Bogen und der Köcher mit seinen berühmten Pfeilen mit den goldenen Spitzen. Er empfängt mich mit den Worten: „Ah, da ist unser Elefant!"

Soviel Frieden und Würde strahlt er aus, dass auch die letzten Reste meiner Wut wie Schnee vor der Sonne wegschmelzen und mir mein Plan, ihm das Chakra vor die Füße zu schmettern, völlig abwegig vorkommt. Tief verneige ich mich vor ihm, während ich mich verwundert frage, was er wohl damit meinen könne, mich als Elefanten zu bezeichnen. Zwar bin ich in den letzten Jahren, seit ich mit dem Üben aufgehört habe, ziemlich in die Breite gegangen – aber ein Elefant? Als der Guru das Chakra entdeckt, das ich noch immer an mich gedrückt halte, sagt er: „Gut, du hast deine Waffe dabei."

Unten vor der Pforte verstummt das Geschrei der Pathanen. Statt dessen ertönt jetzt wie ein langsamer, lähmender Herzschlag der dumpfe Klang einer riesigen Kriegstrommel. Der Guru geht etwas zur Seite und gibt mir damit die Sicht frei auf das Feld vor dem Haupttor. Die Bogenschützen mit ihren merkwürdigen Helmen haben sich in einem großen Kreis aus dem Schussbereich zurückgezogen. Hinter den Linien wird jetzt ein riesiger Kriegselefant angeschirrt. Grobe, eiserne Platten bedecken seine Brust und seine Flanken. Selbst seine Beine sind gepanzert, und scharfe Stacheln ragen von seinen Knien weit nach vorne. Ein großer Baumstamm mit einer eisernen Spitze hängt an Ketten zwischen seinen Beinen. Seine Betreuer sind gerade dabei, einen gepanzerten Mahout auf seinen Rücken zu setzen.

Der Guru nimmt meine Hand, und zusammen gehen wir die Treppe zum Haupttor hinunter. Ich bin völlig konfus. Zwar habe ich eine vage Ahnung, was auf mich zukommen könnte, aber verstehen oder akzeptieren kann ich es überhaupt nicht. Hunderte von Sikhs stehen unten hinter der Pforte, bereit, sie mit ihrem Leben zu verteidigen. Ehrerbietig machen sie den Weg frei für ihren Guru, der mich bis zu den teerbestrichenen Eichenbohlen des Tores bringt.

„Bahn frei für unseren Elefanten", sagt der Guru zu der Gruppe Wächter, die neben dem Tor steht. Schnell werden eisenbeschlagene Balken entfernt und schwere Ketten abgewickelt. Langsam und knirschend öffnet sich das schwere Tor.

Der Guru legt seine Hand auf meine Schulter. Einen Moment lang schließt er seine Augen und scheint mich zu segnen. Dann sagt er ruhig: „Meister des Chakras, es ist Zeit für dein Karma-Yoga. Der Rüssel des Elefanten ist der einzige Teil, der nicht gepanzert ist. Dein Chakra ist genau die richtige Waffe, um ihn in die Flucht zu schlagen."

Ganz betäubt vor Angst stolpere ich durch die Öffnung des Tores, das sich quietschend wieder hinter mir schließt. Wie Hammerschläge trifft das wuchtige Dröhnen der riesigen Kriegstrommel meinen Bauch. Da kommt auch schon der Elefant angestampft, angetrieben durch die spitzen Schreie seines Mahouts, der ihm die grausame Hakenspitze seines Ankhs mit aller Kraft in die blutende Schulter treibt. Die Erde erbebt unter seinen dröhnenden Tritten, und der riesige Rammbock zwischen seinen Beinen schwankt bedrohlich hin und her. Als er mich entdeckt, hebt er seinen schlangenhaften Rüssel hoch und stößt einen furchterregenden Trompetenschrei aus.

Das wäre der richtige Moment, das Chakra zu werfen. Ohne mich umzusehen, weiß ich, dass oben auf der Burgmauer eine dichte Reihe Sikhs und auch der Guru gebannt zuschauen. Hinter dem Elefanten stehen die Pathanen aufgereiht, bereit, durch das Tor zu strömen, sobald das Tier die Bresche geschlagen hat.

238

Zitternd nehme ich das Chakra in die Hand. Zögernd strecke ich meinen Arm nach hinten, um Schwung zu holen, lasse ihn dann aber wieder sinken. Ich kann es nicht. Meine Beine schlottern vor Angst, und ich würde am liebsten schreiend davonrennen. Triumphierend trompetet der Elefant und blitzt mich aus seinen blutunterlaufenen Augen wütend an. Ich bin verzweifelt! Es interessiert doch niemanden, ob ich hier zertrampelt werde. Es ist einfach nicht fair, mich so einzusetzen. Wie eine Schachfigur benutzt mich der Guru, ohne auch nur im Geringsten auf meine Interessen zu achten. Ich bin doch kein Soldat, ich bin ein Yogi, ein spiritueller Mensch. Krieg ist sowieso das größte Übel. Warum sollten Leute sich bekämpfen? Ich mache nicht mit, ich mache da überhaupt nicht mehr mit!

Im Bruchteil einer Sekunde geht mir das alles durch den Kopf. Halb fallend, halb springend rolle ich zur Seite, den Hang hinunter, und verschwinde zwischen ein paar stacheligen Akazien aus dem Blickfeld der Kämpfenden. Die Pathanen scheinen mich überhaupt nicht zu bemerken, so fixiert sind sie auf den Ansturm des Elefanten. So schnell wie möglich begebe ich mich in die Deckung einiger größerer Bäume. Dann höre ich ein ohrenbetäubendes Krachen hinter mir, das laute Zersplittern von Holz und ein merkwürdig jammerndes Blöken des Elefanten. Gleich darauf bricht das Gejohle der Pathanen mit doppelter Kraft wieder los.

Taub und elend schleppe ich mich durch den Wald, fast ohne Orientierung. Entfernung und Richtung sind mir kaum noch bewusst. Ich versuche zu vergessen, nicht daran zu denken, nicht zu erfahren, was sich da hinter mir auf der Burg abgespielt hat. Mitten in der Nacht erreiche ich Panjokhara, aber ich kann und möchte mich hier nicht mehr sehen lassen. Schnell lege ich das Chakra im Tempel zu den Schwertern und ziehe mich wieder in den Wald zurück. Stundenlang, tagelang irre ich herum, finde schließlich einen Zimtbaum, unter dem ich mich erschöpft niederlasse. In einem letzten Anflug von Hoffnung versuche ich zu meditieren, um meinen Seelenfrieden wiederzufinden. Etwas anderes bleibt mir nicht übrig.

Allmählich verliert die Vision, oder was auch immer es war, an Kraft. Um mich herum erscheint wieder die verschneite Bergwelt. Wie lange habe ich hier so gesessen? Die Sonne ist bereits hinter den Bergen verschwunden.

Um den silbernen See herum kommt ein Sikh auf mich zu. Er ist genau so groß wie ich und trägt auch einen weißen Turban. „Sir", sagt er, „wir gestatten niemandem, hier oben zu übernachten. Es ist zu kalt, und die Gefahr der Höhenkrankheit ist zu groß. Wenn Sie sich jetzt nach unten begeben, werden Sie Gobindam noch vor Einbruch der Dunkelheit erreichen."

Mühsam klettere ich mit dem Chakra auf dem Turban von meinem Stein herunter. Fast falle ich dabei in den Schnee. Meine Beine sind eingeschlafen und völlig steif. Es dauert lange, bis ich sie wieder bewegen kann. Der Sikh fragt, ob er mir helfen könne. Ich schüttle verneinend den Kopf. Ich stehe noch zu sehr unter dem Einfluss meiner Vision, um überhaupt reden zu können.

Zusammen gehen wir um den See zurück. Der Mann wartet neben der Gurdwara, bis er sieht, dass ich über den Kamm verschwinde. Die Sonne hat begonnen, die Berghänge ringsum in zarten Rosa- und Lilatönen zu färben, und die Luft ist bereits empfindlich abgekühlt. Steifbeinig mache ich mich Schritt für Schritt über den Gletscher auf den Weg nach unten. Zu meiner Überraschung entdecke ich einige hundert Meter vor mir die krummbeinige, orangegekleidete Gestalt des Rishi, der offensichtlich ebenfalls Hemkund besucht hat. Aber ich versuche nicht, ihn einzuholen. Im Moment ist mir überhaupt nicht nach einer Unterhaltung zumute.

Eine halbe Stunde später kommt nach der weißen Wüste das üppige Rot, Rosa und Lila des Rhododendronwaldes, das im Abendlicht noch viel intensiver scheint. Überwältigend dringend meldet sich jetzt ein ganz profanes Bedürfnis. Im ganzen Hemkund-Tal gibt es nicht eine Toilette. Bei meiner Ankunft bin ich bereits um die ganze Gurdwara herumgegangen, ohne eine zu finden. Als ich irgendwo am Berghang ruhig meinem Geschäft nachgehen wollte, lief ein Mann mit einem Stock drohend auf mich zu. Offensichtlich ist der Boden zu heilig für so etwas, ein Standpunkt, den ich, weil in der Kälte alles fast ewig konserviert bleibt, auch nachvollziehen kann.

Direkt am Rande des Gletschers bietet sich, etwas entfernt vom Pfad, eine kleine Wiese für meine Zwecke an. Gerade will ich mich hinhocken, als mich plötzlich eine Vorahnung überfällt. Über die niedergedrückte Stimmung hinaus, die meine Vision in mir hinterlassen hat, scheint es dieser Ort zu sein, der mich unruhig macht. Irgendetwas stimmt hier nicht.

Erleichtert, in der Einsamkeit einen anderen Menschen zu erblicken, entdecke ich, dass der Rishi demselben Bedürfnis gefolgt ist wie ich. Seine Robe hochgeschürzt und den Kopf in die Hände gestützt, hockt er am Wiesenrand.

Was dann passiert, wird für immer in mein Bewusstsein geätzt bleiben. Plötzlich stieben die roten Sträucher hinter der vorgebeugten Gestalt des Rishi wild auseinander. Ein riesiger, brauner Bär kommt schnaubend auf allen vieren aus dem Wald gerannt. Sein Anblick geht mir durch Mark und Bein: Eine Seite seines Kopfes ist eine einzige, entzündete Wunde mit feuchtem roten Fleisch und einer tränenden, leeren Augenhöhle. Das Tier leidet bestimmt höllische Qualen!

Rasch dreht der Rishi sich um. Er hat aber keine Chance. Mit hocherhobenen Pranken hat sich der Bär weit über ihm aufgerichtet.

Keinen Augenblick zweifle ich daran, was ich jetzt tun muss. Blitzschnell reiße ich das Chakra von meinem Turban herunter und hole weit nach hinten aus. Dann, mit einer schnellen, drehenden Bewegung meines Körpers, schleudere ich den schweren, kreisenden Reif nach dem Bären.

Während ich mir die von dem scharfen Rand des Chakras blutende Hand halte, beobachte ich entsetzt, wie meine kostbare Waffe den Bären am Kopf trifft und ihm tief in die gesunde Gesichtshälfte schneidet. Blut spritzt. Behende springt der Rishi beiseite und entkommt. Der Bär heult qualvoll auf, schlägt mit seiner Tatze nach dem Chakra, schüttelt den Kopf und beißt in den Ring, wodurch er sich nur noch mehr in dem scharfen Eisen verhakt.

Den Kopf hin und her schlenkernd vollführt er merkwürdige Sprünge über die steile Wiese und bewegt sich dabei gefährlich auf den Gletscherrand zu. Plötzlich begreife ich, was geschehen ist. Er ist blind geworden! Panisch springe ich hinter dem hilflos stolpernden Bären her, in der Hoffnung, ihm das Chakra zu entreißen. Zu spät! Schwerfällig taumelt er und rutscht mit einem entsetzlichen Brüllen den steilen Abhang hinunter.

Versteinert schaue ich zu, wie das braune Ungetüm mit zunehmender Geschwindigkeit über den Gletscher hinabschlittert. Endlose Sekunden später platscht sein massiger Körper in den reißenden Fluss. Dann treibt der Bärenkadaver mit meinem kostbaren Reif im gespaltenen Maul durch die kräftigen Wasserstrudel unaufhaltsam stromabwärts.

Licht

Ohne Reif

Schwingung, Strahl

Bewusstsein

Alle Ebenen

Dass der Rishi sich aus dem Staub gemacht hat, merke ich kaum. Wieder und immer wieder suche ich jeden Zentimeter der zertrampelten Wiese in der irrsinnigen Erwartung ab, das Chakra wiederzufinden. Es kann doch nicht sein! Es kann doch nicht einfach weg sein!

Nach dem x-ten Mal, wo ich mit fiebrigen Fingern unter geknicktem Rittersporn und kleinen roten Tulpen nach dem Reif taste, versuche ich erschöpft, mit Gott zu handeln – bitte, fünfundsechzig Prozent Erleuchtung gegen den Reif. Lass mich ihn finden, bitte! Ich weiß, dass er hier irgendwo liegen muss!

Doch schließlich lassen sich die Bilder von dem blinden Ungetüm, das mit seinem glitzernden Maulkorb über den Rand des Gletschers taumelt, nicht mehr verdrängen. Das Chakra ist weg, definitiv weg. Verloren!

In der hereinbrechenden Dunkelheit stehe ich am Saum der hellen Schneewüste im nassen Gras und schreie der dunklen Spur, die der verschwundene Bär hinterlassen hat, meine ungeheure Enttäuschung und Wut hinterher. Solange, bis schließlich meine Stimme versagt und nur noch eine große Leere übrigbleibt. Allmählich verwischt ein Nieselregen die Flecken im Schnee. Ich verliere jegliches Zeitgefühl, schwebe in einem Zustand fassungsloser Verstörung. Nass und zitternd, den Kopf in die Hände gestützt, hocke ich mich schließlich hin und starre zum Fluss hinunter.

So finden mich zwei junge Sikhs in dunkelgrünen Armeepullovern und tarnfarbenenTurbanen. Ohne ein Wort zu sagen, legen sie meine Arme über ihre Schultern und führen mich durch die tropfenden Rhododendronhecken zum Pilgerpfad zurück. Dass im Dunkeln der Weg kaum noch zu sehen ist, stört meine Begleiter offensichtlich nicht. Im Gegenteil, sie springen wie Geistwesen durch Nebelschwaden und dunkle Koniferenwälder, wobei ihre Füße den Boden kaum zu berühren scheinen. Ich lasse es einfach geschehen, sträube mich weder dagegen, dass sie über mich bestimmen, noch verspüre ich irgendeine Angst davor, zu stolpern und in die Tiefe zu stürzen.

So erreichen wir in kurzer Zeit Gobindam, wo die beiden mich in einem Haus neben der Gurdwara unterbringen. In dem großen Schlafraum prasselt ein lebhaftes Feuer. Ein freundlicher alter Mann hilft mir, meine nassen Kleider auszuziehen. Hilflos stehe ich da, während er mich wie ein Kind abtrocknet. Total erschöpft lasse ich mich auf eines der Betten fallen und verliere gleich darauf das Bewusstsein.

Mein allererstes Gefühl am nächsten Morgen ist das ziehende Vakuum meines Verlustes. Dennoch will ich meine Morgen-Übungen machen. Es geht mir aber überhaupt nicht gut. Trotz der drei Decken zittere ich am ganzen Leib, und mir ist total übel. Kraftlos bleibe ich liegen. Irgendwann kommt der Alte von gestern Abend mit einer Schale heißer Brühe herein. Er wirft einen Blick auf mich. Als er meinen Zustand bemerkt, stellt er die Schale ab. Er fühlt mit seiner kühlen Hand meine Stirn und verlässt gleich wieder den Raum.

Eine Weile später kommt er mit einem Herrn mittleren Alters mit spitzem Bart und gelbem Turban, vermutlich einem Arzt, zurück. Der fühlt meinen Puls, schaut auf meine Zunge, klopft mir auf die Brust und gibt mir ein paar homöopathische Kügelchen. „Koka bei Höhenkrankheit", sagt er lächelnd. Streng fügt er hinzu, dass es wegen dieser Krankheit notwendig sei, mich so schnell wie möglich wieder ins Tal zu bringen. Wir sind hier zwar nicht mehr ganz so hoch wie in Hemkund, aber immerhin noch auf 3500 Metern.

Zwanzig Minuten später befinde ich mich schaukelnd in einem großen Korb, der von einem Esel getragen wird. Er wird von einem der jungen Burschen geführt, die sich ihr Brot damit verdienen, dass sie ältere

Damen, Vorräte oder Kinder nach Hemkund transportieren. In eine braune Decke gehüllt hocke ich im Nieselregen und strengen Eselsgeruch. Das Fieber versetzt mich in einen Dämmerzustand, aus dem ich nur ab und zu aufschrecke, wenn mich die Erinnerung daran überfällt, wie ich das kostbarste und wichtigste Projekt meines Lebens verdorben habe.

Am späten Nachmittag hört es auf zu regnen. Inzwischen habe ich es geschafft, die Atemübung mit der gerollten Zunge zu machen, und sie hat tatsächlich geholfen, das Fieber zu senken. Ich habe auch wieder etwas Hoffnung geschöpft. Es könnte doch sein, dass der Reif bei den tödlichen Purzelbäumen des Bären irgendwo auf dem Gletscher liegen geblieben ist. Oder dass der Kadaver flussabwärts hängengeblieben ist. Oder dass er auf seinem Weg zum Ozean von Menschen aufgefischt wird, die die Haut des Bären verwenden wollen und dann natürlich den Reif finden.

Eins wird mir klar: Sobald ich in Gobindgatt ankomme, werde ich mit der örtlichen Polizei Kontakt aufnehmen. Wir sollten eine Expedition zum Gletscherfluss ausrüsten – vielleicht auch an alle Polizeiposten entlang des Ganges eine Beschreibung des Chakras schicken. Wenn die Polizisten in Gobindgatt auch Sikhs sind, werden sie die enorme Bedeutung dieses Chakras verstehen.

Als der träge Esel endlich nach Gobindgatt hineintrottet, ist es bereits Abend, und ich bin so müde, dass ich mich entscheide, bis morgen zu warten, bevor ich die Polizei aufsuche. Der Eselsführer liefert mich bei einem Haus im Dorf ab, wo ich in einem ähnlichen Schlafraum wie in Gobindam untergebracht werde. Wieder falle ich sofort erschöpft in Tiefschlaf.

Gegen Morgen habe ich einen merkwürdigen Traum: Aus dem Nebel taucht ein Bär auf, der seine Tatze nach mir ausstreckt. Erschreckt will ich ihm das Chakra an den Kopf werfen, aber bevor ich werfen kann, verwandelt er sich in einen Elefanten. So schnell ich kann, renne ich über das Gletschereis weg. Ich sehe ein paar Polizisten und will sie um Hilfe bitten. Aber ich merke, dass sie mir das Chakra, das ich an meine Brust gepresst halte, entreißen wollen. Davon wache ich auf.

Atemlos bleibe ich einen Moment stocksteif liegen. Es geht mir sehr viel besser, gut genug, um mich im Bett aufzusetzen. Ich kann sogar allein in den Waschraum hinüberwanken. Dankend lehne ich die hilfsbereit ausgestreckten Hände der anderen Reisenden ab, die bereits wieder abmarschbereit sind. Das kalte Wasser verscheucht die letzten Reste meiner Benommenheit. Ich kehre in den Schlafraum zurück, setze mich auf die Matte vor meinem Bett und beginne fast gierig, meine Morgenübungen zu machen, um meinen Körper endlich wieder zu strecken, besonders die vom Muskelkater noch immer schmerzenden Oberschenkel. Der Raum ist inzwischen leer, die anderen sind wohl frühstücken gegangen oder schon aufgebrochen. Während ich die Mantren singe, beschäftigen sich meine Gedanken ununterbrochen mit dem Verlust des Chakras. Wieder und wieder sehe ich den verletzten Bären den Hang hinabschlingern, durchlebe das Entsetzen, das mich ergriff, als mir klar wurde, was geschehen würde, überlege, ob ich irgendetwas anderes hätte tun müssen oder können, gehe all die verschiedenen, ziemlich hoffnungslosen Möglichkeiten durch, das Chakra wiederzufinden und hadere mit dem Schicksal, mit Gott und mit Nani, die mir eine solch unmenschliche, alle meine Grenzen sprengende Aufgabe zugedacht haben. Später stelle ich jedoch fest, dass die Meditation mir geholfen hat, meinen schrecklichen Verlust einigermaßen zu akzeptieren.

Trotz der Warnung, die der Traum mir gegeben hat, gehe ich zur Polizei. Ohne Probleme frage ich mich zu einem von außen ganz normal aussehenden Wohnhaus am Marktplatz durch, in dem zwei zackige, grünuniformierte Sikhs mit grünen Turbanen ihr Büro haben. Trotz des abgewetzten Mobiliars machen sie einen kompetenten und effizienten Eindruck.

Ich brauche mein Anliegen kaum vorzutragen. Sobald sie meinen Namen hören, sagt der Ältere der beiden in gebrochenem Englisch: „Ah, es ist gut, dass Sie zu uns kommen. Sonst hätten wir Sie bestimmt aufgesucht. Sie sind der Deutsche, der oben bei den Gletschern einen Bären gesehen hat."

Gesehen ist wohl das Geringste! Ich erzähle ihnen die Geschichte, angefangen mit dem Eselkadaver beim Wasserfall.

Der Jüngere unterbricht mich: „Die Pilgersaison hat vor einigen Tagen begonnen. Die wilden Tiere der Umgebung haben den Berg sechs Monate lang für sich gehabt. Und sie sind im Moment sehr hungrig. Der Wald liefert noch nicht viel Nahrung."

Ich beschreibe ihm die riesige, schwärende Wunde des Bären, die seinen Kopf so entstellt hat, und er mutmaßt, dass einer der Blitzeinschläge oder Waldbrände der letzten Wochen ihn erwischt haben könnte.

Als ich berichte, wie der Bär mit erhobenen Pranken auf den Rishi zustürmte, beugen sich beide Polizisten mit der Hand auf ihren weißen Pistolentaschen zum Aufspringen bereit nach vorne.

Bei meiner Geschichte, wie ich dem Bären das Chakra ins Auge geworfen habe, und wie er dann den Gletscher hinuntergeschlittert ist, reagieren sie ziemlich skeptisch. Das kann ich sogar nachvollziehen. Wenn man nicht weiß, wie schwer und scharf das Chakra ist, kann man so etwas kaum glauben. Deshalb gebe ich ihnen eine ausführliche Beschreibung des Chakras, und wie es dazu kam, dass ich es überhaupt in meinem Besitz hatte. Meine Erzählung über die Steinsuche auf Zypern lässt sie allerdings noch zurückhaltender werden.

„Wem gehört dieses so genannte Chakra denn eigentlich?", fragt der ältere Polizist. Ich gebe ihm eine kurze Beschreibung von Nani. Dann erzähle ich ihnen von Guru Har Krishan und Chajju.

Meine Hoffnung, sie sofort in hektischer Aktivität aufspringen zu sehen, um den heiligen Kultgegenstand wiederzufinden, erfüllt sich nicht. Im Gegenteil, sie mustern mich, als zweifelten sie an meinem Verstand.

„Sind Sie ein Sikh?", fragt der Ältere. Ich trage zwar noch immer meinen Turban und finde das mittlerweile auch sehr angenehm. Und eigentlich hat mir alles, was ich bisher von den Sikhs erfahren habe, gut gefallen. Außerdem werde ich demnächst eine Sikh-Frau heiraten – das heißt, falls sie mich noch will, wenn ich mit leeren Händen nach Hause komme. Trotzdem muss ich seine Frage erst einmal mit „Nein" beantworten.

„Wer hat Ihnen diese Geschichte von Guru Har Krishan erzählt?", fragt der Polizist weiter. Ich berichte ihnen kurz von Devi und von dem Auftrag im Restaurant in Frankfurt. Beide betrachten mich jetzt mit äußerstem Befremden.

„Wie fühlen Sie sich?", fragt der Jüngere vorsichtig. Eigentlich geht es mir nicht schlecht. Auf jeden Fall besser als gestern. Doch die beiden schauen mich an, als seien sie erstaunt, dass es mir nicht schlechter geht.

Nun kommt der zweite Moment dieses mühsamen Abstiegs von Hemkund, den ich bis an mein Lebensende nicht vergessen werde. Erst seufzt der ältere Polizist. Dann guckt er seinen jüngeren Kollegen etwas unsicher an. Seine Stimme klingt freundlich, als er sagt: „Ich weiß nicht, welchen Grund Ihre Verlobte hatte, Ihnen diese Geschichte so zu erzählen. Ich bin mir auch nicht sicher, ob ich derjenige bin, der es Ihnen sagen soll. Aber Sie würden es sowieso bald erfahren. Jedes Kind kennt hier nämlich die Geschichte von Guru Har Krishan und Chajju. Sie ist in jedem Buch mit Sikh-Geschichten zu finden. Ich habe sie von meiner Mutter und meinen Tanten wohl hundertmal gehört. Und, wissen Sie, in dieser Geschichte kommt überhaupt kein Chakra oder so etwas Ähnliches vor!"

Die Polizisten haben sich in ihre Sessel zurückgelehnt. Sie blicken mich halb mitleidig, halb wachsam an.

In welchem absurden Theaterstück bin ich jetzt gelandet? Die Bemerkung wurde mit so ruhigem Ernst vorgebracht, dass sie nicht als lockerer Witz gemeint sein kann. Zwar würde ich jederzeit Devi gegenüber der Mutter und den Tanten dieses Polizisten den Vorzug geben, aber ich finde das alles doch sehr beunruhigend. Was soll ich davon halten? Was geschieht mit mir? Während ich noch nach Worten ringe, sagt der jüngere Polizist erklärend und mit der gewissen nachsichtigen Distanz, die man gegenüber Verrückten wahrt: „Guru Har Krishan hat tatsächlich den Kopf Chajjus berührt. Aber mit einem Stock!"

Jetzt fühle ich mich tatsächlich so verwirrt, für wie die beiden mich wohl halten.

„Es war ein Stock!", wiederholt der Ältere noch einmal freundlich, aber nachdrücklich, so wie zu einem Kind.

Ich erinnere mich kaum, wie ich aus dem schäbigen Büro herausgefunden habe. Auf dem Marktplatz vor dem Polizeigebäude hat gerade ein Basar geöffnet, auf dem hauptsächlich religiöse Gegenstände der Sikhs verkauft werden: Malas, Turbane, Dolche, Chakras, Kleidung, Bilder der Gurus, Hefte und Bücher. Ziellos irre ich in meiner Verwirrung durch den bunten Markt, bis mein Auge plötzlich auf eine Serie von zehn blauen Büchlein fällt: „Stories from Sikh History". Der Händler antwortet auf meine Frage nach Geschichten mit Guru Har Krishan, dass die Geschichten eigentlich nur für Kinder bestimmt seien. Ich kaufe Teil 3, „Stories of Guru Har Krishan" für zwanzig Rupien.

Am Rande des Basars setze ich mich auf eine niedrige Mauer und finde nach einigem Blättern eine Geschichte mit dem Titel „Auf dem Weg nach Delhi":

„Der Brahmane setzte sich mit einem stolzen Ausdruck im Gesicht hin. Dann sagte er: ‚Du nennst dich Sri Har Krishan. Du solltest erhabener sein als der Gott Sri Krishan. Er hat uns die Gita gegeben. Ich will mit dir über die Gita diskutieren.'

Der Guru antwortete: ‚Mit der Gnade Gottes kann das jeder Sikh, jeder Bauerntölpel sogar tun. Geh und bring mir einen einfachen, unwissenden Dorfbewohner. Er wird über die Gita und andere Bücher mit dir diskutieren. Wenn du mehr weißt als er, werde ich mit dir diskutieren.'

Der Brahmane ging. Bald kam er mit einem unwissenden Wasserträger namens Chajju zurück. Der stand da und glotzte den Guru an. Der Guru berührte Chajjus Kopf mit dem Ende seines Stocks ..."

Was? Das kann doch nicht wahr sein! Mit Wucht werfe ich das Buch auf den staubigen Boden. Mein Wutausbruch zieht die Blicke der Marktbesucher auf sich und sofort umringen mich neugierige Kinder. Das kann ich jetzt am wenigsten vertragen! Ich brauche Ruhe! Weg von hier! Ich möchte nichts mehr mit all dem zu tun haben! Unsanft verstaue ich das schmutzige Büchlein in meinem Rucksack, dessen Anblick mich schmerzhaft an das verlorene Chakra – oder was auch immer es war – erinnert, und ich verlasse mit großen Schritten das Dorf in Richtung des großen Bus-Parkplatzes.

Dort treffe ich eine vertraute Gestalt in wehender, orangefarbener Robe, einen Metalleimer in der Hand und die Bettrolle auf der Schulter: Es ist der Rishi. Ich schnauze ihn an: „Warum wartest du immer auf mich?"

„Ich warte schon seit drei Wochen! Bist du fertig?"

Ich zucke die Schultern.

„Ich möchte dir etwas zeigen", sagt er. Er weist mit seinem Finger die Autostraße entlang, nicht in die Richtung, aus der wir mit dem Bus gekommen sind, sondern in die Berge. Ohne meine Antwort abzuwarten, geht er los. Mit gemischten Gefühlen folge ich ihm – was sollte ich auch sonst tun?

Ich zittere in dem kühlen Wind. Meine Wut ist verflogen und hat einer totalen Verzweiflung Platz gemacht. Wozu das Ganze? In was für ein Spiel bin ich hineingeraten? Die Übungen, wo kamen die dann her? Minos, Loizos, Panos, Ariadne, haben die alle nur Theater gespielt? Wie kann das sein? Wer hat die Steine versteckt?

Durch langgestreckte Schutt- und Geröllfelder gehen wir in zahllosen Serpentinen immer tiefer in die Berge hinein. Um uns herum glitzern die Schneefelder der gewaltigen Gebirgszüge im strahlenden Licht der Mittagsonne. Ab und zu sprudeln eiskalte Bäche über die Straße, die wir knietief durchwaten müssen. Es ist die Schneeschmelze. Der Frühling hält mit aller Macht Einzug im Himalaya. Links in der Tiefe braust der Gangotri, einer der wichtigsten und am meisten verehrten Quellflüsse des Ganges.

Die strenge Schönheit der Landschaft berührt mich jedoch nicht. Meine Gedanken haben angefangen, sich in bitteren Kreisen um Devi zu drehen. Immer wieder kommen Erinnerungen an ihre Worte in mir hoch: „Wir brauchen einen Archäologen, um einen lange verschollenen Kultgegenstand der Sikhs wiederzufinden. Vielleicht brauchen wir auch eine Art archäologischen Privatdetektiv." Und: „Dieses Chakra besteht aus Gold, Silber und Kupfer, in dem zwölf verschiedene Halbedelsteine und Edelsteine eingelegt sind. Es handelt sich aber um weitaus mehr als ein Schmuckstück."

Aber was war es dann? Devi, warum hast du mir das erzählt? Was geht hier vor? Ist deine Liebe ein Teil dieses Spiels?

Der Rishi verlässt jetzt in einer scharfen Serpentine die schmale Autostraße und klettert über einen steilen Geröllhaufen, hinter dem ein kleiner Weg scheinbar direkt in den fast hundert Meter tiefen Abgrund des Gangotri-Flusses führt. Dieser Pfad mündet schließlich an einer fast senkrechten Felswand in einen sehr schmalen, am Felsen entlang nach unten führenden Sims, der kaum breiter ist als sein Gegenstück in Frankfurt, wo die Geschichte vor drei Wochen angefangen hat. Der Rishi setzt seine Füße vorsichtig auf den Sims und schiebt sich dann am Felsen entlang weiter. Zögernd folge ich ihm.

Langsam tasten wir uns voran, während unsere Rücken an der Bergwand entlangscheuern. Vor uns gähnt die Leere des Gangotri-Tals. Die steil aufragenden Bergspitzen gegenüber scheinen bereit, auf uns herunterzustürzen. Grimmig rupft der eisige Wind an unserer Kleidung. Die Situation entspricht so genau meiner Stimmung, dass ich die verblüffende Ähnlichkeit mit dem Sims in Frankfurt und dem Fluss zu unseren Füßen als völlig folgerichtig hinnehme. Nach ungefähr zwanzig Metern endet der Sims in einem etwa zwei Meter breiten Plateau, das wie ein Regal an der Bergwand zu hängen scheint, direkt über dem glänzenden Gangotri, der mehr als hundert Meter in der Tiefe unter uns fließt. An der Bergseite dieses Plateaus liegen mehrere merkwürdige Geröllhaufen, die aus platten, übereinandergeschichteten Steinen bestehen, mit einem flatternden Fetzen ausgebleichten, orangefarbenen Tuches unter dem obersten Stein.

Meine fiebrigen Gedanken drehen sich jetzt um Nani. Endlich erkenne ich, wieviel sie mir bedeutet und wie sehr ich ihr vertraut habe. Wahrscheinlich ist sie es, die das alles irgendwie inszeniert hat – mit ihren Zeichnungen und den Steinen, die ich nicht säubern sollte. Wer ist sie?

Der Rishi hat sich hingesetzt und bedeutet mir mit der Hand, dass ich ihm gegenüber Platz nehmen soll. Dann schaut er mir lange in die Augen. „Bist du fertig?", fragt er noch einmal. Ich habe keine Lust auf noch mehr Mysterien und frage ihn irritiert, was er damit meint.

Er will wissen: „Du weißt, was Karma ist?"

Wenigstens das habe ich einigermaßen aus dieser ganzen Geschichte gelernt.

„Im letzten Leben hast du kurz vor deiner Erleuchtung aufgehört. Du hast aufgehört, deine Übungen zu machen, aufgehört, dich um deine Nächsten zu kümmern. Schließlich hast du dich in deiner größten Krise von deinem Lehrer abgewandt.

Jetzt hast du den Faden wieder aufgenommen. Du hast wieder angefangen, deine Übungen zu machen. Und als du das Chakra nach dem Bären geworfen hast, hast du damit dein letztes Karma gelöscht. Ein Bär für einen Elefanten."

Er schweigt.

Ich kann zwar nachvollziehen, was er meint, aber es ändert nichts an meinem Gefühl von Verlorenheit und an dem neuen Mantra, das in meinen Gedanken kreist: „Es war ein Stock. Es war ein Stock. Es war ein Stock."

Er schweigt und hört nicht auf, mir in die Augen zu schauen. Ich kann den Augenkontakt kaum aufrechterhalten, zuviel grüble ich über Nani, Devi, Stöcke und Chakras nach. Der Boden ist hart, aber ich merke es nicht. Die Sonne brennt gnadenlos vom Himmel herab.

„Es war ein Stock. Es war ein Stock."

Endlich, Stunden später, scheint mein inneres, schwelendes Feuer ausgebrannt zu sein. Ich weiß nichts mehr. Ich weiß nicht mehr, wer ich bin, was Liebe ist, was Wahrheit ist, wie es weiter geht. Ein tiefer Seufzer hebt meine Brust. Ein Gefühl von Frieden kommt über mich. Ich weiß es einfach wirklich nicht. Ich glaubte einmal, dass ich es wissen könnte. Aber jetzt nicht mehr. Ich bin einfach in der Mitte eines Mysteriums. Die einzige Lösung ist, mich hinzugeben.

Ich schaue in die kleinen, von tausend Runzeln umgebenen Knopfaugen des Rishis, der mich die ganzen Stunden lang unentwegt beobachtet hat. Er ist ich, und ich bin er. Es gibt keine Grenze mehr. Wer auch immer er ist. Wer auch immer ich bin.

Darauf scheint er gewartet zu haben.

Er sagt: „Jetzt: zurück zu Brahma."

Wie zum Gebet legt er seine Hände vor der Brust zusammen und neigt seinen Kopf vor mir. Danach steht er auf und schreitet das Plateau entlang, wobei er sich vor jedem der Steinhaufen mit den verblichenen Stofffetzen kurz verneigt. Aus dem Geröll, das am Berghang oberhalb des Plateaus liegt, sucht er sich sieben platte Steine, die er auf dem Platz, auf dem er gesessen hat, auftürmt. Nachdem er den sechsten Stein auf den Stapel gelegt hat, nimmt er den Saum seiner Robe und reißt einen großen Fetzen ab, den er mit dem siebten Stein oben auf dem Haufen beschwert.

Eine große Unruhe hat mich inzwischen ergriffen. Der Friede, der mich erfüllt hatte, ist verschwunden. Eben habe ich mich noch eins mit ihm gefühlt. Jetzt ahne ich mit Schrecken, was er vorhat.

Er stellt sich an den Rand des Plateaus, weit über das silberne Band des Gangotri und richtet sich hoch auf. Dann wirft er mit seiner linken

Hand seine Bettrolle in den Abgrund. Die blass orangefarbene Rolle prallt ein paar Mal von den Felsen ab, bevor sie als kleiner, fast unsichtbarer Punkt im Fluss verschwindet.

Mitten in meinem Bauch fängt ein Feuer an zu lodern. Entgeistert schaue ich dem Mann zu.

Jetzt wirft er mit seiner rechten Hand seinen stählernen Betteleimer über den Rand. Ein paar Mal scheppert es, immer leiser. Dann wird es still.

Das Feuer in meiner Mitte hat angefangen sich zu drehen. Leuchtende Funken spritzen wie bei einem Feuerwerk durch meinen ganzen Körper. Mein Bauch krampft sich zusammen, ich bin starr vor Schrecken.

In einer unwirklichen Stille, seine Arme der Sonne entgegengehoben, lässt sich der Rishi nach vorne fallen. Noch ein paar Mal sehe ich seinen Körper an der Felswand aufschlagen, dann verschwindet er im Fluss.

Das Feuer in meinem Bauch schießt jetzt wie ein Blitz hinunter zu meinem Beckenboden, der wie trockenes Holz die Flammen aufnimmt und seinerseits meine ganze Wirbelsäule anzündet. Die Hitze schlägt unaufhaltsam in meinem Körper hoch, ich halte völlig fassungslos den Atem an. Wirbel für Wirbel wird von dem flüssigen Feuer verzehrt. Als das grelle Licht in meinem Kopf ankommt, lodert mein Gehirn sofort in einem ekstatischen Lichter-Regenbogen auf.

Lange Zeit sitze ich unbeweglich, während das Feuer mich von innen verzehrt. Es scheint jede Schwäche, jede Angst, die noch in mir geblieben ist, aufzufressen und zu zerstören. Übrig bleiben, ähnlich wie bei einem Haus nach einem Feuer lediglich die Mauern, eine große Einfachheit, das Ende jeglicher Zweifel. Ich werde dem Rishi nicht in den Abgrund folgen, selbst wenn ich tatsächlich keine Angst, keine Hoffnung und kein Karma mehr habe. Brahma ist in mir. Und Brahma ist in der Welt. Ich kann mich nicht mit Brahma vereinen. Ich bin Brahma.

Es wird Nacht. Ich spüre weder Kälte noch Zeit. Als das erste Zartrosa der Morgensonne meinen Körper berührt, stehe ich auf, mache ein paar Übungen, um meinen Körper wieder zu beleben. Dann gehe ich über den Sims vorsichtig zum Weg zurück. Zurück in die Welt!

Auf der Straße erinnere ich mich plötzlich wieder, wer ich bin und warum ich hier bin: „War es doch ein Stock?" Langsam schlängelt sich der Weg bergab nach Gobindgatt. Ich fühle mich wie einer der ernsthaften Sikhs, denen ich begegnet bin, als sie mit ihren Dolchen und Schwertern von Hemkund herunter kamen. Als kehrte ich zurück in die Welt ... aber mit dem neugewonnenen Bewusstsein, ein Recht auf die Wahrheit zu haben und sie zu leben.

Der Weg zu Nanis Dorf, wo ich mir offensichtlich meine Wahrheit abholen muss, wird mir leicht gemacht. Als die dunkelgrauen Schieferdächer von Gobindgatt aus dem silbernen Nebel auftauchen, begrüßt ein blausilberner Pilgerbus mich mit lautem, fröhlichem Hupen. Die Wallfahrer haben anscheinend auf ihren Mitfahrer gewartet. Der Dorfvorsteher am Steuer nickt, als ich ihm den Zettel mit Nanis Adresse zeige, und ich deute seine Geste als: „Ja, ja, da kommen wir sowieso vorbei."

Hinunter geht es durch Wälder aus Latschenkiefern und Himalaya-Zedern, mit häufigen Pausen auf Wiesen voller Steppenlilien und Königsschachblumen. Und immer wieder holen die Ragis ihre Instrumente hervor. Einmal, als wir in einem herrlichen Tal auf einer blauen Rittspornwiese eine Pause machen, bekomme ich eine Trommel in die Hand gedrückt. Der Rhythmus stampft durch meinen Körper. Stärker und stärker wird die Schwingung, bis sie aus mir hervorbricht. Der Töpfer, der mich mit seinen schönen, glänzenden Augen erwartungsvoll anschaut, gibt mir seine Kraft noch dazu. Ein fantastischer Schrei drängt aus meiner Brust, so laut und mächtig, dass selbst die Vögel und die Bäume für den Bruchteil einer Sekunde innezuhalten scheinen.

Plötzlich ist der sensitive Raum auch wieder da, der seit dem Verlust des Chakras unter dem Druck meiner Gefühle für mich verschlossen war. Die Welt bebt und vibriert vor Leben, und einen Moment lang verstehe ich. Die Wahrheit ist: Alles ist Musik.

Weiter fährt der Bus in die staubigen Hügel von Himachal Pradesch hinein. Üppiges Grün verwandelt sich in trockenes Beige. Dörfer dämmern im heißen Wind. Rishikesh taucht auf, mit seiner berühmten hängenden Brücke, der Lakshman Jula, die sich über den breiten Ganges spannt. Ich betrete die Brücke und bleibe in der Mitte, an der tiefsten Stelle stehen, und schaue in das vorbeiströmende silberne Wasser. Fast erwarte ich, noch einen Rest Hoffnung in mir glimmen zu spüren, dass vielleicht gerade jetzt der Bär oder der Rishi vorbeigetrieben kommt. Ich muss über mich selbst lächeln. Ich fühle mich so unendlich frei und unbeschwert.

Dann führt der Weg uns in den Punjab hinein. Beige wechselt zum Gold des Weizens, der gerade geerntet wird. Schnatternd und singend schneiden die Menschen mit ihren Sicheln in die gelben Flächen hinein. Die Wege sind voller Fahrräder, Ochsenkarren, Traktoren und riesiger Mähdrescher. Versonnen sitze ich auf meinem Platz neben dem Fahrer. Jede Stunde bringt mich näher zu meiner großen Begegnung.

Plötzlich, nicht weit von Amritsar entfernt, hält der Bus an der Pforte einer runden, lehmfarbenen Mauer. Alle steigen aus, bilden einen Kreis um mich herum und fangen plötzlich an, gleichzeitig auf mich einzureden. Englisch und Punjabi prasseln aus den Mündern, die so lange geschwiegen haben, wie ein Landregen auf mich nieder. Ein Wort taucht immer wieder auf, während alle mit großen, einladenden Gesten auf das Dorf zeigen: „Panjokhara, our village!" Es waren also die Bewohner von Panjokhara, die mit mir in Hemkund und an diesem Spiel beteiligt waren!

„Nani wartet auf dich", sagt der Dorfvorsteher. Die Gruppe nimmt mich in ihre Mitte, und wir strömen durch die Pforte hindurch in ein Labyrinth von Lehmwänden hinein. Vor einer mit komplizierten weißen und roten Symbolen bemalten Mauer bleibt die Gruppe stehen und bildet erwartungsvoll eine Art Hufeisen um mich herum, offen in Richtung auf zwei hölzerne Schwingtüren. Die Dorfbewohner sind jetzt so still, dass ich eine Zikade auf der Mauer sirren höre. Ein atemloser Showdown zwischen dem jungen Okzident und dem alten Orient bahnt sich an. Ich drücke die Schwingtüren auf.

Ich finde mich allein in dem kühlen, schattigen Innenhof eines indischen Hauses wieder. Links von mir ist ein halboffener Raum, in dem eine anmutige weiße Zebu-Kuh und ein schwarzer Büffel friedlich liegen und wiederkäuen. Rechts stehen ein traditioneller Ofen in Form eines Bienenkorbs und Tonkrüge mit Linsen und Weizen neben einem modernen Elekroherd und einer weißen Spüle mit einer Pumpe darüber. In der Mitte steht ein riesiger persischer, schattenspendender Lilac-Baum, an dessen Stamm gemütliche Sitzplätze aus Lehm mit Kissen darauf eingerichtet sind. An der Hinterseite des Hofes befinden sich unter einem dicken Lehmdach mit hochstehendem Rand, das von alten schwarzen Balken und Schilfgras gestützt wird, drei Türen. Ich überquere den Hof und rufe: „Ist da jemand?" Es bleibt still.

Die erste Tür gehört zu einem Raum, in den durch ein glasloses Fenster, das mit einem fein geformten Gitter aus Lehm abgedeckt ist, schummriges Licht fällt. Das Mobiliar besteht aus einem Tisch, einem Charpoy-Bett aus Schnüren, die auf ein Gerüst gezogen sind, und einer Kommode. Außerdem hängen Hunderte von Bildern und Fotos an den Wänden sowie unzählige kleine Gemälde.

Der zweite, viel hellere Raum hat ein Fenster aus Glas und enthält unerwarteterweise graue, stählerne Archivschränke, einen großen Schreibtisch mit einem Computer, Drucker, Faxgerät und zwei Telefonen.

Die Tür zum dritten Raum steht einen kleinen Spalt offen, aber ich scheue mich hineinzuspähen. Der Raum scheint dunkel und fensterlos zu sein. Ich klopfe an die Tür, bekomme jedoch keine Antwort. Ich meine aber, innen leise Geräusche zu hören. Langsam schiebe ich die Tür weiter auf und gehe hinein. Es gibt hier doch ein Fenster, ganz oben in der Wand, das nur wenig Licht hereinlässt.

Eine massige, dunkle Gestalt sitzt in der Mitte des Raums auf dem Boden. Als sie sich mühsam aufrichtet, ächzend, als ob ihr alle Knochen weh täten, fällt das Licht auf ihre grobe Schnauze. Ich traue meinen Augen nicht: der Bär! Die schrecklichen Brandwunden feucht glimmend in seinem Gesicht richtet er sich hoch auf. Seine Krallen machen ein fürchterliches, kratzendes Geräusch auf dem Fußboden, während er mit erhobenen Pranken auf mich zuwankt.

Die Erinnerung an Heresford und seinen Kampf mit dem riesigen Skinhead steigt in mir hoch, und ich bleibe stehen und breite einladend meine Arme für mein Monster aus. Im selben Augenblick verwandelt sich das Ungetüm in die alte, stämmige Nani, die mich in ihre Arme nimmt.

„Gut gemacht, Junge", sagt sie. Ich atme erleichtert auf. Wir setzen uns auf den Boden, der, wie ich jetzt erst sehe, mit einem dicken weißen Teppich bedeckt ist.

„Du hast viel erlebt", sagt Nani.

„Zuviel."

„Beinahe genug."

„Nicht genug Wahrheit."

„Nichts anderes als die Wahrheit."

„Was ist Wahrheit?", frage ich ungestüm, als hinge mein Leben von der Antwort ab.

Ihre Gestalt scheint zu verschwimmen.

„Wahrheit ist eine Geschichte", sagt sie sanft.

Ich kämpfe gegen die Unschärfe meiner Gedanken.

„Wahrheit beruht auf Ehrlichkeit", schreie ich.

Das Rauschen in meinen Ohren wird stärker.

Leise antwortet sie: „Ehrlichkeit beruht auf Wahrnehmung."

Kaum noch hörbar fügt sie hinzu: „Wahrnehmung ist relativ!"

Ich habe das Gefühl, mich auf einen tiefen Abgrund zuzubewegen.

Sintflutartig füllt sich mein Kopf mit Bildern. In rasendem Tempo zieht die Lüge an mir vorbei. Die Bilder zerren an mir, als ob sie mich mitreißen wollten.

Nachdem ich alles noch einmal wie im Traum erlebt habe, wache ich auf. Diesmal kann ich es fraglos annehmen. Es ist einfach eine Geschichte, meine Geschichte. Ich verstehe sie nicht. Aber sie ist ein Teil des Logos, das Einzige, dem man in dieser Welt vertrauen kann.

Ich bin entspannt und erfrischt. Kerzen und Räucherstäbchen brennen in dem Raum, der allem Anschein nach ein Meditationsraum ist. An der Wand hängen Bilder von Gandhi, von Yogi Bhajan und von einigen mir unbekannten Frauen mit schönen, ausdrucksstarken Gesichtern. Devi sitzt neben mir, die Hände im Schoß.

Ich schließe die Augen noch einmal und lasse das Glück in mir hochschwappen.

Wir reden den ganzen Abend. Sie erzählt, dass sie in den letzten Tagen viel mit ihrer Großmutter geredet hat.

„Es ist einfach", hat Nani ihr gesagt, „es erfordert aber eine lange Vorbereitung. Bei einigen Leuten fängt die Geschichte bei der Geburt an, was leicht ist, wenn man die Großmutter ist. Der Rest ist lediglich eine Sache des Überzeugens, plus eine Menge Hypnose und Gedankenübertragung, ein bisschen Hilfe von Freunden, und eine Menge Glück. Dann versteckst du die Ostereier, und die Geschichte kann anfangen!"

Nani hat Devi von einer Art Parallel-Universum erzählt. Es gibt eine andere, der unseren sehr ähnliche Welt, wo es tatsächlich kein Stock war, den Guru Har Krishan gebrauchte, sondern ein Chakra. Teile dieser Welt hat Nani für das Projekt „Save Chajju", wie sie die Ereignisse der letzten Wochen nennt, übertragen.

Ich erinnere mich an die kleinen Unterschiede zur normalen Welt, die mir bei unserer Astralreise aufgefallen waren, die Stilunterschiede der gotischen Spitzbögen von Bellapais, die Überzahl der Apfelsinen am Ast. Das Chakra wird im Parallel-Universum ein Stock und die Bhajas werden Schüler von Yogi Bhajan.

Es ist natürlich angenehm, eine einigermaßen logische Erklärung für die Geschichte zu hören. Das ist gleichsam das Netz, in dem der Schüler in Yogi Bhajans Geschichte landet. Aber es ist nicht wirklich wichtig. Wichtig ist, dass ich ohne zu springen, im Gegenteil, gerade dadurch, dass ich nicht gesprungen bin, den Sprung geschafft habe.

Epilog

„Die göttliche Liebe
wird in der alltäglichen
Weisheit der Ehe
umgesetzt"

„Har Pehilari Laav Parvirti Karam Driraia Baliram Jio." Nani sitzt hinter dem blankgeputzten, kupfernen Altar des Shabd Guru und singt mit zittriger Stimme, wie ich sie gar nicht von ihr kenne, die alten Formeln der Hochzeitszeremonie.

In Panjokhara haben Devi und ich uns nach einem halben Jahr genügend eingelebt, um auch hier heiraten zu wollen. Der alte Kuppelbau der Gurdwara, wo die Hochzeitszeremonie gehalten wird, befindet sich nicht weit entfernt von dem wundervollen Lehmhaus, in dem wir wohnen und teils auch arbeiten, Devi für die CHIPKO und ich für die Universität in Delhi. Unsere zypriotischen Freunde sind tatsächlich, wie sie damals am Flughafen versprochen haben, alle gekommen, und selbst Yogi Bhajan ist bei uns zu Gast.

Dorfbewohner und Gäste sitzen auf dem mit weißen Laken ausgelegten Fußboden um den Shabd Guru herum, der unter einem prächtigen Baldachin aus Goldtuch auf seinem Altar thront. Zwei Schwerter, ein zweischneidiger Dolch und ein einfaches Chakra aus Edelstahl liegen auf einem weinroten, goldbestickten Tuch davor. Devi und ich sitzen nebeneinander dem Shabd Guru zugewandt in der vordersten Reihe der Gemeinde.

Sobald Nani den ersten Teil beendet hat, fragt Yogi Bhajan, der die Zeremonie leitet, Devi: „Wenn dein Mann wieder aufhören würde, seine Übungen regelmäßig zu machen, was würdest du tun?"

„Meine Lehrer und Lehrerinnen um Hilfe bitten."

Die zwei Ragis, die für diese Gelegenheit weiße Turbane tragen, stimmen ein feierliches Lied an. So wie es im Protokoll der Sikh-Hochzeitszeremonie vorgesehen ist, stehen wir auf und gehen langsam hintereinander einmal um den Guru herum. Unsere Freunde sind auch aufgestanden und sichern uns, so wie es Tradition ist, ihre Unterstützung für unsere Ehe zu. Adi legt ihre Wange an meinen Arm, Minos schlägt mir auf die Schulter, Heresford legt seinen Arm um meinen Rücken, Ariadne umarmt Devi, selbst der doch etwas blasse Akali lächelt uns zu, dann Panos, Herr Todi, Loizos und schließlich Karamjit Singh. Auf dem Weg vorbei an Yogi Bhajan, der neben dem Shabd Guru steht, fällt mein Blick auf das Chakra, das direkt vor mir liegt.

Plötzlich liegen da strahlendes Gold und blinkendes Kupfer statt des billigen Stahls auf dem roten Samt! Unfähig, mich würdevoll hinzusetzen, plumpse ich auf meinen Platz. Es ist da! Das Chakra ist wieder da! Was ist geschehen? Hat der Bär es also doch mitgebracht? Die drei Metalle und die zwölf Steine sind sauber und strahlend wie vor dreihundert Jahren!

Ganz betäubt verneige ich mich, um meine Zustimmung zu den Gelübden der ersten Runde zu zeigen. Ich komme dabei ganz dicht an den Reif heran, und seine Schönheit und lebendigen Farben lassen mein Herz höher schlagen. Ohne meine Augen von dem wiedergefundenen Reif abzuwenden, lausche ich Nani, die das Lied der zweiten Runde anstimmt.

Yogi Bhajan fragt mich: „Was würdest du tun, wenn du merkst, dass du deine Übungen nicht mehr durchhalten kannst und dein Leben den gleichen Weg nimmt wie beim letzten Mal?"

„Meine Lehrer und Lehrerinnen um Hilfe bitten."

Wir stehen wieder auf, um die zweite zeremonielle Runde zu gehen. Da geschieht die nächste Verwandlung. Als ich mich wieder hinsetze und zum Shabd Guru schaue, bleibt mir fast der Atem weg. Statt Nanis vertrauter Figur im weißen Sari sitzt eine orangegekleidete Gestalt auf dem Kissen hinter dem Altar. Ich blinzle, weil ich meinen Augen nicht traue: der Rishi – noch immer ist ein Stück von seiner Robe abgerissen! Er nickt mir freundlich zu, während ich ihn mit offenem Mund anstarre.

Yogi Bhajan fragt uns beide: „Wer ist euer Lehrer, eure Lehrerin?"
„Die spirituelle Gemeinschaft, die spirituelle Lehrerin, der Guru!",
antworten wir durcheinander.

Es ist der klare Tenor des Rishi, der die dritte Strophe des Hoch-
zeitsliedes anstimmt. Am Ende dieser Runde ergibt sich die dritte Verwandlung. Yogi Bhajans großer Körper hat sich in die gedrungene Gestalt Nanis verwandelt. Was geht hier vor?

Wir verneigen uns.

Nani fragt: „Wer ist euer Lehrer und eure Lehrerin in der Ehe?"

„Devi." „Agamemnon", antworten wir.

Die Musik schwillt an. Wir erheben uns zur vierten und letzten Runde. Das Chakra ist wieder einfacher Chromstahl geworden. Yogi Bhajan
und Nani haben ihre ursprünglichen Plätze wieder eingenommen. Die
Kinder von Panjokhara haben an alle Anwesenden Blütenblätter ausgeteilt, und wir schreiten durch einen Regen von blauen, gelben, roten und
weißen Blütenblättern.

Dann hallt ein lauter, klarer, hoher Schrei durch die Kuppel. Der Dorfvorsteher singt seine Freude aus voller Brust heraus, der Töpfer stimmt
ein, die Bauern, schließlich jubiliert die ganze Runde in ohrenbetäubendem Sinnestaumel in die vibrierende Kuppel der Gurdwara hinein.
Die Schreie dehnen meinen sensitiven Raum immer weiter aus.

Plötzlich erkenne ich die Wahrheit.

Endlich!

Ich sehe mich, wie ich hinter dem Shabd Guru sitze.

Ich sehe mich, wie ich zwölffach im Kreis um den Shabd Guru stehe.

Ich sehe mich, wie ich vor dem Shabd Guru sitze.

Ich sehe mich in der bezaubernden jungen Braut an meiner Seite.

Endlich verstehe ich auch die Worte des Schreis:

„SAT SIRI AKAL!"

„WAHRLICH UNENDLICH UNSTERBLICH!"

Anhang

»Jeder Mensch trägt einen
unsichtbaren Reif,
dessen Steine den Zustand
seiner Seelenphasen zeigen.
Manche sind makellos,
andere brauchen
Reparatur oder Politur,
einige fehlen ganz
und müssen gesucht werden.
Ist dieser Seelenreif komplett,
dann ist der Mensch erleuchtet.«

Nani

Zwölf Schritte zur Erleuchtung

In späteren Gesprächen hat Nani die zwölf Übungsreihen, die sie mir mit den Steinen übermittelt hat, ausführlicher erklärt. Dabei betonte sie immer wieder ausdrücklich, dass diese Übungen die zwölf Schritte oder Stufen eines Dharmas bilden, eines spirituellen Lebensstils, der zur Erleuchtung führt.

Die Reihenfolge dieser zwölf Schritte basiert auf dem langsamen, stufenweisen Evolutionsprozess der Seele. Da alle vorangegangenen Schritte einer Vertiefung und Festigung bedürfen, sobald die Perspektive einer neuen Stufe errreicht ist, und alle zukünftigen Stufen leichter und schneller verlaufen, wenn wir sie vorbereiten, empfahl sie, die Übungen aller zwölf Punkte regelmäßig durchzuführen.

Der vierte Punkt „Pflege die Disziplin", besonders das tägliche Sadhana, ist dabei die Grundlage für alle weiteren Schritte. Denn ohne Disziplin sind die Übungen des Dharmas nicht wirksam. Es bringt nicht viel, wenn du an einem Tag viele Stunden übst und dann wieder wochenlang aussetzst. Versuche regelmäßig zu üben.

Am besten erstellst du einen Plan, wie oft und in welcher Reihenfolge du die Übungen der anderen Schritte in dieses tägliche Sadhana integrierst. Die Übungen für die Seelenphase der jetzigen Inkarnation erhalten dabei natürlich besonderen Nachdruck.

Nani empfahl mir nachdrucklich, über die Wirkung der Übungen Tagebuch zu führen.

Erster Schritt: Pflege den Körper

Heute spielen sich in unserem Körper wichtige Prozesse ab, die noch aus unserer allerersten Inkarnationsphase stammen, als unsrc Seele Teil einer riesigen gerade aus dem Urgrund allen Seins herausgelösten Gruppenseele war. In dieser Phase hat eine Seele weder Gefühle noch einen eigenen Willen. Sie besitzt nur einen stofflichen Körper, der in vielen Inkarnationen immer wieder wechselt, und einen Subtilkörper, der viele Formen annehmen kann. In diesem Buch wird der Subtilkörper als der uns inzwischen wohlbekannte Reif dargestellt. Im Subtilkörper werden die Ergebnisse des Entwicklungsprozesses gespeichert. In dieser Phase betrifft das den Umgang mit den Elementen Äther, Feuer, Luft, Wasser und Erde. Krankheiten, Behinderungen oder Spannungen in unserem Körper zu heilen, zu entspannen oder mutig zu ertragen, ist eine notwendige Nachbearbeitung dieses archaischen Entwicklungsprozesses mit Hilfe der Intelligenz, die die fundamentale Entwicklungsaufgabe unserer heutigen Seelenstufe ist.

Folgende Übungen sind bei der Nachbearbeitung des Umgangs mit den Elementen besonders hilfreich. Die bei den Übungen notwendigen Atem- und Konzentrationsformen werden in Schritt zwei und drei ausführlich besprochen.

1. Wasser

In der Rückenlage:
Die Hände liegen neben dem Körper mit den Handflächen nach oben.
Atme ein und hebe die Hüften so, dass dein Körper nur noch auf den Fersen und Schultern und Armen ruht. Atme aus und senke die Hüften wieder.
Konzentration: Denke SAT beim Einatmen, NAM beim Ausatmen.
Zeit: 1-3 Min.
Wirkung: reinigt das Blut, die Drüsen, die Lymphe und alle anderen Körperflüssigkeiten.

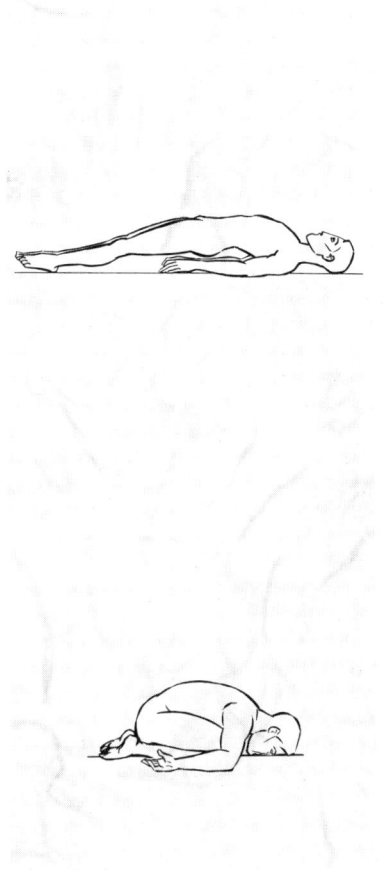

2. Erde

Im Fersensitz:
Beuge dich vor und bringe deine Stirn zum Boden. Die Hände liegen neben den Füßen, die Handflächen zeigen nach oben.
Schwenke das Becken beim Einatmen kräftig nach links, beim Ausatmen nach rechts.

Konzentration: Denke SAT beim Einatmen, NAM beim Ausatmen.
Zeit: 1-3 Min.
Wirkung: stärkt den Ischias-Nerv, die untere Wirbelsäule und das Becken.

3. Feuer.
In der Rückenlage:
Hebe beim Einatmen dein linkes Bein gestreckt hoch, und lege es mit dem Ausatmen wieder ab. Dasselbe mit dem rechten Bein.
Dann wieder links, und so weiter.
Die Hände liegen dabei unter dem Gesäß, die Handflächen nach unten.
Konzentration: Denke SAT beim Einatmen, NAM beim Ausatmen.
Die Bewegung sollte kräftig und nicht zu langsam sein.
Zeit: 1-3 Min.
Wirkung: stärkt die Bauchmuskeln und die Bauchorgane.

4. Luft
In einfacher Haltung (Schneidersitz):
Bring die Hände als Fäuste vor deine Brust.
Fang an, die Fäuste sehr schnell umeinander zu drehen.
Die Augen sind offen und schauen auf die Fäuste.
Drehe so schnell, dass die Handumrisse verschwinden.
Atmung: Feueratem (siehe Schritt 2 Übung 5)

266

Die Bewegung sollte so schnell sein, dass eine Luftbewegung um dich herum entsteht.

Konzentration: Denke SAT beim Einatmen, NAM beim Ausatmen.

Zeit: 1-2 Min.

Wirkung: stärkt die Brustmuskulatur und die Lungen.

5: Äther

Im Stand, die Füße zusammen:
Die Arme sind über den Kopf gestreckt; die Handflächen aneinandergelegt.

Dehne deinen Körper in einem Bogen nach hinten.

Verteile dabei die rückwärtige Biegung gleichmäßig über die Knie, das Becken, die untere, mittlere und obere Wirbelsäule sowie den Nacken.

Atmung: Feueratem (siehe Schritt 2 Übung 5)

Die Haltung sollte sich hingebungsvoll anfühlen.

Konzentration: Denke SAT beim Einatmen und NAM beim Ausatmen

Zeit: 1-3 Min.

Am Ende atme tief ein, richte dich wieder auf, lass mit dem Ausatmen die Arme sinken; beuge dich dann vor und stütze die Hände auf die leicht gebeugten Knie, um den Rücken zu entspannen.

Wirkung: stärkt den Kreislauf im Kopf und das Gehirn.

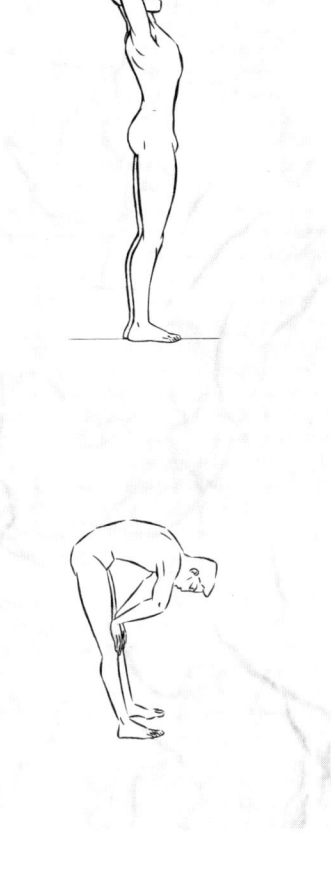

Weitere Maßnahmen zur Unterstützung des ersten Schritts:
• Wenigstens zweimal im Jahr (vorzugsweise um die Sonnenwenden herum) in der Natur zelten und Übungen machen.
• Regelmäßige Fuß- und Rückenmassagen
• Bewusste, vollwertige, vegetarische Ernährung
• Keine Drogen, kein Alkohol
• Weitere Kundalini Yoga-Übungsreihen (siehe Kontaktadressen)

Zweiter Schritt: Pflege deine Gefühle

Nach zahllosen Inkarnationen auf der elementaren Ebene inkarniert unsere Seele auf der Ebene der Pflanzen. Im Gegensatz zu den Steinen, Sternen, Flüssen und Vulkanen der ersten Ebene atmen und wachsen Pflanzen. Sie vermehren sich, pflanzen sich im eigentlichen Wortsinn fort und reagieren auf ihre Umgebung. Aufgrund dieser Entfaltungsmöglichkeiten besitzen sie – außer einem Bewusstsein und einem grobstofflichen Körper – auch starke Gefühle wie Liebe, Angst, Abneigung, Mitgefühl, Unsicherheit oder Vertrauen.

Auch wenn wir diese Inkarnationen schon lange hinter uns gelassen haben, manifestieren sich in uns die ungelösten Probleme aus dieser Entwicklungsphase noch als Angst, Kummer oder zwanghafte Leidenschaft. Die Fortschritte im Umgang damit sind als nächste Ebene des Subtilkörpers auf dem Reif durch den Lapislazuli symbolisiert.

Um mit den Themen dieser Ebene zu arbeiten und die eigenen Gefühle zu vertiefen, zu pflegen und im Gleichgewicht zu halten, eignet sich besonders das Atmen, das wir mit den Pflanzen gemeinsam haben. Die fünf grundlegenden Atemformen sind:

1. Langer, tiefer Atem.
In einfacher Haltung: Wer die folgenden Haltungen nicht oder nicht lange genug einnehmen kann, könnte diese und alle folgenden Übungen in einfacher Haltung auch auf einem Stuhl mit gerader Rückenlehne sitzend oder auf

dem Boden mit ausgestreckten Beinen
machen.

Beim Einatmen drücke den Bauch nach
vorne (1),
dehne dann die Rippen seitlich nach außen
(2)
und hebe schließlich die Schlüsselbei-
ne und das Brustbein (3).
Beim Ausatmen entspanne die Schul-
termuskeln (4),
senke dann die Rippen (5),
und ziehe zum Schluss den Bauch ein
(6).
Konzentration: Denke SAT beim Einatmen, NAM beim Ausatmen.
Zeit: 1-3 Min.
Wirkung: entspannend, zentrierend.

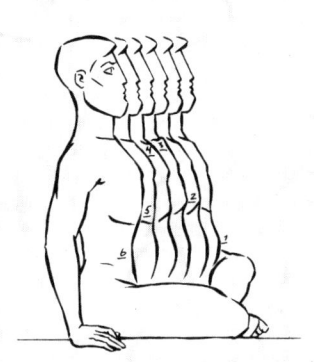

2. Nasenloch-Atem links
In einfacher Haltung:
Verschließe mit der Kuppe deines rech-
ten Daumens dein rechtes Nasenloch.
Strecke die übrigen Finger nach oben.
Atme lang und tief ausschließlich durch
das linke Nasenloch.
Konzentration: Denke SAT beim Ein-
atmen und NAM beim Ausatmen.
Zeit: 1-3 Min.
Wirkung: entspannt den Geist und sti-
muliert Intuition, Sensibilität, Ganz-
heitswahrnehmung.

3. Nasenloch-Atem rechts
In einfacher Haltung: Verschließe mit dem

linken Daumen das linke Nasenloch.
Strecke die übrigen Finger nach oben.
Atme lang und tief ausschließlich durch
das rechte Nasenloch.
Konzentration: Denke SAT beim Ein-
atmen und NAM beim Ausatmen.
Zeit: 1-3 Min.
Wirkung: regt den Geist an und stimu-
liert Konzentration, analytisches Den-
ken, Ausdauer.

4. Sitali Pranayam/ Zungenatmung

In einfacher Haltung:
Strecke die Zunge wie ein „U" zwischen
die Lippen, indem du die Seiten nach
oben rollst.
Atme langsam durch die gerollte Zunge ein, atme durch die Nase aus. Lass
die Zunge dabei ausgestreckt.
Wem es nicht möglich ist, die Zunge zu
rollen (manchen Menschen fehlt der trans-
versale Zungenmuskel), kann stattdessen
durch die gespitzten Lippen einatmen.
Konzentration: Denke SAT beim Einatmen, NAM beim Ausatmen.
Zeit: 1-3 Min.
Wirkung: kühlend, beruhigend, erdend.

5. Feueratem

In einfacher Haltung:
Atme schnell ein, indem du den Bauch
nach vorne herausdrückst (1).
Die Brust bleibt dabei unbewegt.
Atme aus, indem du den Bauch schnell
einziehst (2).

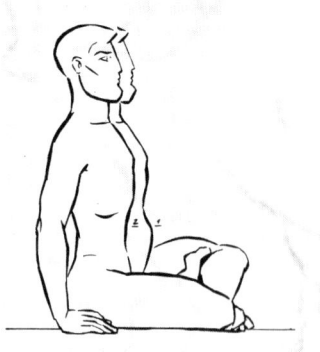

Steigere diesen schnellen, Blasebalg-ähn-
lichen Atem allmählich, wenn du im Laufe der Übungsperioden vertrauter damit
geworden bist, bis ein Rhythmus von
zweimal pro Sekunde erreicht ist.
Konzentration: Denke SAT beim Einatmen und NAM beim Ausatmen.
Zeit: 1-2 Min.
Wirkung: reinigend, belebend.

Weitere Maßnahmen zur Unterstützung des zweiten Schritts:
• Regelmäßig die Nasenlöcher reinigen mit Hilfe einer Lota, einem Na-
  senkännchen, und mit lauwarmem Salzwasser. Beuge deinen Kopf über
  einem Waschbecken schräg nach vorn und gieße das Wasser in ein Nasenloch, um es aus dem anderen wieder herauslaufen zu lassen.
• Jeden Morgen mit der Zahnbürste die Zunge und die Zungenwurzel reinigen, bis ein Brechreflex (nur der Reflex!) eintritt, und den Schleim aus
  Hals und Nase ausspucken. Reinigt die Nasennebenhöhlen und den Ra-
  chenraum.
• Viel Wasser trinken, besonders dann, wenn dich Gefühle überwältigen.
• Weitere nützliche Atemübungen: siehe Kontaktadressen

Dritter Schritt: Pflege den Willen

Die dritte Inkarnationsphase ist die der Tiere. Tiere bewegen sich, rennen, kämpfen, flüchten, lieben oder trennen sich. Dafür brauchen sie eine
relativ gut entwickelte Willenskraft, die – im Gegensatz zur stillen, unbe-
weglichen Pflanzenwelt – nicht zuletzt in ihren spezifischen Stimmen, Rufen und Lauten deutlich wird, mit denen sie ihre Bedürfnisse ausdrücken.
Probleme der Willenskraft, die in späteren Inkarnationen auftreten, entstehen oft in dieser Phase und können am besten über bestimmte Klänge, so
genannte Mantras oder Meditationswörter, gelöst werden. Das Wort Mantra bedeutet „was der Geist (Man) projiziert (Tra)“.

Die Mantras des Dharma stammen natürlich nicht von Tierlauten ab. Eher entwickeln die Tiere so wie die Menschen ihre Töne auf Grund von so genannten Shrutis oder ätherischen Klängen, die ihre Bedeutung bereits in sich tragen und die mittels einer besonders fein entwickelten Wahrnehmung in der Meditation erfahren werden können. Die hier vorgestellten Mantras können auch in vielen anderen Rhythmen, Haltungen und Kombinationen gebraucht werden.

1. ONG
In einfacher Haltung:
Atme tief ein und singe so lange wie möglich: „ONGGGG".
Der Mund bleibt dabei offen, der Klang vibriert hauptsächlich am oberen Gaumen und in der Nasenhöhle, wodurch die Drüsen im Gehirn stimuliert werden.

Zeit: 7-11 Min.
Konzentration: auf den Punkt zwischen den Augenbrauen
Bedeutung: Urklang, kosmische Energie, Schöpfungskraft
Wirkung: stärkt den Willen zum seelischen Wachstum

2. HAR
In einfacher Haltung, den Nacken gestreckt:
Singe kräftig HAR (das r wird dabei mit der Zungenspitze geformt) im Rhythmus von ungefähr einmal pro Sekunde. Ziehe dabei jedesmal kurz die Bauchdecke ein.
Zeit: 3-11 Min.

Konzentration: auf den Punkt zwischen den Augenbrauen

Bedeutung: göttliche Kraft der Schöpfung und Veränderung.

Wirkung: stimuliert den Willen zur Manifestation

3. DSCHIO

In einfacher Haltung:

Singe DSCHIO.

Der Klang kommt aus der Brust und entwickelt sich mit dem „O" hoch zur Kehle.

Der Rhythmus kann variieren, ab ungefähr einmal pro Sekunde bis zu einmal pro zehn Sekunden.

Konzentration: auf den Punkt zwischen den Augenbrauen

Zeit: 3-11 Min.

Bedeutung: geliebte Seele

Wirkung: stimuliert den Willen zur Liebe

4. SAT NAM

In einfacher Haltung:

Lege die Handflächen vor der Brust aneinander.

Atme ein und singe SAAAAT NAM, dabei ist Sat siebenmal so lang wie Nam.

Konzentration: auf den Punkt zwischen den Augenbrauen

Zeit: drei Mal bis 11 Min.

Bedeutung: wahre Identität.

Wirkung: stimuliert den Willen, immer mehr in der Wahrheit zu leben

5. WAHE GURU

In einfacher Haltung:

Atme tief ein.

Auf eine Ausatmung singe achtmal WAHE GURU. Sprich dabei das „r" in „Guru" wieder mit der Zungenspitze aus.

Konzentration: Die Augen sind leicht geöffnet und auf die Nasenspitze gerichtet.

Wenn man die Atmung gut beherrscht, kann man das Mantra 16- oder 32-mal auf einen Atemzug wiederholen.

Zeit: 3-11 Min.

Bedeutung: ekstatische Weisheit

Wirkung: stimuliert den Willen zur Einheit mit Allem, was ist

Weitere Maßnahmen zur Unterstützung des dritten Schritts:

- Das Einstimmungsmantra oder „Adi" Mantra: ONG NAMO GURUDEV NAMO sollte man dreimal singen, bevor man anfängt, Yogaübungen zu machen. Es bedeutet: „Ich begrüße die kosmische Energie und den erhabenen Weg, der vom Dunkeln zum Licht führt."
- Darshani Mantra: Mantras visuell gebrauchen. Die Buchstaben werden dabei visualisiert.
- Ajapa Jap: Mantras, die spontan im Kopf erklingen, ohne willentliche Wiederholung (Es gibt eine Funktion im Gehirn, die wie eine Endlosschleife wirkt).
- Shudh Sadhana: Tonleiter singen (SA RE GA MA PA DA NI SA), um das Singen von Mantras vorzubereiten und zu unterstützen.
- Weitere Mantras und viele stille Meditationen: siehe Kontaktadressen.

Vierter Schritt: Pflege die Disziplin

Beim Übergang von der tierischen zur ersten menschlichen Entwicklungsphase werden die Lernaufgaben der Seele komplizierter. Was in den bisherigen Inkarnationsphasen durch einfache biologische Notwendigkeit bedingt war, wird jetzt abhängig von Überzeugungen und Entscheidungen. In den menschlichen Phasen muss die Seele vor allem lernen, die Konsequenzen (besonders die langfristigen) des eigenen Verhaltens zu erkennen und ihre Entscheidungen danach auszurichten. Es ist die Entwicklungsstufe der Intelligenz.

In diesem ersten Bereich der menschlichen Entwicklung, dem der Baby-Seelen, arbeiten die Seelen an der Basis des menschlichen Lebens, der materiellen Sicherheit. Thema ist das Überleben, ein Dach über dem Kopf, genügend Nahrung, warme Kleidung, Sicherheit gegenüber Angreifern und äußerer Gewalt. Für diese Lernerfahrungen suchen sie sich entsprechend gefährliche Umgebungen aus, und sie gehen durch viele schmerzhafte Erfahrungen von Gewalt, Hunger und Verletzung, bevor die Lektionen gelernt sind.

In dieser Phase geht es darum, den Grad sozialer Organisation zu erreichen, der für das problemlose Überleben eines Menschen notwendig ist. Dafür müssen die Selbstsucht- und Selbstschutzmechanismen des „Ego" durch Erfahrungen, die sowohl das Selbstvertrauen als auch eine gewisse liebevolle Grundstimmung des Menschen fördern, „entschärft" und gezügelt werden, damit das Individuum das Überleben der Gemeinschaft nicht gefährdet.

Auch in späteren Inkarnationsphasen bleibt es absolut notwendig, sich täglich diesem grundlegenden Punkt zu widmen. Auf dem Seelenreif wird jede Weiterentwicklung in diesem Bereich, hier beispielhaft dargestellt durch den orangefarbenen Granat, gespeichert.

Essentielle Aspekte dieser Disziplin sind:

1. Sadhana
Sadhanas sind tägliche Körper-, Atem- und Meditations-Übungen.
Vorschlag für ein Sadhana (grundsätzlich gilt: selbst 5 Minuten sind besser als nichts):
bis zu 45 Min. Körperübungen,
bis zu 15 Min. Entspannung,
bis zu 60 Min. Meditation (Mantra Me-

ditation oder stille Meditation),
bis zu 30 Min. Studium spiritueller Tex-
te.
Diese idealen Übungszeiten addieren sich
zu zweieinhalb Stunden. Nach dem Kar-
magesetz, wonach „alles, was du gibst,
positiv und negativ, zehnfach zu dir
zurückkommt" hält die Wirkung zehnfach, bei zweieinhalbstündigem Üben
also 24 Stunden, an. Damit bist du für
den ganzen Tag „abgesichert". Die beste Übungszeit ist frühmorgens, vor und
während der Dämmerung, sonst abends.
Wirkung: entschärft das Ego und macht
es liebevoll, hilft dem Geist, sich zu klären,
fördert das spirituelle Wachstum, ermöglicht es, das Leben jeden Tag frisch
zu genießen.

2. Lachen
In einfacher Haltung:
Atme ein.
Fange an, aus dem Bauch heraus zu la-
chen.
Wenn du nicht lachen kannst, tue so als
ob.
Zeit: 3-5 Min. täglich
Wirkung: stärkt das Herz, bringt die En-
ergie hoch, heilt

3. Schwitzen
Mache jeden Tag dynamische Übungen
oder Arbeiten, bis du zu schwitzen an-
fängst.
Wirkung: reinigend, klärend

276

4. Laufen

Jeden Tag laufen, möglichst an der frischen Luft.

Wenn du nicht laufen kannst, geh spazieren.

Zeit: eine halbe Stunde

Wirkung: erdend, kräftigend, stärkt das Selbstvertrauen

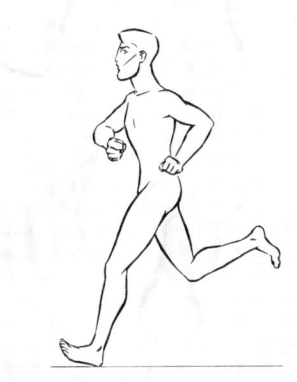

5. Kalt duschen

Beginne jeden Tag mit einer kalten Dusche, wobei du deinen Körper vorher, währenddessen und anschließend kräftig abreibst (immer in Richtung des Herzens). Du kannst dich vorher mit einem reinen Körperöl, wie beispielsweise Mandelöl, einreiben, das nährt die Haut, und dann ist die Dusche auch nicht so kalt. Anschließend trinke 1-2 Gläser warmes Wasser, vor allem, falls du frierst.

Wirkung: stärkend für den kapillaren Kreislauf und das Nervensystem; macht den Kopf frei und wach. Außerdem bereitet die Herausforderung des kalten Wassers dich auf alle Eventualitäten des Tages vor.

Weitere Maßnahmen, die den vierten Schritt unterstützen:

• Jeden Abend vor dem Einschlafen als Vorbereitung für die Nacht eine Meditation durchführen.

• Jede halbe Stunde drei tiefe Atemzüge nehmen (zur Erinnerung einen Timer einstellen)

• Jede Stunde eine Minute meditieren (zur Erinnerung einen Timer einstellen)

Fünfter Schritt: Pflege die Entspannung

In der ersten menschlichen Phase haben die Seelen ein gewisses Minimum an sozialer Organisation geschaffen. In der zweiten menschlichen Inkarnationsphase, der Ebene der Kind-Seelen, können sie sich sozusagen etwas zurücklehnen und das Erreichte genießen. Das Ziel dieser Phase ist das Meistern von Lust, Genuss, Kreativität, Fortpflanzung und Sexualität. Konsum steht hier im Vordergrund. Die Entwicklung verläuft auch hier nicht ohne viele schmerzhafte Erfahrungen von Frustration und Missbrauch, deren Überwindung sich wiederum im Subtilkörper, der auf dem Reif durch das Tigerauge symbolisiert wird, manifestiert. Probleme in späteren Leben mit Sucht, mangelnder Kreativität oder fehlender Lebensfreude sind Überbleibsel aus dieser Inkarnationsphase und brauchen Nachbearbeitung.

Essentiell für die Meisterschaft dieser Thematik ist die Kunst der Entspannung:

1. Entspanne deinen Körper
In der Rückenlage:
Trommele auf deinen Bauch oder massiere ihn (eventuell mit imaginären inneren Händen).
Lass die Entspannung sich von da aus über deinen ganzen Körper verteilen.
Zeit: 5-11 Min.
Wirkung: entspannt die Nebenniere und verringert Stresshormone im Körper; entspannt das ganze System und erlaubt ihm, sich mit Energie aufzuladen

2. Entspanne die Gedanken
Im Fersensitz, die Knie gespreizt:
Bringe deine Stirn zum Boden, die Arme ausgestreckt vor dem Kopf, die Hände gefaltet. Diese Haltung heißt Yoga Mudra.
Atme lang und tief.

Konzentration: auf den Punkt zwischen den Augenbrauen.

Zeit: 3- 11 Min.

Wirkung: fördert die Durchblutung und Entspannung des Gehirns; beruhigt die Gedanken.

3. Entspanne den Lebensrhythmus

In einfacher Haltung (evtl. auf einem Stuhl sitzend):

Fühle mit den vier Fingern der rechten Hand deinen linken Puls.

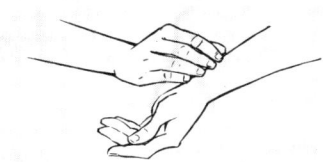

Mit jedem Pulsschlag sage oder denke: Sat Nam.

Zeit: 7-11 Min.

Wirkung: macht dir deinen Pulsschlag bewusst und beruhigt ihn

4. Entspanne deinen Willen

Setze dich bis zum Nabel in ein warmes Bad und meditiere in Stille.

Zeit: 11- 31 Min.

Wirkung: verringert die Spannung im Bauch, der nach yogischem Verständnis das Zentrum der Macht ist

5. Entspanne deine Gefühle

Nimm ein Blatt Papier und stelle eine Liste mit den erfreulichen Seiten deines Lebens zusammen, angefangen mit der bloßen Tatsache, dass dir das Leben geschenkt wurde. Lies diese Liste jeden Tag, und ergänze sie fortlaufend.

Zeit: nach Bedarf

Wirkung: stärkt dein Selbstvertrauen,

deine Dankbarkeit und deine Fähigkeit,
anderen liebevoll zu begegnen

Weitere Maßnahmen zur Unterstützung des fünften Schritts:
- Jeden Tag 11 Min. Entspannung um die Tagesmitte herum
- In Gedanken alle Körperteile durchgehen und mit Licht füllen
- Alle Körperteile, das heißt Arme, Beine, Wirbelsäule, Schultern, Gesichtsmuskeln, usw. nacheinander anspannen, strecken und dann loslassen
- Regelmäßig deinen Bauch, deine Schultern und deine Gesichtsmuskulatur auf Spannung überprüfen und diese loslassen
- Eine Woche lang nur positiv denken. Erfahrungsgemäß ist eine positive Einstellung die beste Voraussetzung für Entspannung. Es bedeutet, sobald ein Gedanke auftaucht, ihn daraufhin zu überprüfen, ob er positiv ist und, falls das nicht der Fall ist, die positive Seite zu suchen.

Sechster Schritt: Pflege die Kraft

Nach vielen Inkarnationen als Kind-Seele (die einzelnen menschlichen Seelenphasen können bis zu vierzig Inkarnationen dauern) befriedigt reiner Konsum oder die Hoffnung darauf dich nicht mehr. Es wird interessanter, etwas Dauerhaftes zu schaffen: Die Seele kommt in die Phase der jungen Seelen, wo es darum geht eigene, persönliche Macht zu beanspruchen und sich ihrer Kraft bewusst zu werden und sie einzusetzen. Die Themen sind zum Beispiel Konkurrenz, Machtanmaßung und -missbrauch, Unterwerfung und Ohnmachtsgefühle.

Zum Lernprozess gehören auch Betrug, Manipulation und Unterdrückung – und zwar sowohl als Opfer als auch als Täter. Ein Weiterkommen in Richtung echter Macht, die nicht nur auf bloßer Kraft sondern auf ethischen Werten beruht, wird in dem Teil des Subtilkörpers verankert, den wir im Reif als grauen Jaspis kennengelernt haben. Um diese Themen, die uns auch in weiteren Seelenphasen noch beschäftigen werden, meistern zu helfen, dienen folgende Übungen.

1. Eine kraftvolle Beziehung zur Erde
In der Rückenlage: Die Arme liegen seitlich neben dem Körper, die Handflächen
nach unten. Mit dem Einatmen hebst du
die Arme hoch.
Mit dem Ausatmen lasse sie kräftig auf
die Erde klatschen.
Konzentration: SAT beim Einatmen,
NAM beim Ausatmem denken
Zeit: 1-3 Min
Wirkung: Verbundenheit mit der Erde;
mit deinem Territorium und deinen Grenzen flexibel umgehen lernen

*2. Eine kraftvolle Beziehung zu ande-
ren*
Im Stand mit möglichst weit gespreiz-
ten Beinen:
Die Unterarme sind angewinkelt, die Hän-
de hängen locker herab.
Drehe dein Becken in großen Kreisen,
erst links herum, dann rechts herum.
Zeit: 1-5 Min.
Konzentration: SAT beim Einatmen,
NAM beim Ausatmen denken
Wirkung: Wecken und Entwickeln von
positiver Kampfeslust

3. Kraftvolle Gefühle
Setze dich ins Wasser, in einen Bach, in
ein Bassin oder in das knietiefe Ufer-
wasser eines Sees oder des Meeres.
Kämpfe mit all deiner Kraft mit dem
Wasser.
Schleudere es in alle Richtungen.

Höre nicht auf, bis du dich wirklich entspannt fühlst.

Konzentration: nach Belieben, Zeit: nach
Belieben

Wirkung: eigene Gefühle kennenlernen,
verborgene Aggressionen und verdrängte,
unerwünschte Emotionen entdecken und
den Umgang damit leichter machen

4. Kraftvolle Gedanken

In einfacher Haltung, die Hände zu
Fäusten vor den Schultern geballt:
Stoße deine Fäuste beim Ausatmen ab-
wechselnd nach vorne.

Konzentration: SAT beim Einatmen,
NAM beim Ausatmen denken.

Zeitdauer: 1-3 Min.

Wirkung: Zielstrebigkeit, Bündelung
der Kraft

5. Kraftvolle Impulse

Nimm dir vor, regelmäßig einen „Feind"
zu besuchen und höre dir ganz ruhig an,
was er über dich zu sagen hat. Das mag
unsinnig erscheinen, aber du wirst sehr
nützliche Dinge über dich lernen, die
keiner sonst dir beibringen könnte. Die
besten Lehrer sind deine Feinde.

Wirkung: Erkenntnis über die Fallen, die
du dir selbst immer wieder stellst, Klarheit in deinen Beziehungen

Andere Maßnahmen zur Unterstützung des sechsten Schritts:
• Gelegentlich so laut wie möglich schreien
• Regelmäßige Übungen für die Bauchmuskulatur machen

- Nabelmassage: mit Eukalyptusöl oder einer Mandel-Sandelholzöl-Mischung um den Nabel herummassieren, im Uhrzeiger- und gegen den Uhrzeigersinn.
- Kanonenkugelatem: tief einatmen, den Atem 10 Sek. anhalten, dann mit aller Macht aus dem Bauch heraus durch den Mund ausatmen
- Eine Kampfkunst wie Judo oder Aikido trainieren

Siebter Schritt: Pflege die Liebe

Macht und Geld sind zwar auch in der Phase der reifen Seelen noch wichtig, aber doch eher sekundär. Es geht nicht mehr so sehr darum, was man alles hat, sondern wie man damit lebt, wofür man seinen Besitz verwendet. Das große Thema dieser Phase ist das Lieben und Geliebtwerden. In vielen Inkarnationen hintereinander durchleben die Seelen die verschiedensten Variationen der Liebe, die Liebe zwischen Mann und Frau, Eltern und Kindern, zwischen Freunden, Lehrern und Schülern, Kollegen, Arbeitgebern und -nehmern, usw. Auch in dieser Phase muss die Seele wiederum alle Formen der Enttäuschung und Entfremdung durchlaufen, um schließlich zur wahren selbstlosen Liebe vorzustoßen. Die Entwicklungen in diesem Prozess finden sich auf dem Reif im Türkis wieder. Zum Thema Liebe gibt es folgende Übungen:

1. Die Liebe zu sich selbst

In der Rückenlage: Lege die Hände neben den Körper.
Hebe langsam eine Hand zum Mund und küsse deine Handfläche. Dann hebe die andere Hand und küsse sie, usw.
Konzentration: SAT beim Einatmen, NAM beim Ausatmen denken
Zeit: 1-3 Min.
Wirkung: erhöht die Sensitivität und Wertschätzung sich selber gegenüber

2. Die Liebe zum Leben

In einfacher Haltung:

Spreize die Arme diagonal auf Schul-
terhöhe vor dir, die Finger gespreizt Mache 1 Min. Feueratem *(siehe Schritt 2
Teil 5)*.

Dann balle die Hände zu Fäusten und bringe sie mit angehaltenem Atem langsam
zur Brust. Sowohl Beuge- als auch Streck-
muskeln sind gespannt, und die Arme zittern vor Spannung.
Sobald du deine Brustmitte erreichst,
atme aus und lasse die Spannung los.
Dauer: ein- bis dreimal wiederholen
Wirkung: löst Spannungen im Brustraum;
stärkt die Energie des Herzzentrums

3. Die Liebe zu allen Menschen
Täglich wenigstens drei Leute umarmen.
Bei einer Umarmung kann man das Herz-
zentrum besonders gut spüren.
Wirkung: stärkt die Sensibilität des Herz-
zentrums in der Beziehung zu anderen

4. Die Liebe zum Universum
In einfacher Haltung:
Halte die Hände wie eine Schale vor
dem Herzen.

Konzentriere dich auf deine Dankbar-
keit dafür, wie das Universum dich mit
allem beschenkt.
Zeit: 7-11 Min.
Wirkung: stärkt die Empfindung von
Dankbarkeit

*5. Die Liebe zu einem anderen Men-
schen*

Herz-Lotus Meditation

Sitze deinem Partner oder deiner Partnerin in einfacher Haltung gegenüber; ihr habt beide die Hände auf Brusthöhe zu einem Lotus geformt. Die Handballen und die kleinen Finger berühren sich, die anderen Finger sind zu einer Blüte gespreizt. Der Mann hakt seine kleinen Finger unter die kleinen Finger der Frau, und ihr nehmt Augenkontakt auf.

Zeit: 3-5 Min.

Lege dann die Hände übereinander auf dein Herz.

Schließe die Augen.

Visualisiere deinen Partner oder deine Partnerin mit einer goldenen Aura. Zeit: 3-5 Min.

Wirkung: Du öffnest dein Herz und lässt den anderen hinein schauen; du erkennst in seinen oder ihren Augen die Seele.

Weitere Maßnahmen, um den siebten Schritt zu unterstützen:
• Schenken und Annehmen üben
• Sich für verbindliche Beziehungen öffnen
• Sich vierzig Tage lang etwas Gutes tun; man kann andere erst dann wirklich lieben, wenn man sich selbst lieben kann.

Achter Schritt: Pflege die Kommunikation

Die nächste Inkarnationsphase ist die der alten Seelen. Hier lernt man, seine Wahrheit tatsächlich zu leben. Alle bisherigen Lernergebnisse werden noch einmal daraufhin überprüft, ob sie wirklich integriert sind. Es wird oft schwierig, sich an die jeweiligen gesellschaftlichen Normen anzupassen. Alles wird hinterfragt, und es gibt in dieser Inkarnationsphase viele „Aussteiger", weil sie den Sinn von vielem, was um sie herum passiert, nicht mehr sehen. Nach vielen Desillusionierungen findet die Seele früher oder später gesellschaftliche Nischen, wo sie sich allmählich an ihre Wahrheit annähert, oft in Berufen, die mit Kommunikation zu tun haben, wie als Künstler, Journalisten, Lehrer, usw.

Wichtige Übungen, um eine tiefere Kommunikationsebene zu erreichen, sind:

1. Meditation des Zuhörens
In einfacher Haltung:
Halte die Hände mit aneinandergelegten Handflächen ungefähr 15 cm vor der Kehle.
Langsam und in einzelnen Silben flüstere „WA HE GU RU".
Konzentration: Lausche deiner eigenen Stimme mit äußerster Konzentration.
Zeit: 11 Min.
Wirkung: stärkt das Dreieck zwischen Kehlkopf und Ohren

2. Kanonenkugel-Sprechen
Das ist die Fähigkeit, mit Herz und Verstand die Wahrheit auszusprechen. Die Wirkung kann wie eine Kanonenkugel sein, aber wenn du aus deinem höchsten Bewusstsein sprichst, wirst du andere nicht verurteilen, sondern aufbauen.
Wirkung: intensiviert die Kommunikation mit anderen

3. Meditation des inneren Dialogs
In einfacher Haltung:
Sprich in Gedanken zu dir selbst, als ob

du zu einem Kind sprichst.

Konzentration: Höre ganz aufmerksam zu, welche Antworten kommen.

Zeit: 11 Min.

Wirkung: stärkt die Kommunikation mit deinem inneren Kind

4. Negative Gedanken ausgleichen

Wenn ein unerwünschter Gedanke kommt, lege die Handflächen vor der Brust zusammen und drücke sie kräftig gegeneinander. Die Finger sind nach oben gerichtet und gerade.

Atme dabei lang und tief.

Zeit: nach Bedarf

Wirkung: bringt die Meridiane der rechten, positiv geladenen Körperhälfte in Kontakt mit der linken, negativ geladenen Körperhälfte und stellt dadurch eine energetisch neutrale Situation her

5. Positives Sprechen fördern

Eine Woche lang nur Positives sagen.

Wirkung: bringt Bewusstheit für eigene Gedanken- und Kommunikationsmuster; öffnet neue Türen in der Kommunikation

Weitere Maßnahmen zur Unterstützung des achten Schritts:

- Mit den Bäumen, dem Wind, dem Ozean sprechen
- Während eines Gesprächs auf Augenkontakt achten
- Auf den Atemrhythmus bei sich selbst und beim anderen achten und den Atem angleichen
- Auf den eigenen Namen meditieren, indem man Har (z. B. Har Anja, Har Peter) davorsetzt und es 3-11 Min singt

Neunter Schritt: Pflege deinen Geist

Die fünf menschlichen Inkarnationsphasen sind jetzt vorbei. Die Seele geht über zur Astralwelt, die sie schon aus ihren Träumen und den Perioden zwischen dem Sterben eines Körpers und der nächsten Wiedergeburt kennt. Was bisher zwingend und bindend war, löst sich in der Astralwelt ganz einfach auf: Lügen und Täuschungen gibt es nicht mehr, da Gefühle und Gedanken für alle sichtbar sind. Unfreiwillige Zustände von Hunger und Armut sind ebenfalls überwunden, da die Seele ihre Umgebung selbst kreieren kann.

Viel wichtiger noch als in den vorherigen Inkarnationen ist nun der Inhalt der Gedanken und Gefühle, die sich hier ja sofort und unmittelbar manifestieren. Was immer du denkst, nimmt auf der Stelle Gestalt an. Unangenehme Vorstellungen in dir können also eine ziemliche Hölle für dich schaffen. Die beste Vorbereitung für diese Phase ist daher, alle lebensfeindlichen Überzeugungen loszuwerden.

Dafür gibt es den Reinigungsprozess, der „Schritte zum Frieden" genannt wird. Wiederhole ihn bei einem bestimmten Thema, das du schwer loslassen kannst, solange, bis du in diesem Zusammenhang nur noch angenehme, liebevolle Gefühle verspürst.

Schritte zum Frieden

In einfacher Haltung:
Die Augen sind ein Zehntel weit geöffnet.
Konzentriere dich auf deine Nasenspitze.

1. Atme ein, während du dich an eine unangehme Begebenheit oder Begegnung erinnerst.
Atme aus, während du dich mit der Silbe WHA in Gedanken auf dein rechtes Auge konzentrierst, mit HE auf dein linkes Auge und mit GURU auf deine Nasenspitze.

2. Atme ein, während du deine Gefühle während dieser Situation neu erlebst und visualisierst.
Atme aus, und wiederhole die Dreieckskonzentration wie oben.

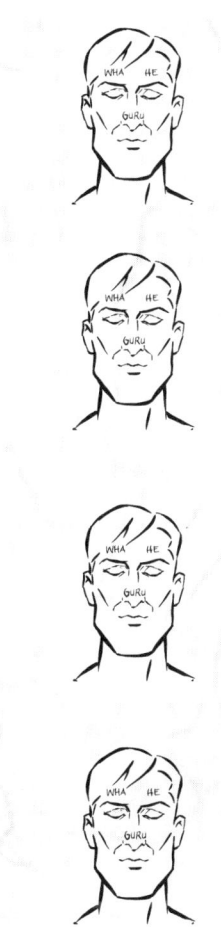

3. Atme ein, und wechsle die Rollen in dieser Situation. Erlebe jetzt die Gefühle und Überzeugungen der anderen Person.
Atme aus, und wiederhole die Dreieckskonzentration.

4. Atme ein, und verzeihe der anderen Person und dir selbst. Erkenne, dass ihr beide in dieser Situation nur das Beste wolltet.
Atme aus, und wiederhole die Dreieckskonzentration.

5. Atme ein, und lasse die Begebenheit los, lasse sie zurückkehren zum Universum.
Atme aus, und wiederhole die Dreieckskonzentration.

Weitere förderliche Maßnahmen zum neunten Schritt:
• Affirmationen gebrauchen.
Affirmationen sind kurze Leitsätze, die eine gewünschte Situation so darstellen, als ob sie schon erreicht ist. Sie dürfen keine Verneinung enthalten und sollten regelmäßig wiederholt werden. Beispiele sind: „Ich bin voller Licht" oder „Ich bin kerngesund". Hilfreich ist dabei eine Mala oder Perlenkette oder auch ein Stück Schnur mit Knoten, die du mit den Fingern abzählst. Bei jeder Perle oder jedem Knoten sagst du oder denkst du die Affirmation, mit der du dich gerade beschäftigst.

Wirkung: kreiert eine neue Wirklichkeit
- In einfacher Haltung, singe: „Ich bin du, und du bist ich", 7-11 Min.
- In einfacher Haltung, singe: „SA TA NA MA", übersetzt: Geburt, Leben, Tod und Wiedergeburt
- Bei „SA" Daumen und Zeigefinger, bei „TA" Daumen und Mittelfinger, bei „NA" Daumen und Ringfinger und bei „MA" Daumen und kleinen Finger zusammendrücken – 2 Min. laut, 2 Min. flüsternd, 4 Min. still (nur die Finger bewegend und das Mantra denkend), 2 Min. flüsternd, 2 Min. laut. Bei jeder Silbe visualisiere einen reinigenden Strom vom Scheitelpunkt bis zum dritten Auge, dem Punkt zwischen den Augenbrauen.

Wirkung: reinigt das Unterbewusste

Zehnter Schritt: Pflege deinen Schutz

Auf den über die Astralwelt hinausgehenden Ebenen können die Seelen nur noch dadurch wachsen, dass sie anderen Seelen helfen zu heilen. Deshalb kann man den zehnten Schritt auch die Ebene der Schutzengel nennen. Um diesen Prozess zu unterstützen, gibt es ein mächtiges Schutzmantra in vier Stufen:

1. AAD GUREH NAMEH
Visualisiere einen goldenen Schutzschild links von dir.
Singe: Aad Gureh Nameh
(Übersetzt: Ich rufe die Weisheit des Ursprungs.)
Wirkung: aktiviert den Schutz des Unterbewussten

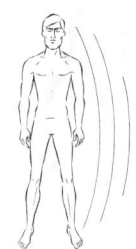

2. DJUGAAD GUREH NAMEH
Visualisiere den Schild hinter dir.
Singe: Djugaad Gureh Nameh
(Übersetzt: Ich rufe die Weisheit der Zeitalter.)
Wirkung: aktiviert den Schutz vor den

290

Konsequenzen deiner Taten in vergangenen Leben

3. *SAT GUREH NAMEH*

Visualisiere den Schild rechts von dir.
Singe: Sat Gureh Nameh
(Übersetzt: Ich rufe die wahre Weisheit.)
Wirkung: aktiviert den Schutz deiner eigenen Wahrheit und deines inneren Lehrers

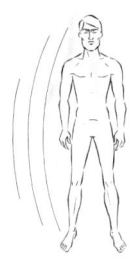

4. *SIRI GURU DEVEH NAMEH*

Visualisiere den goldenen Schutzschild vor dir.
Singe: Siri Guru Deveh Nameh,
(Übersetzt: Ich rufe die große, erhabene Weisheit.)
Wirkung: aktiviert den Schutz deiner Vision, deiner Zukunftsvorstellungen

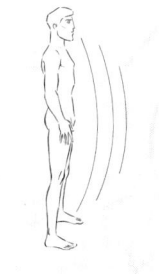

Weitere Maßnahmen, um den zehnten Schritt zu unterstützen
- Sich selbst oder jemand anderen als vollkommen geschützt oder gesund visualisieren.
- Mit dem Heilungsmantra RA MA DA SA SA SE SO HONG meditieren

In einfacher Haltung:
Für deine eigene Heilung lege die linke Hand in die rechte, die Finger über Kreuz und die Handflächen nach innen auf Brusthöhe ca. 20 cm vor dem Körper. Singe das Mantra für 7-11 Min.
Zur Fernheilung, um jemand Nicht-Anwesendem Energie zu schicken, drücke die Ellbogen an die Rippen, die Unterarme diagonal angewinkelt, die Handflächen nach oben. Singe das Mantra 7-11 Min.
Wenn eine Gruppe eine Heilungsmeditation für eine anwesende Person macht, legt diese sich in die Mitte, die anderen strecken die Arme diagonal nach oben mit den Handflächen nach außen.
- 40 Tage lang weiße Kleidung tragen. Weiß zu tragen verstärkt die Aura und schützt vor herabziehenden Gedanken anderer.

Elfter Schritt: Pflege die Hingabe

Die letzte Inkarnationsphase vor dem Einswerden mit „Allem, was ist", ist gekennzeichnet durch eine zunehmende Verschmelzung mit anderen Seelen, eine zunehmende Ekstase und Hingabe. Um sich auf diese Phase vorzubereiten, sind folgende Übungen förderlich:

1. Tanzen

Wähle eine rhythmische Musik aus.

Tanze auf „Charan Jap" – Weise, das heißt übersetzt „Meditation auf die Füße".

Du darfst dabei immer nur einen Fuß auf dem Boden haben.

Konzentration: Jedesmal, wenn dein Fuß den Boden berührt, singst du „HAR", das Wort für die göttliche Schöpfungskraft. Du kannst laut, leise oder auch nur in Gedanken singen.

Zeit: nach Bedarf

Wirkung: fördert Hingabe und Ekstase

2. Singen

In einfacher Haltung:

Die Daumen sind unter den Achseln, die Finger sind eingerollt und liegen auf deiner Brust.

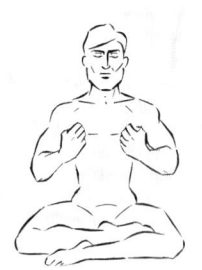

Singe mit monotoner Stimme das Mantra:

GOBINDE MUKANDE UDHARE APARE HARIANG KARIANG NIR-NAME AKAME

(Übersetzt: unterstützend, befreiend, lichtbringend, unendlich, zerstörend, erschaffend, namenlos, wunschlos)

Konzentration: auf dich selbst als Ebenbild Brahmas

Wirkung: fördert Ekstase und Hingabe

3. Sich verneigen
Im Fersensitz:
Die Hände sind vor den Knien auf dem
Boden.
Beim Einatmen kommst du hoch und
streckst deine Arme.
Beim Ausatmen verneigst du dich und
berührst mit deiner Stirn den Boden.
Zeit: 3-11 Min.
Wirkung: fördert Demut und Hingabe

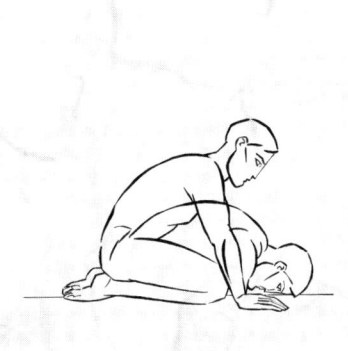

4. Stille Meditation
In einfacher Haltung:
Die Hände auf den Knien, Daumen und
Zeigefinger sind zusammen, die ande-
ren Finger und die Ellenbogen entspannt
gestreckt. Denke SAT beim Einatmen,
NAM beim Ausatmen.
Konzentration: auf den Punkt zwischen
den Augenbrauen
Zeit: 11 – 62 Min.
Wirkung: Innere Stille

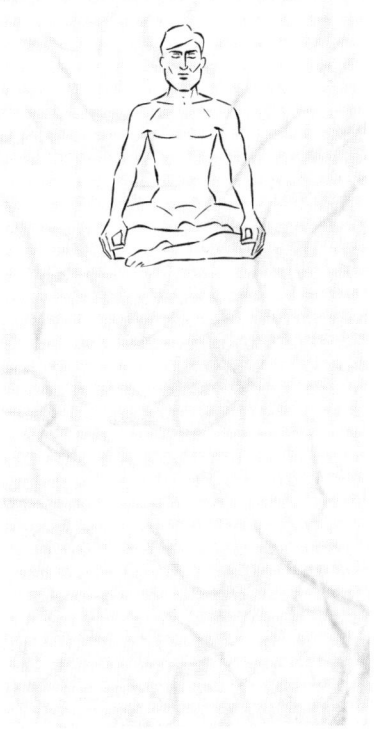

5. Baue dir einen Altar.
Nimm einen kleinen Tisch, den du mit
Tüchern, Steinen, etc. und einem Bild von
jemandem oder etwas schmückst, den oder
das du als Lehrer betrachtest.
Stelle dir vor, dass dieser Altar die ge-
samte göttliche Energie des Universums
repräsentiert, und verneige dich täglich
davor.

Weitere Maßnahmen, um den elften Schritt zu unterstützen:
- Verschenke ein Zehntel deines materiellen Verdienstes an die, die es brauchen. Dadurch drückst du deine Einheit mit allem aus. Außerdem wird die Energie zu fließen anfangen, sodass sie zehnfach wieder zu dir zurückkommt und du immer mehr zu verschenken hast.
- Trainiere dein Gruppenbewusstsein. Schließe dich einer Gruppe von 20 bis 30 Menschen an und hilf mit, die Gruppe zu tragen. Werde dir der persönlichen und sozialen Bedürfnisse der Gruppenmitglieder bewusst, und übe das Geben – einerseits, ohne den Wunsch zu haben, etwas im Austausch dafür zu empfangen, und andererseits, ohne deine eigenen Bedürfnisse zu vernachlässigen.
- In einfacher Haltung:

Singe in einem Atemzug das Mantra: SA RE GA MA PA DA NI SA TA NA MA RA MA DA SA SA SE SO HONG. Das Mantra wird in einer aufsteigenden Tonleiter gesungen. Fange bei deinem tiefsten Ton an und gehe langsam hoch. Zeit: 7-11 Min. Wirkung: bringt die Energie nach oben, fördert Ekstase.

Zwölfter Schritt: Pflege die göttliche Identität

Endlich ist der Tropfen wieder in den Ozean zurückgekehrt. Die Individualität, die du am Anfang des ganzen Zyklus erhalten hast, verschwindet, als ob du einen bleischweren Rucksack ablegst. Du bist wieder eins mit allem, ein Zustand, den du im Grunde nie verlassen hattest, aber erst jetzt kannst du dich wieder vollständig daran erinnern.

Dieses Bewusstsein deiner göttlichen Identität ist in jeder Inkarnationsphase ein Allheilmittel. Es zeichnet sich als eine Art Ganzheitsbewusstsein aus, das alle Empfindungen zulässt. Es gibt keine Spezialisierung/Differenzierung des Bewusstseins, keine Konzentration, keine Trennung. Man nennt dieses Bewusstsein manchmal auch den Sensitiven Raum.

Der „Sensitive Raum":

Um den Sensitiven Raum herzustellen,
versuchen wir, alle unsere Wahrnehmungen, äußere und innere, als gleich

wichtig zu betrachten. Es entsteht dann eine Sammlung von Objekten, die alle den gleichen Abstand zu uns als Mittelpunkt haben. Eine solche Sammlung kennen wir aus der Mathematik: Es ist eine Kugel. Diese Kugel, die wir mit unserem Bewusstsein um uns herum schaffen können, nennen wir den Sensitiven Raum.

Schließe die Augen.
Achte darauf, wo dein Körper den Stuhl oder den Boden berührt ...
Halte jetzt diese Wahrnehmung fest, aber achte zusätzlich auf deinen Atem ...
Halte beide Wahrnehmungen, aber höre zusätzlich die Geräusche der Umgebung und in deinem Inneren ...
Zusätzlich dazu lasse alle Empfindungen zu – alle körperlichen, alle sinnlichen, eine Stimmung, einen Gedanken, sogar den ewigen Zeugen, dein Bewusstsein – aber ohne die anderen Wahrnehmungen loszulassen ...
Lass dich nicht durch einen Gedanken nach dem anderen von deinen anderen Wahrnehmungen ablenken ...
Lass alle Gefühle, Gedanken und Empfindungen gleichzeitig zu ...

Dieser Zustand heißt der Sensitive Raum. Es braucht einige Übung, bis du ihn stabilisieren kannst. Am Anfang wirst du dich immer wieder in deine Gedanken verstricken. Es ist zwar kein Problem, im Sensitiven Raum einen Gedanken zuzulassen und dann wahrzunehmen, welches Gefühl dieser Gedanke auslöst. Aber lasse dich nicht in eine Kette von Assoziationen und Rationalisierungen auf Kosten deiner anderen Wahrnehmungen ziehen.

Konzentration: gleichermaßen intensiv auf alles gleichzeitig und alle Wahrnehmungen zulassend; die Kunst ist es, diesen sensitiven Raum über längere Zeit stabil zu halten.

Zeit: nach Bedarf.

Wirkung: fördert göttliches Bewusstsein, Entspannung, Heilung, Ganzheitsbewusstsein

Weitere Maßnahmen, die den zwölften Schritt unterstützen:
• „Ein Ereignis in den Sensitiven Raum einbringen"
Voraussetzung dafür ist es, den Sensitiven Raum herzustellen und zu stabilisieren. Danach kannst du ein Ereignis (einen Menschen, einen Gegenstand oder ein besonderes Gefühl in dir selbst) in den Sensitiven Raum über die inneren oder äußeren Sinnesorgane hineinbringen. Das geht z.B. durch Berührung, durch Augenkontakt und selbst durch Gedankenkontakt. Sobald du verspannte, blockierte Empfindungen bemerkst, lässt du das Bewusstsein deiner wahren Identität dort hineinströmen. Lasse diese Blockaden einfach gelten, lasse sie sich vergrößern oder durchlebe sie, bis du sie ganz mit Liebe durchdringen kannst und sie von alleine verschwinden. Was zurückbleibt, ist ein Verstehen.

Wirkung: Heilen, Schöpfen, Verstehen

• Der Test der Erleuchtung
a.) In einfacher Haltung:
Schließe deine Augen und sprich folgende Worte laut und deutlich aus

(sprich sie vorher auf Kassette, oder lass sie dir vorlesen, und sprich sie dann Satz für Satz nach):

„Ich bin ein Individuum."

„Voller Anmut."

„Durch und durch rein."

„Absolut perfekt."

„Wunderschön."

„Ich kann es mit Worten nicht beschreiben."

„Absolut wahrhaftig."

„Im Gespräch mit meinen Freunden."

„Im Gespräch mit meinen Feinden."

„In meiner politischen Existenz."

„In meiner sozialen Existenz."

„In meiner materiellen Existenz."

„In meiner privaten Existenz."

„Ich bin makellos."

„Gerecht."

„Weise."

„Und vollkommen gut."

„Ich verstehe alles."

„Ich bin absolut vollkommen im Wissen."

„Ich habe Gott erschaffen."

„Er hat mich nicht erschaffen."

„Das ist die Wahrheit, ich mache keine Witze."

„Ich kann darüber sprechen."

„Deshalb bin ich der Schöpfer."

„Ich kann das Wort Gott erschaffen."

„Dadurch, dass ich es an die Wand male."

„Dadurch, dass ich es ausspreche."

„Ich habe das Radio gemacht."

„Das Fernsehen."

„Ich drucke die Zeitungen."

„Ich verbreite mich überall."

„Ich bin der Meister und Eigentümer dieses ganzen Universums."

Dann öffne die Augen und stelle jetzt den Prozentsatz fest, zu dem du mit dem Gesagten einverstanden warst.

b.) Strecke deinen Rücken, sodass du so gerade wie möglich sitzt. Schließe deine Augen. Deine Hände liegen entspannt auf deinen Oberschenkeln. Singe jetzt OOOOONNNGG. Konzentration: Augen geschlossen und auf das Dritte Auge gerichtet.
Zeit: 3-11 Min.

Wirkung: verschafft dir Klarheit darüber, wie weit du mit dem zwölften Schritt fortgeschritten bist.

Glossar:

Ankh – Stock mit eiserner Widerhakenspitze, um einen Elefanten zu lenken.

Astralwelt – die zehnte Stufe der Seelenreise, auch astrale Ebene genannt. In die Astralwelt reisen wir jede Nacht in unseren Träumen. Hier befinden wir uns auch, nachdem wir gestorben sind und bevor wir wiedergeboren werden. Wenn unsere Seele genügend menschliche Inkarnationen absolviert hat, um die grundsätzlichen Lektionen des Lebens auf der Erde gemeistert zu haben, bleibt sie in den höheren Ebenen dieser Astralwelt und entwickelt sich da weiter. Die astrale Ebene hat eine ganz andere Thematik als die irdische Ebene. Wahrheit ist hier kein Problem – Gedanken und Gefühle sind für alle sofort wahrnehmbar. Auch Armut und Mangel, so wie wir sie hier auf Erden erleben, kommen nicht mit der gleichen zwingenden Intensität vor, da jeder Gedanke sich hier sofort manifestiert und jeder sich also im Prinzip sein persönliches Schlaraffenland leicht herbeizaubern kann. Die direkte Auswirkung der Gedanken in der Astralwelt macht es aber durchaus auch möglich, dass wir dort unsere eigene Hölle kreieren. Deshalb ist es für uns als Vorbereitung auf unsere Aufenthalte in dieser Welt umso wichtiger, unseren Geist von Täuschungen und unglücklichmachenden Vorstellungen freizumachen.

Bhagavad Gita – übersetzt: „das Buch Gottes". Dieses Buch ist ein Teil der Mahabharata, des berühmten spirituellen Heldenepos des Hinduismus. In der Bhagavad Gita erklärt Krishna, dem Arjuna, dem Anführer einer Kriegspartei, den

Prozess des Karma und des Karma-Yoga. Die Geschichte enthält viele Weisheiten, so auch das Zitat über den möglichen Entwicklungsstand von Kindern, welches in Kapitel 2 auftaucht.

Black Tantra – Tantra ist Yoga, das mit einem Partner zusammen gemacht wird, wobei die Energien der beiden Teilnehmer sich verweben (Tantra bedeutet „Weben"). Es gibt drei Formen des Tantra. Rotes Tantra benutzt die Sexualität und sollte nicht außerhalb fester Beziehungen praktiziert werden. Weißes Tantra, so wie es einen Teil der Tradition des Kundalini Yogas ausmacht, findet in großen Gruppen unter Anleitung eines Mahan Tantriks statt, wobei die Polarität zwischen Männern und Frauen in meditativen, nicht sexuellen Übungen genutzt wird. Schwarzes Tantra („Black Tantra") ist eine Form der schwarzen Magie mit der Absicht, Macht über jemanden zu bekommen.

Blauer Äther – Die oberen Schichten der Astralwelt. Die erste Schicht fungiert wie ein Archiv, in dem die Erinnerungen und Geschichten aller Inkarnationen jeder einzelnen Seele aufbewahrt werden. Die zweite Schicht ist ein Ort des Heilens, wo die Überanstrengung und Seelenschmerzen, die ein menschliches Leben mit sich bringen kann, geheilt werden. Die dritte Schicht gleicht einer Schule, in der die Seele die Erfahrungen des letzten Lebens verarbeitet und auf nächste Inkarnationen vorbereitet wird. Die vierte und fünfte Schicht sind die Ebenen, wo sich die Seelen befinden, die nicht mehr als Mensch inkarnieren, sondern in einem Prozess des liebevollen Dienens, z.B. als Schutzengel, zusammenwachsen und sich auf die Verschmelzung mit Brahma, dem Allbewusstsein, vorbereiten.

Brahma – indischer Name für die allumfasssende Gottheit, das Allbewusstsein, der Urgrund allen Seins.

Brahmane – Hindu-Priester, Mitglied der obersten Kaste der Hindus.

Chakra – übersetzt: „Kreis, Reif, Ring, Rad". In der Wissenschaft des Yoga werden so die sieben Hauptenergiezentren im menschlichen Körper bezeichnet, die von Hellsehern tatsächlich wie sich drehende Räder wahrgenommen werden können. Es ist auch die Bezeichnung für eine reifförmige Wurfwaffe der Sikhs, die sie manchmal um den Turban tragen. Heutzutage dienen sie nur noch zu Dekorationszwecken. Früher wurden sie als Waffe, auf den Hals zielend, wie tödliche Frisbees geworfen.

Chajju – eine historische Figur. Die Geschichte mit dem Brahmanen, dem Stock und Guru Har Krishan, der ihn befähigte, als einfacher Wasserträger über die Bhagavad Gita zu diskutieren, ist so überliefert, wie in Kap. 16 zitiert. Der Rest der Geschichte Chajjus, wie hier beschrieben, entstammt der Inspiration des Autors.

Dharma – der Weg zum Einssein. Gemeint ist ein Lebenstil, der auf den aus Fehlern gewonnenen Einsichten und auf Erfahrungen aus Lebensexperimenten gegründet ist. Wer genügend Vertrauen zu dem Dharma hat, das ein anderer entwickelt hat, kann dieses auch annehmen, ohne selbst die zugrundeliegenden leidvollen Erfahrungen durchlaufen zu müssen. Dadurch kann man sich das Fortschreiten seiner Seelenreise um Vieles erleichtern.

Drittes Auge – der mit der Hirnanhangdrüse zusammenhängende Punkt zwischen den Augenbrauen, wo sich das mit Intuition, Gespür und Einsicht verbundene Energiezentrum, auch 6. Chakra genannt, befindet.

Dromos – zeremonielle Rampe, die zu einem aus dem 7. Jahrhundert v.Chr. stammenden Königsgrab herunterführt, so wie sie bei Salamis auf Zypern gefunden wurden. Die Tiere, die den Streitwagen mit dem Verstorbenen nach unten führten, wurden anschließend auf dem Dromos geopfert.

Goldener Tempel – auch Harimandir Sahib genannt. Wichtigstes Heiligtum der Sikhs. Erbaut im Jahre 1589 in Amritsar im Panjab durch Guru Ram Das, dem vierten Meister der Sikhs, inmitten des mit Marmor eingefassten großen Bassins einer Heilquelle.

Gurdwara – übersetzt: „Tor zum Guru", Bezeichnung für Sikh Tempel. Das Zentrum einer Gurdwara bildet das heilige Buch der Sikhs, der Siri Guru Granth Shaib, auf seinem reich verzierten Altar. Besondere Merkmale dieser Tempel sind, dass jeder – ob Sikh oder Nicht-Sikh – hier in der Regel freie Mahlzeiten und auch – begrenztes – Obdach in einem Gästehaus erhält.

Guru – übersetzt: Lehrer, Weisheit. „Gu" steht für Dunkel, und „ru" für Licht, also: das was uns vom Dunkel zum Licht führt. Das Wort wird in Indien oft für alle Arten von Lehrern verwendet, aber im Sikh Dharma wird damit nur der spirituelle Meister bezeichnet. Sikh Dharma, die lebendige Tradition der Sikhs, hat mit einer Dynastie von zehn aufeinanderfolgenden Gurus angefangen. Der zehnte Guru, Gobind Singh, hat entschieden, dass es nach ihm keinen Menschen als Guru für die Sikhs mehr geben sollte, sondern nur noch das heilige Wort, so wie es in den Gesängen der Gurus vor ihm angedeutet war. Deshalb ist der Guru für die Sikhs an allererster Stelle der Shabd Guru, auch Siri Guru Granth Sahib genannt, das Buch, in dem die Lieder und Gebete der Sikh Meister und anderer Sikh-, Muslim- und Hindu-Heiliger zusammengetragen worden sind, und das als lebendiger Lehrer betrachtet und behandelt wird.

Gurudev Singh – geb. 1948 in Puebla, Mexico, durch Yogi Bhajan ausgebildeter Meister des Sat Nam Rasayan.

Guru Gobind Singh – der zehnte und letzte Guru der Sikhs in menschlicher Gestalt (1675 – 1708). Dieser Guru verlor in sehr jungen Jahren seinen Vater, Guru Teg Bahadur, der von 1664 bis 1675 Guru Har Krishans Nachfolger war. Teg Bahadur wurde durch den Mogul-Kaiser enthauptet. Der Mut und die Ritterlichkeit Guru Gobind Singhs im ungleichen Freiheitskampf gegen die Armeen des Moguls sind legendär. Zum Beispiel dienten die Pfeilspitzen aus echtem Gold, die in Kap. 16 eher beiläufig erwähnt werden, dazu, denjenigen, die durch die Pfeile des Gurus in der Schlacht getötet wurden, eine würdevolle Bestattungszeremonie zu ermöglichen.

Guru Har Krishan – der so genannte Kind-Guru, war Meister der Sikhs von 1661 bis 1664. Er übernahm diese Aufgabe von seinem Vater, der starb, als Har Krishan erst fünf Jahre alt war. Trotz der Kürze der Periode, in der er die Sikhs anführte, hinterließ er einige wichtige Geschichten, wie zum Beispiel die von Chajju, dem Wasserträger.

Guru Tegh Bahadur – Nachfolger von Guru Har Krishan als Meister der Sikhs von 1664 bis 1675, Vater von Guru Gobind Singh.

Hemkund – ein magisches kleines Kesseltal mit einem kleinen, meist zugefrorenenen See, 4500 m hoch im Himalaya, zwischen noch viel höheren Bergriesen. Der Legende nach hatte Guru Gobind Singh an diesem Ort in seiner vorherigen Inkarnation als Rishi lange Zeit meditiert. Der Ort ist einer der wichtigsten Pilgerorte der Sikhs, und es gibt hier eine kleine Gurdwara.

Hodscha – türkischer Titel für einen islamischen Geistlichen

Karma – ist die Bezeichnung für das Gesetz von Ursache und Wirkung. Jede Handlung ruft eine Konsequenz hervor, für die wir verantwortlich sind. Wir verstricken uns als Seele immer wieder in neues Karma, bis wir die Lektionen gelernt haben, die unverantwortliches Handeln mit sich bringt. Jede Seelenebene hat ihre typischen Karma-Möglichkeiten, aus denen wir lernen und die wir, z.B. anhand solcher Übungen wie in diesem Buch beschrieben, vermeiden oder abmildern können.

Karma-Yoga – Handlungen, die Karma-Verstrickungen auflösen. Darunter wird meistens selbstloses Dienen oder hingebungsvolles Sich-Opfern verstanden. Die Essenz ist verantwortliches Handeln in Bezug auf das allgemeine Ziel des Yoga: Befreiung des Bewusstseins und Einswerden. Dharma ist der Weg, sich aus dem Karma zu befreien.

Kundalini – wörtlich: „Kringel, Locke, Spirale", bezeichnet die Lebensenergie des Menschen. Dieses Wort wird manchmal mit „Schlangenkraft" übersetzt, in der Tradition des Kundalini Yoga auch mit „die Locke im Haar des Geliebten", weil diese Energie im untersten Energiezentrum des Körpers wie aufgerollt schlafend gesehen wird. Es geht dabei um die Energie der Seele, die gebraucht wird, um die Energien des Körpers und des Geistes zusammenzubringen. Die Absicht des Kundalini Yoga (und aller anderen Yogaformen, wenn auch nicht so explizit) ist es, diese Kraft sanft und allmählich zu erwecken und zum Scheitelpunkt aufsteigen zu lassen. Dies ist die kosmische Hochzeit, von der auch in der westlichen Mystik oft die Rede ist, die zur Erleuchtung führt.

Kurta – ein langes, weites Hemd, das bis zu den Oberschenkeln oder Knien reicht, und das traditionell von Männern im Panjab getragen wird.

Mahout – Elefantenreiter

Mantra – Meditationswort oder -Silbe. Wörtlich: was der Geist (man) projiziert (tra)

Mudra – Handhaltung mit bestimmten Fingerpositionen. Dadurch, dass in den Händen viele Meridiane und Nadis (Energiebahnen) laufen, haben Mudras eine starke energetische Wirkung.

Nani – Panjabi-Ausdruck für Großmutter

Nitnem – Sammlung von spirituellen Texten aus dem Siri Guru Granth Sahib, die einem Sikh zur täglichen Rezitation empfohlen werden.

Panjab – wörtlich: „das Land der fünf Flüsse". Der Bundesstaat Indiens, wo das Sikh Dharma seinen Ursprung fand und wo auch heute noch die meisten Sikhs (ca. 12 Millionen) leben. Durch intensive Landwirtschaft ist diese Provinz die reichste Indiens. Streit um Wasserrechte und politische Ignoranz führten in den achtziger Jahren zu einem Konflikt zwischen den Sikhs und der Zentralregierung Indiens, der im Sturm der indischen Armee auf den Goldenen Tempel in Amritsar und der anschließenden Ermordung der indischen Präsidentin, Indira Gandhi, durch ihre beiden Sikh-Leibwächter sowie in Pogromen der Hindus gegenüber den Sikhs in ganz Indien eskalierten. Inzwischen scheint das Problem durch eine größere Selbstständigkeit der Sikhs im Panjab weitgehend gelöst zu sein.

Panjabi – Sprache des Panjabs und der dort wohnenden Sikhs

Pasu Siddhi – wörtlich: „Tier Magie". Siddhis sind die magischen Kräfte, die Yogis durch intensive Praktiken erwerben können (und die selbst wieder mögliche Ablenkungen darstellen und leicht zu neuen karmischen Verstrickungen führen können). Pasu Siddhi ist die Fähigkeit, mit Tieren zu kommunizieren.

Pitaji – Panjabi-Ausdruck für geliebter Vater

Prana – Lebensenergie

304

Pranayama – wörtlich: „Energiebeherrschung". Mit Pranayama sind meistens Atemführung und Atemübungen gemeint.

Rishi – wörtlich: „Seher", ein asketischer Weiser, der sein Leben der Erforschung der Wahrheit gewidmet hat.

Sadhana – übersetzt: „Disziplin". Die täglichen Praktiken, die die Essenz unseres Dharmas ausmachen.

Sat Nam Rasayan – die spirituelle Heilkunst der Sikh Gurus, die durch Yogi Bhajan in den Westen gebracht und durch Gurudev Singh für jedermann erlernbar gemacht wurde. Es geht um ein Heilen mit dem „Sensitiven Raum", so wie in Kap. 15 beschrieben.

Sikh – übersetzt: „Suchender". Die Sikhs befolgen das Dharma der zehn Gurus und des Shabd Guru, das die Einheit aller Religionen und die Göttlichkeit der Schöpfung betont. Sie ernähren sich vegetarisch und stehen jeden Tag vor Sonnenaufgang auf, um auf die Mantren und Gesänge des Siri Gurur Granth Sahib zu meditieren. So wie auch viele Yogis schneiden sie ihre Haare nicht, weil sie das ungeschnittene Haar als Teil der natürlichen, gottgegebenen Form des Menschen ansehen. Als wichtiges Symbol für ihre Souveränität und Bereitschaft, Schwache zu verteidigen, tragen sie einen Dolch. Das Ziel des Sikh Dharma ist es, sowohl die spirituelle als auch die materielle Meisterschaft über das alltägliche Leben zu erreichen. Zur Zeit leben ungefähr 20 Millionen Sikhs über die ganze Welt verteilt, neben Indien vor allem in den USA, Kanada und Großbritannien. Die meisten sind indischer Herkunft, einige Tausende, die meisten Schüler Yogi Bhajans, sind westlich.

Sikh Dharma – Lebensweise der Sikhs. Empfohlen wird ein rechtschaffenes Leben als Haushälter, die Gemeinschaft mit anderen bewussten Menschen und das Teilen mit Bedürftigen. Im Zentrum steht die Befolgung der Lehren des Siri Guru Granth Sahib, vor allem die Meditation auf den Namen Gottes.

Shabd Guru – übersetzt: der „Wort-Guru". Shabd bedeutet heiliges Wort, aber auch Lied oder Gesang. Der Shabd Guru der Sikhs ist der Siri Guru Granth

Sahib, das Buch mit den Gedichten, Gesängen, und Gebeten der Sikh Gurus und anderer Sikh-, Muslim- und Hindu- Heiliger (es sind z.B. auch viele Lieder des Muslim-Heiligen Kabir enthalten). Dem z.T. täglichen Wiederholen und Lauschen dieser Gesänge und Gebete wird große Heilkraft zugesprochen, und es gehört zur Praxis jedes Sikh. Das Thema des Shabd Guru ist die Liebe zu Gott. Er wird auch bei Lebensproblemen zu Rate gezogen, wobei das Buch willkürlich an irgendeiner Stelle aufgeschlagen und die jeweilige Passage dann auf die Situation angewandt wird.

Subtilkörper – einer der neun Energiekörper, die der Mensch neben seinem stofflichen Körper besitzt. Im Subtilkörper werden, auf einer für die meisten Menschen unbewussten Ebene, alle Erfahrungen, Erlebnisse und Begegnungen eines Menschen gespeichert, sodass keine einzige Lernerfahrung je verloren geht. Der Subtilkörper begleitet die Seele in die Astralwelt, wenn diese den Körper im Todesfall verlässt.

Yoga – wörtlich: „Verbindung, Einheit" (verwandt mit dem deutschen Wort Joch). Spirituelle Praxis, die alle Lebensbereiche umfasst, zur Erlangung des höchsten Bewusstseins, der Einheit mit allem, was ist. Oft wird diese Praxis auf Körperübungen reduziert, dann dient sie der Gesunderhaltung des Körpers, was einer Begrenzung ihrer Möglichkeiten gleichkommt.

Yogi (weibl. Yogini) – jemand, dessen oder deren Leben vom Yoga geprägt ist.

Yogi Bhajan – der spirituelle Meister der in diesem Buch präsentierten Lehren des Kundalini Yoga. Er wurde 1929 im heute zu Pakistan gehörenden Teil des Panjab geboren und lehrt seit 1968 vor allem in den USA und Europa Kundalini Yoga, Ayurveda und Sikh Dharma. Kundalini Yoga wird von Menschen auf der ganzen Welt praktiziert, einige davon sind auch Sikhs geworden. Yogi Bhajan ist außerdem der Mahan Tantrik, der Meister des Weißen Tantra.

Danksagung

Mein größter Dank geht an alle Lehrer und Lehrerinnen des Kundalini Yoga und Sikh Dharma, die mich auf diesem Weg seit fast dreißig Jahren begleiten und mir geholfen haben, die tiefen Erfahrungen zu machen und Erkenntnisse zu gewinnen, die in dieses Buch einfließen.

Mein aufrichtiger Dank gilt auch allen anderen Denkrichtungen, die dieses Projekt genährt haben, darunter besonders Michaels Teachings, Sat Nam Rasayan, die Webseiten über Stoizismus im Internet und das Buch von William Buhlmann: Adventures Beyond the Body.

Von ganzem Herzen bedanke ich mich bei dem Team, das mich unterstützt hat:

bei meiner Frau Simran Kaur, ohne deren Bearbeitung, Unterstützung und Begeisterung dieses Buch nie publiziert worden wäre,

bei den Lektorinnen: Micheline Rampe, die den Anstoß zu diesem Projekt gegeben hat, Sat Jiwan Kaur Karin Schanzenbach, Sadhana Kaur Evelyn Horsch und Kathrin Ronnefeldt,

bei Thomas Kreß für seine Hilfe bei den Nachforschungen,

bei Silke Bachmann für die Illustrationen,

bei Ralf Tooten für sein Porträtfoto auf der Rückseite,

bei Barbara Hillen für ihre spontane Hilfe bei der Umschlagskonzeption,

bei Tina Gian Kaur Kahn für ihre Tatkraft und Vision bei der Veröffentlichung und Vermarktung

und bei allen anderen, die mit Feedback (besonders die Runde von Jan. '98!) geholfen haben.

Widmung:

Ich widme dieses Buch
mit Freude meinem Lehrer
Yogi Bhajan.

Kontaktadressen:

*Mehr Information über Yogi Bhajan, Kundalini Yo-
galehrer in Deutschland, Seminare mit Satya Singh:*
3H Organisation Deutschland e.V.
Breitenfelder Str. 8
20251 Hamburg

Telefon: 040 - 479 099
Fax: 040 - 46 777 632
Email: KundaliniYoga.3HO@t-online.de
http://www.kundalini-yoga.de
http://yoga.home.pages.de

Weitere Bücher von Satya Singh:
Das Kundalini Yoga Handbuch (Heyne Ratgeber)
Astro-Karten (Knaur Esoterik)

Videos mit Satya Singh:
Yoga goes Video
Leunastr. 50
22761 Hamburg

Triana Jackie Hill
Der unsichtbare Liebhaber
Nicht von dieser Welt

„Trianas Lebensgeschichte ist außergewöhnlich. Durch ihre Suche nach der Identität ihres mysteriösen Erzeugers und jenseitigen Geliebten und ihre Reise in frühere Leben führt sie uns eindringlich die Rätselhaftigkeit unseres Lebens vor Augen."

James Redfield, Autor der
„Prophezeiungen von Celestine"

ISBN 3-931 652-71-8
300 Seiten · gebunden
DM 34,90

Edith Zeile
Im Herzen SAI BABAS

Die Wissenschaftlerin einer deutschen Universität gerät in den Bann dieses Mystikers, der ihr auf allen ihren Besuchen immer näher kommt, bis sie ihm schließlich gegenübersteht. Zu Hause erlebt sie eine spektakuläre Materialisation von vier Textseiten als Antwort auf einen Bittbrief an Sai Baba, in dem es um ihre todkranke Tochter geht.

Die Autorin lässt den Leser ihre Reisen zu Sai Baba, ihre Enttäuschungen und freudigen Überraschungen miterleben, sodass ihm nicht nur vom Meister, sondern auch von seinen Anhängern ein realistisches Bild vermittelt wird.

ISBN 3-931652-53-X
168 Seiten · broschiert
mit Bildern · DM 24,90

ISBN 3-931652-79-3
160 Seiten · broschiert
DM 24,90

Albert Bodde
Karma & Reinkarnation
**Auf der Suche nach Liebe und Logik
in der Schöpfung**

Albert Bodde erläutert, welche Hilfe die „Gesetze" von
Karma und Wiedergeburt für alle diejenigen leisten, die
ihrem Schicksal gegenüber ratlos fragen: „Warum passiert das gerade mir?" oder „Gibt es überhaupt eine hö-
here Gerechtigkeit?" und: „Was kann das Leben denn
für einen Sinn haben?" Der Autor widerlegt einleuch-
tend und mit stichhaltigen Argumenten die Behauptung,
das Gesetz von Karma und Wiedergeburt lasse keinen
Raum für die Liebe und die Gnade.

Das Gegenteil ist der Fall!

Trutz Hardo
Erfahre Deine früheren Leben

Zum ersten Mal begleitet Sie Deutschlands bekanntester
Rückführungsexperte auf 2 CDs in Ihre früheren Leben.
Mit einer Count-Down-Entspannungsmethode wird der Hörer in den Alphazustand versetzt, in welchem es möglich
ist, gefahrlos über das Unterbewusstsein frühere Leben wie-
derzuerleben.

ISBN 3-931 652-28-9 · Doppel-CD · je 70 Minuten
36 Seiten Anleitung · DM 69,00

Weitere CDs:

Meine schönsten Leben
Mit einer Vorübung in die Visualisationstechnik
ISBN 3-931652-60-2 · CD ca. 78 Min. · mit Anleitung auf einem Inlay · DM 29,90

Meine Leben im anderen Geschlecht
ISBN 3-931652-61-0 · CD ca. 78 Min. · mit Anleitung auf einem Inlay · DM 29,90